U0362338

民国词学史著集成

第七卷

繆鉞《中國史上之民族詞人》

余毅恒《詞筌》　劉堯民《詞與音樂》

孙克强　和希林◎主编

南開大學出版社

图书在版编目(CIP)数据

民国词学史著集成. 第七卷 / 孙克强，和希林主编.
—天津:南开大学出版社，2016.12
ISBN 978-7-310-05271-4

Ⅰ.①民… Ⅱ.①孙… ②和… Ⅲ.①词学—诗歌史
—中国—民国 Ⅳ.①I207.23

中国版本图书馆 CIP 数据核字(2016)第 297153 号

南开大学出版社出版发行
出版人:刘立松
地址:天津市南开区卫津路 94 号　　邮政编码:300071
营销部电话:(022)23508339　23500755
营销部传真:(022)23508542　　邮购部电话:(022)23502200
*
天津市蓟县宏图印务有限公司印刷
全国各地新华书店经销
*
2016 年 12 月第 1 版　　2016 年 12 月第 1 次印刷
210×148 毫米　32 开本　17.75 印张　4 插页　506 千字
定价:90.00 元

如遇图书印装质量问题,请与本社营销部联系调换,电话:(022)23507125

總序

清末民初詞學界出現了新的局面。在以晚清四大家王鵬運、朱祖謀、鄭文焯、況周頤為代表的傳統詞學（亦稱體制內詞學、舊派詞學）之外出現了新派詞學（亦稱體制外詞學）。新派詞學以王國維、胡適、胡雲翼為代表，與傳統詞學强調『尊體』和『意格音律』不同，新派在觀念上借鑒了西方的文藝學思想，以情感表現和藝術審美為標準，對詞學的諸多問題展開了全新的闡述。同時引進了西方的著述方式：專題學術論文和章節結構的著作。傳統的詞學批評理論以詞話為主要形式，感悟式、點評式、片段式以及文言為其特點；民國時期的詞學論著則以内容的系統性、結構的章節佈局和語言的白話表述為其主要特徵。當然也有一些論著遺存有傳統詞話的某些語言習慣。民國詞學論著的作者，既有新派大師王國維、胡適的追隨者，也有舊派領袖晚清四大家的弟子、再傳弟子。他們雖然觀點不盡相同，但同樣運用這種新興的著述形式，他們共同推動了民國詞學的發展。民國詞學論著的蓬勃興起是民國詞學興盛的重要原因。

民國的詞學論著主要有三種類型：概論類、史著類和文獻類。這種分類僅是舉其主要内容而言，實際情況則是各類著作亦不免有内容交錯的現象。

概論類詞學著作主要內容是介紹詞學基礎知識，通常冠以『指南』『常識』『概論』『講義』之名。這類著作無論是淺顯的入門知識，還是精深的系統理論，皆表明著者已經從傳統詞學中片段的詩詞之辨、詞曲之辨，提升到系統的詞體特徵認識和研究，是文體學意識的體現。史著類是詞學論著的大宗，既有詞通史，也有斷代詞史，還有性別詞史。唐宋詞成為後世的典範，對唐宋詞史的梳理和認識成為詞學研究者關注的焦點，如詞史的分期、各期的主要特徵、詞派的流變等。值得注意的是詞學史上的南北宋之爭，在民國時期又一次達到了高潮，有尊南者，有尚北者，亦有不分軒輊者，精義紛呈。南北宋之爭的論題又與新派、舊派基本立場的分歧對立相聯繫，一般來說，新派多持尚北貶南的觀點。史著類中清代詞史亦值得關注，詞學研究者開始總結清詞的流變和得失，清詞中興之說已經發佈，進而加以討論，影響深遠直至今日。文獻類著作主要是指一些詞人小傳、評傳之類，著者廣泛搜集歷代詞人的文獻資料，加以剪裁編排，清晰眉目，為進一步的研究打下基礎。

『民國詞學史著集成』有兩點應予說明：其一，收錄了一些中國文學史類著作中的詞學史部分。民國時期的中國文學史著作主要有兩種結構方式：一種是以時代為經，文體為緯，此種寫法的文學史，詞史內容分散於各個時代和時期。另一種則是以文體為綱，注重文體的發展演變，如鄭賓於的《中國文學流變史》的下冊單獨成冊，題名《詞（新體詩）的歷史》，篇幅近五百頁，可以說是一部獨立的詞史；又如鄭振鐸的《中國文學史》（中世卷第三篇上），單獨刊行，從名稱上看是唐五代兩宋斷代文學史，其實是一部獨立的唐宋詞史。

『民國詞學史著集成』視這樣的文學史著作中的詞史部分，為特殊的詞史予以收錄。其二，『民國詞學史著集成』收入五部詞曲合論的史著，著者將詞曲同源作為立論的基礎，合而論之，本套叢書亦整體收錄。至於詩詞合論的史著，援例亦應收入，如劉麟生的《中國詩詞概論》等，因該著已收入南開大學出版社出版的『民國詩歌史著集成』，故『民國詞學史著集成』不再收錄。

『民國詞學史著集成』收錄的詞學史著，大體依照以下方式編排：參照發表時間、內容分類、著者以及著述方式等各種因素，分別編輯成冊。每種著作之前均有簡明的提要，介紹著者、論著內容及版本情況。

在『民國詞學史著集成』中，許多著作在詞學史上影響甚大，如吳梅的《詞學通論》等，多次重印、再版，已經成為詞學研究的經典；也有一些塵封多年，本套叢書加以發掘披露，如孫人和的《詞學通論》等。這些文獻的影印出版，對詞學研究具有重要的參考價值。近些年，民國詞學研究趨熱，期待『民國詞學史著集成』能夠為學界提供使用文獻資料的方便，從而進一步推動民國詞學的研究。

孫克強　和希林

2016年10月

總　目

第一卷

第二卷

第三卷

第四卷

第五卷

第六卷

第七卷

第八卷

第九卷

第十卷

第十一卷

第十二卷

第十三卷

第十四卷

第十五卷

第十六卷

本卷目錄

繆鉞《中國史上之民族詞人》

繆鉞（1904–1995），字彥威，江蘇溧陽人，生於河北遷安，居家保定。著名歷史學家、文學家。曾任保定私立培德中學和保定私立志存中学國文教員。後歷任河南大學中文系、廣州學海書院、四川大學、浙江大學中文系教授。治學最大特點是文史結合。著有《冰繭庵讀史存稿》《冰繭庵叢稿》《詩詞散論》《冰繭庵詩詞稿》《靈谿詞說》（與葉嘉瑩合著）、《詞學古今談》（與葉嘉瑩合著）等。

《中國史上之民族詞人》是繆鉞在抗戰期間，為激勵青年愛國精神而寫就的一部普及讀物。該書論析宋代的民族矛盾與愛國題材詞作的起源與轉變，實為一部兩宋愛國詞的專史。該書 1943 年由重慶青年出版社出版。本書據 1943 年青年出版社版影印。

青年叢書

中國史上之民族詞人

繆鉞著

青年出版社印行

青年叢書

中國史上之民族詞人

繆鉞著

青年出版社印行

中華民國三十二年十二月初版（一—三二〇〇）

中國史上之民族詞人

每册定價國幣三十五元

著作者　繆鉞

印行者　青年出版社

印刷者　青年印刷所　上清寺桂花園九十九號

總經售　青年書店總管理處　重慶民生路

編輯凡例

一、本書乃普通讀物，非專門撰著，故陳義力求淺顯，解釋不厭詳盡。

二、本書中於各家代表作品，選錄頗夥，以供讀者欣賞之用，蓋雖論述民族詞人之書，同時亦不啻一册民族詞選也。

三、詞爲中國文學中一種體裁，自有其特性，苟不明此，則將不能深解其意味，評衡其高下，因之亦不能識作者之情志襟懷。故本書中於詞體流變及其特性，多所說明。

四、蕪陋僻處，倉卒成書，采獲未豐，疏誤難免，讀者指正，極所樂受。

中華民國三十二年十一月，繆鉞自識於遵義。

中國史上之民族詞人

目錄

中國史上之民族詞人

第一章　緒論

中國文化以儒家學說爲中心，而尊夏攘夷爲儒家學說中之要義，卽今人所謂「民族主義」也。孔子爲儒家之大哲，中國文化之中心人物，生平極富於民族思想。孔子論管仲，責其「器小」，責其「不知禮」，而又極推尊之，稱之曰「仁」。孔子評論人物，未嘗輕以「仁」字許之，而獨稱管仲曰「仁」者，何哉。蓋當齊桓公之時，中國衰微，王室不振，北有戎狄，南有荊楚，皆恃其强暴，凴陵諸夏，管仲輔齊桓公富國强兵，首創霸業，尊王室，盟諸侯，使中國民族團結爲一，然後南征北伐，保安華夏，故孔子曰，「管仲相桓公，霸諸侯，一匡天下，民到於今受其賜，微管仲，吾其被髮左衽矣。」蓋稱其保衞民族之大功，而恕其小疵，略其微瑕也。孔子作春秋，亦嚴夷夏之防，內中國而外夷狄。凡此皆見孔子之注重民族觀念。蓋惟先保民族之生存，而後此民族所創之文化學術始能有所寄託，始能發揚而持續以貢獻於人羣；亦惟能長保民族之生存，而後此民族之文化學術，始有更偉大之價值。不然，已不自立，安能立人。吾華夏爲一極富於民族思想之民族，而其對於民族之區分，夷夏之判別，則以文化爲標準，非僅基於狹隘之血統觀念，故一方面主張「裔不謀夏，夷不亂華」，「非我族類，其心必異」，而一方面又主張「夷狄而進於中國則中國之」。此兩種觀念互相爲用，故當微弱顛危之時，則能奮勇奮發，堅貞蹈厲，抗禦外侮，以保民族之生存，而當昌隆盛大之際，則不僅以武力征服外族，而又能以文化同化之，有寬大之襟懷，高遠之理想。故中國民族立國以來，擴土萬里，同化諸族，雖亦屢遭外侮，然終能弱而復振，亡而復興，數千餘載，永存於天地之間，皆賴此種極强之民族思想深中於人心，潛移默運，其力至偉也。

中國古人之民族思想，固嘗發揮於哲學歷史等著述之中，而尤多表現於文學作品。中國文學以詩三百篇爲最古，三百篇中即多發揚民族精神之詩歌。當西周末年，[illegible]

猖，四夷交侵，宣王中興，北伐玁狁，南征蠻荊，東平淮夷，中國之聲威一震。詩人美之曰，「薄伐玁狁，至于大原。文武吉甫，萬邦為憲」。（小雅六月）此頌尹吉甫之伐玁狁也。又曰，「蠢爾蠻荊，大邦為讎。方叔元老，克壯其猶。（中略）顯允方叔，征伐玁狁，蠻荊來威。」（小雅采芑）此頌方叔之征蠻荊也。又曰，「江漢浮浮，武夫滔滔。匪安匪游，淮夷來求。（中略）江漢之滸，王命召虎。式辟四方，徹我疆土。」（大雅江漢）此頌召虎之平淮夷也。自幽王為犬戎所殺，豐鎬王畿，污於羶腥，其後秦人起而逐犬戎，盡有西周故地，為王室折衝禦侮，秦風無衣曰，「豈曰無衣，與子同袍。王于興師，修我戈矛，與子同仇」。所以見其雄武之概。而小戎一詩，侈陳兵甲之盛，以美伐戎之事，屢驅玁狁，尤為傑作。齊桓稱霸之時，魯僖公從之，北伐戎狄，南征荊舒，魯頌閟宮曰，「戎狄是膺，荊舒是懲，則莫我敢承」。以齊桓攘夷之功，而歸美魯僖，雖不免稍涉夸大，而詩人尊中國之心，固可嘉也。自漢以降，中國民族屢遭離亂，當其盛時，尚有閎偉發皇之篇章，以「揚大漢之天聲」，而當蠻夷猾夏中國微弱之時，尤多感憤悲壯之作。雖土宇淪陷，宗社覆亡，禹甸神州，受制異族，而在此感憤悲壯之民族文學中，非徒見當時忠義之奮發，人心之不死，且正氣常存，可以感召後世，爲復興之基。故此種民族文學之傑作，不但治文學治歷史者應加以欣賞研究，凡我國人，皆宜熟誦深思，可以仰見先哲之忠誠，而爲自己修養之資藉也。

有宋一代，外患最烈，故宋人民族觀念最强，而民族文學，亦多傑作。宋太祖承五代數十年擾攘之後，一旦由軍士擁立而爲天子，得國甚易。太祖爲人，機警愼密，鑒於唐末以來武人跋扈之禍，廢置天子，有如弈棋，深知欲長治久安，必須削減武人兵權，即位以後，即努力推行此種政策，故於建隆二年（即太祖即位之第二年）遂有所謂杯酒釋兵權之事。自此藩鎮割據之弊漸革，重用文臣爲地方長官，兵財之柄，束之於上，束之不已，其結果至於郡縣空虛，本末俱弱，故宋代絕鮮武人跋扈之禍，而兵力亦遠遜漢唐之盛。宋太祖削平南方諸國，而終不能收復石晉時割讓於契丹之燕雲十六州。太宗兩次北征契丹，爲敗歸，相傳其死即由於箭創之發。眞宗時，澶淵之役，孤注一擲，僅能自守。其後西夏興於西北，對宋又增一威脅。仁宗時，諸賢在朝，國勢尙盛，而對契丹及西夏締和議，輸歲幣，僅能保持三方鼎峙之均衡局面。及金人興於東北，鐵騎南下，風馳電掣，滅遼之後，轉而及宋，遂有靖康（欽宗年號）之禍。汴京淪陷，徽欽被虜，康王即位於南京，（今河南歸德）是爲高宗。當時金人兵力甚强，不但蹂躪黃河南北，且渡江南犯，入建康，（今南京）陷臨安，（今杭州）明州，（今甯波）高宗幾爲所擒，入海而免。但金人兵力雖猛，然如秋風之一掃而過，所得中原諸地，並未凝固，而南宋名將輩出，國力漸强，吳玠，吳璘，岳飛，韓世忠，劉錡等屢敗金人，雖未能直搗黃龍，，然中原未必不可徐圖恢復。當時識者，莫不主戰，惟高宗別懷私心，恐金人擁立欽宗，奪己帝位，故重用秦檜，不惜罷戰勝之兵，戮忠勇之將，忘君父之大仇，違舉朝之正論，向金人稱臣獻地，歲輸重幣，以求和議，絕宋室興復之望，而與敵人以整理中原之機會。高宗在位三十餘年，傳位孝宗。孝宗英明，有志恢復，然當時情勢，已非昔比，中興將才，零落已盡，偏安既久，人心委靡，不似南渡初之激昂。而國內敝政，亦漸待碍，故朱熹謂規恢於紹興（高宗年號）之間者爲正，言規恢於乾道（孝宗年號）之間者爲邪。金據中原，已漸穩固，世宗爲治，亦頗賢明，無可乘之機，故僅能稍改和約，宋得稱皇帝，稱金主爲叔父，略減歲幣而已，甯宗開禧間，韓侂胄北伐，大敗，復議和，宋金爲伯姪，又增歲幣。此後南宋君臣歌舞湖山，彌以不振。及蒙古崛起朔漠，滅夏滅金，乘戰勝之威，大舉南下，入臨安，擄帝㬎，復逐帝昺於厓山，帝昺赴海死，宋遂再爲夷狄所滅。總觀有宋一代，北宋雖弱，猶能保境，靖康之難，爲西晉永嘉劉石亂華以後中國史中第二次蠻夷猾夏之大禍，國亡君虜，禍亙猶深；南渡之初，極可有爲，而爲高宗私心所誤，甘於屈辱求和，孝宗雖抱恢復之志，時勢已不易爲，韓侂胄志大才疏，卒於覆敗，其後憂危委靡，至於再亡於夷狄。南宋一百五十餘年之中，國勢人心，有可痛哭流涕者，志士仁人，忠義之氣，壯烈之情，多發之於詞。吾人讀歷史，見南宋忍辱積弱，以至於亡，嘗謂此乃爲君相所誤，若一讀當時痛哭悲憤之詞，則知其時人心激昂，虎虎有生氣，百餘年中，未嘗一日忘君國之仇，泯恢復之志，惜乎在上者不善用之耳。此種詞雖託之空言，無補實事，然發抒忠憤，情辭壯美，由此可見吾國古人民族觀念之強，當微弱之時，益能自振，而對後人感發興起之功甚大，不徒供文學之欣賞而已。

詞爲宋代盛行之文學，最足以表現時人之情，故南宋人愛國家愛民族之情緒，多發抒於詞。藉詞體瀟辟之美，達其激壯怨抑忠憤悲涼之懷，而民族詞人忠義壯烈之情，鬱積難舒之隱，亦足以提高詞之價值，而增其光彩，兩者可謂相得而益彰。茲先略述詞之起源及其流變，然後可以論民族詞人之詞。

詞爲中唐時所發生之一種新文學體裁，（李白菩薩蠻憶秦娥諸詞不可信，近人辨證已明。）因供樂歌之用，當時人稱之曰「曲子詞」，後遂簡稱爲「詞」。唐人本以詩入樂，詩爲整齊之五七言體，而樂調曲度則長短參差，以整齊之五七言詩，譜入長短參差之樂調中，終不甚適合，最初詩人作歌辭，伶工譜樂曲，各不相謀。其後通音律之詩人，受音樂之影響，覺整齊之律絕體不甚適宜於樂歌，於是依樂譜而試作長短句之歌辭，如韋應物作調笑，劉禹錫白居易作憶江南皆是。但韋劉白諸人，僅偶爾試作，以應歌唱，及閨庭竊出，「逐絃吹之音，為側豔之詞，」以超逸之天才，努力於此種新文學之試作，濃美綺豔，自抒哀樂，而不專在應歌，流風所被，作者漸多，於是詞遂在五七言詩之外自成為一種新體裁矣。（近人或據敦煌卷子中之雲謠集雜曲子謂盛唐已有詞，或以樂府詩集近代曲辭中隋煬帝及王胄所作之紀遼東為倚聲填詞之祖，其說皆未盡當。蓋敦煌卷子，據近人考訂，皆以為唐末五代時物，如謂雲謠集雜曲子乃盛唐作品，不知何據，詞為唐代新興之音樂文學，詞調皆出於燕樂，燕樂創始於唐武德貞觀之際，隋煬帝時尚無燕樂之名，安得有詞，若謂句法有長短，而又依照格式填寫之歌曲即謂之詞，則此類之作，遠在三國末年韋昭時已有之，豈可謂詞已濫觴於三國末年哉。友人詹鍈君曾作「李白菩薩蠻憶秦娥詞辨偽」一文，於此問題討論甚詳）。

詞興起於中晚唐，滋衍於五代，至北宋而大盛。上自宮廷，下至里巷，無不歌詞，凡讀詩書通文墨者無不能作詞。文學藉音樂之傳播，最能影響時人心情，使之愛好，使之沉醉，故著名詞人之作，皆傳唱天下，「凡有井水處，必能歌柳詞，」後世傳為美談，實則非獨柳永一人如此，宋代名詞人殆皆有此種榮遇也。北宋初承晚唐五代之風，文人所作，多為令詞，至宋仁宗時，柳永始大作慢曲。據雲謠集雜曲子，知晚唐人已有長調，特皆出於民間無名作者，文人鄙夷，不屑嘗試，柳永為人，放蕩無檢束，日與優子縱游倡樓酒館間，故肯就俚曲為新詞。柳永天才甚高，所作筆力健拔，體勢開拓，其後蘇軾，秦觀，周邦彥等繼之，慢詞遂盛。小令簡短，只數十字，慢詞較長，率為百餘字，且有長至二百餘字者，故小令僅含蓄言情，慢詞則可以鋪敍，小令多出以渾融，慢詞則可有層次，自慢詞興，而詞體遂益恢拓矣。柳永於詞體雖有恢拓之功，而柳詞內容，仍承晚唐以來傳統之習，多言兒女之情，故增擴詞之內容而提高其境界，則有待於蘇軾。

詞之初起，本以應歌，歐陽炯花間集序所謂「綺筵公子，繡幌佳人，遞葉葉之花牋，文抽麗錦，舉纖纖之玉指，拍按香檀，」可以想見初期唱詞作詞之環境。故晚唐五代人詞，多言男女，或寫容色之美，或述相思之情，其風格則不外淒婉哀怨。北宋以來，天才之作家輩出，詞之意境，雖漸提高，而內容及風格，猶多守傳統之習，如范仲淹，歐陽修，政事氣節，文章學術，爲一代偉人；而所作小詞，皆婉麗悽惻之至。范詞云，「酒入愁腸，化作相思淚。」（蘇幕遮）又云，「殘燈明滅枕頭欹，諳盡孤眠滋味。都來此事，眉間心上，無計相迴避。」（御街行）歐詞云，「水精雙枕，旁有墮釵橫。」（臨江仙）又云，「人生自是有情癡，此恨不關風與月。」（玉樓春）蓋當時風氣如此也。至蘇軾出，始擺脫詞體種種傳統之限制，而加以解放。蘇軾作詞，乃視詞爲一種新詩體，不必限於樂歌，故不必拘拘翦裁以就聲律之束縛，而詞亦不必專言兒女之情，「可以詠史，可以弔古，可以說理，可以談禪，可以用象徵寄幽渺之思，可以借音節述悲壯或怨抑之懷。」因有新內容，新意境，於是產生新風格，非淒婉哀怨，乃悲壯與飄逸，胡寅謂蘇詞「使人登高望遠，舉首高歌，而逸懷浩氣，超然乎塵垢之外，」頗可形容此種新風格。王灼碧雞漫志謂「東坡先生非醉心於音律者，偶爾作歌，指出向上一路，新天下耳目，弄筆者始知自振。」此語頗能指出蘇詞蛻故變新之功。詞之初起，範圍甚小，限制甚多，文人多視爲餘事，寄託閒情，自柳永於小令之外，創爲慢詞，詞體始漸開拓，自蘇軾以詩爲詞，則立新風格，增加其內容而提高其境界，詞體始益解放，故有宋人忠憤壯烈之民族情緒，遂得藉詞以發抒，傷時感事，慷慨悲歌，較之晚唐五代以來綺羅香澤之態，迥不侔矣，

若就兩宋三百年中詞之流變而論，詞至南宋，風氣實漸衰敝，故古人論詞者多主北宋。南宋詞之所以漸衰者，其故有三。

（一）凡一種文學體裁之演變，大抵初起時多渾成自然，生新活潑，其後漸重技術，漸重雕琢，以人巧掩天機，遂流為匠氣，趨於衰敝。晚唐五代詞天機多，無意求工。而自然美好，北宋詞天機人巧各半，如周邦彥詞雖極經意而尚能渾成，不傷於雕琢，至南宋則彌重技術，人巧勝而天機減矣。張炎作詞源一書，對於句法，字面，虛字，用事，詠物，皆特加討論。陸韶詞旨亦云，「造語貴新，煉字貴響。」又云，「史梅溪之句法，吳夢窗之字面。」其書中於屬對，警句，詞眼，皆特別標出，屬對如美成詞之「梨葉吹涼，玉容消酒」，史達祖詞之「做冷欺花，將烟困柳」，警句如范成大詞之「花影吹笙，滿地淡黃月」，劉過詞之「香潑雲屏，更那堪酒醒」，詞眼如李清照詞之「寵柳

嫣花，」吳文英詞之「醉雲醒月。」此皆可見南宋人論詞作詞注重字句之琢鍊。夫雕琢日精，則性情日淺，易流爲匠氣。南宋詞之所以衰敝，此其一因。

（二）詞雖可歌，而作詞時過重音律，反妨情辭之美。北宋作者，多疏於音律。李清照謂歐陽修蘇軾「作小歌詞皆句讀不葺之詩，又往往不協音律。」晁無咎評蘇軾詞亦曰，「居士詞，人謂多不協音律。」陸游亦曰，「世言東坡不能歌，故所作樂府詞多不協。」惟其如此，故能暢所欲言，所謂「橫放傑出，自是曲子內縛不住者。」張炎詞源論詞之音律，謂「美成負一代詞名，而於音譜且間有未諧，可見其難。」余謂以周美成之精通樂律，非不能盡協音譜，蓋不欲以聲律害其情辭之美，遇情辭與聲律二者不可得兼之時，寧犧牲聲律而保全情辭，惜乎張炎之不足以知此意也。南宋人作詞，則極重音律。楊纘論作詞五要，第一要擇腔，第二要擇律，第三要句韻按譜，第四要推律押韻，第五要立新意，五要中關於音律者四。張炎詞源曰，「先人（張樞）曉暢音律，有寄閒集，旁綴音譜，刊行於世。每作一詞，必使歌者按之，稍有不協，隨即改正。曾賦瑞鶴仙一詞，（中路）按之歌譜，聲字皆協，惟「撲」字稍不協，（按張樞瑞鶴仙詞中有句云，「粉蝶兒撲定花心不去。」）遂改為「守」字，乃協，始知雅詞協音，雖一字亦不放過，信乎協音之不易也。又作惜花春起早云，「瑣窗深」，「深」字意不協，改為「幽」字，又不協，再改為「明」字，歌之始協。此三字皆平聲，胡為如是，蓋五音有脣齒喉舌鼻，所以有輕清重濁之分，故平聲字可為上入者此也。」夫易「撲」為「守」，意尚相近，而「守」字已不如「撲」字之生動，至於「明」字，與「深」字「幽」字意正相反，此則拘牽音律，而不惜犧牲原意，音樂之價值雖存，而文學之價值則失，蓋志在應歌，非所以言情寄興矣。故周濟論詞謂「南宋盛於樂工而衰於文士」，南宋詞之所以衰敝，此又一因。

（三）詩詞本所以抒情言志，應佇興而作，純出自然，若牽率酬應，則失其真價。詞之初興，世人尚卑視之，以為不登大雅，文人以餘事作詞，稱心而言。及流行既久，蔚成風尚，詞漸為世人所重視，於是可作酬應之具，而壽詞遂興。北宋中葉以前，尚無作壽詞之風氣。孔毅夫野史云，「文潞公守太原，辟司馬溫公為通判，夫人生日，溫公獻小詞，爲鄙曹唐子方嫂賀。」一徽宗時，士大夫始好爲獻壽之詞，南渡以後，其風尤盛。南宋人詞集中壽詞甚多，雖賢者亦不免。（辛棄疾亦作壽詞）詞之妙處，本在以清超淒迷之境，達要眇深折之情，而作壽詞，則塵俗諛媚，雖有高才，亦難出色，故張炎曰，「難莫難於壽詞，倘盡言富貴，則塵俗，盡言功名，則諛佞，盡言神仙，則迂闊虛誕，當總此三者而爲之，無俗忌之詞，不失其壽可也。」中國各體文學，其末流往往壞於酬應，文章中如空格調之墓誌銘及壽序，詩中如江湖游士之標榜唱酬，皆爲文事之蠹，詞亦如是。故南宋壽詞盛行，適足使詞道日下。南宋人作無謂之詞者，除賀壽外，尚有詠物之作。北宋人偶作詠物詞，如蘇軾水龍吟之詠楊花，周邦彥花犯之詠梅，六醜之詠薔薇，皆託物言懷，以抒身世之感。南宋人喜結社填詞，於是詠物之風，拈題限調，誇多鬥靡。極有天才之詞人，固亦可因小寫大，發爲美製，然多數作者則皆用意堆砌，勉強刻畫，如周濟所謂「就題尋典，就典趁韻，就韻成句，墮落苦海。」故南宋人或不免視詞爲酬應消遣之工具，失抒懷言志之本旨，此亦南宋詞所以衰敝之一因。

以上所論，尙雕琢，重音律，供酬應三端，爲南宋人作詞普通之風氣，南宋詞之所以衰者，卽由於此，而民族詞人之作品，則超乎此種風氣之外。蓋民族詞人傷時感事之作，乃中心鬱結不平之鳴，旣非諛媚之酬應，亦非無聊之消遣，而其風格率本於蘇軾，不拘拘於音律之束縛，亦不屑爲字句之雕琢，當時流弊，皆無所染。故就大體論之，南宋詞已有匠氣，不及北宋之生新渾成，惟民族詞人之作，沈鬱悲涼，獨超衆類，故謂南宋詞之精華多在此類作品，亦無不可。文學能發揚民族之情緒，而民族之情緒亦增加文學之價值，二者實互相爲用也。

凡一種文學體裁，往往有其特性，故欣賞文學者不可不知。詞本樂歌，亦詩之支與流裔，故昔人或稱詞爲「詩餘。」然詞旣於詩之外別立一體，故詞與詩亦有不盡相同之點。詞與詩之區別，前人多言之者，而以王國維之語最爲簡明。王氏之言曰，「詞之爲體，要眇宜脩，能言詩之所不能言，而不能盡言詩之所能言。詩之境闊，詞之言長。」蓋詩句整齊，而詞則有各種殊異之調，每調之中，句法參差，音節抗墜，較詩體爲輕靈變化而有彈性，宜於表達芳悱深曲之情，又詞之初起，多言兒女豔情，寫細美景物，其後詞體開拓，內容增廣，而此傳統之特點，仍相當保留，故詞在中國文學體裁中最富於女性美，此即所謂「詞之爲體，要眇宜修」也。詞篇幅狹小，不能如古詩之暢所欲言，故必出之以沈鬱之筆。所謂沈鬱者，意在筆先，神餘言外；死生離合之情，身世家國之感，往往借微物以發之，若隱若顯，欲露不露，如泛海望山，如臨淵窺魚，淒迷雋永，耐人尋味。若論包容廣闊，詞不如詩，若論意味淵永，詩有時不如詞，故王國維謂詞「能言詩之所不能言，而不能盡言詩之所能言，詩之境闊，詞之言長」也。總之，意境淒美隱約，爲詞之特色，（參看拙著「論詞」，刊思想與時代月刊第三期中。）溫庭筠，韋莊，歐陽修，晏殊，賀鑄，晏幾道，秦觀，周邦彥諸人之作無論矣，即蘇軾之詞，號爲橫放傑出，一洗綺羅香澤之態，擺脫綢繆宛轉之度者，然觀其佳作，如

卜算子

黃州定慧院寓居作。

缺月挂疏桐，漏斷人初靜。誰見幽人獨往來，縹緲孤鴻影。驚起卻回頭，有恨無人省。揀盡寒枝不肯棲，寂寞沙洲冷。

八聲甘州

寄參寥子

有情風，萬里卷潮來，無情送潮歸。問錢塘江上，西興浦口，幾度斜暉。不用思量今古，俯仰昔人非。誰似東坡老，白首忘機。　記取西湖西畔，正春山好處，空翠煙霏。算詩人相得，如我與君稀。約他年東還海道，願謝公雅志莫相違。西州路，不應回首，爲我沾衣。

水調歌頭

丙辰中秋，歡飲達旦，大醉，作此篇，兼懷子由。

明月幾時有，把酒問青天。不知天上宮闕，今夕是何年。我欲乘風歸去，惟恐瓊樓玉宇，高處不勝寒。起舞弄清影，何似在人間。　轉朱閣，低綺戶，照無眠。不應有恨，何事偏向別時圓。人有悲歡離合，月有陰晴圓缺，此事古難全。但願人長久，千里共嬋娟。

諸詞或飄逸，或豪宕，而細翫之，在飄逸豪宕之中，仍有隱約淒美之致，與蘇軾之詩不同，蓋不如是，則失其所以爲詞矣。南宋民族詞人之詞，其佳者，雖豪放激壯，而仍能沈鬱醞藉，不失淒美之境，並非劍拔弩張，粗率淺露，如辛棄疾之菩薩蠻云，

鬱孤臺下淸江水。中間多少行人淚。西北望長安。可憐無數山。 靑山遮不住。畢竟東流去。江晚正愁予。山深聞鷓鴣。

此詞乃書江西造口壁作（造口在今江西贛州。）南渡之初，（高宗建炎三年）金兵趨江西，陷洪，（今南昌）撫，（今臨川）袁（今宜春）諸州。隆祐太后及潘賢妃等原在洪州，聞警倉皇南遁，途中衞兵潰散，金帛皆爲所掠，宮人失百餘人，金兵追隆祐太后御舟至造口，不及而還，故造口可謂南宋之國恥紀念地。辛棄疾至此，發其感憤，遂作菩薩蠻詞。起句點明地方。第二句接得極好，不必說出金兵追隆祐太后御舟之事，只言江中

有多少行人淚，行人何故流淚乎，皆感於金兵追太后御舟之事，憤夷虜之强梁，傷華夏之積弱，灑憂時之淚，於清江之中耳。用意極沈痛，而用筆極含蓄。三四兩句則更進而傷中原之淪沒，蓋金兵所以能深入江西之境者，因中原已淪陷也。長安為漢唐以來故都，即借指汴京，代表中原，望長安而不見，無數青山遮之，言外見此地已淪於異族之手，非華夏所有矣。無窮悲憤，而以歎喟出之。下半闋起二句就江水起興，言雖有青山遮閡，而江水曲折東流，終遂其入海之願，以喻時勢雖艱難，而自己恢復之志，亦如江水之百折不回也。此兩句振起，意極雄壯。末兩句又換意，以鷓鴣起興，蓋鷓鴣鳴聲似言「行不得也哥哥」，以喻己志雖壯，而阻礙正多，恢復之事，終恐行不得，故江晚山深，聞鷓鴣之聲，惟有悶悵而已。此詞情感雖悲憤，鬱積，雄壯，而詞筆則於健拔振奮之中，仍能含蓄醞藉，毫無粗獷之弊，故卓然成為文學傑作，其妙處即在深傳婉折，不叫囂，不一直說盡。菩薩蠻一調，自溫庭筠，韋莊以來，所作皆以蘊藉淒婉勝，辛棄疾此詞，大聲鏜鞳，脫棄故常，然細按之，就詞體之特性一端而論，與溫韋仍有相合之點，故陳廷焯白雨齋詞話曰，「稼軒菩薩蠻一章，（書江西造口壁）用意用筆，洗脫溫韋殆盡，然大旨正見脗合。」舉此一例，說明詞體之特點，及讀詞之方法。凡佳詞皆如是，不獨辛棄疾一人，觀以下各章自知。先了解此點，然後讀民族詞人之詞，始可以窺其精微，窮其高下也。

第二章　南宋初之民族詞人

北宋國勢，雖已不振，然對契丹及西夏，皆歲輸金帛，以相約相羈縻，即偶有邊塵之警，而國內尚甯謐，人民猶得享太平之福。孟元老東京夢華錄序謂徽宗時「輦轂之下，太平日久，人物繁阜，垂髫之童，但習鼓舞，斑白之老，不識干戈，時節相次，各有觀賞，（中路）花光滿路，何限春游，簫鼓喧空，幾家夜宴，伎巧則驚人耳目，侈奢則長人精神。」北宋末年猶如此，則以前更可想而知。故北宋詞人之作，率多遣興娛情，鮮有感傷國事者。至靖康之難，乾坤顛覆，皇帝后妃，被虜北去，汴京繁華，化為煙塵，中原士庶，或死於亂兵，或流離顛沛，人心受絕大之刺激與震盪，是以詞人態度變為嚴肅，見解亦更深沈，遂多感憤蒼涼之作。蓋靖康之難，為宋詞作風轉變之關鍵，亦猶安史之亂，為唐詩作風轉變之關鍵也。

宋代詞人，生於南北宋之間者，其南渡後作品，往往與亂前不同，此蓋家國身世之

政，有不期其然而然者。譬如李清照少作芬馨婉媚，晚年遭亂轉徙，變爲蒼涼，如武陵春云，

風住塵香花已盡，日晚倦梳頭。物是人非事事休。欲語淚先流。聞說雙溪春尚好，也擬泛輕舟。只恐雙溪舴艋舟。載不動，許多愁。

永遇樂下半闋云

中州盛日，閨門多暇，記得偏重三五。鋪翠冠兒，撚金雪柳，簇帶爭濟楚。如今憔悴，風鬟霜鬢，怕見夜間出去。不如向，簾兒底下，聽人笑語。

又如朱敦儒，東都名士，北宋末年，度其閒適之生活，其詞如「我是清都山水郎。天教分付與疏狂。曾批給雨支風券，累上留雲借月章。」（鷓鴣天）又如「通處靈犀一點真。飲隨紫囊步紅茵。箇中自有神仙住，花作簾櫳玉作人。」及南渡之後，亦多激壯之音，如木蘭花慢云，

指榮河峻嶽，鎖胡塵，幾經秋。歎故苑花空，春遊夢冷，萬斛堆愁。簪纓散，

關塞阻，恨難尋杏館覓瓜疇。便慘年來歲往，斷鴻去雁悠悠。招曲化碧海西頭。劍履問誰收。但易水歌傳，子山賦在，青史名留。吾曹鏡中看取，且狂歌載酒古揚州。休把霜髯老眼，等閒清淚空流。

雨中花云

故國當年得意，射麋上苑，走馬長楸。對蔥蔥佳氣，赤縣神州。好景何曾虛過，勝友是處相留。向伊川雪夜，洛浦花朝，占斷狂遊。胡塵卷地，南走炎荒，曳裾強學應劉。空漫說螭蟠龍臥，誰取封侯。塞雁年年北去，蠻江日日西流。此生老矣，除非春夢，重到東周。

又如葉夢得少時詞「婉麗綽有溫李之風，」「亂後感慨深至，詞格亦遒壯，」如水調歌頭下半闋云，

念平昔，空飄蕩，徧天涯。歸來三徑重掃，松竹本吾家。却恨悲風時起，冉冉雲間新雁，邊馬怨胡笳。誰似東山老，談笑淨胡沙。

此種憂時念亂之懷，南渡初詞人多有之，以上不過略舉數例。至於懷民族之大恥，抱恢復之壯志，忠憤英偉，一息不忘，而其發之於詞，亦大聲鞺鞳，足以震感天地者，吾於南宋之初，得三人焉，曰岳飛，曰張元幹，曰張孝祥。

岳飛爲南宋初名將，內平羣盜，外禦金人，其事蹟昭彰於史冊，人多知之。高宗紹興八年，金人與宋議和，十年，金人渝盟，復取河南陝西地，宋出師抗之。岳飛自襄陽進兵，收復河南州郡，擊走金帥兀朮於郾城，追至朱仙鎮，距汴京四十五里，遣使修葺諸陵，河北豪傑響應，金將亦多來降，飛大喜，語其下曰，「直抵黃龍府，與諸君痛飲耳。」方指日渡河，而奸臣秦檜逆探高宗之私心，力主和議，欲畫淮以北棄之，請班師。飛奏金人銳氣已沮，將棄輜重渡河，豪傑向風，士卒用命，時不再來，機難輕失。檜知飛志銳不可回，乃先請張俊楊沂中等歸朝，而後言飛孤軍不可久留，乞令班師，飛一日奉十二金字牌，憤惋泣下曰，「十年之力，廢於一旦，」遂自郾城引兵歸，河南州郡復爲金人所取，豪傑絕望。檜復嫉飛爲和議之梗，紹興十一年誣飛謀反，斃之於獄，時年三十九。（一一〇三——一一四一）宋自南渡後，十年之中，國勢漸定，兵力漸強，正可恢復中原，而高宗內懷私計，苟且偷安，秦檜逢君之惡，不惜屈膝稱臣，求和於金。紹興八年，和約甫定，而紹興十年，金人又大舉南犯。金人之無信義，和約之不可恃，巧言難飾，至愚亦知。宋人出師抗金，吳玠，劉錡，韓世忠，王德數路皆捷，岳飛直搗中原，其勢尤銳，當時金已厭兵，而岳飛最爲金人所畏，（洪晧在金密奏敵情有此語。）苟乘機進取，將爲驅金人復故土最佳之機會，乃庸君奸相，力主班師，且置飛於死地，自壞萬里長城，此後南宋遂積弱不振。故讀史者至岳飛郾城班師及冤死獄中之事，未有不悲憤流涕者也。

岳飛非徒善於將兵，戰功卓著，且通書史，能詩文，忠心遠識，關懷大計。建炎元年，高宗初即位於南京，（今河南歸德）黃潛善汪伯彥爲相，怯懦畏敵，旋即南徙揚州。岳飛時年二十五歲，爲微官，隸宗澤部下，上書數千言，略謂車駕益南，恐不足以繫中原之望，臣願陛下親率六軍北渡，則將士作氣，中原可復，以越職言事奪官。東京留守杜充將還建康，飛時爲留守司統制，謂充曰，「中原地尺寸不可棄，今一舉足，此地非我有，他日欲復取之，非數十萬衆不可。」充不聽。後汴京果陷沒，終不能收復。紹興四年，飛爲荊南鄂岳州制置使，上奏襄陽等六郡爲恢復中原基本，遂敗李成，屯兵襄陽，爲營田之計。其後飛數見帝，論恢復之略，又手疏言，「金人所以立劉豫於江南，蓋欲荼毒中原，以中國攻中國，粘罕因得休兵觀釁。臣欲陛下假臣日月，便則提兵趨京洛，據河陽，陝府，潼關，以號召五路叛將。叛將既還，王師前進，彼必棄汴而走，河北京畿陝右可以盡復。然後分兵濬滑，經略兩河，如此則劉豫成擒。金人可滅，社稷長久之計，實在此舉。」觀飛規畫之宏偉，直欲以一身任恢復之大業。當時相臣如張浚，呂頤浩，志略雖大，而不善用兵，故往往敗績，韓世忠劉錡等，忠勇善戰，所向克捷，而無深遠之計畫，岳飛既有謀畫，又善用兵，南宋如圖恢復，飛實爲最適當之人才。高宗初聽飛言，亦[illegible]嘉獎嘗曰「中興之事，一以委卿。」苟始終委任，岳飛未嘗不能如唐之郭子儀起立中興偉業，宋亦何至於偏安江左，屈膝事仇哉。

岳飛忠勇奮發，而扼於權奸，其激昂之情，往往發之於詞。其最著名之滿江紅詞曰

怒髮衝冠，憑欄處，瀟瀟雨歇。擡望眼，仰天長嘯，壯懷激烈。三十功名塵與土，八千里路雲和月。莫等閒，白了少年頭，空悲切。　靖康恥，猶未雪。臣子憾，何時滅。駕長車踏破，賀蘭山缺。壯志飢餐胡虜肉，笑談渴飲匈奴血。待從頭，收拾舊山河，朝天闕。

此詞作於何時不可考，頗足以寫其激烈之壯懷，「三十功名塵與土」二句尤爲俊爽。又有小重山詞曰。

昨夜寒蛩不住鳴。驚回千里夢，已三更。起來獨自遶階行。人悄悄，簾外月朧明。　白首爲功名。舊山松竹老，阻歸程。欲將心事付瑤琴。知音少，絃斷有誰聽。

此首與滿江紅風格不同，滿江紅激壯，此則沈鬱矣，以詞論，此首境界尤高也。據陳郁藏一話腴，「武穆賀講和赦表云，莫守金石之約，難充谿壑之求，故作詞云，欲將心事

付瑶琴，知音少，絃斷有誰聽。蓋指和議之非也。」其說殆可信。紹興八年之議和，實爲南宋最大之失策，賢人志士，交斥其非，胡銓一疏，尤爲讜策，岳飛亦曾上言，「金人不可信，和好不可恃，相臣謀國不臧，恐貽後世譏。」朝廷不聽其言，卒與金和。紹興九年，以和議成，大赦，飛上表謝，寓和議不便之意，曰「唾手燕雲，終欲復仇而報國，誓心天地，尚令稽首以稱藩。」又言，「今日之事，可憂而不可賀，不可論功行賞，取笑敵人。」秦檜惡之，遂成仇隙。小重山詞，蓋即是時所作，描寫其憤抑之心境。上半闋寫出一種憂深思遠無可告語之懷，婉折淸邈。白首三句，慨年歲遒邁，大功未建。欲將心事三句，正言自己懷恢復之大計，而朝廷不從，深痛和議之誤國，以比興出之，意味淵永。滿江紅詞氣格雄壯，尚不免過於發露，有火氣，此詞則沉抑婉篤，爲當行出色之作，千載下誦之，如見其忠憤鬱結之情也。或謂飛卒時甫三十九歲，作此詞時不過三十餘歲，而有「白首爲功名」之語，三十餘歲之人而言白首，情事不合，疑後人所作，託之於飛。余謂讀詞不必如此拘泥，詩詞常用比興夸飾之法，讀時須以意逆志，不可拘於字句，反失深意也。飛詞用「白首」二字，並非言自己之老，蓋志在恢復，欲速建大功，惟恐機會一失，時不我與，而阻於權奸，志不得展，徒有度日如歲之感，故雖在壯年，已發白首之歎，滿江紅詞「莫等閒白了少年頭，」亦即此意，是正見其汲汲立功之壯志。此種用法，古人已有之。李白贈孟浩然詩有「紅顏棄軒冕，白首臥松雲」之句，按孟浩然卒於開元二十八年，年五十二歲，李白於開元二十三年自楚游太原，未再歸楚，則其贈孟詩必在開元二十三年以前，孟浩然不過四十餘歲，並未爲老，而李詩亦有「白首」之語，此「白首」亦非真謂孟之年老，蓋謂孟少年紅顏時已棄軒冕，至白首猶臥松雲，極言其終身之不慕榮利，高尚其志也。苟明此義，則不必懷疑於岳飛詞中白首一語矣。抑飛詞「白首爲功名，舊山松竹老，阻歸程」。猶有可作進一步之解釋者。吾國自魏晉以降，老莊思想大興，其後與儒家思想混合，於是以積極入世之精神，而參以超曠出世之襟懷，爲人生最高之境界。謝靈運述祖德詩之稱美謝玄部云，「達人貴自我，高情屬天雲。兼抱濟物性，而不纓垢氛」。李商隱詩云，「永憶江湖歸白髮，欲迴天地入扁舟。」此二語最足代表中國讀書人之最高理想，建立一種利國福民之大功業，然後功成不居，退老林泉。王安石於李商隱詩最喜此二句，蓋安石平生志事，即如此也。唐代裴度李德裕等出將入相，業隆匡濟，而皆在洛陽置林園，爲退休之地。裴度晚歲得優游於綠野堂，李德裕相武宗六年，建樹甚卓，武宗卒後，爲黨人所擠，貶死崖州，未能歸老於其所經營之平泉別墅，裴李二人，事蹟雖異，心情則一。惟其有此種超曠之襟懷，故其當官執權，非爲熱中躁進，貪戀祿位。岳飛爲中國歷史上第一流之人物，其聰明志量，足以了解此種境界，其握重兵，掌大權，志在建恢復之業，功業既建，即欲退歸林泉，而坐失時機，志難速遂舊山松竹已老，猶不得歸，故曰，「白首爲功名，舊山松竹老，阻歸程。此三語意味深長，未可浮淺滑過也。

張元幹，字仲宗，長樂（今福建長樂縣）。人生於英宗治平四年，卒於高宗紹興十三年，（一〇六七——一一四三）年七十七歲。著有蘆川歸來集。宋史無元幹傳，他書亦罕有載其行事者，故生平事蹟不詳。四庫提要集部蘆川歸來集條據本集考知元幹在徽宗時已仕宦，欽宗時曾被貶謫，但不知嘗爲何官；（按陳與義簡齋詩集卷四有送張仲宗押戟歸閩中詩，胡穉注，「仲宗以將作監丞致仕」。）又知其及識蘇軾，從陳瓘游頗久，其結詩社同唱和者有洪芻，洪炎，蘇庠，呂本中，汪藻，向子諲等人，與劉安世，游酢，楊時，李綱，朱松皆爲題幽嵒尊祖錄，是元幹所往還者皆一時名賢，漸漬頗醇也。

高宗紹興八年，胡銓上書乞斬秦檜被謫，元幹作賀新郎詞送之，爲秦檜所惡，追付大理，削籍，蘆川詞集即以賀新郎詞壓卷，蓋非但詞之工，兼以見其忠義之志焉。詞曰

夢繞神州路。悵秋風，連營畫角，故宮離黍。底事崑崙傾砥柱，九地黃流亂注。聚萬落千村狐兔。天意從來高難問，況人情，老易悲難訴。更南浦，送君去。

涼生岸柳催殘暑。耿斜河，疎星淡月，斷雲微度。萬里江山知何處，回首對牀夜語。雁不到，書成誰與。目盡青天懷今古，肯兒曹，恩怨相爾汝。舉大白，聽金縷。

秦檜當北宋末，仕至御史中丞。靖康二年，金人刧欽宗，欲立張邦昌，御史馬伸吳給共

爲議狀，顯復嗣君，並論張邦昌罪惡，初約秦檜，檜不答，後率同僚合詞立請，檜不得已，始書名，金人遂執檜北去。檜在金時，爲徽宗草書與粘罕議和。金人見南宋兵力尚强，未能盡取，在新獲得之兩河土地，亦未穩固，遂於建炎四年陰縱秦檜歸，使主和議。秦檜深知金國內情，又窺破高宗隱私，故爲相後遂一意主和，外挾金自重，而內以媚君固寵。紹興八年，王倫偕金使來議和，物議大譁，羣臣登對，爭以不可深信爲言。秦檜獨主和議，力贊屈己之說，惡宰相趙鼎不同己議，排之使去，樞密副使王庶屢上言和議之失策，詞極痛切，曰，「金人所以謀人之國者，曰和而已。觀其既以是謀契丹，又以是謀中國。方突騎赴闕，初以和議爲辭。既大兵圍城，又以和議爲辭，二聖播遷，中原板蕩，十餘年間，衣冠之俗，踐蹂幾徧，血入於牙，吞噬靡厭，而和議未之或廢也」。又言，「彼必以用兵之久，人馬消耗，又老師宿將，死亡略盡，故設此策，以休我兵，俟稍平定，必尋干戈。今欲苟且目前，以從其請，後來禍患，有不可勝言者。」帝皆不聽，庶憤而辭位去。是年十一月，樞密院編修官胡銓上疏曰，臣謹按王倫本一狎邪小人，市井無賴，頃緣宰相無識，遂舉以使敵。(中略)今者無故誘致敵使，以詔諭江南爲名，是欲臣妾我也，是欲劉豫我也。(中略)夫天下者，祖宗之天下也，陛下所居之位，祖宗之位也。奈何以祖宗之天下，爲金人之天下，以祖宗之位，爲金人藩臣之位乎。(中略)倫之議乃曰，我一屈膝，則梓宮可還，太后可復，淵聖可歸，中原可得。嗚呼，自變故以來，主和議者，誰不以此說啗陛下哉。然而卒無一驗，則敵之情僞可知矣。陛下尚不覺悟，竭民膏血而不恤，忘國大仇而不報，含垢忍恥，舉天下而臣之，甘焉。就令敵決可和，盡如倫議，天下後世謂陛下何如主也。況敵人變詐百出，而倫又以姦邪濟之，則梓宮決不可還，太后決不可復，淵聖決不可歸，中原決不可得，而此膝一屈，不可復伸，國勢陵夷，不可復振，可爲慟哭流涕長太息者矣。(中略)臣竊謂，不斬王倫，國之存亡，未可知也。雖然，倫不足道也，秦檜以心腹大臣而亦然。陛下有堯舜之資，檜不能致陛下如唐虞，而欲導陛下爲石晉。(中略)臣竊謂秦檜孫近，(

按孫近以阿附秦檜得參知政事）亦可斬也。臣備員樞屬，義不與檜等共戴天日，區區之心，願斷三人頭，竿之藁街，然後羈留敵使，責以無禮，徐興問罪之師，則三軍之士，不戰而氣自倍。不然，臣有赴東海而死，甯能處小朝廷求活耶。

高宗秦檜向金人屈膝求和，實爲中國之奇恥大辱，凡屬有心，莫不痛憤。胡銓一疏，義峻辭嚴，存天地正氣，當時都人喧騰，數日不定，秦檜怒極，言於高宗，貶胡銓於昭州，（今廣西平樂縣）旋迫於公論，改簽廣州，後洪皓在金密奏謂「胡銓封事，其地有之，彼亦知中國有人。」胡銓之遠貶也，張元幹作賀新郎詞送之。起六句慨歎時事，低桂傾頹，黃流亂注，喻金人之亂中原，狐兔卽指金人，比蠻夷於禽獸也。詞忌質直淺露，故以比興出之。此六句傷中原淪沒，情致沈鬱，筆力雄渾。當時和議之非，及胡銓以上疏獲罪事，既未便明言，且以作詞之法論，亦不宜明言，故用「天意從來高難問，況人情老易悲難訴」二語含蓄之。且此二語乃融化杜甫江陵送馬大卿詩，「天意高難問，人情老易悲，」與送別有關，愈見精切。以下卽點出送胡遠行。下半闋先寫別時景物，復申惜別之意。「目盡青天懷今古，肯兒曹恩怨相爾汝，」二句宕開，以慰胡，結二句則言且飲酒聽歌耳。通首豪宕悲壯，信爲蘆川詞中之傑作。

張元幹又有寄李伯紀丞相之賀新郎詞，亦有名，詞曰，

曳杖危樓去。斗垂天，滄波萬頃，月流煙渚。掃盡浮雲風不定，未放扁舟夜渡。宿雁落，寒蘆深處。悵望關河空弔影，正人間，鼻息鳴鼉鼓。誰伴我，醉中舞。十年一夢揚州路。倚高寒，愁生故國，氣吞驕虜。要斬樓蘭三尺劍，遺恨琵琶舊語。謾暗澀，銅華塵土。喚取謫仙平章看，過苕溪，尚許垂綸否。風浩蕩，欲飛舉。

李伯紀即李綱也。李綱亦爲南北宋間偉人。欽宗靖康元年，金兵南下，圍汴京，時上皇（徽宗）已奔鎮江，欽宗亦欲出奔，李綱爲尚書右丞，力持固守之議，並負守城之責，多方抵禦，卒全汴京。後割三鎮議和，金兵退，上下恬然，置邊事於不問，綱獨以爲憂，上備邊禦敵八策，不見聽用，以主戰爲耿南仲所擠貶官。及建炎元年，高宗即位，用李

綱爲相，綱爲戰守之備，謀進取之策，復爲黃潛善汪伯彥所擠，在相位七十五日而罷，紹興中，綱爲湖南及江西安撫使。紹興七年，高宗幸建康，謀進兵中原，後聽秦檜策，欲回駐臨安，綱遂上疏乞罷，自是不復出。紹興十年，卒於福州，年五十八。李綱在靖康建炎間兩度執政，頗能力主戰議，振飭國威，惜均扼於奸佞，不久卽去位，南渡後亦未得大用，然忠義之節，幹濟之才，固時人所共仰者。元幹此詞，蓋作於紹興七年李綱去官之後。「掃蕩浮雲風不定，未放扁舟夜渡。」歎時事艱難，朝無定議，李綱未能行其志也。「悵望關河空弔影，正人間鼻息鳴鼉鼓。」卽衆醉獨醒之意，世人多苟且酣嬉，而已獨深憂遠慮，頗能傳出李綱心事，詞筆亦沈咽有力。

此外張元幹所作忠憤悲壯之詞尚多，如石州慢己酉秋吳興舟中云。

雨急雲飛，瞥然驚散，暮天涼月。誰家疏柳低迷，幾點流螢明滅。夜帆風駛，滿湖煙水蒼茫，菰蒲零亂秋聲咽。夢斷酒醒時，倚危檣清絕。 心折。長庚光怒，羣盜縱横，逆胡猖獗。欲挽天河，一洗中原膏血。兩宮何處，塞垣祇隔長江，唾壺空擊悲歌缺。萬里想龍沙，泣孤臣吳越。

按己酉爲高宗建炎三年，是年春，金人陷徐州，揚州，三月，苗傅劉正彥作亂，迫高宗傳位於太子，隆祐太后臨朝，張浚呂頤浩會兵討賊，四月，高宗復位，苗劉遁，攻湖州縣，韓世忠追獲之，送行在伏誅，而李成，丁進，桑仲，戚方，楊么等羣盜方猖獗於各地，內變外患，國勢岌岌可危，故元幹作此詞，上半闋寫秋夜泛舟之景，而「滿湖煙水蒼茫，菰蒲零亂秋聲咽，」暗寫世亂時危，八心悲抑，下半闋述悲壯之懷，兩宮二句最沉痛。又如

水調歌頭

舉手釣鼇客，削迹種瓜侯。重來吳會，三伏行見五湖秋。耳畔風波搖蕩，身外功名飄忽，何路射旄頭。孤負男兒志，悵望故園愁。　夢中原，揮老淚，遍南州。元龍湖海豪氣，百尺卧高樓。短髮霜黏兩鬢，清夜盆傾一雨，喜聽瓦鳴溝。猶有壯心在，付與百川流。

水調歌頭

送呂居仁召赴行在所。

戎虜亂中夏，星歷一周天。干戈未定，悲咤河洛尚腥羶。萬里兩宮無路，政仰君王神武，願數中興年。吾道尊洙泗，何暇議伊川。　呂公子，三世相，在凌烟。詩名獨步，焉用兒輩更毛氈。好去承明讜論，照映金狨帶穩，想與荔枝偏。回首東山路，池閣醉雙蓮。

水調歌頭

同徐師川泛太湖舟中作。

落葉下青嶂，高浪卷滄洲。平生頗慣江海，掀舞木蘭舟。百二山河空壯，底事中原塵漲，喪亂幾時休。澤畔行吟處，天地一沙鷗。　想元龍，猶高臥，百尺樓。臨風酹酒堪笑，談話覓封侯。老去英雄不見，惟與漁樵爲伴，回首得無憂。莫道三伏熱，便是五湖秋。

皆可見其切齒國仇，不忘恢復之壯志也。

張孝祥之詞，「駿發蹈厲，寓以詩人句法，」其境界猶在岳飛張元幹之上，在南宋初民族詞人中，最爲翹楚。

南宋於紹興十年自徹中原戰勝之師，十一年，復與金議和，奉表稱臣於金，割唐、鄧、商、秦四州，歲輸金帛，遂得苟且偷安者二十年。至紹興三十一年秋，金主亮大舉入寇，號稱百萬，朝廷方以和約可恃，不虞敵兵之驟至，警信至都，舉朝惶恐，甚至有浮海避敵之議，行都人士，紛紛遷避。時中興名將，凋零已盡，惟餘一劉錡，亦老病，朝廷強起之以抗金師。而諸將多恇怯，王權自廬州(今合肥)引兵先遁，金人追之，直至江岸，金主亮將自采石渡江，中書舍人參謀軍事虞允文奉命至采石犒師，見王權敗，兵尚有萬八千人，乃召其統制張振，王琪，時俊等，激以忠義，曰：「今前控大江，地利在我，孰若死中求生，且朝廷養汝輩三十年，顧不能一戰報國。」衆許爲一戰。允文即與俊等謀，整步騎陳於江岸，而以海鰍船載兵駐中流擊之，允文來往行間，親自督戰，金兵大敗，遂引去。當時苟無虞允文采石之捷，則金兵大舉渡江，南宋之存亡，未可知也。故劉錡見允文，執其手曰，「朝廷養兵三十年，大功乃出書生手，我輩愧死矣。」張孝祥時知撫州，聞采石之捷，有詞詠之。

水調歌頭

聞采石戰勝。

雪洗虜塵靜，風約楚雲留。何人爲寫悲壯，吹角古城樓。湖海平生豪氣，關塞如今風景，剪燭看吳鉤。剩喜燃犀處，駭浪與天浮。 憶當年，周與謝，富春秋，小喬初嫁，香囊猶在，功業故優游。赤壁磯頭落照，淝水橋邊衰草，渺渺喚人愁。我欲乘風去，擊楫誓中流。

以周瑜謝玄比虞允文，（周瑜之妻爲小喬，謝玄幼時喜佩香囊。）而以赤壁之戰及淝水之役，比采石之捷，關係之重大，誠相似也。末二句見孝祥之壯志，蓋聞虞允文之建奇功，已亦頗思有所展布也。

孝祥最佳而著名之壯詞，尚非此首，而爲六州歌頭，詞云，

長淮望斷，關塞莽然平。征塵暗，霜風勁，悄邊聲。黯銷凝。追想當年事，殆天數，非人力洙泗上，絃歌地，亦羶腥。隔水氈鄉，落日牛羊下，區脫縱橫。看名王宵獵，騎火一川明。笳鼓悲鳴。遣人驚。　念腰間箭，匣中劍，空埃蠹，竟何成。時易失，心徒壯，歲將零。渺神京。干羽方懷遠，靜烽燧，且休兵。冠蓋使，紛馳騖，若爲情。聞道中原遺老，常南望，翠葆霓旌。使行人到此，忠憤氣塡膺。有淚如傾。

朝野遺記謂「安國（孝祥字）在建康留守席上賦此，歌闋，魏公爲罷席而入。」魏公卽張浚。孝祥爲建康留守在孝宗隆興元二年間，此詞蓋卽是時作也。（按宋史本傳及于湖集末所附陸世良撰張孝祥傳均未言孝祥任建康留守在何年。考孝祥于湖集卷十四棠陰閣記云，「前年，余爲建康，（中略）數月，余罷建康。」棠陰閣記作於丙戌年，則所謂前年者，當指甲申，卽隆興二年也。又于湖集卷二十八題單傳閣記後云，「去年九月，某

守建康，（中略）今年夏，某將赴桂林。」證以棠陰閑記語，知此文所謂今年，卽隆興二年，去年指隆興元年，蓋孝祥於隆興元年九月爲建康留守，在職數月能去，故二年夏卽出守桂林。所以知題罝傳閣記後文中所謂「去年九月，」決非指隆興二年者，因孝祥之爲建康留守，乃張浚所薦，而浚卒於隆興二年八月，故孝祥之爲建康留守，必在隆興元年九月，不得在隆興二年九月也。）金主亮於紹興三十一年南侵，兵敗，遇弑，金兵北還，時金世宗已卽位。紹興三十二年，高宗亦傳位太子，是爲孝宗，次年，改元隆興。金世宗於紹興三十一年遣使來聘，宋亦遣洪適使金。隆興元年，宋兵敗於符離，金人以書貽宋，索海泗唐鄧四州地及歲幣，稱臣，還中原歸正人，卽止兵，不然，當俟農隙進戰。時孝宗於和戰兩途，猶豫未決，（太學正王質上疏謂「今陛下之心未定，規模未立，或告陛下，金弱且亡，而吾兵甚振，陛下則勃然有勤燕然之志，或告陛下，吾力不足恃，而金人且來，陛下卽委然有盟平涼之心，或告陛下，吾不可進，金可入，陛下又翛然有割鴻溝之意。」最能說透當時孝宗之心理。）而孝宗相中張浚主戰，湯思退主和。朝旋令盧仲賢使金，後又遣王之望。張浚聞王之望行，上疏力辯其失曰，「臣聞立大事者，以人心爲本，今內外之議未決，而遣使之詔已下，失中原將士四海傾慕之心，他日誰復爲陛下用命哉。」孝祥此詞蓋即是時所作。起二句雄傑，長淮兩岸，本中國腹地，自中原淪陷，遂變爲關塞，成南北兵爭之戰場，言外有無窮感慨。以下寫其慘淡荒涼之狀，追念北宋淪亡之痛，聲情悲壯。下半闋言己雖有壯志，無奈朝廷方主和議，數遣使臣，即張浚所謂「內外之議未決，而遣使之詔已下，失中原將士四海傾慕之心」也。不便明斥朝廷，故用「干羽懷遠」之辭，語極含蓄，而意極悲憤。「聞道中原遺老」三句尤沉痛，言朝廷一意主和，而中原遺老則正望王師之北伐也。末三句直說出「忠憤填膺，有淚如傾，」結束極有力。此調多三字句，音節頓挫，而用庚青韻，亦響亮，聲情相發，沈雄豪宕，而無粗獷之失，張浚聞歌此詞，罷席而入，可見其感人之深也。

張孝祥爲人亦英發俊邁，有經濟之才，惜中年早逝，故建樹不大。孝祥字安國，歷陽烏江（今安徽和縣）人。紹興二十四年甲戌，廷試進士，孝祥與秦檜之孫秦塤同考，考官已定塤為第一，高宗讀策，特喜孝祥之作，御筆批云，「議論確正，詞翰爽美，」親擢為第一，時年二十二，都下人士，爭錄其策。後仕至尙書禮部員外郎，起居舍人，權中書舍人，出知撫州，遷平江，入為中書舍人，俄領建康留守，出知靜江府，移潭州，又移荊南，辭官歸。孝宗乾道六年卒，年三十八，（一一三三——一一七〇）

孝祥忠直敢言事，而尤念念於恢復中原，自秦檜誣陷岳飛，廷臣畏禍，無敢言者，孝祥方登第，即上疏言，岳飛忠勇，天下共聞，一朝被謗，不旬日而亡，則敵國慶幸，而將士解體，非國家之福。又云，今朝廷寃之，天下寃之，陛下所不知，當亟復其爵，厚恤其家，表其忠義，播告中外。紹興二十五年秦檜卒後，時孝祥為祕書省正字，上書請帝總攬權綱，以盡更化之美。曰，「夫事有可為，當各進所聞，豈必拘形迹之疑，政或偏倣，當勿憚改作，不宜習見聞之舊，翫歲月則將失投機之會，飾文具則必遺責實之旨。」孝宗即位，張浚薦孝祥，召赴行在，孝祥入對，勸帝辨邪正，審是非，崇根本，壯士氣，因痛陳國家委靡之弊。言靖康以來，惟和戰兩言遺無窮禍，要先立自治之策以臚之，復言用才之路太狹，乞博采度外之士，以備緩急之用，所論皆切中事情。孝祥初爲湯思退所薦拔，後又受張浚之薦，湯思退主和，張浚主戰，宋史謂「孝祥入二人之門，而兩持其說，議者惜之。」按孝祥雖受知湯思退，然未嘗附會和議，其對孝宗言二相當同心戮力，以副陛下恢復之志，乃苦心謀國之言，並非阿附思退，且上奏言，兵不可以不練，將不可以不擇，並謂漢文帝勤於修德，猶不敢一日而忘兵，爲建康留守時，陳金之勢不過欲要盟，警朝廷勿爲所欺，因此爲主和者劾罷，可見孝祥始終主戰，宋史之言，似未盡當於事實。謝堯仁張于湖先生集序曰，「先生之雄略遠志，其欲掃開河洛之氛祲，蕩洙泗之羶腥者，未嘗一日而忘胸中，使其得在經綸之地，驅馳之役，則周公瑾謝幼度之風流，其尚可挹於千百載之上也。」此言最能道出孝祥之志事才略矣。

孝祥有治事之才，其知撫州時，年未三十，臨川卒趨劫庫兵，一時鼎沸，官吏屏跡，孝祥單騎馳赴軍中，擒首謀曰，「汝必欲爲亂，請先殺太守。」衆曰，「不敢，惟所給未敷耳。」孝祥卽手諭衆卒，聽命者待以不死，隨取倉帛，以次支給，摘發數卒，叱之曰，「倡亂者罔赦。」立命斬之。衆校俯伏，不敢仰視，闔城裒然。史稱其「莅事精確，老於州縣者所不及。」知平江府時，府事繁劇，孝祥剖決，庭無滯訟，屬邑有大姓，資海囊橐為奸利，怙勢作威，禍延郡邑，孝祥捕治籍其家，得粟數萬斛，明年，吳中大飢，迨賴以濟。治桂林及潭州，均有治績，治荊南時，築守金堤，自是荊州無水患，置萬盈倉，以儲諸漕之運。故孝祥卒時，孝宗惜之，有用才不盡之歎。

孝祥雖才氣發越，而內行醇謹，與理學名儒張栻朱熹等均友善。在潭州時，與張栻講學，築敬簡堂為討論之所，張栻作敬簡堂記，朱子為題詩。孝祥辭官歸里，張栻作文送之，其卒也，栻復作文祭之。

孝祥文思敏贍，其弟孝伯稱其「於詩，於文，於四六，未嘗屬稿，和墨舒紙，一筆寫就，心手相得，勢若風雨」。（見所撰于湖先生集序）而尤工於詞，其詞豪宕與蘇軾相近。謝堯仁張于湖先生集序謂「先生詩文，與東坡相先後者已十之六七，而樂府之作，雖但得於一時燕笑咳唾之頃，而先生之胸次筆力皆在焉。今人皆以為勝東坡，但先生當峭意尚未能自肯。」湯衡于湖詞序亦曰，「元祐諸公，嬉弄樂府，寓以詩人句法，無一毫浮靡之氣，實自東坡發之也。于湖紫微張公之詞，同一關鍵。」此皆言孝祥之詞有蘇氏之風格。蓋豪爽俊邁，才性相近，未必有意摹倣之。孝祥作詞，佇興而就，不事雕琢，湯衡謂，「衡嘗獲從公游，見公平昔爲詞，未嘗著稿，筆酣興健，頃刻卽成，初若不經意，反復究觀，未有一字無來處。如歌頭，凱歌，登無盡藏岳陽樓諸曲，所謂駿發踔厲，寓以詩人句法者也。」其平生襟懷抱負，皆可於詞中見之。陳應行于湖詞序謂，「比游荆湖間，得公于湖集所作長短句，凡數百篇，讀之冷然灑然，眞非煙火食人辭語，予雖不及識荆，然其瀟散出塵之姿，自在如神之筆，邁往凌雲之氣，猶可以想見也。」孝祥所作壯詞，除以上所錄兩首之外，尚有佳者，如

水調歌頭

凱歌寄湖南安撫劉舍人。

猩鬼嘯篁竹，玉帳夜分弓。少年荆楚劍客，突騎錦襜紅。千里風飛雷厲，四校星

旒旌旆，蕭笳擁春葱。談笑青油幕，日奏捷雲間。詩書帥，黃閣老，黑頭公。家傳鴻寶秘略，小試不言功。聞道璽書頻下，看即沙堤歸去，帷幄且從容。君王自神武，一舉朔庭空。

木蘭花

送張魏公。

擁貔貅萬騎，聚千里，鐵衣寒，正玉帳連雲，油幢映日，飛箭天山。錦城起方面重對，籌壺盡日雅歌閒。休遣沙場虜騎，尚餘匹馬空還。那看正值春殘。嗟綠醑，對朱顏。正宿雨催紅，和風換翠，梅小香慳。牙旗漸西去也，望梁州故壘暮雲間。休使佳人斂黛，斷腸低唱陽關。

而此種念國仇謀恢復之志又見於詩中，如

諸公分賦蹋頓之區落焚老上之龍庭得庭字

吳鉤組練明，吳鉤發青萍。戰士三百萬，猛將森列星。揮戈卻白日，飲馬枯滄溟。如何天驕子，敢來干大刑。嗚呼三十年，中原飽羶腥。陛下極涵容，宗祊甚威靈。犬羊爾何知，梟獍心未甯，釁血規射天，蒼蠅混驚霆。佛貍定送死，榆關不須扃。虜勢看破竹，我師眞建瓴。便當收咸陽，政爾空朔庭。明堂朝玉帛，劍佩鳴東丁。八章車攻詩，十丈燕然銘。我學益荒落，尙可寫丹青。

孝祥念奴嬌過洞庭詞，意境超曠清迥，極似蘇軾，亦爲千古傳誦之名作，詞云，

洞庭青草，近中秋，更無一點風色。玉鑑瓊田三萬頃，著我扁舟一葉。素月分輝[illegible]瀾出。，明河共影，表裏俱澄澈。悠然心會，妙處難與君說。應念嶺表經年，孤光自照，肝膽皆冰雪。短髮蕭騷襟袖冷，穩泛滄浪空闊。盡吸西江，細斟北斗，萬象爲賓客。扣舷獨笑，不知今夕何夕。

隆興二年，金再犯邊，孝祥時爲建康留守，陳金之勢不過欲要盟，勸朝廷勿爲所欺。時朝廷方一意主和，故宣諭使劾孝祥落職，出知靜江府，（今桂林）復以言者罷，乾道三年，起知潭州，（今長沙）乾道四年秋，徙知荊南。（今湖北江陵）此詞殆由潭州赴荊南

任時過洞庭所作。孝祥因主戰違朝廷意旨，遠貶桂林，居嶺表經年，北還時不無抑鬱之意，而以曠達出之。「悠然心會，妙處難與君說。」殆傷廷臣主和誤國，而吾謀不用，與岳飛詞「知音少，絃斷有誰聽，」寄託相同也。

以上所論岳飛張元幹張孝祥三人，俱抱恢復之壯志，欲揚大漢之天聲，岳飛扼於權奸，張元幹沈淪下位，張孝祥阻於時勢，皆不得發布所懷，然千載下讀其詞，猶凜凜有生氣也。

第三章　辛棄疾

「壯歲旌旗擁萬夫。錦襜突騎渡江初。燕兵夜娖銀胡鞢，漢箭朝飛金僕姑。　追往事，歎今吾。春風不染白髭鬚。却將萬字平戎策，換得東家種樹書。」（鷓鴣天）此辛棄疾晚歲閒居時與客慨然談功名，因追念少年時事而作也。辛棄疾，濟南人，其生時，中原淪陷已十餘年，而棄疾不忘中國，決策南向，二十三歲時，即能入敵軍，縛降將，爲主帥復仇，其膽略可見。南歸之後，值孝宗在位，有志恢復，嘗謂宰相曰，「士大夫諱言恢復，不知其家有田百畝，內五十畝爲人所據，亦投牒理索否。士大夫於家事則知之，至於國事則諱言之何哉？」棄疾亦曾詳陳南北形勢及用兵之策，無奈其時人心苟安已久，不似南渡初之激昂，執朝政者多幸於無事，以安祿位，且南宋用人，重南輕北，辛棄疾二十餘歲時始南渡，羈旅之臣，孤立寡助，故雖數膺方面之任，而終不得大用，晚歲閒居林下，娛志田園，「却將萬字平戎策，換得東家種樹書。」可謂壯而悲矣。史稱「讀彷彿過稼軒墓旁僧舍，有疾聲大呼於堂上，若鳴其不平，自昏暮至三鼓不絕聲。」雖不必有此事，要亦不妨有此理也。稼軒英雄之士，志復國仇，沮於時而不得自見，其忠憤抑鬱，奇懷偉抱，皆藉詞以發之。宋史本傳謂其「雅善長短句，悲壯激烈。」生平所作六百餘首，以量論，在宋人詞集中，幾爲最多者，而其才氣之雄健，堂廡之闊大，自蘇軾外，殆無人能與抗席。南宋有志之士，多主恢復，其議論見於史籍及各家文集者甚夥，南宋文人，率能作詞，亦不乏傷時撫事之篇，至於以豪傑而兼詞人，以有爲之才，抱恢復之志，壯懷不遂，則藉詞以發抒其鬱懷，表現其人格，而詞才高卓，開徑獨行，卓然爲一大家者，只有辛棄疾一人。故吾人論述南宋民族詞人，於辛棄疾尤應三致意也。

辛棄疾，字幼安，晚號稼軒，濟南人。生於高宗紹興十年，（一一四〇）少受學於蔡松年，與黨懷英同學，人稱「辛黨」。黨懷英後仕金爲翰林學士，而辛棄疾則不忘中國。紹興三十一年，金主亮南侵，爲其下所殺，中原豪傑並起，耿京聚兵山東，稱天平節度使，節制山東河北忠義軍馬，棄疾爲掌書記，勸京決策南向。紹興三十二年，耿京令棄疾乘洩歸宋。高宗勞師建康，召見，嘉納之，授承務郎，天平節度掌書記，併以節使印告召京。會張安國邵進已殺京降金，棄疾還至海州，約統制王世隆及忠義人馬全福等，徑趨金營，安國方與金將酣飲，即衆中縛之以歸，獻俘行在，斬安國於市，棄疾時年二十三。上文所引棄疾鷓鴣天詞「壯歲旌旗擁萬夫，錦襜突騎渡江初。」即指此事。棄疾晚年再次揚州，猶回憶此時情事，作水調歌頭，叙少年壯績，固平生所最得意者也。詞云，

落日塞塵起，胡騎獵清秋。漢家組練十萬，列艦聳層樓。誰道投鞭飛渡，憶昔鳴髇血汚，風雨佛貍愁。季子正年少，匹馬黑貂裘。　今老矣，搔白首，過揚州。倦遊欲去江上，手種橘千頭，二客東南名勝，萬卷詩書事業，嘗試與君謀。莫射南山虎，直覓富民侯。

佛貍乃魏太武帝小名，宋文帝元嘉二十七年，魏太武帝南侵至瓜步，故棄疾用之以比金主亮。鳴髇血汚用匈奴冒頓單于以鳴鏑射死其父頭曼單于事，言金主亮爲其下所殺。季

于二句即棄疾自詠也。

辛棄疾南歸後，仕於朝，不忘恢復。孝宗乾道六年，召棄疾入對延和殿，棄疾因論南北形勢，及三國晉漢人才，持論勁直，不爲迎合，作九議，並應問三篇，美芹十論，獻於朝，言逆順之理，消長之勢，技之長短，地之要害甚備。（以上本宋史辛棄疾傳，據梁啓超辛稼軒年譜所考證，謂美芹十論作於乾道元年，非六年所作。）筆勢浩蕩，智略輻湊，有權書衡論之風，以講和方定，議不行，而「其策完顏氏之禍，論請絕歲幣，皆驗於數十年之後。」（劉克莊語，見後村大全集卷九十八辛稼軒集序。）其後終孝宗光宗兩朝，未有謀恢復之舉者。甯宗時，韓侂胄將北伐，當時有志恢復之士，皆贊成之，棄疾亦爲贊成韓侂胄北伐之一人。嘉泰四年正月，棄疾入見，言金必亂亡，願屬元大臣備兵爲倉卒應變之計。是年棄疾徙知鎮江府，時已六十五歲矣。而志氣猶雄厲，登北固亭作永遇樂懷古詞云。

千古江山，英雄無覓，孫仲謀處。舞榭歌臺，風流總被，雨打風吹去。斜陽草樹，尋常巷陌，人道寄奴曾住，想當年，金戈鐵馬，氣吞萬里如虎。元嘉草草，封狼居胥，贏得倉皇北顧。四十三年，望中猶記，烽火揚州路。可堪回首，佛貍祠下，一片神鴉社鼓。憑誰問，廉頗老矣，尚能飯否。

孫仲謀即孫權，寄奴乃劉裕小字。孫權曾屯兵京口，劉裕少居京口，兩人皆與京口有關之英雄，故稼軒緬懷二人以寄其壯心。劉裕曾率兵北伐，滅南燕，滅後秦，收復中原，一洗永嘉之恥，尤稼軒所嚮慕者。時朝廷將北伐，稼軒蓋頗思能建劉裕之功業，「金戈鐵馬，氣吞萬里如虎。」蓋亦稼軒之所自許也。下半闋則追傷金主亮南侵之禍，慨南宋之微弱，仍以立功之志作結。元嘉乃宋文帝年號，宋文帝嘗謂，聽王玄謨論兵，使人有封狼居胥意。（狼居胥，山名，在今外蒙古境，漢霍去病戰勝匈奴，封狼居胥山。）後命王玄謨北伐，大敗而還。此借古事以言苟無人才，亦難以謀興復。辛稼軒守鎮江在嘉泰四年，（一二〇四）上距高宗紹興三十一年金主亮南侵破揚州臨采石之時，（一一六一）恰爲四十三年，而稼軒率兵南歸，亦在此時，懷舊事，傷國難，故曰，「四十三

[illegible]

年，望中猶記，烽火揚州路。」佛狸云云，則借魏太武喻金主亮，言金主亮南侵之事，四十年中，已成陳迹。憑誰問云云，則以廉頗自比，言今朝廷又有意用兵，己雖老，尚可有所展布也。此詞縱放傑出，如生龍活虎，雖多用古事，而沈思健筆，驅遣自如，故重若輕，化為烟雲。岳珂議此詞微嫌用事多，非篤論也。又此詞雖豪放，而並不粗獷，蓋以其時用含蓄沈咽之筆以調劑之，如「舞榭歌臺，風流總被，雨打風吹去。」又如「四十三年，望中猶記，烽火揚州路。」嫋嫋餘音，極有遠韻。讀詞者於此等處最宜細翫。若一味直說，一味叫囂，則不成其為詞矣。作壯語，而仍能醞藉有餘味，此辛棄疾天才之不可及處。岳珂桯史謂棄疾作此詞後，「特置酒，召數客，使妓迭歌，益自擊節，」蓋生平得意之作也。開禧二年，韓侂胄北伐軍大敗。開禧三年，（一二〇七）辛棄疾卒，年六十八。是年十一月，韓侂胄為史彌遠所殺，朝廷又主和議，送侂胄首於金以乞和。言官追論棄疾附韓侂胄，盡奪其身後卹典。理宗紹定時，贈光祿大夫。至宋末帝㬎時，謝枋得請於朝，加贈少師，諡忠敏。宋史本傳稱棄疾「嘗跋紹興間詔書曰，使此詔出於紹興之前，可以無事讎之大恥，使此詔行於隆興之後，可以卒不世之大功，今此詔與讎敵俱存也，悲夫。人厭其繁切。」按所謂紹興間詔書者，蓋指紹興三十一年金主亮南侵時，高宗於冬十月所下之詔。詔中有云，「朕編藁以啓行，率貔貅而薄伐，取細柳勞軍之制，考澶淵卻敵之規。詔旨甫頒，歡聲四起。歲星臨於吳分，冀成淝水之勳，鬥士倍於晉師，當決韓原之勝。尚賴股肱爪牙之士，文武大小之臣，戮力一心，捐軀報國，共雪侵陵之恥，各肩恢復之圖。」此詔辭義振厲，力主恢復，南宋屈抑之人心，爲之一快。惜乎朝廷後仍苟且求和，不能如此詔所云，始終言戰，故辛稼軒發此悲慨也。辛棄疾懷才而不見用，後人多傷慨之。劉克莊辛稼軒集序曰，「以孝皇之神武，及公盛壯之時，行其說而盡其才，縱未封狼居胥，豈遂置中原於度外哉。機會一差，至於開禧，則向之文武名臣欲盡，而公亦老矣。余讀其書而深悲焉。」謝枋得宋辛稼軒先生墓記曰，「公精忠大義，不在張忠獻岳武穆下，一少年書生，不忘本朝，痛二聖之不歸，悶八陵之不祀，哀中原子民之不行王化，結豪傑，志斬虜馘，挈中原，還君父，公之志亦大矣。（中略）入仕五十年，在朝不過老從官，在外不過江南一連帥。丞殁，西北忠義始絕望，大讎必不復，大恥必不雪，國勢遂在東晉下。五十年爲宰相者，皆不明君臣之大義，無寶焉耳。」所論皆極沉痛。

辛棄疾才兼文武，雖未得大用，然亦數任方面，涖官治事，均有效績。孝宗淳熙二年，茶寇賴文政起湖北，轉入湖南江西，官軍數敗。六月，宰相葉衡薦棄疾，遂由倉部郎中出爲江西提刑，節制諸軍討之。是年十月，棄疾誘賴文政殺之。茶寇平，淳熙六年，棄疾知潭州，兼湖南安撫，討平湖湘羣盜，思盜起之故，由於吏政之苛，遂上疏曰，「比年李金賴文政等相繼竊發，皆能一呼嘯聚千百，殺掠吏民，至煩大兵翦滅，良由州以趣辦財賦爲急，吏有殘民害物之狀，而州不敢問，縣以並緣科斂爲急，吏有殘民害物之狀，而縣不敢問。田野之民，郡以聚斂害之，縣以科率害之，吏以乞取害之，豪民以兼并害之，盜賊以剽奪害之，民不爲盜，去將安之。夫民爲邦本，而貪吏迫使爲盜，今年剗除，明年剗滅，譬之木焉，日刻月削，不損則折。望陛下深思致盜之由，講求弭盜之術，無徒恃平盜之兵，申飭州縣，以惠養元元為意。」帝嘉諭之。棄疾又以湖南控帶二廣，與溪峒蠻獠接近，所以寇盜迭起，非徒風俗頑悍，抑亦武備空虛所致，請別創一軍，以湖南飛虎為名，專聽帥臣節制調度，可以震懾亂源。詔委以規畫，乃度馬殷營壘故基，起蓋砦柵，招步軍二千人，馬軍五百人。時樞府有不樂之者，數沮撓之。棄疾行愈力，卒不能奪，經度費鉅萬計，棄疾善斡旋，事皆立辦。議者以聚斂聞，降御前金字牌，俾日下住罷。棄疾受而藏之，出責監辦者，期一月飛虎營柵成，違坐軍制。如期落成，開陳本末，繪圖繳進，帝遂釋然。時秋霖幾月，所司言造瓦不易。問須瓦幾何，曰，「二十萬。」棄疾曰，「勿憂，」令廂官自官舍神祠外，應居民家取溝檐瓦二，不二日皆具，僚屬歎伏。軍成，雄鎮一方，為江上諸軍之冠。

淳熙十二年，棄疾為江西安撫。時江西大饑，棄疾始至，榜通衢曰，「閉糴者配，強糴者斬。」次令盡出公家官錢銀器，召官吏儒生商賈市民各舉有幹才者，量借錢物，不取利息，俾其運糴，限終月運至城下發糶。於是米舟大集，米價自減，人賴以濟。朱熹稱讚此事，「雖只粗法，便有方略。」

光宗紹熙二年，棄疾爲福建提點刑獄，旋攝閩帥，後眞除安撫使。棄疾涖任未期歲，積鏹至五十萬緡，榜曰備安庫。以爲閩中土狹民稠，今幸連稔，米價賤，以備安錢糴二萬石，則有備無患，又欲造萬鎧，招强壯，補軍額，嚴訓練，則盜賊可以無虞。事未行，言者劾其用錢如泥沙，殺人如草芥，遂罷職歸。

棄疾爲人，豪爽尙氣節，識拔英俊，所交多海內知名士。「朱熹每以股肱王室經綸天下奇之。」（謝枋得語）朱熹之歿，僞學之禁方嚴，門生故舊，無送葬者，棄疾爲文往哭之曰「，所不朽者，垂萬世名。孰謂公死，凜凜猶生。」棄疾雖屢爲節帥，而頗重本業，嘗謂人生在勤，當以力田爲先，北方之人，養生之具，不求於人，是以無甚富甚貧之家，南方多末作以病農，而兼幷之患興，貧富斯不侔矣，故以「稼軒」爲號焉。卒於甯宗開禧三年，（一二〇七）年六十八歲。

辛棄疾英氣雄才，雖於事功未能多所表見，而於詞則成就甚卓，論宋詞者，以棄疾與蘇軾並稱「蘇辛」，因兩人詞之風格，均以豪放爲主，橫放傑出，不受傳統之束縛。過尊婉約者，或目蘇辛爲別派，實則蘇辛作詞，開拓領域，提高境界，乃詞中之功臣，不可視爲別派也。蘇軾兼工詩文，詞非其所專注，辛棄疾則專力爲詞，論才氣雖未必勝於蘇，而功力則較蘇爲深，故周濟謂「蘇之自在處，辛偶能到之，辛之當行處，蘇必不到。」蘇軾於北宋末年創爲新體之詞，時人未必能充分認識其價值，故論蘇詞者，頗多不滿之辭。南渡以後，因時勢之激盪，人心感憤，喜作壯語，又以婉約之作，北宋人已造其極，苟不別開途徑，將必陳腐可厭，而蘇軾新派之詞，堂廡闊大，可以容許多方面之嘗試，故南宋人作詞，多受蘇之影響，蓋於不知不覺之中，受其潛移感召，非必刻意摹擬也。在南宋蘇派詞人之中，辛棄疾之造詣最爲卓絕，不但繼承，且更恢廓。元好問云，「樂府以來，東坡爲第一，以後便到辛稼軒。」誠至當之論，非溢美之言也。

辛詞之特長，約有四端。

（一）辛棄疾運用詞之能力極大，幾於無意不可入，無事不可言，或感慨時事，或發抒哲理，或言生活之經驗，或述讀書之心得，或寄幽怨閒情，或寫曠懷逸致。北宋人如歐陽修，甚至蘇軾，皆以詞表現其一部分之人格，惟辛棄疾則以詞表現其整個之人格。

（二）辛棄疾詞鎔鑄書卷之力亦極大。北宋人詞多用李賀李商隱溫庭筠詩，以其與詞相近也。而辛詞則論語、孟子、左傳、楚辭、史記、漢書、世說、文選，李杜詩，拉雜運用，渾然天成，筆力之峭，無人能及。

（三）辛詞風格，極多變化。通常論辛詞者，率稱其豪放雄壯，實則辛詞有纖綿婉麗者，亦有清遠曠逸者，非僅以豪壯見長也。

（四）即專以豪壯之詞而論，辛棄疾亦有獨到之處，蓋壯詞易失於一瀉無餘，而辛詞於豪放之中又能沈鬱幽折，壯詞易失於質直粗獷，而辛詞於雄健之中又能醞藉婉美。則宋人痛傷國難，志切恢復，發爲壯志者甚多。讀他家之壯詞，初雖喜其慷慨激烈，久而或覺索然，惟棄疾所作，意味淵永，尋繹無倦，如美酒然，力強而味醇，飲者雖沈醉而不苦辛烈，若論民族文學，斯爲上品。

辛棄疾所作壯詞，佳者甚多。除第一章所引之菩薩蠻及本章所引之鷓鴣天，水調歌頭，永遇樂諸詞外，再舉數例於下。

水龍吟

登建康賞心亭

楚天千里淸秋，水隨天去秋無際。遙岑遠目，獻愁供恨，玉簪螺髻。落日樓頭，斷鴻聲裏，江南游子。把吳鉤看了，欄干拍徧，無人會，登臨意。休說鱸魚堪鱠，儘西風，季鷹歸未。求田問舍，怕應羞見，劉郎才氣。可惜流年，憂愁風雨，樹猶如此。倩何人喚取，紅巾翠袖，揾英雄淚。

水龍吟

過南劍雙溪樓

舉頭西北浮雲，倚天萬里須長劍。人言此地，夜深長見，斗牛光焰。我覺山高，潭空水冷，月明星淡。待燃犀下看，凭欄卻怕，風雷怒，魚龍慘。峽束蒼江對起，過危樓，欲飛還斂。元龍老矣，不妨高臥，冰壺涼簟。千古興亡，百年悲笑，一時登覽。問何人又卸，片帆沙岸，繫斜陽纜。

破陣子

爲陳同甫賦壯詞以寄之。

醉裏挑燈看劍，夢回吹角連營。八百里分麾下炙，五十絃翻塞外聲。沙場秋點兵。馬作的盧飛快，弓如霹靂弦驚。了却君王天下事，贏得生前身後名。可憐白髮生。

而以摸魚兒詞最能寫棄疾之壯懷深怨。

摸魚兒

淳熙己亥，自湖北漕移湖南，同官王正之置酒小山亭爲賦。

更能消幾番風雨，匆匆春又歸去。惜春長怕花開早，何況落紅無數。春且住。見說道，天涯芳草無歸路。怨春不語。算只有殷勤，畫簷蛛網，盡日惹飛絮。長門事，準擬佳期又誤。蛾眉曾有人妒。千金縱買相如賦，脈脈此情誰訴。君莫舞。君不見，玉環飛燕皆塵土。閒愁最苦。休去倚危欄，斜陽正在，煙柳斷腸處。

此詞純用比興，故境界最高，上半闋借惜春之意以慨南宋國勢之微弱，言南宋小朝廷偏安一偶，有如殘春，更能消得幾番風雨耶。自古謀國者，安不忘危，存不忘亡，故當隆盛之時，恆抱憂危之意，如惜春者長怕花開之早，何況乃今國勢衰微，已如春末之落紅無數，其可慨歎爲何如。欲留春而春不住，言偏安之局，勢必不能長保，而廷臣不爲遠慮，苟且偷安。粉飾太平，如畫簷蛛網之盡日惹飛絮，此辛棄疾之所以憂憤者也。下半闋則借漢武陳皇后事，以夫婦喻君臣，慨己之不見用。司馬相如長門賦序，「孝武皇帝陳皇后時得幸，頗妒，別在長門宮，愁悶悲思，聞蜀郡成都司馬相如天下工爲文，奉黃金百斤，爲相如文君取酒，因予解悲愁之辭，而相如爲文以悟主上，陳皇后復得親幸。」（按此乃文人假託之辭，並非事實。）長門賦中描寫陳皇后望幸之意曰，「奉虛言而望誠兮，期城南之離宮。修薄具而自設兮，君曾不肯乎幸臨。」「長門事五句，即用此事，以漢武喻孝宗而以陳皇后自比，言孝宗本有意用己，而爲人所沮，己之忠誠，亦無由得達。「君莫舞，君不見，玉環飛燕皆塵土。」二句，仍承上意，以女子自喻，强作自慰之辭，言自古傾國之姿，如玉環飛燕，終歸黃土，則已又何必沾沾於自表見。言似慰解，意實悲憤，極爲沈鬱。「閒愁最苦，」則仍不能自寬慰也。末三句極寫怨抑，造境淒美。鶴林玉露謂「壽皇（孝宗）聞此詞頗不悅，」蓋以其過於怨也，然亦可見此詞動人之深矣。此詞造境美，筆力健，鬱氣迴腸，沈摯幽咽。蓋詞之抒情達意，不宜太顯，太顯則淺露，亦不宜太隱，太隱則晦澀，此詞用比興寄託之法，故無淺露之弊，而其所取之比興，又頗貼切，故亦無晦澀之弊，可謂恰到好處者。詞體要眇宜修，首貴能美，此詞雖傷國事，抒壯懷，而所借以發抒者，如惜春之情，如落紅，如畫簷蛛網，如男女幽怨，如斜陽煙柳，皆極美之意象，雄健之中，仍含深美之趣，在辛詞中，最爲傑作。

劉熙載謂，「辛稼軒風節建豎，卓絕一時，惜每有成功，輒爲議者所沮，觀其踏涉行和趙興國有云，吾道悠悠，憂心悄悄，其志與遇概可知矣。」此語能道出辛棄疾深懷，故辛詞中亦頗有幽約怨悱之作，蓋既未便明言，只可託於美人香草，讀者應知傷心人别有懷抱。未可盡以閒情視之也。如祝英臺近云。

寶釵分，桃葉渡，烟柳暗南浦。怕上層樓，十日九風雨。斷腸點點飛紅，都無人管，更誰勸流鶯聲住。　鬢邊覷。試把花卜歸期，纔簪又重數。羅帳燈昏，哽咽夢中語。是他春帶愁來，春歸何處，却不解帶將愁去。

貴耳集謂，「呂婆，呂正己之妻，正己爲京幾漕，有女事辛幼安，因以微事觸其怒，竟逐之，今稼軒桃葉渡詞，因此而作。」按宋人筆記述詞中本事，往往出於附會，未可深信，此詞幽怨沈綿，恐仍多感時之意，傷國勢微弱，挽救無人，未必專爲去妾作也。又如蝶戀花元日立春云。

誰向椒盤簪綵勝。整整韶華，爭上春風鬢。往日不堪重記省。爲花常把新春恨。　春未來時先借問。晚恨開遲，早又飄零近。今歲花期消息定。只愁風雨無憑準。

花期雖定，風雨無憑，喻欲建功業，計畫已定，而環境多阻，成功猶未敢卜也。鷓鴣天云：

陌上柔桑破嫩芽。東鄰蠶種已生些。平岡細草鳴黃犢，斜日寒林噪暮鴉。山遠近，路橫斜。青旗沽酒有人家，城中桃李愁風雨。春在溪頭薺菜花。

末二句寄喻大位無望，而人才多散處於外，惜不為朝廷所用也。念奴嬌書東流村壁云：

野塘花落，又匆匆過了，清明時節。剗地東風欺客夢，一枕雲屏寒怯。曲岸持觴，垂楊繫馬，此地曾輕別。樓空人去，舊遊飛燕能說。聞道綺陌東頭，行人曾見，簾底纖纖月。舊恨春江流不盡，新恨雲山千疊。料得明朝，尊前重見，鏡裏花難折。也應驚問，近來多少華髮。

梁啟超曰，「此南渡之感。」余按「料得明朝」以下五句，卽張孝祥詞「時易失，心徒壯，歲將零，」之意，不過辛詞表現方法更美耳。漢宮春立春云：

春已歸來，看美人頭上，裊裊春幡。無端風雨，未肯收盡餘寒。年時燕子，料今宵，夢到西園。渾未辦，黃柑薦酒，更傳青韭堆盤。卻笑東風從此，便薰梅染柳，更沒些閒。閒時又來鏡裏，轉變朱顏。清愁不斷，問何人，會解連環。生怕見，花開花落，朝來塞雁先還。

周濟評此詞曰，「春幡九字，情景已極不堪。燕子猶記年時好夢，黃柑青韭，極寫燕安酖毒，換頭又提動黨禍，結用雁與燕激射，卻捎帶五國城舊恨。辛詞之怨，未有甚於此者。」以上解釋諸詞，雖似出於推測，然造境淒迷，本爲詞體之一種特質，論者形容詞之境界，謂如「天光雲影，搖蕩綠波，撫玩無斁，追尋已遠，」雖未必所有之詞盡如是，然至少有一部分之詞，合於此種意境。以辛棄疾之身世，必有觸物之情，難言之隱，則觸物興懷，時時透露，乃極可能之事。吾人苟明詞體之特質，再用知人論世，以意逆志之法，遇棄疾此種詞，加以較深之推測，並非穿鑿。不然，若浮泛讀過，反恐失作者之深心也。

辛棄疾感憤之懷，有時以曠淡出之，彌覺深至。如鷓鴣天鵝湖歸病起作云：

枕簟溪堂冷欲秋。斷雲依水晚來收。紅蓮相倚渾如醉，白鳥無言定自愁。　書咄咄，且休休。一丘一壑也風流。不知筋力衰多少，但覺新來嬾上樓。

又如鷓鴣天云。

有甚閒愁可皺眉。老懷無緒自傷悲。百年旋逐花陰轉，萬事長看鬢髮知。 溪上枕，竹間棋。怕尋酒伴嬾吟詩。十分筋力誇強健，只比年時病起時。

「不知筋力衰多少，但覺新來嬾上樓。」「十分筋力誇強健，只比年時病起時。」並非衰老頹廢之言，蓋偉志雄才，不爲世用，歲月駸逝，恐體力已遜於前時，而功業有負於初心，乃劉備髀肉復生之感，語淡而志壯也。此二詞皆辛棄疾退居時作，故所感如此。及嘉泰四年，朝廷有北伐之意，棄疾知鎮江府，時已六十五歲，而所作永遇樂詞曰，「憑誰問，廉頗老矣，尚能飯否。」則雄姿颯爽，以廉頗自況，可見其偉懷壯志，至老不衰也。

辛棄疾之生平，及其民族意識表現於詞中者，已如上論。茲再選錄辛詞佳作若干首，略附評釋，以供讀者欣賞焉。

賀新郎

別茂嘉十二弟。鵜鴂杜鵑實兩種，見離騷補注。

綠樹聽鵜鴂。更那堪鷓鴣聲住，杜鵑聲切。啼到春歸無尋處，苦恨芳菲都歇。算未抵，人間離別。馬上琵琶關塞黑，更長門，翠輦辭金闕。看燕燕，送歸妾。將軍百戰身名裂。向河梁，回頭萬里，故人長絕。易水蕭蕭西風冷，滿座衣冠似雪。正壯士悲歌未徹。啼鳥還知如許恨，料不啼，清淚長啼血。誰共我，醉明月。

此詞章法絕妙，以啼鳥惜春襯離別之恨，中間排敘古時英雄美人之離別故事四種，（昭君出塞，衛莊姜送歸妾，李陵送蘇武，燕人送荊軻）筆力橫絕，似齊梁人小賦，王國維謂，「此能品而幾於神者，然非有意爲之，故後人不能到。」辛棄疾又有賀新郎賦琵琶一詞，作法與此相似。

水調歌頭

壬子三山被召，陳端仁給事飲餞席上作。

[illegible]　[illegible]

長恨復長恨，裁作短歌行。何人為我楚舞，聽我楚狂聲。余既滋蘭九畹，又樹蕙之百畝，秋菊更餐英。門外滄浪水，可以濯吾纓。一盃酒，問何似，身後名。人間萬事，毫髮常重泰山輕。悲莫悲生離別，樂莫樂新相識，兒女古今情。富貴非吾事，歸與白鷗盟。

此詞用楚辭甚妙，「余既滋蘭於九畹兮，又樹蕙之百畝。」「朝飲木蘭之墜露兮，夕餐秋菊之落英。」皆離騷中語。「悲莫悲兮生別離，樂莫樂兮新相知。」乃九歌少司命中語。一經運化，便得風流，天資是何敏也。

水調歌頭

盟鷗

帶湖吾甚愛，千丈翠奩開。先生杖屨無事，一日走千回。凡我同盟鷗鷺，今日既盟之後，來往莫相猜。白鶴依何處，嘗試與偕來。　破青萍，排翠藻，立蒼苔。窺魚笑汝癡計，不解舉吾盃。廢沼荒丘疇昔，明月清風此夜，人世幾歡哀。東岸綠陰少，楊柳更須栽。

此詞有曠逸之趣。「今日既盟之後」，融化左傳語，頗新奇。

木蘭花慢

中秋飲酒將旦，客謂前人詩詞有賦待月，無送月者，因用天問體賦。

可憐今夕月，向何處，去悠悠。是別有人間，那邊纔見，光景東頭。是天外空汗漫，但長風浩浩送中秋。飛鏡無根誰繫，姮娥不嫁誰留。謂經海底問無由，恍惚使人愁。怕萬里長鯨，縱橫觸破，玉殿瓊樓。蝦蟆故堪浴水，問云何玉兔解沈浮。若道都齊無恙，云何漸漸如鉤。

此詞奇思奇體，「是別有人間，那邊纔見，光景東頭。」冥合地圓之理，可謂妙悟。

青玉案

元夕

東風夜放花千樹。更吹落，星如雨，寶馬雕車香滿路。鳳簫聲動，玉壺光轉，一

辛稼軒詞之風格與人　七[illegible]

夜魚龍舞。蛾兒雪柳黃金縷。笑語盈盈暗香去。衆裏尋他千百度。驀然回首，那人卻在，燈火闌珊處。

此詞上半闋瑰異，下半闋婉美。梁啓超謂其有「自憐幽獨」之意。

鷓鴣天

石門道中

山上飛泉萬斛珠。懸崖千丈落鼪鼯。已通樵徑行還礙，似有人聲聽卻無。　閑略彴，遠浮屠。溪南修竹有茅廬。莫嫌杖屨頻來往，此地偏宜著老夫。

鷓鴣天

春日即事題毛村酒壚。

春日平原薺菜花，新耕雨後落群鴉，多情白髮春無奈，晚日青帘酒易賒。　閑意態，細生涯。牛欄西畔有桑麻，青裙縞袂誰家女，去趁蠶生看外家。

清平樂

茅簷低小。溪上青青草。醉裡吳音相媚好。白髮誰家翁媼。　大兒鋤豆溪東。中兒正織雞籠。最喜小兒無賴，溪頭看剝蓮蓬。

清平樂

獨宿博山王氏庵。

遶牀饑鼠。蝙蝠翻燈舞。屋上松風吹急雨。破紙窗間自語。　平生塞北江南。歸來華髮蒼顏。布被秋宵夢覺，眼前萬里江山。

生查子

溪邊照影行，天在清溪底。天上有行雲，人在行雲裏。　高歌誰和予，空谷清音起。非鬼亦非仙，一曲桃花水。

山花子

病起獨坐停雲。

强欲加餐竟未佳。只宜長伴病僧齋。心似風吹香篆過，也無灰。　山上朝來雲出曲。隨風一去未曾回。次第前村行雨了，合歸來。

諧詞樸淡清逸，極似陸游晚年閒居諸詩，前人詞中少此種境界，辛棄疾始開之。中國詩詞中，多閒適之作，此並非消極也。如陶潛，柳宗元，蘇軾，陸游，皆有用世之志，所志不遂，於是玩山水，樂田園，以詩歌寫其閒適之生活於文學中得一種慰藉。雖寫閒適之趣，然其中仍蘊含豪放之情，鬱勃之志，故境高而味深。譬如江水滔滔東流，阻於山石，激盪迴折，潴爲湖澤，湖波雖似平靜，而水勢餘怒，蘊藏於中、儲蓄停渟，氣象闊遠。了解此種意境，始能讀陶柳蘇陸閒適之詩，始能欣賞辛棄疾閒適之詞。

粉蝶兒

和趙晉臣敷文賦落梅。

昨日春，如十三女兒學繡。一枝枝，不敎花瘦。甚無情，便下得雨僝風僽。向園林，鋪作地衣紅縐。而今春，似輕薄蕩子難久。記前時，送春歸後。把春波，都釀作一江醇酎。約淸愁，楊柳岸邊相候。

霜天曉角

旅興

吳頭楚尾。一棹人千里。休說舊愁新恨，長亭樹，今如此。　宦游吾倦矣。玉人留我醉。明日落花寒食，得且住，爲佳耳。

此兩詞新俊，別有意趣。

總之，辛詞造詣之高，在南宋爲第一。王國維人間詞話曰，「南宋詞人，白石有格而無情，劍南有氣而乏韻，其堪與北宋人頡頏者，惟一幼安耳。（中略）幼安之佳處，在有性情，有境界，卽以氣象論，亦有傍素波干青雲之概，寧後世齷齪小生所可擬耶。」辛詞之所以佳，非僅詞才之高，蓋其襟懷志略，磊落軒天地，實南宋第一流人才，因不得盡用於世而借詞以表現之，詞境遂卓絕一代。張楚古山樂府水龍吟附辛稼軒墓一詞，最能道出辛憫疾爲人與其詞之關係，爰錄之以作本章之結束。

水龍吟　　張𪰂

題辛稼軒墓。

嶺頭一片青山，可能埋沒淩雲氣。遐方異域，當年滴盡，英雄清淚。星斗撐腸，雲烟盈紙，縱橫游戲。謾人間留得，陽春白雪，千載下，無人繼。不見戟門華第，見蕭蕭竹枯松悴。問誰料理，帶湖烟景，瓢泉風味。萬里中原，不堪回首，人生如寄。且臨風高唱，逍遙舊曲，爲先生醉。

第四章　辛派詞人

辛棄疾英氣雄才，志切恢復，發爲長短句，沈鬱激烈，卓絕一代，蔚然爲南宋詞家大宗。其與辛棄疾志事相同，而作詞風格亦相近，同時往還者，有韓元吉，陳亮，陸游，劉過等，後世私淑者，有劉克莊。本章卽論述此諸家總名之曰辛派詞人。

韓元吉，字无咎，號南澗，開封雍丘人。生於徽宗重和元年。（一一一八）北宋亡時，元吉年十歲，故集中書朔行日記後曰，「靖康之禍，吾及之也。」南渡後，仕至吏部尚書，著有南澗甲乙稿。卒於孝宗淳熙十四年，（一一八七）年七十歲。（韓元吉生年，乃四庫提要據元吉集中南劍道中詩注所考定，其卒年舊無說，按陸游劍南詩稿卷十九有「聞韓无咎下世」詩，劍南詩稿，按年排次，卷十九多丁未年詩，丁未爲孝宗淳熙十四年，年七十歲。元吉集卷十二有謝人賀七十詩詞啓，蓋七十歲慶壽之後，不久卽下世矣。）

中國史上之民族詞人

韓元吉爲韓維玄孫，本文獻世家。據其跋尹焞手迹，自稱門人，則距程子僅再傳，又與朱熹最善，嘗舉以自代，其狀今載集中，故其學問淵源，頗爲醇正。元吉在南宋初亦主戰派，論時事深切中肯。高宗紹興三十二年，參知政事賀允中使金還，時僉人有欺盟南侵之意，元吉上賀參政書（見本集卷十三）云。

國家越在東南，垂四十年矣。自講和之議興，敵之結好，又二十年矣。其果以和好爲萬世策耶，抑亦計不獲已，姑欲自治而款之也。以爲萬世策，則自古無倚外敵而可以立國者。如欲自治而款之，則二十年之間，不爲不久，何倚未有發也。

此言如恃和議以立國，則其策大謬，蓋「自古無倚外敵以立國者。」如爲權宜之計，暫時忍辱求和，徐圖自强，以謀恢復，則二十年之久，應有所發動。故又就理與勢論之，未嘗可以有爲，惟當自治以俟其機，其言曰。

夫天下有大勢，有定理。所謂定理者，曲直順逆是也，所謂大勢者，當自其時而論之也。今天下之定理，我爲甚直，亦爲甚順，固不必深議。至於大勢，竊嘗借三國爲喻也。三國之時，吳蜀皆欲取魏，然魏卒不可取者，以蜀不能有吳，吳不能有蜀爾。後吳蜀交通，而魏以爲病，今敵據有中原，勢猶魏也，北盡江淮，南盡嶺海，西控三巴，而接漢沔，則吳蜀之勢，吾既兼之矣。（中略）夫理與勢，吾皆有之，則亦何懼於彼，而甘爲之下，所未可者，當謹俟其機爾。（中略）故願朝廷亟爲自治以俟其機，非欲無機而妄動也。

孝宗即位之初，和戰之議不定，韓元吉上張同知（張燾時知樞密院事）書（本集卷十三）云，

夫戰則當有其備，和則當有其謀，守則當有其地，非可倀然妄動，以僥倖於萬一。（中略）夫敵之強弱存亡，蓋不必問，苟有以自固吾圉，要當汰擇將帥，簡練兵馬，度要害之地，高城深池，而必守焉，見利勿動，見疑勿驚，而彼能越吾地爲盜者，人不信也。日夜以圖之，假以數年，吾之事力既振，何往而不利。

主張以守爲攻，先固己而後圖人，其策亦頗穩健。

孝宗乾道九年，即金世宗大定十三年，韓元吉使金，賀萬春節，（據金史交聘表）留意探察敵國情況，及中原人心，自渡淮，凡所以覘敵者，日夜不敢忘，雖駐車乞漿，下馬盥手，遇小兒婦女，率以言挑之，又使親故之從行者反覆私焉，往往遂得其情，知中原人心，怨敵者故在。歸國後因爲孝宗言，敵之彊盛，幾五十年，而人心不附，願養威蓄力，以俟可乘之機。（見本集卷十六書朔行日記後）亦可謂有心人矣。

韓元吉詩詞均工，曾與辛棄疾以詞相酬和。辛棄疾稼軒長短句中贈韓元吉詞頗多，而以水龍吟甲辰歲壽韓南澗尚書一詞最爲豪壯。詞曰，

渡江天馬南來，幾人眞是經綸手。長安父老，新亭風景，可憐依舊。夷甫諸人，神州沈陸，幾曾回首。算平戎萬里，功名本是，眞儒事，公知否。　況有文章山斗，對桐陰滿庭淸晝。當年墮地，而今試看，風雲奔走。綠野風煙，平原草木，東山歌酒。待他年整頓，乾坤事了，爲先生壽。

韓元吉南澗詩餘中亦有水龍吟壽辛棄疾詞。（按韓此詞題曰「壽辛侍郎。」所以知爲辛

棄疾者，蓋此詞用韻與上文所引辛壽韓詞全同，且稼軒長短句中於壽韓南澗詞之後，又有水龍吟一首，題云，「次年，南澗用韻爲僕壽，僕與公生日相去一日，再和以壽南澗。」所謂「次年南澗用韻爲僕壽」者，蓋卽指此詞也。）詞曰，

南風五月江波使君莫袖平戎手。燕然未勒，渡瀘聲在，宸衷懷舊。臥占湖山，樓橫百尺，詩成千首。正菖蒲葉老，芙蕖香嫩，高門瑞，人知否。涼夜光躔牛斗，夢初回，長庚如晝。明年看取，旌旗南下，六鼠西走。功畫凌煙，萬釘寶帶，百壺清酒。便留公膾飯蟠桃，分我作，歸來壽。

韓元吉主張恢復，與辛棄疾志事相合，故二人壽詞，均以平戎之業相勉。

韓元吉使金時，又有好事近，近汴京賜宴詞，寫黍離之悲，極爲淒咽。詞云，

凝碧舊池頭，一聽管絃淒切。多少梨園聲在，總不堪華髮。杏花無處避春愁，也傍野花發。惟有御溝聲斷，似知人嗚咽。

韓元吉嘗以此詞寄示陸游，陸游有「得韓无咎書寄使虜時宴東都驛中所作小闋」詩曰，

大梁二月杏花開。錦衣公子乘傳來。桐陰滿第歸不得，金轡玲瓏上源驛。上源驛中捶畫鼓。漢使作客胡作主。舞女不記宣和妝，廬兒能作女眞語。書來寄我宴時詩。歸鬢知添幾縷絲。有志未須深感慨，築城會據拂雲祠。（原注，「房中受降城在拂雲祠。」）

在辛棄疾知交之中，最能辨夷夏之防，講恢復之策，議論明達，切中事情者，當推陳亮。陳亮講學，重事功，不卑視漢唐，期於開物成務，酌古理今，與南宋理學諸儒異趣。然朱熹呂祖謙等皆稱亮有經濟之學，葉適論學亦重事功，尤推許陳亮，所作亮墓誌銘稱之曰，「志復君之讎，大義也。欲絜諸夏，合南北，大慮也。必行其所知，不以得喪壯老二其守，大節也。春秋戰國之材，無是也。」陳亮，字同甫，婺州永康人。生於紹興十三年。（一一四三）生而目光有芒，爲人才氣超邁，喜談兵，議論風生，下筆數千言立就。孝宗隆興初，與金人約和，天下忻然，幸得蘇息，獨亮持不可。乾道五年，亮年二十七歲，婺州方以解頭薦，因上中興五論。（按陳亮上中興五論，在孝宗乾道五年己丑，見陳亮龍川文集卷二中興五論自跋。畢沅續資治通鑑繫於隆興元年，誤。）一、中興論，二、論開誠之道，三、論執要之道，四、論勵臣之道，五、論正體之道。奏入，不報，退修於家。淳熙五年，復詣闕上書，文長四千餘言，先論偏安之非宜，謂「中國，天地之正氣，衣冠禮樂之所萃，挈中國衣冠禮樂而寓之偏方，雖天命人心猶有所繫，然豈以是為可久安而無事。」次論通和之失策，以為「通和者，所以成上下之苟安，而為妄庸兩售之地。」次則勸孝宗決意恢復，以振天下之氣，以動中原之心。然欲圖恢復，須有方策，故亮又曰，「臣請為陛下陳國家立國之本末，而開今日大有為之略，論天下形勢之消長，而決今日大有為之機。」其陳國家立國之本末，大意謂太祖鑒於中唐以來藩鎮跋扈之禍，故集權中央，雖綱紀總攝，植國內太平之基，而國勢微弱，啟夷狄猖狂之禍，慶歷熙甯兩度變法，均未得當，南渡以後更無足道。其論宋朝立國之勢，「正患文為之太密，事權之太分，郡縣太輕於下，而委瑣不足恃，兵財太關於上，而重遲不易舉。」極中肯綮。其論天下形勢之消長，則以為建都於錢塘偏處之一隅，不足以張形勢而事恢復，荆襄之地，東通吳會，西連巴蜀，南極湖湘，洗濯其人以發泄其氣而用之，使足以接關洛之氣，則可以爭衡於中國；」故主張遷都建業，以武昌為行宮，荆襄為重鎮。陳亮之學，重事功，切實用，於當時迂闊之儒，浮誇之士，皆深致不滿，謂「今世之儒士，自以為得正心誠意之學者，皆風痺不知痛癢之人也。舉一世安於君父之讎，而方低頭拱手以談性命，不知何者謂之性命乎。(中略)今世之才臣，自以為得富國強兵之術者，皆狂惑以肆叫呼之人也。不以暇時講究立國之本末，而方揚眉伸氣以論富強，不知何者謂之富強乎。(中略)陛下，百代之英主也，今乃驅委庸人，籠絡小儒，以遷延大有為之歲月，臣不勝憤悱，是以忘其賤而獻其愚。」此書既奏，孝宗赫然震動，欲榜朝堂以勵羣臣，用种放故事，召令上殿，將擢用之。倖臣曾覿知之，將見亮，亮恥之，踰垣而逃。曾覿以其不詣己，不悅。大臣尤惡其直言無諱，交沮之，乃有都堂審察之命。宰相臨以上旨，問所言，皆落落不少貶，又不合。待命八日，再詣闕上第二書，旋又上第三書，大意仍勸孝宗明恥復仇以振作天下之氣，且更張法度以為國要之本。

孝宗欲官之，亮笑曰，「吾欲為社稷開數百年之基，寧用以博一官乎。」亮渡江而歸。

淳熙十四年，高宗崩，金遣使來弔，簡慢。孝宗致喪三年，命太子參决庶務，陳亮感孝宗之知，至金陵視形勢，於淳熙十五年戊申復上書孝宗謂「高宗皇帝於虜有父兄之仇，生不能以報之，則死必有望於子孫，何忍以升遐之哀告之仇哉。遺留報謝，三使繼遣，金帛寶貨，千兩連發，而虜人僅以一使如臨小邦，聞諸道路，哀祭之辭，寂寥簡慢。義士仁人，痛切心骨，豈以陛下之聖明智勇而能忍之乎。」又謂「陛下何不於此時命東宮為撫軍大將軍，歲巡建業，使之兼統諸司，盡護諸將，置長史司馬以專其勞，而陛下於宅憂之餘，通用人才，均調天下，以應無窮之變，此肅宗所以命廣平王之故事也。兵雖未出，而聖意振動，天下之英雄豪傑靡然知所向矣。」是時孝宗將內禪，不報，而在廷諸臣，且怒以為狂怪焉。

孝宗英明之主，初即位時，極思恢復，惜當時宰臣皆不足以輔成其志，而湯思退更力主和議以沮之，敷衍因循，苟安歲月。陳亮所謂，「陛下以雄心英略，委曲上下於其間，機會在前，而不敢爲翻然之喜，隱忍以俟而不敢奮赫斯之怒，朝得一才士，而暮以當路不便而逐，心知爲庸人，而外以人言不至而留，泯其喜怒哀樂，雜其是非好惡。」頗足以道出孝宗之苦衷。及淳熙五年陳亮上書時，孝宗即位已十七年，初志亦衰矣。方孝孺讀陳同甫上孝宗四書，謂「當隆興間，孝宗苟聞此言，將不踰時而召用之，當使同甫至四上而不報，死於布衣而不用哉。」頗傷陳亮不爲所用。然陳亮雖才辯縱橫，而未必眞有幹濟之略。蓋政論家與政治家不同，政論家有才識即可，政治家則又須有宏偉深沈之器識。陳亮自跋中興五論謂，「一日讀楊龜山語錄，謂人住得然後可以有爲，才智之士，非有學力，卻住不得，不覺恍然自失。」蓋亦自知其鋒鋩太露，傷於輕浮。鶴林玉露記朱子告亮之言曰，「凡眞正大英雄，須是戰戰兢兢，從薄冰上履過去。」亦戒其氣之銳，視天下事太易也。故四庫提要集部龍川文集條謂亮果得志，「未必不如趙括馬謖，狂躁僨轅。」然亮當南宋苟安之時，申夷夏之大防，主復仇之正義，論偏安之非宜，通和之失策，既極沈痛，而主張遷都建康，兼營荊襄，及更張法度，以救北宋以來「

郡縣空虛，本末俱弱」之弊，尤爲切中事情，其忠義之心，明銳之識，固足取也。

陳亮自負其經濟之學，嘗曰，「研窮義理之精微，辨析古今之同異，原心於秒忽，較理於分寸，以積累爲工，以涵養爲正，睟面盎背，則於諸儒誠有愧焉。至於堂堂之陣，正正之旗，風雨雲雷，交發而並至，龍蛇虎豹，變現而出沒，推倒一世之智勇，開拓萬古之心胸，自謂差有一日之長。」（本集卷二十甲辰答朱元晦書）亮所謂諸儒者，蓋謂同時之理學家。陳亮與當時理學家論政意見之不同，具見於其與朱熹論王霸諸書。陳亮所重者在事功，謂漢高祖唐太宗皆能「禁暴戢亂，愛人利物，」亦能「建立國家，傳世久遠，」其事功爍然，故未可深貶。漢唐霸政與三代王政非有根本之差異，但「三代做得盡，漢唐做不到盡」耳。朱熹所重者不在事功，而在其所以發爲事功之內心動機，故謂不當只「論其盡與不盡，而當「論其所以盡與不盡。」其所以盡與不盡，卽王霸之所由分。三代聖王，皆有極深厚之修養，其心中天理流行，不雜絲毫人欲之私，漢唐之君，無此修養，其事功雖時有可取，然推其居心，則不免出於人欲之私，故不能與王道並論。（以今日眼光觀之，朱熹所言，固爲政治哲學上最高之理想，然在人類歷史上，此種理想，未嘗完全實現，漢唐諸君之政治施設，固不免有時出於人欲之私，而三代之君，亦何嘗卽爲天理流行哉。政治理想與歷史事實當分別論之也。）南宋理學家與事功派論政意見之不同，不但論古事如此，卽論時事亦然。主戰議，主恢復，此理學家與事功派之所同。至於如何圖强以恢復中原，事功派所重者在實際之辦法，而理學家所重者則在人君內心之修養。事功派之議論，理學家認爲粗疏，理學家之主張，事功派亦視爲迂闊。兩派意見，往往不能相容。惟朱熹與陳亮論學雖異趣，而交誼頗篤，且互相推重也。

陳亮平生，侘傺不偶，數遭冤獄，幾瀕於死。光宗紹熙四年策進士，擢亮第一，授僉書建康軍判官廳公事。亮雖擢高第，而屢患困折，精澤內耗，形體外離，未至官，病一夕卒，年五十二，時紹熙五年也。（一一九四）

陳亮頗喜塡詞，「每一章就，輒自歎曰，平生經濟之懷，略已陳矣。」（葉適書龍川集後其水調歌頭送章德茂大卿使虜云，不見南師久，漫說北群空。當場隻手，畢竟還我萬夫雄。自笑堂堂漢使，得似洋洋河水，依舊只流東。且復穹廬拜，會向藁街逢。堯之都，舜之壤，禹之封。于中應有，一個半個恥臣戎。萬里腥羶如許，千古英靈安在，磅礴幾時通。胡運何須問，赫日正當中。

念奴嬌登多景樓云，

危樓還望，歎此意，今古幾人曾會。鬼設神施渾認作，天限南疆北界。一水橫陳，連岡四面，做出爭雄勢。六朝何事，只成門戶私計。因笑王謝諸人，登高懷遠，也學英雄涕。憑卻江山管不到，河洛腥羶無際。正好長驅，不須反顧，尋取中流誓。小兒破賊，勢成寧問彊對。

滿江紅懷韓子師尚書云，

曾洗乾坤，問何事雄圖頓屈。試著眼階除當下，又添英物。北向爭衡幽憤在，南來遺恨狂酋失。算淒涼部曲幾人存，三之一。諸老盡，郎君出。恩未報，家何恤。念橫飛直上，有時還戢。笑我只知存飽暖，感君原不論階級。休更上，百尺舊家樓，塵侵帙。

諸詞雖稍粗質，然皆足以見其壯懷。

陳亮與辛棄疾酬答之詞頗不少。辛棄疾閒居鉛山時，陳亮來訪，留十日，別去，棄疾贈以賀新郎詞，題序云，「陳同父自東陽來過余，留十日，與之同游鵝湖，且會朱晦庵於紫溪，不至，飄然東歸。既別之明日，余意中殊戀戀，復欲追路，至鷺鷥林，則雪深泥滑，不得前矣。獨飲方村，悵然久之，頗恨挽留之不遂也。夜半投宿吳氏泉湖四望樓，聞鄰笛悲甚，爲賦乳燕飛（按乳燕飛卽賀新郎調別名）以見意。又五日，同甫書來索詞。心所同然者如此，可發千里一笑。」詞云，

把酒長亭說。看淵明，風流酷似，臥龍諸葛。何處飛來林間鵲，蹙踏松梢殘雪。要破帽多添華髮。剩水殘山無態度，被疏梅料理成風月。兩三雁，也蕭瑟。　佳人重約還輕別。悵淸江天寒不渡，水深冰合。路斷車輪生四角，此地行人銷骨。

問誰使君來愁絕。鑄就而今相思錯，料當初，費盡人間鐵。長夜笛，莫吹裂。

陳亮寄辛幼安和見懷韻詞云，

老去憑誰說。看幾番，神奇臭腐，夏裘冬葛。父老長安今餘幾，後死無讎可雪。猶未燥當時生髮。二十五弦多少恨，算世間那有平分月。胡婦弄，漢宮瑟。樹猶如此堪重別。只使君從來與我，話頭多合，行矣置之無足問，誰換妍皮癡骨。但莫使伯牙絃絕。九轉丹砂牢拾取，管精金只是尋常鐵。龍共虎，應聲裂。

辛棄疾有同甫見和再用韻答之，詞云，

老大那堪說。似而今，元龍臭味，孟公瓜葛。我病君來高歌飲，驚散樓頭飛雪。笑富貴千鈞如髮。硬語盤空誰來聽，記當時只有西窗月。重進酒，換鳴瑟。事無兩樣人心別。問渠儂，神州畢竟，幾番離合。汗血鹽車無人顧，千里空收駿骨。正目斷關河路絕。我最憐君中宵舞，道男兒到死心如鐵。看試手，補天裂。

陳亮酬辛幼安再用韻見寄詞云，

離亂從頭說。愛吾民，金繒不愛，蔓藤纍葛。壯氣盡消人脆好，冠蓋陰山觀雪。虧殺我一星星髮。涕出女吳成倒轉，問魯爲齊弱何年月。丘也幸，由之瑟。　斯新換出旗麾別。把當時一椿大義，拆開收合。據地一呼吾往矣，萬里搖肢動骨。這話霸只成癡絕。天地洪爐誰扇鞴，算于中，安得長堅鐵。淝水破，關東裂。

陳亮詞中感慨，多與其平日議論相照合。「父老長安今餘幾，後死無讎可雪。猶未燥當時生髮。」卽中興論所謂「又況南渡已久，中原父老，日以殂謝，生長於戎，豈知有我。昔宋文帝欲取河南故地，魏太武以爲，我自生髮未燥，卽知河南是我境土，安得爲南朝故地」之意。「涕出女吳成倒轉，」卽龍川文集卷四問答第十二條之意。是條問者謂「今中國而君之，旣不能卻夷狄於塞外，又不能忍一日之辱，坐視民生之塗炭而莫之救，是誠何心哉。此齊景公所以涕出而女於吳也。」託爲贊成屈己和戎之意以發問，而答者則仍申夷夏之防不可泯，曰，「今中原旣變於夷狄矣，明中國之道，掃地以求更新，可也，使民主宛轉於狄道而無有已時，則何貴於人乎。」故詞中云，「涕出女吳成倒轉，」蓋涕出女吳，乃以夏事夷，上下倒置矣。

以上所錄陳亮諸詞，雖發抒壯懷，而皆不免於粗獷質率，非詞中上乘，與上章所引辛棄疾諸詞相比，其優劣自顯。文學作品貴乎美，貴乎有境界，而詞之爲體，要眇宜修，尤須不失深婉淒美空靈醞藉之妙。陳亮蓋缺之此種才情也。惟水龍吟「恨芳菲世界，游人未賞，都付與鶯和燕」三句，劉熙載謂其「言近旨遠，有宗留守大呼渡河之意，」頗得詞中深婉之味。

以詞而論，陳固遠遜於辛，而兩人同抱恢復之懷，有經世之志，氣味相投，故陳贈辛詞云，「只使君從來與我，話頭多合。」辛贈陳詞亦云，「我最憐君中宵舞，道男兒，到死心如鐵。看試手，補天裂。」陳作辛稼軒像贊云，「眼光有稜，足以照映一世之豪，背胛有負，足以荷載四國之重。出其毫末，翻然震動。不知鬚髮之既斑，庶幾膽力之無恐。呼而來，麾而去，無所逃天地之間，撓弗濁，澄弗清，豈自爲將相之種。故曰，真鼠枉用，真虎可以不用，而用也者，所以爲天寵也。」陳亮家僮殺人，被殺者之家疑告磊指使，逮下大理，辛棄疾援之甚力，卒得昭雪，此皆足見兩人交誼之篤也。（詞林紀事引說海，謂辛棄疾帥淮，陳亮詣之，相與談天下事，辛酒酣縱言無忌，陳夜思，辛夙沈重寡言，因酒誤發，若醒而悟，必殺己滅口，遂中夜盜其駿馬而逃，後致書於辛，微露其意，假十萬緡以濟之，辛如數與焉。按此事荒謬，不近情理，殆好事者所造，梁啓超辛稼軒年譜曾辨其誣。）

陸游，字務觀，號放翁，山陰人。生於徽宗宣和七年，（一一二五）卒於甯宗嘉定二年，（一二〇九）年八十五歲。

陸游雖與辛棄疾同時，而往還似不甚密。棄疾稼軒詞中無贈陸游之作。陸游生平作詩甚多，而贈辛棄疾者僅一首，見於劍南詩稿卷五十七，題爲「送辛幼安殿撰造朝，」詩中有句云，「大材小用古所歎，管仲蕭何實流亞。天山掛旆或少須，先挽銀河洗嵩華。中原麟鳳爭自奮，殘虜犬羊何足嚇。但令小試出緒餘，青史英豪可雄跨。」劍南詩稿按年排比，卷五十七皆甲子年詩，甲子乃甯宗嘉泰四年，是年辛棄疾由浙東安撫使徵召入朝，時朝廷有意北伐，故陸游勉棄疾以恢復中原，建樹功業也。

陸游爲南宋著名之愛國文人，惟其詩才勝於詞才，故其愛國家愛民族之情緒，多發洩於詩：發洩於詞者不甚多。以詩論，陸游爲南宋大家，亦爲南宋最偉大之民族詩人；以詞論，陸游未能樹立宗派，如辛棄疾之重要，故本書不爲陸游特立一章，而附論於，

（•

陸游早慧，年十二，卽能詩文。高宗時，以蔭補登仕郎，仕至大理寺司直，兼宗正此。孝宗卽位，遷樞密院編修官，兼編類聖政所檢討官，賜進士出身，出通判建康府，尋易隆興府。言者論游交結臺諫，鼓唱是非，力說張浚用兵，免歸。久之，夔州王炎宣撫川陝，辟游爲幹辦公事，游遂入蜀，在途中七月，（自乾道五年十二月至六年六月。）嘗作入蜀記，記途中聞見經歷。後范成大帥蜀，辟游爲參議官，以文字相交，不拘禮法人譏，其頹放，因自號放翁。游居蜀八年，後累遷江西常平提舉，知嚴州。光宗紹熙元年，遷禮部郎中，兼實錄院檢討官。甯宗嘉泰二年，以孝宗光宗兩朝實錄及三朝史未就

，詔游權同修國史，實錄院同修撰，免奉朝請，尋兼祕書監。三年，書成，遂陞寶章閣待制，致仕。

陸游生於北宋末年，南宋初，年已成童，目擊當時夷禍之烈，及士氣之盛，深惜恢復之不成，而痛恨和議之誤國，嘗曰，「紹興初，某甫成童，親見當時士大夫相與言及國事，或裂眥嚼齒，或流涕痛哭，人人自期以殺身翊戴王室，雖醜虜方張，視之蔑如也。卒能使虜消沮退縮，自遣行人請盟。會秦丞相檜用事，掠以爲功，變恢復爲和戎，非復諸公初意矣，志士仁人，抱憤入地者，可勝數哉。」（渭南文集卷三十一跋傅給事帖）其憤慨之意可見。

陸游以爲欲圖恢復首宜遷都建康。孝宗初年，和議將成之時，游曾上書二府，大意謂江左自吳以來，未有捨建業他都者，駐蹕臨安，出於權宜，形勢不同，今當與之約，建康臨安，皆係駐蹕之地，北使朝聘，或就建康，或就臨安，如此則我得以暇時建都立國；彼不我疑。（渭南文集卷三上二府論都邑箚子）蓋南宋初之建都臨安，由於高宗之畏怯，本爲失策之尤，當時李綱張浚胥主張移都建康，孝宗時，陳亮論之，尤爲明切，陸游亦同此見解，晚年作詩猶云，「孤臣老抱憂時意，欲請遷都涙已流」也。但陸游對於建都之事，猶有進一步之主張，以爲恢復中原之後，應都長安，渭南文集卷二十五書渭橋事曰，「河渭之間，奥區沃野，周秦漢唐之遺跡，隱轔故在，自唐昭宗東遷，廢不都者三百年矣，山川之氣，鬱而不發，藝祖高宗皆嘗慨然有意焉，而群臣莫克奉承，（中略）虜暴中原，積六七十年，腥聞於天，王師一出，中原豪傑，必將響應，決策入關，定萬世之業，玆其時矣」。蓋就中國全國而論，關中土厚水深，長安居高臨下，形勢最勝，漢唐兩代，爲中國歷史上之盛世，皆都於長安。北宋都汴，一則以當時天下未甯，憚於改作，姑承前代之舊，二則以東南之粟，便於漕轉，要之乃出於權宜之計，非根本之策，若謀長治久安，自以都長安爲宜，故陸游深望恢復中原之後，應建都長安，定「萬世之業」也。陸游之重視長安，非但以爲將來建都之地，且以爲即經略中原，亦應先以長安爲根本。在夔州時，曾爲王炎陳進取之策，以爲經略中原，必自長安始，取長安，必自開右始，當積粟練兵，有釁則攻，無則守此意亦見於詩中，其山南行篇末云，「國家四紀失中原。師出江淮未易吞。會看金鼓從天下，却用關中作本根。」游之所論，皆切中情勢，異乎文人虛浮迂闊之談。游頗以經濟之才自許，曾有詩云，「少鄙章句學，所慕在經世。（中略）討論極王霸，事業窺莘渭。（中略）孔明景略間，卻立頗睥睨。」（喜譚德稱歸）觀其議論，知其所自許者，非盡夸誕也。

陸游雖念念不忘恢復，而南宋廷臣，歌舞湖山，國勢日弱。開禧北伐，又以主持非人，輕躁僨事，非歸於忍辱求和，嘉定二年游已八十五歲，臨歿時作示兒詩曰，「死去原知萬事空。但悲不見九州同。王師北定中原日，家祭無忘告乃翁。」蓋平生所念，惟此爲重。然孰知非但王師北定中原之事，終不可期，即偏安之局，亦不能長保，陸游卒後六十七年，（一二七六）宋竟爲元所滅，詩人九原有知，其悲痛更應何如哉。

陸游詩才雄偉，其豪情壯志，發露於詩，極多佳作，如

書憤

早歲那知世事艱。中原北望氣如山。樓船夜雪瓜洲渡，鐵馬秋風大散關。塞上長城空自許，鏡中衰鬢已先斑。出師一表真名世，千載誰堪伯仲間。

感憤

今皇神武是周宣。誰賦南征北伐篇。四海一家天歷數，兩河百郡宋山川。諸公尚守和親策，志士虛捐少壯年。京洛雪消春又動，永昌陵上草芊芊。

夜登千峯榭

夷甫諸人骨作塵。至今黃屋尚東巡。度兵大峴非無策，收泣新亭要有人。薄酒不澆胸磊塊，壯圖空負膽輪囷。危樓插斗山銜月，徒倚長歌一愴神。

書事

北征談笑取關河。盟府何人策戰多。掃盡煙塵歸鐵馬，剪空荊棘出銅駝。史臣歷紀平戎策，壯士遙傳入塞歌。自笑書生無寸效，十年枉是枕琱戈。

諸作皆沈雄慷慨，千載傳誦。陸游詩似此者尚多，茲不備引。而其詞之造詣，則不能如其詩之高偉。此或與其才情有關，蓋詩與詞體雖相近，而並不相同，故長於詩者未必卽長於詞，如黃庭堅陳師道皆是；而功力之深淺亦有關係，陸游蓋視詞爲小道，以餘力爲之，未肯專注，其自作長短句序曰，「予少時汨於世俗，頗有所爲，晚而悔之，然漁歌菱唱猶不能止。今絕筆已數年，念舊作終不可掩，因書其首以志吾過。」（渭南文集卷十四）此可見陸游作詞遠不及其作詩態度之鄭重宜乎其詞之造詣不能與詩相並也。但陸游終屬詩人，以餘力爲詞，雖不及辛棄疾，而其格調猶在陳亮之上。茲錄其壯詞數首。

夜游宮

記夢寄師伯渾。

雪曉清笳亂起。夢游處，不知何地。鐵騎無聲望似水。想關河，雁門西。青海際。睡覺寒燈裏。漏聲斷，月斜窗紙。自許封侯在萬里，有誰知，鬢雖殘，心未死。

謝池春

壯歲從戎，曾是氣吞殘虜。陣雲高，狼煙夜舉。朱顏青鬢，擁雕戈西戍。笑儒冠自來多誤。功名夢斷，却泛扁舟吳楚。漫悲歌，傷懷弔古。煙波無際，望秦關何處，歎流年，又成虛度。

桃園憶故人

中原當日山川震。關輔回頭煨燼。淚盡山河征鎮，日望中興運。秋風霜滿青青鬢。老却新豐英俊，雲外華山千仞。依舊無人問。

鷓鴣天

家住蒼烟落照間，絲毫塵事不相關。斟殘玉瀣行穿竹，卷罷黃庭臥看山。貪嘯傲，任衰殘。不妨隨處一開顏。元知造物心腸別，老却英雄似等閒。

劉熙載曰，「陸放翁詞，安雅清澹，其尤佳者，在蘇秦間，然乏超然之致，天然之韻，是以人得測其所至。」王國維亦謂陸游詞「有氣而乏韻。」所評均甚當也。

劉過，字改之，號龍洲道人，吉州太和人。當光宗甯宗時，以詩游謁江湖。嘗以書抵時宰，陳恢復方略，謂中原可不戰而定。韓侂胄嘗欲官之使金國，而輕率漏言，卒以窮死。四庫提要集部龍洲集條謂其「蓋亦陳亮之流，而跅弛更甚者。」劉過卒於甯宗開禧二年，年五十三歲。（一一五四——一二〇六）

劉過曾為辛棄疾幕客，為詞多作壯語，蓋有意學辛者，劉過與辛棄疾相識，在棄疾為浙東安撫之時。岳珂程史卷二記其事曰，「嘉泰癸亥歲，改之在中都，時辛稼軒帥越，聞其名，遣介招之，適以事不及行，作書歸輅者，因效辛體沁園春一詞，併緘往，下筆便逼真。其詞曰，斗酒彘肩，醉渡浙江，豈不快哉。被香山居士，約林和靖，與蘇公等，駕勒吾回。坡謂西湖，正如西子，濃抹淡粧臨鏡臺。諸人者，都掉頭不顧，只管傳杯。白云天竺去來。圖畫裏崢嶸樓觀開。看縱橫一澗，東西水遶，兩山南北，高下雲堆。逋曰不然，暗香疎影，只可孤山先探梅。逢萊閣，訪稼軒未晚，且此徘徊。辛得之大喜，致餽數百千，竟邀之去，館燕彌月，酬倡亹亹，皆似之，逾喜，垂別，賙之千緡，曰，以長為家田計。改之歸，竟落於酒，不問也。」岳珂與劉過同時相識，所記殆可信。山房隨筆謂辛稼軒帥浙東時，劉過欲見之，辛不納，藉朱熹張栻二人為之地，始得進見云云，恐非事實也。稗史所載沁園春詞，今見於龍洲詞中，字句小異，題下原注曰，「寄辛承旨，時承旨招不赴。」與岳珂所記相同，珂又稱此作「詞語峻拔，」並謂「余時與之飲西園，改之中席自言，掀髯有得色。余率然應之曰，詞句固佳，然恨無刀圭藥，療君白日見鬼證耳。」可以想見劉岳諸人文酒之歡，雅謔之趣也。

劉過又有沁園春寄辛稼軒一詞，蓋亦作於辛為浙東安撫之時。詞云，

古豈無人，可以似吾，稼軒者誰。擁七州都督，雖然陶侃，機明神鑒，未必能詩。常袞何如，羊公聊爾，千騎東方候會稽。中原事，縱匈奴未滅，畢竟男兒。平生出處天知，算整頓乾坤終有時，問湖南賓客，侵尋老矣，江西戶口，流落何之。盡日樓臺，四山屏障，目斷江山魂欲飛。長安道，算世無劉表，王粲疇依。

此詞氣格緊健，頗能道出辛棄疾壯懷。江湖紀聞謂辛棄疾帥淮時，劉過以母病將歸，囊橐蕭然，辛以計取某都吏錢萬緡贈劉，劉作念奴嬌「知音者少，算乾坤許大，著身何處」云云以別辛。按汲古閣本及彊村叢書本龍洲詞載此闋，題云，「囘侍郎李大異，」（宋人言「囘」，如今人言「答」，「囘侍郎李大異，」即「答侍郎李大異」也。劉克莊後村大全集卷五十有囘湖北張漕啓，囘江西曹帥啓。）則並非贈辛棄疾者，且棄疾未嘗帥淮，而以計謀取其都吏錢萬緡，亦不似棄疾所爲，筆記附會之事不可信也。

劉過所作壯詞，再舉兩首如下。

六州歌頭

弔武穆鄂王忠烈廟。

中興諸將，誰是萬人英。身草莽，人雖死，氣填膺，尚如生。年少起河北，劍三尺，弓兩石，定襄漢，開虢洛，洗洞庭。北望帝京，狡兔依然在，良犬先烹。過舊時營壘，荆鄂有遺民。憶故將軍。淚如傾。說當年事，知恨苦，不奉詔，僞耶眞，臣有罪，陛下聖，可鑒臨。一片心。萬古分茅土，終不到，舊姦臣。人世夜，白日照，忽開明。袞佩冕圭百拜，九原下，榮感君恩。看年年二月，滿地野花春。鹵簿迎神。

八聲甘州

送湖北招撫吳獵。

問紫巖去後漢公卿，不知幾貂蟬。誰能借留侯筯，著祖生鞭。依舊塵沙萬里，河洛染腥羶。誰識道山客，衣鉢曾傳。共記玉堂對策，欲先明大義，次第籌邊。況重湖八桂，袖手已多年。望中原，驅馳去也，擁十州牙纛正翩翩。春風早，看東南王氣，飛繞星躔。

劉克莊，字潛夫，號後村，莆田人。生於孝宗淳熙十四年，（一一八七）少辛棄疾四十七歲。棄疾卒時，克莊二十一歲。克莊生較晚，與棄疾未嘗相識，而慕其爲人，作詞亦效之。

克莊爲世家子，少以郊恩補官，曾知建陽縣，師事眞德秀。作落梅詩有「東風謬掌花權柄。却忌孤高不主張」之句。言官以爲訕謗，克莊幾得大罪，遂免官。故晚年有詩曰，「幸然不識桃幷柳，却被梅花累十年。」

理宗端平初，克莊爲樞密院左郎官，兼權侍右郎官。自此以後，屢進屢退。當時黨爭甚烈，克莊亦頗受其影響，淳祐六年，被召爲太府少卿，面對三劄，曾言，「臣聞桓溫嘗謂王衍諸人，自許豪傑，苟賢笑之，語及謝安，則以爲江左偉人，秦檜嘗言，諸人但當喫飯，觀吾致太平，而兀朮將死，乃以張浚尙存爲憂。安之握兵，初不如溫，浚之挾虜，初不如檜，而二僧習慢彼畏此。今陛下託國，將求如溫如檜者乎，抑求如安如浚者乎。」所謂「如溫如檜」者，蓋指史嵩之也。理宗賜克莊居第，並特降旨，「劉某文名久著，史學尤精，可特賜同進士出身，除祕書少監，令與尤焴同任史事。」後又兼崇政殿說書，並兼中書舍人。彈劾宰相史嵩之，有直聲，但終以此去位，知漳州。後除祕閣修撰，福建提刑。淳祐十一年，被召，任太常少卿，直學士院，不久，仍兼說書及史館事，不滿一年而去。

景定元年，克莊被召權中書舍人，旋除兵部侍郎，兼中書舍人，不久，又兼史館。理宗頗賞識其文學，命錄本進呈，並賜以御筆曰。「賦與騷而詩清新，記與碑而序簡古。」景定三年，除權工部尚書，陞兼侍讀。克莊力求去，遂除寶章閣學士，知建寧府。次年致仕。度宗咸淳五年卒，（一二六九）年八十三歲。

克莊初從學於真德秀，頗講理學，立朝伉直敢言，亦著風節，而晚年阿附賈似道，其賀賈相啓，賀賈太師復相啓，再賀平章啓，諛詞諂語，連章累牘，風節之衰，論者惜之。

克莊在南宋末負文章盛名，葉適評其詩曰，「是當建大將旗鼓」。林希逸作克莊行狀，謂其「持論尚氣節，下筆關倫教，一篇一詠，脫稿爭傳」，又謂「言詩者宗焉，言文者宗焉，言四六者宗焉。」

劉克莊頗慕辛棄疾之爲人，而惜其不見用，所作辛稼軒集序（後村大全集卷九十八）曰，「以孝皇之神武，及公盛壯之時，行其說而盡其才，縱未封狼居胥，豈遂置中原於度外哉。機會一差，至於開禧，則向之文武名臣欲盡，而公亦老矣。余讀其書而深悲焉。」對稼軒詞亦極推崇，又曰，「前輩謂有井水處，皆唱柳詞，余謂耆卿直留連光景，歌詠太平爾。公所作大聲鞺鞳，小聲鏗鍧，橫絕六合，掃空萬古，自有蒼生以來所無。其穠纖綿密者，亦不在小晏秦郎之下。」並謂「余幼皆成誦。」克莊既拳拳君國，志在有爲，慕辛棄疾之爲人，幼讀其詞皆成誦，故其所作亦多憂時感事，不忘恢復，氣格豪壯，似辛棄疾。錄數首爲例。

賀新郎

送陳子華知真州。

北望神州路。試平章，這場公事，怎生分付。記得太行山百萬，曾入宗爺駕馭，今把作，握蛇騎虎，君去京東豪傑喜，想投戈下拜真吾父。談笑裏，定齊魯。

兩河蕭瑟惟狐兔。問當年，祖生去後，有人來否。多少新亭揮淚客，誰夢中原塊士。算事業，須由人做。應笑書生心膽怯，向車中閉置如新婦。空目送，塞鴻去。

賀新郎

和王實之，實之有憂邊之語，走筆答之。

國脈微如縷，問長纓何時入手，縛將戎主。未必人間無好漢，誰與寬些尺度。試看取，當年韓五。豈有穀城公付與，也不干曾遇驪山母。談笑起，兩河路。少時棋柝曾聯句。歎而今登樓攬鏡，事機頻誤。聞說北風吹面急，邊上衝梯屢舞。君莫道，投鞭虛語。自古一賢能制難，有金湯便可無張許。快投筆，莫題柱。

玉樓春

戲林推

年年躍馬長安市，客舍似家家似寄。青錢換酒日無何，紅燭呼盧人不寐。易挑錦婦機中字。難得玉人心下事。男兒西北有神州，莫滴水西橋畔淚。

劉克莊詞雖亦豪壯，然不及辛稼軒詞之深婉渾融，故張炎謂，「後村別調，大抵直致近俗，乃效稼軒而不及者。」然克莊詞亦自有其特異之處。劉熙載曰，「劉後村詞旨正而語有致，眞西山文章正宗，詩歌一門，屬後村編類，且約以世教民彝爲主，知必心重其人也。後村賀新郎席上聞歌有感云，粗識國風關雎亂，羞學流鶯百囀。總不涉閨情春怨。我有生不離鸞操，頗哀而不慍微而婉。意殆自寓其詞品耶。」馮煦曰，「後村宅心忠厚，亦往往於詞得之。滿江紅送宋惠父於江西幕云，帳下健兒休盡銳，草間赤子須求活。賀新郎壽張史君云，不要漢庭誇擊斷，要史家編入循良傳。念奴嬌壽方德潤云，須信諂語尤甘，忠言最苦，橄欖何如蜜。胸次如此，豈翦紅刻翠者比。」兩家所言，頗能說出克莊詞之特點也。

第五章　南宋末之民族詞人

自北宋滅於金，高宗南渡，其時士氣激昂，名將輩出，有可以恢復之機，乃庸君奸相，均懷私見，卒至屈膝求和。孝宗雖英武，而事機已去，難以有為，開禧北伐，又以輕躁僨事，再訂和約，時蒙古崛起朔漠，金亦漸衰，由燕遷汴，蒙古兵南下逼金，圍汴京，金哀宗奔蔡州，理宗端平元年，（一二三四）孟珙與蒙古兵合師圍蔡州，金亡。此後南宋遂與蒙古為鄰。蒙古方興之族，兵力強悍，分道南侵，邊境多事。理宗外崇理學，而內多嗜欲，經筵性命之講，徒資虛談，宦寺擅權，寵妃干政，初年以擁立之私恩，委重史彌遠，後又任丁大全，賈似道，亂朝政，壞邊防，南宋國勢，遂日傾頹。度宗時，賈似道益掌大權，蒙蔽聞位，邊疆要地，相繼淪陷。帝㬎德祐二年（一二七六）二月，元兵入臨安，㬎帝及太后北去。而宋之忠臣義士，猶圖恢復，是年五月，益王昰即位於福州，改元景炎，元兵南下，帝入海。景炎三年（一二七八）四月，帝崩，衛王昺即位於潮州，改元祥興，遷於崖山。次年，（一二七九）元兵襲崖山，二月，宋師潰，陸秀夫負帝赴海，張世傑舟覆於海陵山，宋亡。

在南宋末數十年中，忠義之士，或痛目時艱，慷慨發憤，或救亡扶危，鞠躬盡瘁，或抗節不仕，眷念故國，發為長短句者甚多，舉其著者，得數人焉，曰吳潛，曰文天祥，曰汪元量，曰劉辰翁。

吳潛，字毅夫，號履齋，宣州寧國人。寧宗嘉定十年，進士第一。理宗時為相，以忤賈似道，貶循州，景定三年（一二六二）卒。

吳潛論事頗有遠識。當蒙古兵逼金，金將滅亡之際，宋人頗有主張乘機恢復中原者，吳潛獨貽書執政，言用兵復河南，不可輕易，法當以和為形，以守為實，以戰為應；聞有進恢復之畫者；其算可謂俊傑，然取之若易，守之實難，征行之具，何所取資，民窮不堪，激而為變，內郡率為盜賊矣，今日之事，豈容輕議。後趙葵趙范等興師入洛潰敗，失亡不貲，潛之言率驗。

理宗時朝政日壞，潛屢進痛切之言，嘗曰，「願陛下念大業將傾，士習已壞，鑒于有位，各勵至公，毋以術數相高，而以事功相勉，毋以陰謀相計，而以識見相先，協謀并智，戮力一心，則危者尚可安，而衰政尚可起也。」又言，「國家之不能無敝，猶人之不能無病，今日之病，不但倉扁望之而驚，庸醫亦望而驚走。願陛下篤任元老以爲醫師，博采衆益以爲醫工，使臣輩得以效牛溲馬勃之助。以不辱陛下知人之明。」然理宗昏庸，羣奸朋進，吳潛忠懇之言，終不蒙聽納也。

開慶元年，吳潛入爲左丞相，首言鄂渚被兵，湖南擾動，推原禍根，由近年姦臣險士，設爲虛議，迷國誤君，宜加斥逐，不報。初，賈似道在漢陽，以吳潛移之黃州，爲欲殺己，銜之。景定元年，似道入朝，媒孽吳潛之短，潛罷相，尋謫建昌軍，徙潮州，又徙循州。賈似道必欲殺潛，乃使武人劉宗申守循州以毒潛。潛鑿井臥榻下，毒無從入。一日，宗申開宴，以私忌辭，再開宴，又辭，不數日，移庖，不得辭，遂得疾而卒。循人聞之，咨嗟悲痛。

理宗在位久，命相甚多，而忠亮剛直如吳潛者，蓋不數見。時國勢已頹，雖重用賢者，猶恐不能挽回，而吳潛入相年餘，即爲賈似道排擠以去，卒於貶所。小人道長，君子道消，適以自速滅亡也。

吳潛頗喜填詞，與當時詞人，姜夔吳文英皆有往還，感事傷時，亦多蒼涼沉鬱之作，如滿江紅送李御帶珙云：

紅玉堦前，問何事翩然引去，湖海上一汀鷗鷺，半帆煙雨。報國無門空自怨，濟時有策從誰吐。過垂虹亭下繫扁舟。鱸堪煑。　拚一醉，留君住。歌一曲，送君路。遍江南江北，欲歸何處，世事悠悠渾未了，年光冉冉今如許。試舉頭一笑問青天，天無語。

又如滿江紅齊山繡春臺云。

十二年前，曾上到繡春臺頂。雙脚健不須筇杖，透巖穿嶺。老去漸消狂氣習，重來依舊佳風景。想牧之千載尚神遊，空山冷。　山之下，江流永。江之外，淮山

冥。望中原何處，虎狼猶梗。句絲規模非淺近，石符事業真俄頃。問古今宇宙竟如何，無人省，

滿江紅不與月波樓和友人韻云。

月落寒空，正滿目一汀霜葉。過萬里西風淒檻，數聲哀咽。耿耿有懷天可訊，悠悠此恨誰能說。倚闌干老淚落關山，平燕碣。提短劍，腰長鋏。舒壯志，今華髮。有江湖征棹，水雲深闊。要斷鯨鯢埋九地，可憐烏兔驅雙轂。幾渠儂健聚擔廝儗，文章別。

吳潛之時，南宋國勢已極可慮，所謂「今日之病，不但倉扁望之而驚，庸醫亦望之而驚之者」，潛雖曾躋顯仕，報國有心，然擾於宵小，無從展布「報國無門空自怨，濟時有策從誰吐」，「耿耿有懷天可訊，悠悠此恨誰能說」，語壯而志悲矣。

宋末亡國之際，頗多忠義之士，伸民族之大義，存乾坤之正氣，而文天祥尤為光明俊偉，與日月爭輝。其事蹟彰著於史冊，人多知之，茲略述其犖犖大端，千載之下，聞

其遺風，愛國家愛民族之心，猶可以油然興起也。

文天祥，字宋瑞，一字履善，吉州廬陵人。英姿俊爽，目光如電。理宗寶祐四年，舉進士第一，天祥年少入官，敢言事，時內侍董宋臣擅權亂政。開慶元年，蒙古南侵，董宋臣請帝遷都四明，天祥上書乞斬宋臣以謝天下。天祥權直學士院時，又以草制語件賈似道，似道嗾御史劾之，天祥遂致仕歸，寄山水之樂，時年三十七歲。

度宗咸淳九年（一二七三）起天祥爲湖南提刑。先是元兵於咸淳四年圍襄陽，時賈似道專權誤國，惡正人，「兵禦於外，匿不以聞，民怨於下，誅責無藏」，一日坐半閒堂與妾姬據地鬥蟋蟀，命范文虎救襄陽，兵潰而歸。至是年，呂文煥以襄陽降。次年（一二七四）元兵大舉南侵。次年即帝㬎德祐元年（一二七五），元兵渡江，詔諸路勤王。天祥時知贛州，捧詔涕泣，聚兵萬人，遂入衛。其友止之曰，「今元兵三道鼓行，君以烏合萬人赴之，何異驅群羊而搏猛虎。」天祥曰，「吾亦知其然也，第國家養育臣庶三百餘年，一旦有急，徵天下兵，無一人一騎入關者，吾深恨之，故不自量力而以身殉之，庶天下忠臣義士將聞風而起。」天祥性豪華，平生自奉甚厚，至是痛自抑損，盡以家貲爲軍費，每與賓客僚佐語及時事，輒撫几曰，「樂人之樂者，憂人之憂，食人之食者，死人之事。」聞者爲之感動。

時南宋國勢極危，而宰相尙爭私見，文天祥陳救時之策，不用。德祐二年（一二七六）正月，元兵迫臨安，宋以天祥爲右丞相兼樞密使，詣元軍講解。天祥以正義責元軍統帥伯顏，伯顏以危詞折之。天祥謂宋狀元宰相，所欠一死報國耳，刀鋸鼎鑊，非所懼也，伯顏爲之改容。宋主旣降，二月，元以天祥及宋宰相吳堅賈餘慶等北行。至鎭江，天祥與其客，杜滸等夜亡入眞州，欲用兩淮兵謀興復，而揚州帥李庭芝誤信訛言，以爲元人縱天祥來說降，下令捕之。天祥間關至通州，泛海至溫州。

臨安危急時，益王昰廣王昺走溫州，旋至福州，益王建大元帥府。天祥至溫，上書勸進，益王以五月卽位，改元景炎。召天祥至福州，除右丞相，與樞密使陳宜中議不合。七月，天祥以同都督出兵江西。景炎二年（一二七七），天祥復江西諸州。八月，兵潰。景炎三年（一二七八）三月，天祥遣屯麗江浦。六月，入船澳。益王殂。衞王昺（即廣王改封者）繼立，改元祥興，天祥乞入朝，不許。八月，加天祥少保，信國公。時天祥率兵轉徙潮陽南嶺間，十二月，爲元張宏範所迫，兵潰被執，吞腦子不死，部將幕僚盡節者甚衆。

天祥至潮陽，見張宏範，左右命之拜，不拜，宏範遂以客禮見之，與俱入厓山，使爲書招張世傑，天祥曰，「吾不能救父母，乃敎人叛父母可乎。」索之固，乃書所過零丁洋詩與之，其末句曰，「人生自古誰無死，留取丹心照汗青。」弘範笑而置之。

祥興二年（一二七九）二月，厓山破，陸秀夫抱帝昺投海死，太妃從之，宮屬將士宮人蹈海死者數萬人。天祥聞之，不勝悲憤，作長歌哀之。張宏範置酒大會諸將，因舉酒從容謂天祥曰，「國亡矣，忠孝之事盡矣，丞相改心以事宋者事元，將不失爲宰相也」。天祥流涕曰，「國亡不能救，爲人臣者死有餘罪，況敢逃其死而二其心乎。」弘範又謂國亡矣？即死誰復書之。天祥謂商亡而夷齊不食周粟，亦自盡其心耳，豈論書與

不屈，弘範之改容

張宏範遣使護送天祥至京師，天祥在道不食，八日不死，即復食。至燕，館人供張甚盛，天祥不寢處。坐達旦，遂移兵馬司，設卒以守之。自是囚居者四年。

元世祖欲天祥降，使宋降臣王積翁等諭意。天祥曰，「諸公義同鮑叔，天祥事異管仲，管仲不死，而功名顯於天下，天祥不死，而盡棄其平生，遺臭於萬年，將焉用之。」積翁知不可屈，欲合宋故臣謝昌元等十餘人請釋天祥為道士，留夢炎不可而止。

天祥在囚繫之中，作詩歌甚多，又集杜句二百首，詠顛沛以來世變人事，並作紀年錄，自敍生平事蹟。天祥在獄所作諸詩，以正氣歌為最有名。此歌雖為世人所熟知，然以其最足表現天祥忠義之氣，貞剛之操，故仍錄之。歌曰。

天地有正氣，雜然賦流形。下則為河嶽，上則為日星。於人曰浩然，沛乎塞蒼冥。皇路當清夷，含和吐明庭，時窮節乃見，一一垂丹青。在齊太史簡，在晉董狐筆。在秦張良椎，在漢蘇武節。為嚴將軍頭，為嵇侍中血。為張睢陽齒，為顏常山舌。或為遼東帽，清操厲冰雪；或為出師表，鬼神泣壯烈。或為渡江楫，慷慨吞胡羯。或為擊賊笏，逆豎頭破裂。是氣所磅礴，凜烈萬古存。當其貫日月，生死安足論。地維賴以立，天柱賴以尊。三綱實係命，道義為之根。嗟予遘陽九，隸也實不力，楚囚纓其冠，傳車送窮北。鼎鑊甘如飴，求之不可得。陰房闃鬼火，春院閟天黑。牛驥同一皂，雞棲鳳凰食，一朝濛霧露，分作溝中瘠。如此再寒暑，百沴自辟易。嗟哉沮洳場，為我安樂國，豈有他繆巧，陰陽不能賊。顧此耿耿在，仰視浮雲白。悠悠我心悲，蒼天曷有極，哲人日已遠，典型在夙昔。風簷展書讀，古道照顏色。

元世祖知天祥終不屈，與宰相議釋之，有以天祥起兵江西事為言者，不果。至元十九年，中山有人自稱宋主，聚兵千人，欲取文丞相，京師亦有匿名書，言某日欲舉事，丞相可無憂。元世祖召天祥至殿中，長揖不拜。世祖曰，「汝何願。」天祥對曰，「天祥為宋狀元宰相，宋亡惟可死，不可生，願一死足矣。」世祖猶未忍遽殺之，麾之退。

詩者力贊從天祥之請，遂可其奏。天祥臨刑，殊從容，謂吏卒曰，「吾事畢矣。」南嚮拜而死，年四十七。（一二三六——一二八二）其衣帶中有贊曰，「孔曰成仁，孟曰取義。惟其義盡，所以仁至。讀聖賢書，所學何事。而今而後，庶幾無愧。」

文天祥孤忠亮節，俊偉英特，抒懷言志，發為詩詞，亦甚雄奇。生平作詩頗多，而作詞殊少，然氣骨境界，不同故常，眞賞之士，均推重之。劉熙載曰，「文文山詞有風雨如晦雞鳴不已之意，不知者以為變聲，其實乃變之正也，故詞當合其人之境地以觀之。」王國維曰，「文文山詞，風骨甚高，亦有境界，遠在聖與，叔夏，公謹諸公之上。」天祥被執北上時，驛中言別友人，曾作念奴嬌二首云。

水天空闊，恨東風，不借世間英物，蜀鳥吳花殘照裏，忍見荒城頹壁。銅雀春情，金人秋淚，此恨憑誰雪。堂堂劍氣，斗牛空認奇傑。那信江海餘生，南行萬里，屬扁舟齊發。正為鷗盟留醉眼，細看濤生雲滅。睨柱吞嬴，回旗走懿，千古衝冠髮。伴人無寐，秦淮應是孤月。

乾坤能大，算蛟龍，元不是池中物。風雨牢愁無着處，那更寒蟲四壁。橫槊題詩，登樓作賦，萬事空中雪，江流如此，方來還有英傑。堪笑一葉飄零，重來淮水，正涼風新發。鏡裏朱顏都變盡，只有丹心難滅。去去龍沙，向江山回首，青山如髮。故人應念，杜鵑枝上殘月。

「睨柱吞嬴，回旗走懿，千古衝冠髮。」可見其壯勇之氣，「鏡裏朱顏都變盡，只有丹心難滅。」可見其堅貞之節也。

度宗王昭儀，名清惠，字沖華，頗知書，國亡後，隨謝全二后北行，至燕，題滿江紅詞於驛中云。

太液芙蓉。渾不似舊時顏色。曾記得，春風雨露，玉樓金闕。名播蘭簪妃后裏，暈潮蓮臉君王側。忽一聲，鼙鼓揭天來，繁華歇。　龍虎散，風雲滅。千古事，憑誰說。對山河百二，淚沾襟血。驛館夜驚鄉國夢，宮車曉碾關山月。願嫦娥，相顧肯相容，從圓缺。

此詞中原傳誦，天祥見之，以為「惜末句少商量」，因用原韻代王昭儀作二首，

燕子樓中，又捱過、幾番秋色。相思處、青年如夢，乘鸞仙闕。肌玉暗銷衣帶緩，淚珠斜透花鈿側。最無端、蕉影上窗紗，青燈歇。曲池合，高臺滅。人間事，何堪說。向南陽阡上，滿襟清血。世態便如翻覆雨，妾身元是分明月，笑樂昌，一段好風流，菱花缺。

試問琵琶，胡沙外怎生風色。最苦是，姚黃一朵，移根仙闕。王母懽闌瓊宴罷，仙人淚滿金盤側。聽行宮半夜雨淋鈴，聲聲歇。彩雲散，香塵滅。銅駝恨，那堪說。想男兒慷慨，嚼穿齦血。回首昭陽離落日，傷心銅雀迎新月。算妾身，不願似天家，金甌缺。

此二詞幽思纏綿，辭婉意決，與其所作正氣歌，風格迥殊，而堅貞之心則一。天祥為人，勁氣剛腸，而其詞則深婉柔厚，絕無粗獷之弊，蓋深明詩詞比興之旨。指南錄卷一信雲父條云，「信雲父好為詩，而辭極俚近。一日，問予詩法，予因學宮詞數章，比興悠

長，意在言外，雲父恍有所得。明日，袖出一絕云：「東風吹落花，殘英猶戀枝。莫怨東風惡，花有再開時。」言予之不忘王室，而王室之必中興也。雲父居近闕里，漸染孔氏之遺風，故其用意深厚而超悟如此。」觀天祥教僧雲父作詩之事，可知天祥深明詩中「比興悠長，意在言外」之旨，宜其所作詞境界高而韻味厚也。

作滿江紅詞之王昭儀，天祥惜其詞末句少商量，蓋謂「願嫦娥垂顧肯相容，從圓缺」二語有與時屈伸之嫌也。實則昭儀亦志節皎然，忠於宋室者。宋亡後，王昭儀隨帝后北狩。元世祖至元十九年，徙宋少帝於上都，謝全二后未行，王昭儀隨往。時少帝年十二歲，教養之責，皆昭儀任之，汪元量詩所謂「昭儀別館香雲暖，手把詩書授國公」者也。後為女道士以終。王昭儀與文天祥，生死雖異，而志節則同，故附論於此。（王昭儀事，宋后妃傳失載，參看王靜安觀堂集林卷二十一書宋舊宮人詩詞湖山類稿水雲集後）。

汪元量，字大有，號水雲錢塘人，以善琴事謝后王昭儀。宋亡，隨帝后北行。文天祥囚繫時，元量數往獄視之，並爲援琴作胡笳十八拍。天祥因集老杜句成胡笳十八拍，詩與元量。元世祖至元十九年，少帝徙上都，元量與王昭儀請送北行。至元二十五年，汪元量乞爲黃冠南歸。元量以宋室小臣，國亡北徙，侍三宮於燕邸，從幼主於龍荒，其忠貞有足多者。雖中間曾爲元官，未足與謝翱方鳳等同列，然元量本以琴師，出入宮禁，乃倡優卜祝之流，與委質爲臣者有別，其仕元亦別有用意，與方鳳諸賢固迹異而心同者也。

汪元量有水雲詞，其中多感憤之作。如

水龍吟

淮河舟中夜聞宮人琴聲。

鼓鼙驚破霓裳，海棠亭北多風雨。歌闌酒罷，玉啼金泣，此行良苦。駝背模糊，馬頭匼匝，朝朝暮暮。自都門燕別，龍艘錦纜。空載得，春歸去。　目斷東南半壁，悵長淮已非吾土。受降城下，草如霜白，淒涼酸楚。粉陣紅圍，夜深人靜，誠贅誰主。對漁燈一點，羈愁一搦，譜琴中語。

好事近

浙江樓聞笛。

獨倚浙江樓，滿耳怨笳哀笛。猶有梨園聲在，念那人天北。海棠憔悴怯春寒，風雨怎禁得。回首華清池畔，渺露盤煙荻。

傳言玉女

錢塘元夕

一片風流，今夕與誰同樂。月臺花館，慨塵埃漠漠。豪華蕩盡，只有青山如洛，錢塘依舊，潮生潮落。萬點燈光，羞照舞鈿歌箔。玉梅消瘦，恨東皇命薄。昭君淚流，手撚琵琶絃索。離愁聊寄，畫樓哀角。

水龍吟叙國亡後隨兩宮北行時所作，好事近及傳言玉女兩闋則歸江南後之作也。元量又有鶯啼序一首，尤爲悲壯。

鶯啼序

重過金陵。

金陵故都最好，有朱樓迢遞。嗟倦客又此憑高，檻外已少佳致。更落盡梨花，飛盡楊花，春也成憔悴。問青山，三國英雄，六朝奇偉。麥甸葵丘，荒臺敗壘，鹿豕銜枯薺。××正潮打孤城，寂寞斜陽影裏。聽樓頭，哀笳怨角，未把酒，愁心先醉。漸夜深，月滿秦淮，煙籠寒水。悽悽慘慘，冷冷清清，燈火渡頭市。慨商女，不知興廢，隔江猶唱庭花，餘音亹亹。傷心千古，淚痕如洗，烏衣巷口青蕪路，認依稀，王謝舊鄰里。臨春結綺，可憐紅粉成灰，蕭索白楊風起。因思疇昔，鐵索千尋，謾沈江底。揮羽扇，障西塵，便好角巾私第。清談到底成何事，回首新亭，風景今如此。楚囚對泣何時已，歎人間今古真兒戲，東風歲歲還來，吹入鍾山，幾重蒼翠。

劉辰翁，字會孟，廬陵人，須溪，其所居地名也。生於理宗紹定五年（一二三二）

，（據須溪詞百字令「少微星小」自注。）宋亡時四十五歲。辰翁少補太學生，景定壬戌，廷試對策，忤賈似道，置丙第。以親老，請濂溪書院山長。江萬里陳宜中薦居史館，除太學博士，皆固辭。宋亡，遂不復出。著有須溪集十卷。四庫提要許其詩文，謂「其於宗邦淪覆之後，睠懷麥秀，寄託遙深，忠愛之忱，往往形諸筆墨。」其詞亦多此類。詞至南宋末年，纖巧雕琢，真意漸漓，而劉辰翁須溪詞獨能「攄心而發，不假追琢，有掉臂遊行之樂，其詞筆多用中鋒，風格遒上，略與稼軒旗鼓相當。」（况周頤語）

帝㬎德祐元年丙子二月，元兵入臨安，三月，以帝及太后北去。劉辰翁有蘭陵王丙子送春詞，蓋作於是年三四月間，借送春以傷亡國，淒涼悲痛，如聞哀泣之聲。詞云：

送春去。春去人間無路。鞦韆外，芳草連天，誰遣風沙暗南浦。依依甚意緒。漫憶海門飛絮。亂鴉過，斗轉城荒，不見來時試燈處。　春去。最誰苦。但箭雁沈邊，梁燕無主。杜鵑聲裏長門暮。想玉樹凋土。淚盤如露，咸陽送客屢回顧。斜日未能度。　春去。尚來否。正江令恨別，庾信愁賦。蘇隄盡日風和雨。歎神遊故國，花記南度。人生飄落，羈孤子，共夜語。

是年中秋泛月，又作燭影搖紅詞云。

明月如冰，亂雲飛下斜河去。旋呼艇子載簫聲，風景還如故。嫋嫋余懷何許。聽尋常，嗚嗚似訴。近年潮信、萬里陰晴，和天無據。　有客秋風，去時留下金盤露。少年終夜奏胡笳，誰料歸無路。同是江南倦旅。對嬋娟，潸歌我舞。醉中休問，明月明年，人在何處。

次年丁丑，又作菩薩蠻詞送春云。

殷勤欲送春歸去。白首題將斷腸句。春去自依依。欲歸無處歸。　天涯同是客。攜手留春住。小住碧桃枝。桃根不屬誰。

又作蘭陵王詞，題曰，「丁丑感懷和彭明叔韻」云。

雁歸北。渺渺茫茫似客，春潮裏，曾見去帆，誰遣江頭絮風息。千年記當日，難得寬閑抱膝。興亡事，馬上飛花，看取殘陽照亭驛。　哀拍。顯蹄骨。恨氈帳倚匹，禁酺何食。相思青冢頭應白。想荒墳酹酒，過車回首，香魂攜手抱相泣。但青草無色。話絕。更愁極，漫一番青青，一番陳迹。瑤池黃竹哀離席。約八駿猶到，露桃難摘。金銅知道，忍去國，忍去國。

燭影搖紅詞意境超邁，菩薩蠻詞情味沈鬱，蘭陵王詞尤為淒咽沈痛，皆亡國後感懷之哀音矣。

劉辰翁此類之詞甚多，再擇錄佳者數首如下。

永遇樂

余自乙亥上元，誦李易安永遇樂，為之涕下。今三年矣，每聞此詞，輒不自堪，遂依其聲，又託之易安自喻，雖辭情不及，而悲苦過之。

璧月初晴，黛雲遠淡，春事誰主。禁苑嬌寒，湖堤倦暖，前度遽如許。香塵暗陌，華燈明晝，長是嬾攜手去。誰知道，斷烟禁夜，滿城似愁風雨。　宣和舊日，臨安南渡，芳景猶自如故。緗帙流離，風鬟三五，能賦詞最苦。江南無路，鄜州今夜，此苦又誰知否，空相對，殘缸無焰，滿村社鼓。

憶秦娥

中齋上元客散感舊賦憶秦娥詞見屬，一讀淒然，隨韻寄情，不覺悲甚。

燒燈節。朝京道上風和雪。風和雪。江山如舊，朝京人絕。百年短短興亡別。與君猶對當時月。當時月。照人燭淚。照人梅髮。

瑣窗寒

和巽吾閒慾。

嫣綠如澍：嬌鶯似舊，今吾非故。雲山過雨，靦靦留春春去。似尊前，曲曲陽關，一行人回首江南路，漫停雲低歸，征衫憔悴，酒痕猶污。欲語。渾未住。記匹馬經行，風林煙樹。家山何在，想見綠窗啼露。又何堪，滿目淒涼，故園夢裏能歸否，但數聲，驚覺行雲，重省佳期誤。

南宋初年民族詞人之詞，雖悲而壯，蓋當時半壁山河猶可保，國勢猶可振也。南宋之亡，與復宋絕，故在元遺山劉辰翁之作，皆幽咽沈哀，不能自已，此則言爲心聲，有不知其然而然者矣。

以上諸章所論述之南宋民族詞人，其人才志之大小不同，其詞風格之高下亦異，然率皆懷有極强之民族觀念，忠義感憤，而藉詞以發抒之。文學能發揚民族之情緒，而民族之情緒亦增加文學之價值，故此類詞實爲南宋詞之菁英。南宋國勢雖弱，而人心仍振奮，「風雨如晦，雞鳴不已，」可於詞中覘之。

尚有一義應附陳者。南宋一代，偏安江左，夷狄侵陵；初受制於金源，而卒亡於蒙古，百餘年中，邦家多難，凡屬詞人，多有感時傷事之篇，而本書選錄民族詞人之標準，則取其懷忠義之心，抱恢復之志，凌厲奮發，志節皎然者，至如姜夔吳文英之倫，亦有憂時感事之作，而出以幽咽，態度消極；曾覿張掄詞中金人捧露盤（記神京繁華地）憶秦娥（風蕭瑟）諸多感慨，淒然有黍離之悲，然其人因恃孝宗藩邸之舊，與龍大淵朋雖篇好，名刷俊淨，人品卑下；張炎王沂孫當國亡之後，亦多麥秀之歌，而張炎付北游者猶有，上公車，然承明之意，王沂孫於元世祖至元中爲慶元路學正，俱未能如劉辰翁之閒守遺民之節，故所踏人均不得與於民族詞人之選也。

余毅恒《词筌》

余毅恒（1914–2002），四川宜賓市屏東縣人。國立政治大學畢業。曾任國立貴州農工學院國文講師，新疆學院中文系副教授、教授，蘭州《和平日報》主筆。著有《中國文字學》（講義）、《中國文學史》（講義）、《黃山谷在戎州所作詩詞註解》《余毅恒詩詞選集》《詞筌》等。

《詞筌》按照詞之意義、起源、體裁、詞與詩、詞調、歌詠、創作、流派等分別論述。《詞筌》重慶正中書局1944年初版，1946年再版。台北正中書局1966年版，1991年增訂再版。本書據1944年重慶正中書局版影印。

余毅恆編著

正中書局印行

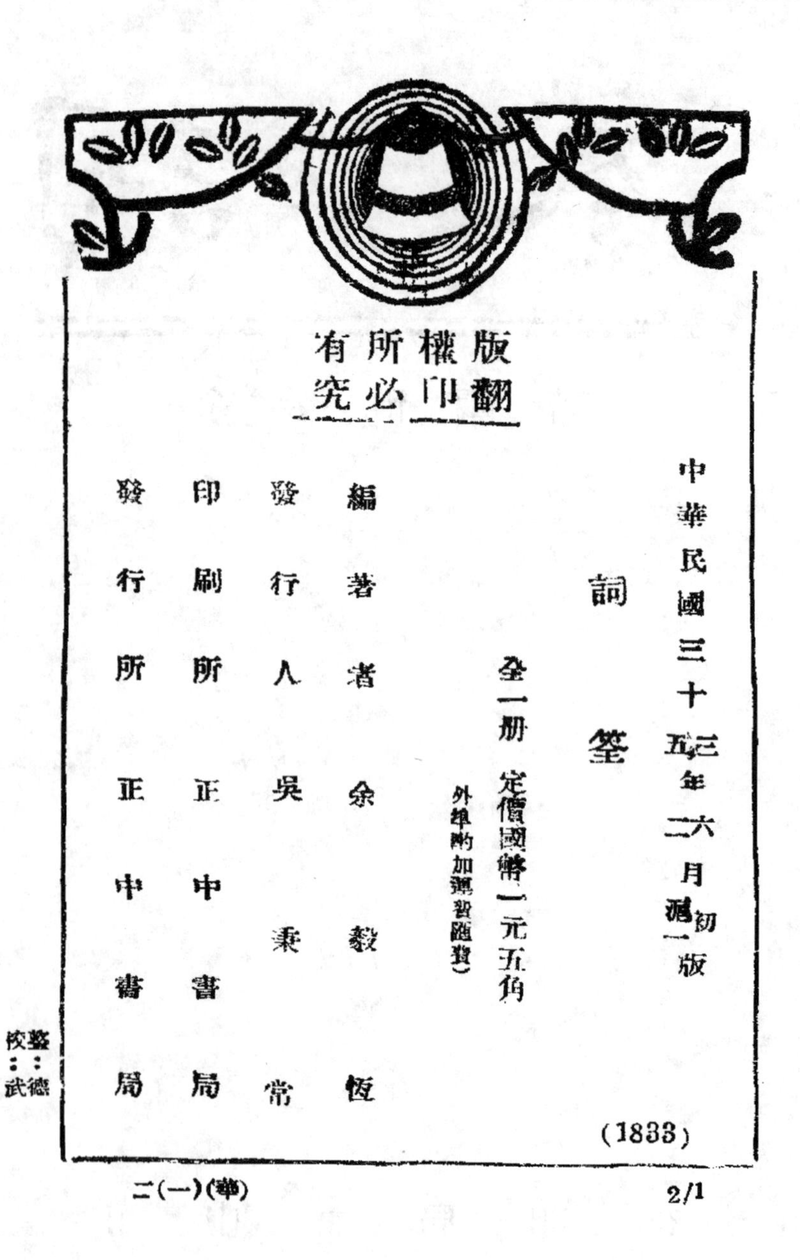

中華民國三十三年六月初版
中華民國三十五年二月滬一版

詞筌

全一册　定價國幣一元五角
（外埠酌加運費匯費）

編著者　余毅恆
發行人　吳秉常
印刷所　正中書局
發行所　正中書局

校對：武
監印：德

（1833）

二（一）（華）　　2/1

目次

一　詞之意義

夷考古籍，均無「詞」字，其所通用，通以「辭」字替代；許慎說文云：「辭，訟也」。又曰：「詞，意內而言外也；從言，司聲」。段玉裁注曰：「詞者，從司言，此摹繪物狀，及發動助語之文字也」。又曰：「辭，謂篇章」。詞與辭之區別自此始著；然一曰篇章，一曰摹繪物狀，似均屬修辭與文法之範圍，尚非作倚聲譜詞之詞也。考詞之用為單獨文體之名稱，蓋自張惠言始。張氏之言曰：「詞者，蓋出於唐之詩人採樂府之音，以新律因繫其詞，故曰詞。傳曰意內而言外謂之詞」。此言對於詞之意義解釋允當；由是而知詞之與詩，同為文學體製之一種，其價值及目的，亦與其他文體相埒。明徐師曾文體明辨亦曰：「凡依已成曲譜作出歌詞便曰填詞。填詞行，而詞之名始立。詞調，規律有：調有定格，句有定數，韻有定聲」。詞之意義，於焉確立。

二 詞之起源

詞之產生，諸說紛歧，類而別之，約有數說：

（一）詩餘說

文體明辨曰：「詩餘謂之塡詞，則調有定格，字有定數，韻有定聲」。關於詩餘又有三百篇之餘，及絕句之餘二說。謂爲三百篇之餘者，有汪森之主張，其詞綜序云：「自有詩而長短句卽寓焉，南風之操，五子之歌是也；周之頌三十一篇，長短句居十八；漢郊祀歌十九篇，長短句居其五；至短簫鐃歌十八篇，篇皆長短句：謂非詞之源乎？迄於六代，江南、採蓮諸曲，去倚聲不遠，其不卽變爲詞者，四聲猶未諧暢也」。汪氏此說，實不足爲訓。蓋三百篇去詞之發現遠甚，以三百篇爲詩之起源則可；以爲詞之起源，則失之附會也。

以絕句爲詞之起源者，有吳照衡其蓮子居詞話云：「詩餘名緣起始見宋（王灼）之碧雞漫志至明楊愼之丹鉛錄、都穆之南濠詩話、毛先舒之塡詞名解因而附益之」又曰「唐七言絕句，歌法有必襯字以取便於歌五言六言皆然，不獨七言也。後並於格外字入正格，凡虛聲處悉塡成詞，不別用襯字，此詞所由興也」。王灼碧雞漫志曰：「竹枝、浪淘沙、拋毬樂、楊柳枝，乃詩中絕句，而定爲歌曲」。關於此派主張之理由，可以胡適氏之言解釋之。胡氏之言曰：「詞的原始是由於(1)唐人所歌的詩，雖然是整齊的五言六言或七言詩，而音樂的調子卻不必整齊，儘可以有泛聲，和聲或散聲，(2)後人要保持那些泛聲，所以連原來有字音和無字的音一概入文字，遂成了長短句的詞了」。朱熹在其雨村詞話中曰：「古樂府只是詩中泛聲，後人怕失那泛聲，遂添一箇實字遂成長短句，今曲子便是」。沈括夢溪筆談曰「詩之外又有和聲，則所謂曲也，古樂府皆有聲有詞連屬書之，如曰『賀賀賀』『何何何』之類皆和聲也。今管絃之中纏聲亦其遺法也。唐人乃以詞塡入曲中，不復用和聲」。清康熙朝編定之全唐詩，其詞部之小注云：「唐人樂府原用律絕等詩雜和聲歌之，其並和聲作實字長短其句以就曲拍者爲塡詞」。方成培香妍居詞麈曰：「唐人所歌多五七言絕句，必雜以散聲，然後可被之絃管。……後來遂譜其散聲以字句實之，而長短句興焉。故詞者所以濟近體之窮而上承樂府之變也」。於此可知詞與散聲泛聲、和聲之關係。詞之起源始於絕句，假成定論。調笑與憶江南爲詞之最早創體，至其嬗變之法式，可得而言者：

甲、詞式有同於五言詩者，如劉禹錫之紇那曲：

「楊柳鬱青青，竹枝無限情，同郎一回顧，聽唱紇那聲」。

直是五言絕詩又如皇甫松之怨回紇：

「祖席駐征橈，開帆候信潮，隔筵桃葉泣，吹管杏花飄，船去鷗飛閣，人歸塵上橋，別離惆悵淚，江路溼紅蕉」

直是五言律詩。

乙、詞式之同於七言詩者，如孫光憲之竹枝：

「門前春水白蘋花，岸上無人小艇斜，商女經過江欲暮，散抛殘食飼神鴉」。

劉禹錫之浪淘沙：

「洛水橋邊春日斜，碧流輕淺見瓊沙，無端陌上狂風急，驚起鴛鴦出浪花

溫庭筠之楊柳枝

「兩兩黃鸝色似金，裊枝啼露動芳音，春來偕自長如線，可惜牽腸蕩子心」。

直是七言絕句也。又如馮延巳之瑞鷓鴣

「嚴妝纔罷怨春風，粉牆畫壁宋家東，蕙蘭有恨枝猶綠，桃李無言花自紅。　燕燕巢時羅幕卷，鶯鶯啼處鳳台空，少年薄倖知何處？每夜歸來春夢中」！

直爲七言律詩也。

丙、離合五七言而爲詞者，如牛希濟之生查子

「春山煙欲收，天澹星稀小，殘月臉邊明，別淚臨清曉。語已多，情未了，回首猶重道，記取綠羅裙，處處憐芳草」。

是乃離合五言律詩而爲詞者。又如蘇軾之鷓鴣天：

「林斷山明竹隱牆，亂蟬衰草小池塘，翻空白鳥時時見，照水紅蕖細細香。　村舍外，古城旁，杖藜徐步轉斜陽。殷勤昨夜三更雨，又得浮生一日涼」。

此是離合七言律詩而成詞者

丁、是增減五七言詩而爲詞者，如溫庭筠之南歌子：

「搔頭低梳鬢，連娟細掃眉，終日兩相思，爲君憔悴盡，百花時」。

此是增減五言絕詩而爲詞者。又如歐陽修之定風波：

「把酒花前欲問君，世間何計可留春？縱使青春留得住，虛語，無情花對有情人。依是好花須落去，自古紅顏能得幾時新？暗想浮生何好事，惟有清歌一曲倒金尊」。

此是增減七言律詩而爲詞者。

戊、填泛聲、和聲、散聲於五七言詩中而爲詞者。泛聲即歌時將聲音引長之謂；和聲即將聲音複叠之謂。散聲是曲譜以外器樂之吹奏。泛聲與和聲之例，如陽關三叠：

「渭城朝雨浥輕塵，更灑徧客舍青青，弄柔凝千縷，更灑徧客舍青青，弄柔凝翠色，更灑徧客舍青青，弄柔凝柳色新，休煩惱！勸君更進一杯酒，人生會少富貴功名有定分，休煩惱！勸君更進一杯酒，舊游如夢，只恐怕西出陽關眼前無故人，休煩惱！勸君更進一杯酒，只恐怕西出陽關，眼前無故人」。

此即引長和複叠王維之陽關曲「渭城朝雨浥輕塵，客舍青青柳色新，勸君更進一杯酒，西出陽關無故人」而成之樂曲。至於散聲，如皇甫松之竹枝：

「門前流水竹枝白蘋花女兒，岸上無人竹枝小艇斜女兒，商女經過竹枝江欲暮女兒，散抛殘食竹枝飼神鴉女兒」。

又其採蓮子：

「菡萏香連十頃陂舉棹，小姑貪戲採蓮遲年少，晚來弄水船頭溼舉棹，更脫紅裙裹鴨兒年少」。

所謂「竹枝」「女兒」等，均是歌時加入之散聲，以定拍子者。古今詞話云：「唐人歌詞皆七言而易其詞，渭城曲爲陽關三叠，楊柳枝復爲添聲，采蓮竹枝當日遂有排調，如竹枝女兒、年少、舉棹、同聲附和，用韻接拍，不僅以虛聲也」。全唐詩注曰：「唐人樂府，元是律絕等詩，雜和聲歌之，凡五音二十八調，各有分屬，自宮調失傳，遂並和聲亦作實字矣」。後來演變，將泛聲和聲散聲作爲實字而成爲詞。如馮延巳之三臺令：

「春色，春色，依舊青門紫陌，日斜柳暗花嫣，醉臥誰家少年？年少，年少，行樂直須及早」。

其「年少」「年少」，即和聲也。姑舉一隅，餘可類推，從略。

、已由六言詩嬗變而爲詞者，有直以六言詩爲詞者，如劉禹錫之謫仙怨：

「暗行落日初低，惆悵孤舟解攜，鳥向平蕪遠近，人隨流水東西。白雲千里萬里，明月前村後村，獨倚長沙謫去，江潭春草萋萋」

有嬗變六言詩爲詞者，如李清照之如夢令：

「常記溪亭日暮，沈醉不知歸路，興盡晚回舟，誤入藕花深處。爭渡，爭渡，驚起一灘鷗鷺」。

由上舉諸例，可見詞與詩無論在寫作之情境上或辭句之組織上，均有相似之點，故主張詩爲詞之起源者，即以此爲例證。

（二）音樂說

此說對於詞之起源所下之論斷，即以樂府爲詞之起源。其有三說，茲分別述之：

甲、直認樂府爲詞之起源者。顧炎武日知錄云：「三百篇之不能不降爲楚辭，楚辭之不能不降爲漢魏者，勢也；是則三百篇之不能不降爲樂府，樂府之不能不降而爲詞者，亦勢也」。徐巨源曰「樂府變爲吳趨、越豔，雜以捉搦、企喻、子夜、讀曲之屬，以下逮於詞焉」。此直以樂府爲詞之起源者也乙、因樂府之亡，另加入新聲者。隋唐以降所傳讌樂，惟清商一部，猶是華夏正聲，餘則西涼、天竺、高麗、龜茲等域外之音，流傳中土。雖唐人悉用律詩絕句，譜入樂章，然其長短曲折，未必盡符，於是或增加泛聲，或延長音韻，牽強附會，補苴罅縫。然終不如順其自然，按譜填詞。由是詩遂變而爲詞矣。

丙、由於文學之趨勢而演變者。張叔夏詞源云：「古之樂章、樂府、樂歌、樂曲，皆出於雅正。粵自漢唐以來，聲詩間爲長短句，至唐人則有尊前、花間，迄於崇寧，立大晟樂府，命周美成諸人討論古音，審定古調，淪落之後，少得存者。由此八十四調之聲稍傳，而美成諸人又復增演慢曲、引、近，或移宮換羽，爲三犯四犯之曲，按月律爲之，其曲遂繁」。紀昀亦云：「古樂府在聲不在詞，唐人不得其聲……其時採詩入樂者，僅五七言絕句，或律詩割取其四句，依聲製詞者，初體竹枝柳枝之類，猶爲絕句，繼而望江南、菩薩蠻等曲作焉。至宋而傳其歌詞之法，不傳其歌詩之法」。此點之主張，即自東漢以降，五七言詩依次發生，律絕體浸以形成，格律既有一定，變化則不易開。因此樂工所歌詩人所詠，莫不自製異曲，別譜新詞。積久弊生，窮則反始。於是由樂府演變而爲絕律，絕律變而爲長短句，長短句一變而爲詞矣。

詩餘及音樂關係兩說，在形式上雖分爲兩派，然其主張之內容，固無二致。詩餘之說，不能離開音樂關係；音樂關係之說，不能離開詩餘。總之，詞之起源至爲複雜，詩句之變化，音樂之譜製，均有關係，推源溯流，當爲樂府之變。胡應麟詩藪云：「樂府之體，古今凡三變。漢魏古詞，一變也；唐人絕句，一變也；六朝聲偶，變唐之漸乎？五季詩餘，變宋之漸乎」？文體明辨云：「按詩餘者，古樂府之流別，而後世歌曲之濫觴也」。故詞之導源，雖接近於詩餘，而長短句之源，則爲樂府。由是以言，詞雖不直接導源於樂府，但與樂府有莫大之關係。良以樂府之興，起於歌嘯；其後演變至多紛歧，或因古音失調，新聲代起，或夷樂輸入，夏聲淪亡。於是由樂章而變爲長短句，由長短句而變爲詞。遞元曲突興，詞之宮譜又日就澌滅，唐人燕樂二十八調，南宋末但行七宮十二調，凡十九調而已。元明之際，僅存九宮。現詞久不歌，作者按譜填詞，徒具形式。蓋曲既盛行，詞乃避席。此又爲樂府之最後變化。現歐樂輸入，古樂已亡，所可憑依，只在詞曲之本身已耳。

詞之起源於樂府，固已尚矣。至於詞之形式，究以何者爲嚆矢？有人以爲緣起於李白之菩薩蠻、憶秦娥。有人以爲昭自中唐之調笑及憶秦娥。然皆非也。推其所源，其在六朝乎？梁武帝之江南弄，梁簡文帝之春情曲，陳後主之長相思，隋煬帝之夜飲朝眠曲、湖上曲，沈休文之六憶，均具有詞之形式。

至初唐而愈加變化，晚唐而詞乃成創體矣。

然則樂府云何？文心雕龍樂府篇云：「塗山歌於候人，始為南音；有娀謠於飛燕，始為北音；夏甲歎於東陽，東音以發；殷整思於西河，西音以興；音聲推移，不一概矣！……暨武帝崇禮，始立樂府，總趙代之音，撮齊楚之氣，延年以曼聲協律，朱馬以騷體製歌，桂華雜曲，麗而不經；赤雁羣篇，靡而非典，河間薦雅而罕御，故汲黯致譏於天馬也」。吳納文體明辨云：「漢興，高帝自制三侯之章，而房中之樂則令唐山夫人造為歌辭」。夫樂府之興，仍係歌、樂、舞三者合一，故有鈞天九奏，及葛天氏之民三人摻牛尾，投足而歌八闋之說。黃帝之樂曰咸池，帝嚳之樂曰六英，論語有韶樂之說，傳有偏五之論，此為古樂浸假而有三百篇，再演變而有九歌。項羽之垓下，劉季之大風，其樂府之漸乎？夫由詞之起源，推論至於樂府之變化，故知詞之源流誠亦古矣。

三　詞之體裁

詞既爲樂府之變，故述詞之體裁，應先言樂府。漢武旣立樂府，至漢明帝時，乃分樂爲四品，文體明辨將樂府分爲九類，頗失諸宂雜；其較爲正確者，爲郭茂倩之樂府詩集內將樂府分爲十二類：一曰郊廟歌辭，二曰燕射歌辭，三曰鼓吹歌辭，四曰橫吹歌辭，五曰相和歌辭，六曰清商曲辭，七曰舞曲歌辭，八曰琴曲歌辭，九曰雜曲歌辭，十曰近代曲辭，十一曰雜歌謠辭，十二曰新樂府辭。其分類之法，大體尙合邏輯。若按其性質再予分類，則可分作兩種：一曰樂府，二曰新樂府。樂府云者，或爲樂府本曲，或依樂府製詩，或擬樂府詩，或自製新曲。至新樂府，則有如郭茂倩所謂：「唐世新歌，辭實樂府而未嘗被於聲，故曰新樂府也」。

至於由樂府演變之詞，其體制亦復複雜。大抵與樂府相表裏，其演變之跡可得而知者，據任訥詞體表約有五種：一曰散詞，二曰聯章詞，三曰大徧，四曰成套詞，五曰雜劇詞。

散詞云者，對成套詞及大曲而言，蓋具有音樂上獨立之性質，用以單獨歌唱，亦曰尋常散詞。蓋樂府之後，小令與大曲並行，由小令而再進化。宋翔鳳樂府餘論云：「詞之分小令、中詞、長調者，以當筵伶伎，以字之多寡，分調之長短，以應時刻之久暫。如今京師演劇，分大齣、中齣、小齣也。草堂一集，蓋以徵歌而設，故別題春景、夏景等名，歌以娛客，題吉席、慶壽，更是此意其中詞語，間與集本不同，其不同者，恆平俗，亦以便歌以文人觀之適當一笑，而當時歌伎必需此也原其始固先有小令，唐人樂府皆小令也。其後以小令微引而長之，於是有陽關引、千秋引、江城梅花引之類又謂之近，如訴衷情近、祝英台近之類，以音調相近，從而引之也。引而愈長者，則爲慢。慢與曼通；曼之訓，引也，長也。如木蘭花慢、長亭怨慢、拜新月慢之類，其始皆令也。亦有以小令曲度無存，遂生慢字；亦有以別製名目者，則令卽樂家所謂小令也；曰近曰引者卽樂家所謂中調也；曰慢者，卽樂家所謂長調也。不曰令曰引、曰近曰慢，而曰小調、中調、長調者，取流俗易解，又能包括衆題也」徐釚詞苑叢談曰「一曰宮調，所謂黃鐘宮、仙呂宮、無射宮、中呂宮、正宮、歇指調、高平調、大石調、小石調、正平調、越調、商調也。調有同名而所入之宮調異，字數多寡亦因之異者，如此劇黃鐘水仙子與雙調水仙子異，南劇越調過曲小桃紅與正宮過曲小桃紅異之類。二曰體裁，唐人長短句，皆小令耳後演爲中調爲長調，一調名而有小令，復有中調，有長調，或系之以犯，以近，以慢，別之；如南北劇，名犯名賺名破之類。又有字數多寡同，而所入之宮調異，名亦因之異者。如玉樓春與木蘭花同，而以木蘭花歌之即入大石調之謂。又有名異而字數多寡則同如蝶戀花一名鳳棲梧、鵲橋仙如念奴嬌一名百字令、酹江月大江東去之類。不能殫述矣」此為令詞演為慢詞之事實經過。至以「調」而言之，有單調、雙調、三疊、四疊、叠韻等。單調云者謂詞僅有一段，如憶江南、搗練子等，前後段同一調者為雙調，如醉花陰其前後段字數均同。三疊云者，謂詞有三段，如寶鼎現調共有三疊，四疊云者，謂詞有四段，如鶯啼序調共有四疊。叠韻云者，乃將尋常雙調之體，用原韻再叠一倍，成為四叠，如晁無咎之梁州令叠韻四叠一百字，乃將晏幾道二叠五十字之梁州令加倍而成者。至以格式言之，則有換頭、不換頭、雙拽頭等名稱所謂換頭者，即後段之換首者，如滿庭芳前段之首為四字句，後段之首為兩字句。換頭之詞，前後段大都不甚整齊，此其特質。所謂不換頭者，即前後段之首不換也，如醉花陰前段之首為七字句，後段之首仍為七字句，不換頭之詞，格式雖非必全歸整齊，然大都以整齊稱。雙拽頭者，乃三叠之慢詞，前兩叠短，而彼此句法完全相同，不啻為第三叠之雙頭，如瑞龍吟，

聯章詞，按任訥所作之詞體表，有一題聯章、分題聯章，及演故事者之區別，所謂一題聯章即祇

詠一題而以數首詞相聯，如宋曾慥樂府雅詞所載之九張機，九首相聯，而祇詠一題也（例過冗長，從略）。所謂分題聯章者，指用一調而詠四時八景，如潘閬（宋人）之憶餘杭。所謂演故事者，於北宋時樂坊常用一曲連接歌之，有每詞演一事者及多詞演一事者之別。其每詞演一事者，如伊州徧之類。其多詞演一事者，係以歌舞相兼，謂之傳踏，亦謂之纏達，如宋趙令畤之十首蝶戀花是也。王國維宋元戲曲史中云「傳踏係以一曲反復歌之，曲破與大曲，則曲之徧數雖多，然仍限於一曲。至合數曲而成一樂者，惟宋鼓吹曲中有之」。

次論大徧。大徧云者，即各曲於音樂上所歌徧數之謂也。據任訥詞體表，其中包含法曲、大曲、曲破三種。法曲起於隋代，唐書禮樂志云：「初隋有法曲，其音清而近雅」。蓋歌而不舞之劇，如長生樂、破陣樂等是。大曲云者，謂單入舞曲，而始終皆爲一曲也。起於唐世，一曲可分爲十餘徧，如董穎之薄媚（詠西施故事）十徧皆用薄媚一曲。至於大曲之段落，據碧雞漫志云「凡大曲有散序、靸、排徧、攧、正攧、入破、虛催、實催、衮徧、催拍、歇衮、始成一曲，此謂大徧。余曾見一本有二十四段，後世就大曲製詞者，類從簡省。而管絃家又不肯從頭至尾吹彈，甚者學不能盡」。現存之大曲，爲董穎之道宮薄媚大曲、採蓮大曲，曾布之馮燕歌大曲之類而已（例過繁，從略）。至於分徧之故，乃係樂調之關係。樂調緩急高下，則各徧不同，而各曲亦異。至就大曲製詞，卽以大曲之徧而爲之者如六么令、伊州令、大聖樂等，本屬於大曲之一徧。今則裂之而爲詞調。曲破在唐時已有之，入宋又藉以演故事。卽將大曲破開，取其一徧以爲歌舞，如涼州徹、伊州徧、霓裳中序等。其樂有聲無詞，且於舞蹈之中寓以故事，頗與唐人之歌舞戲相似。而其曲中有破，有徹，蓋截大曲入破以後用之。宋書樂志云：「太宗洞曉音律製曲破二十九」是也。

成套詞者，卽將各曲合唱，以成一套音樂之詞也。據任訥詞體表，包含鼓吹詞、諸宮調、賺詞三種。鼓吹詞是合數曲而成一樂者。杜佑通典云：「北狄樂皆爲馬上樂也。鼓吹本軍旅之音，馬上奏之」。鼓吹本屬樂府，後因其詞逐漸進化而演成詞。如韋昭所作之吳鼓吹曲，共有十二套，卽炎精缺、漢之季、攄武師、伐烏林、秋風、克皖城、關背德、通荊門、章洪德、從歷數、承天命、玄化等，雖有名目，然非成套。至宋之鼓吹詞，乃成套數。如導引乃合若干曲以爲之者。王國維云：「合數曲而成一樂者，惟宋鼓吹曲中有之。」諸宮調者，是合數曲以成全體之詞也。王國維宋元戲曲史云：「其所以名宮調者，則由宋人所用大曲傳踏，不過一曲，其在同一宮調中甚明。惟此編初宮調者，多或十餘曲，少或一二曲，卽易他宮調合若干宮調以詠一事，故謂之諸宮調也。」蓋大曲限於歌唱一曲，於複雜環境中不足應用，便將詞之各種調子以結合，參以小說之支流，彼之樂曲，故謂之諸宮調（宮調之意義解釋見後）宋詞之諸宮調成套詞現已失傳，但以元曲考之（董解元之西廂，亦曰諸宮調），有太平令、風入松、青玉案、搗練子、瑞鶴仙、賀新郎、滿庭芳、念奴嬌等賺詞者，即取一宮調之曲若干，合成全體者也。其詞今失傳，任訥詞曲通義謂諸宮調與賺詞，詞與曲殊無分別，其言誠是。成套詞乃以音樂之需要，聯貫多種詞調，成為一樂者也。賺詞雖為歌詞，但亦有演故事者，惟不傳耳。

雜劇詞者何？據宋史樂志，「雜劇為官家讌會時之一種游藝」，吳自牧夢粱錄云：「雜劇全用故事，務在滑稽。」故知雜劇初為表演之戲劇，後由大曲而變為歌舞劇；與元之雜劇不同，與金之院本則相似。王國維宋元劇曲史云：「武林舊事所載官本雜劇段數，多至二十八本。」其為詞，有用法曲者，有用大曲者，有用諸宮調者，蓋無獨立之雜劇詞也。

上所言散詞、聯章詞、大徧、成套詞、雜劇詞，均是以音樂之立場而觀察詞之各種現象。在詞之極盛時代，或有上之五類，以當歌筵。但至詞與音樂分離，則所謂聯章詞等，或已佚亡，或入為曲，要亦無得而稱焉。

關於詞之體裁，就現存詞調加以分析，應從三方面言之：

（一）性質方面言 宋鳳翔樂府餘論將詞分爲小調、中調、長調。毛先舒詞餘叢話曾予反駁。但如宋氏言取流俗易解，又能包括衆題，故從之。

甲、小調 小調又曰小令。宋翔鳳樂府餘論云：「詩之餘，先有小令」。其字數在五十八字以內。如李重元之憶王孫：

「萋萋芳草憶王孫，柳外樓高空斷魂，杜宇聲聲不忍聞欲黄昏，雨打梨花深閉門」。

乙、中調 將小令引而長之曰引，如陽關引、千秋引又曰近，如訴衷情近、祝英台近。樂府餘論云：「以小令微引而長之，於是有陽關引等」。其字數由五十九字至九十字。茲舉一例，如謝逸之千秋歲：

「楝花飄砌，蔌蔌清香細。梅雨過蘋風起。情隨湘水遠，夢繞吳峯翠。琴書倦，鷓鴣喚起南窗睡。 密意無人寄。幽恨憑誰洗。修竹畔，疎簾裏。歌餘塵拂扇，舞罷風掀袂，人散後，一鉤淡月天如水」。

丙、長調 長調亦曰慢詞即將引或近再引而長也。樂府餘論云：「引而愈長曰慢，有木蘭花慢」，又有三臺，如伊州三臺。又有序子，爲慢詞中最長之一體，如鶯啼序」。凡字數在九十字以上者，皆得曰長調。茲舉一例，如辛棄疾之木蘭花慢：

「老來情味減，對別酒，怯流年。況屈指中秋，十分好月，不照人圓。無情水都不管，共西風只管送歸船。秋晚蓴鱸江上，夜深兒女燈前。 征衫，便好去朝天，玉殿正思賢。想夜半承明，留教視艸，卻遣籌邊。長安故人問我，道愁腸殢酒只依然。目斷秋霄落雁，醉來時響空弦」。

(二)音樂方面言：

甲、單調 單調只有一段，前已言及。如秦觀之如夢令：

「鶯嘴啄花紅溜，燕尾翦波綠皺，指冷玉笙寒，吹徹小梅春透。依舊，依舊，人與綠楊俱瘦」！

乙、雙調 詞之前後段同一調者為雙調。如李清照之醉花陰：

「薄霧濃雲愁永晝，瑞腦消金獸。佳節又重陽，玉枕紗廚，半夜涼初透。 東籬把酒黃昏後，有暗香盈袖。莫道不消魂，簾捲西風，人比黃花瘦」！

丙、三叠 詞有三段，謂之三叠。如劉辰翁之寶鼎現：

「紅妝春騎，踏月影竿旗穿市。望不盡樓臺歌舞，習習香塵蓮步底。簫聲斷，約彩鸞歸去，未怕金吾呵醉。甚輦路，喧闐且止。聽得念奴歌起。　父老猶記宣和事，抱銅仙，清淚如水。還轉盼，沙河多麗。滉漾明光連邸第，簾影凍，散紅光成綺。月浸葡萄十里。看往來，神仙才子，肯把菱花撲碎！　腸斷竹馬兒童，空見說，三千樂指，等多時，春不歸來，到春時欲睡，又說向燈前擁髻，暗滴鮫珠墜，便當日親見霓裳，天上人間夢裏」。

丁、四疊　四疊之詞，共有四段，如吳文英之鶯啼序：

「殘寒正欺病酒，掩沈香繡戶。燕來晚，飛入西城，似說春事遲暮。畫船載，清明過卻，晴煙冉冉吳宮樹，念羈情游蕩，隨風，化爲輕絮，　十載西湖，傍柳繫馬，趁嬌塵輭霧，遡紅漸，招入仙溪錦兒偷寄幽素。倚銀屏春寬夢窄，斷紅溼歌紈金縷，暝隄空，輕把斜陽總還鷗鷺。　幽蘭漩老，杜若還生，水鄉尚寄旅，別後訪六橋無信，事往花委，瘞玉埋香，幾番風雨。長波妒盼，遙山羞黛，漁燈分影春江宿，記當時短楫桃根渡。靑樓彷彿，臨分敗壁題詩，淚墨慘淡塵土。　危亭望極，草色天涯，嘆鬢侵半苧，暗點檢離痕歡唾，尚染鮫綃，嚲鳳迷歸，破鸞慵舞，殷勤待寫，書中長恨，藍霞遼海沈過雁，謾相思彈入哀箏柱。傷心千里江南，怨曲重招，斷魂在否」？

戊、摘徧　摘徧是從大曲或法曲內摘取其一徧，單譜而單唱之。如毛文錫之甘州徧：

「秋風緊，平磧鴈行低，陣雲齊，蕭蕭颯颯，邊聲四起，愁聞戍角與征鼙。青塚北，黑山西。沙飛聚散無定，往往路人迷。鐵衣冷，戰馬血沾蹄，破蕃奚，鳳凰詔下，步步躡丹梯」。

已、犯調。張炎詞源云「或換宮換羽，爲三犯、四犯」，姜夔云「凡曲言犯者，謂以宮犯商，以商犯宮之類」。犯之云謂，乃因宮調之轉移，全屬音樂方面之問題，其詳容後述之。茲舉一例，如周邦彥之倒犯：

「霽景對霜蟾乍昇，素煙如掃，千林夜縞，徘徊處，漸移深窈，何人正弄孤影，蹁躚西窗悄冒霜冷貂裘，玉斝邀雲表，共寒光，飲酒醥。淮左舊游，記送行人，歸來山路窮，駐馬望素魄，印遙碧，金樞小，愛秀色，初娟好，念漂浮，綿綿思遠道，料異日宵征，必定還相照，奈何人自衰老」。

此外尚有「添聲」、「偷聲」、「促拍」、「攤破」，亦屬於詞之音樂方面的問題，惟以其於詞之體製，無多影響，故從略。

（三）組織方面言：

甲、不換頭　不換頭者，即雙調詞前後段之首不換也。其意義見前，醉花陰之例亦見前，茲不樂。

乙、換頭　換頭即雙詞前後段之首句不同字數也。其意義見前。玆舉一例，如黃庭堅之清平樂：

「春歸何處，寂寞無行路。若有人知春去處，喚取歸來同住！　春無蹤跡誰知？除非問取黃鸝！百囀無人能解，因風飛過薔薇」。

此詞前段首句爲四字句，後段首句爲六字句，即爲換頭也。

丙、雙拽頭　凡三叠之慢詞，前兩叠短，而彼此句法完全相同，故不啻第三叠之雙頭也。如周邦彥之瑞龍吟：

「章臺路。還見褪粉梅梢，試花桃樹。愔愔坊陌人家，定巢燕子，歸來舊處。　黯凝佇。因念箇人癡小，乍窺門戶。侵晨淺約宮黃，障風映袖，盈盈笑語。　前度劉郎重到，訪鄰尋里，同時歌舞，惟有謝家秋娘，聲價如故。吟牋賦筆，猶記燕臺句。知誰伴，名園露飲，東城閑步。事與孤鴻去。探春盡是，傷離意緒。官柳低金縷。歸騎晚，纖纖池塘飛雨。斷腸院落，一簾風絮」。

此詞前兩叠短而字數相恰同似第三段之雙頭，故曰雙拽頭。

此外如「添字」「減字」於詞固不無關係，但於詞之體裁，則無足輕重，故略之。

總觀上述，詞之體裁，苟就此三方面觀之，可以略窺全貌矣！

四 詞與詩

詞實導源於詩，前已論及；然枝流既分，當有區別。茲將兩者異同之點，分別述之：

（一）就音樂上言 詞（樂府）可以歌唱，詩則不一定可以歌唱。

（二）就格式上言 詩之句子較爲整齊，詞（樂府）則多係長短句，不一定整齊。

（三）就內容上言 樂府主紀功述事，詩與詞均主抒情。此爲詩，詞相同之點。

（四）就外形上言 樂府貴遒勁，詩尚溫雅，詞崇清媚。柴虎臣曰：「指取溫柔，詞歸蘊藉，暱而閨幃，勿浸而巷曲；浸而巷曲，勿墮而鄙褻」。又曰：「語境則咸陽古道，汴水長流；語事則赤壁周郎，江州司馬；語景則岸草平沙，曉風殘月；語情則紅雨飛愁，黃花比瘦，可謂雅暢」。沈伯時曰：「詞過片須要有敍，明明是詠花詠草，不可不入情意；明明是詠物，不可不歸自敍。故作詞與作詩不同，縱用花草之類，亦須略用情思，或要入閨房之意。 如只直詠花草，初不著些豔語，又不似詞家體例」。此卽詩與詞在外形上之區別也。至於大風歌及垓下歌，中間夾用兮字，則近於楚騷，非純粹之樂府矣。

五　詞調

有詞之初，即有詞調，而無詞題。詞之有題，蓋自清人始。朱彝尊曰：「花間體製，調即是題；如女冠子即詠女道士，河瀆神即爲送迎神曲，虞美人即詠虞姬是也。宋人詞集大約無題，自花間、草堂增入閨情、閨思、四時景等題，深爲可惜」。至於詞調之起源，亦極複雜。茲先言樂府。

吳納文章明辨曰：「按樂府命題，名稱不一。蓋自琴曲之外，其放情長言，雜而無方者，曰歌，（按如挾瑟歌、襄陽歌）；步驟馳騁，疏而不滯者，曰行，（按如君子行、兵車行）；兼之者曰歌行，（按如短歌行、燕歌行）；述事本末，先後有序，以抽其臆者，曰引，（按如箜篌引、丹青引）；高下長短，委曲盡情，以道其微者曰曲，（按如烏棲曲、明妃曲）；吁嗟慨歌，悲憂深思，以呻其鬱者曰吟，（按如長城吟、梁父吟）；因其立辭之意曰辭，（按如明君辭、白紵辭）；本其命名之義，曰篇，（按如白馬篇、美女篇）；發歌曰唱，（按如氣出唱）；條理曰調，（按如清平調）；憤而不怒曰怨，（按如長門怨、玉階怨）；感而發言曰歎，（按如明君歎、楚妃歎）；又有以詩名者，以弄名者，以章名者，以度名者，以樂名者，以思名者，以愁名者」。

以上所述，樂府之調大概如此。厥後變爲詞，則其取調又自不同，類而言之，共得十一：

（一）緣題製名者　如李後主搗練子、張志和漁歌子、蘇東坡無愁可解之類。

（二）緣調製名者　如十六字令、十七字令、歐陽炯之三字令通令全用三字成句，江城梅花引，取江城子前半調及梅花引後半調合成之類。

（三）摘取本詞中之字句製名者　如唐莊宗之一葉落、白樂天之花非花、韋莊之天仙子、秦觀之憶王孫、周邦彥之解連環（詞云信妙手能解連環）之類。

（四）援用古樂府製名者　如長相思、玉樹後庭花、河滿子、浪淘沙、定風波之類。

（五）取昔詩賦語以製名者　如點絳脣，取江淹詩「白雪凝瓊貌，明珠點絳脣」；高陽台，取宋玉神女賦語；滿庭芳，取柳柳州詩「滿庭芳草結」語；丁香結，取古詩「丁香結恨新」語；相類甚多，不勝枚舉。

（六）取諸古事物以製名者　如菩薩蠻，取夷女裝束；一斛珠，係唐玄宗以珍珠一斛賜江妃，江妃不受，作詩進上，上令樂府以新聲度之，號一斛珠之類。

（七）因古人名以製名者　如虞美人、師師令、多麗之類。

（八）有出自文選總集者　如風流子出文選劉良文選注曰：「風流言其風美之聲流於天下，子者男子之通稱也」。

（九）有出諸史籍者　如荔枝香，出唐書禮樂志「明皇幸蜀，貴妃生日，命小部張樂奏新曲，而未有名，會南方進荔枝，遂命其名曰荔枝香」。解語花出開元天寶遺事：「帝與妃子共賞太液池千葉蓮，指妃子謂左右曰：『何如此解語花也』。」塞垣春出漢書鮮卑傳。

（十）有出先秦諸子者　如解連環出莊子「南方無窮而有窮，今日適越而昔來，連環可解也」。華胥引出列子「黃帝晝寢，夢遊華胥氏之國」。

（十一）有出自經典者　如玉燭新出自爾雅。

由上所述，足見辭之調名，來源頗雜，吾人依聲製調，亦可自譜新曲矣。

六 詞之歌詠

詞導源於音樂，已言於前。欲知詞在音樂上之價値及其關係，應先瞭解詞之歌詠方法。茲從音律譜詞各方面分別述之。

（一）音律 詞之腔調出於律；律不調者其腔不能工。至於律之內容考之古籍，禮記云：「五聲六律十二管，rcy爲宮也」。又以律與呂並稱，律爲陽而呂爲陰，所謂十二管者，爲黃鐘、大呂、太簇、夾鐘、姑洗、仲呂、蕤賓、林鐘、夷則、南呂、無射、應鐘等，等於西樂之1 2 3 4 5 6 7……等音符，有陰（呂）陽（律）聲爲之調和。五聲爲宮、商、角、徵、羽。除此五聲外，尚有變宮變徵兩聲，猶之西樂之C. D. E. F. G. A. B. 各調也。姜夔云：「其宮、商、角、徵、羽者爲正弄，即清平調；加變宮變徵者爲側弄，即側調」。我國古時祇有五聲，北周武帝時，夷樂輸入，始有七聲。隋書音樂志云：「先是周武帝時，有龜茲人曰蘇祇婆，隨突厥皇后入國，善胡琴琵琶，聽其所奏，一均之中間有七聲。因而問之，答曰：『父在西域，稱爲知音，代相傳習調有七種」。所謂調有七種，據凌廷堪燕考樂云：「此即今日樂器傳相之七調也」。故知琴本有七聲，古昔應用，祇用五聲（正弄），因胡琴琵琶之應用而變爲七聲（利用側弄）。良以魏晉以來相傳之樂祇清商三調，清商即通典所云之清樂，亦即唐人之法曲（釋義見前）。清樂之清調平調，原本出於琴之正弄，不用二變（變宮變徵）。清樂之側調，出於琴之側弄，則係用二變者。清調平調常用，而側調則久不用。至隋唐以後，以琵琶爲主之燕樂，常以清樂之側調雜於其間，於是調有七矣。茲將西樂與我國古樂作一比較（表一），則於音律可得更進一步之瞭解矣（爲便於西樂調名之排列計，故由左至右）。

根據表一，可就十二管中任取何管爲宮聲，其餘則爲商、角、變徵、徵、羽、變宮各聲。如以黃鐘爲宮聲，則當以太蔟爲商聲，依次輪推；如以太蔟爲宮，則當以姑洗爲商，故曰相爲宮也。十二管各可爲宮，則當有十二宮，聲有七種，以七乘十二則得八十四，爲八十四宮調。凡以宮聲乘律者，均名之曰宮；以商、角、徵、羽乘律者，均曰調。又一曲如以黃鐘宮協之，結聲於宮，即稱黃鐘宮，名曰宮。又有一曲，亦以黃鐘協之，結聲於商，則稱黃鐘商調，名曰調。宮調之名，自此始矣。吳梅顧曲麈談云：「宮調者，所以限定樂府管色之高低也」。所謂八十四調者，古未嘗用。至宋以後樂工更將徵、變宮、變徵三聲者去，只餘

西樂古樂比較表（表一）

管名	律呂	假定之調	假定之西樂調	風琴鍵盤
黄鐘	律	宮	C	
大呂	呂		#C或ZD	
太蔟	律	商	D	
夾鐘	呂		#D或ZE	
姑洗	律	角	E	
仲呂	呂	變徵	F	
蕤賓	律		#F或ZG	
林鐘	呂	徵	G	
夷則	律		#G或ZA	
南呂	呂	羽	A	
無射	律		#A或ZB	
應鐘	呂	變宮	B	

宮、商、角、羽、四聲。以四乘十二，得四十八宮調。而此四十八宮調，亦逐漸亡佚。據張炎詞源所載，只有七宮十二調。茲將八十四宮調，四十八宮調，七宮十二調，分別列表如次：（表二、表三、表四）：

（表二）　八十四宮調表

聲／律名	宮聲	聲	角聲	變徵聲	徵聲	羽聲	變宮聲
黃鐘	正黃鐘宮	大石調	正黃鐘宮角	正黃鐘宮變徵	黃鐘宮徵	般涉調	大石角
大呂	高宮	高大石調	高宮角	高宮變徵	高宮正徵	高般涉調	高大石角
太簇	中管高宮	中管高大石調	中管高宮角	中管高宮變徵	中管高宮正徵	中管高般涉調	中管高大石角
夾鐘	中呂宮	雙調	中呂正角	中呂變徵	中呂正徵	中呂調	雙角
姑洗	中管中呂宮	中管雙調	中管中呂角	中管中呂變徵	中管中呂正徵	中管中呂調	中管雙角

仲呂	道宮	小石調	道宮角	道宮變徵	道宮正徵	正平調	小石角
蕤賓	中管道宮	中管小石調	中管道呂角	中管道宮變徵	中管道宮正徵	中管正平調	中管小石角
林鐘	南呂宮	歇指調	南呂角	南呂變徵	南呂正徵	高平調	歇指角
夷則	仙呂宮	商調	仙呂角	仙呂變徵	仙呂正徵	仙呂調	商角
南呂	中管仙呂宮	中管商調	中管仙呂角	中管仙呂變徵	中管仙呂正徵	中管仙呂調	中管商角
無射	黃鐘宮	越調	黃鐘角	黃鐘變徵	黃鐘正徵	羽調	越角
應鐘	中管黃鐘宮	中管越調	中管黃鐘角	中管黃鐘變徵	中管黃鐘正徵	中管羽調	中管越角

（表三）四十八宮調表

律　四十八調　樂	宮聲	商聲	角聲	羽聲
黃鐘	正黃鐘宮	大石調	正黃鐘宮角	般涉調

大呂 高宮 高大石調 高宮角 高般涉調
太簇 中管高宮 中管高石調 中管高宮角 中管高般涉調
夾鐘 中呂宮 雙調 中呂正角 中呂調
姑洗 中管中呂宮 中管雙調 中管中呂角 中管中呂調
仲呂 道宮 小石調 道宮角 正平調
蕤賓 中管道宮 中管小石調 中管道宮角 中管正平調
林鐘 南呂宮 歇指調 南呂角 高平調
夷則 仙呂宮 商調 仙呂角 仙呂調
南呂 中管仙呂宮 中管商調 中管仙呂調 中管仙呂調
無射 黃鐘宮 越調 黃鐘角 羽調

調之歌訣

三三

調名

（表四）七宫十二調表

聲 十九 律	宮聲	商聲	角聲	羽聲
黃鐘	正宮	大石調		般涉調
大呂	高宮			
太簇				
夾鐘	中呂宮	雙調		中呂調
姑洗				
仲呂	道宮	小石調		正平調
蕤賓				
林鐘	南呂宮	歇指調		高平調
夷則	仙呂宮	商調		仙呂調
應鐘	中管黃鐘宮	中管越調	中管黃鐘角	中管羽調

三四

南　宮

無射　黃鍾宮調　黃鍾羽

應鍾

附註：正宮即正黃鍾宮。
黃鍾羽即羽調

根據右表，則知詞所用之宮調已無角聲，由繁趨簡，此爲我國音樂上之一種進化。

宮調之作用，在定管色之高低，純屬音律上之問題，前已詳細言明。詞調之作用，則爲定字數之多寡。如醉花陰、女冠子、人月圓等詞調，均屬於黃鍾宮。黃鍾宮係定管色之高低，醉花陰等乃定其字數，疊數者也。

音律方面，尚有「犯調」一種，等諸西樂之「變調」。姜夔云：「凡曲言犯者，謂以宮犯商、以商犯宮之類」。而犯有正、旁、偏、側之別，以宮犯宮爲正犯。如用黃鍾宮雜以正宮調之言犯者，謂以甲宮調變爲乙宮調也。以宮聲變爲宮聲爲正犯，但宮調之互犯，有一定之法，蓋犯調通常係以宮聲犯其他聲，如以其他聲犯宮聲，則又歸入於宮，故名之曰「歸宮」。同聲相犯爲正犯；故以宮犯宮爲正犯。距離較近之聲相犯爲側犯；宮聲距商聲、角聲爲近，如以宮犯商，以宮犯角，均名之曰側犯。距離較遠之聲相犯爲偏犯；宮聲距羽聲較遠，故以宮犯羽爲偏犯，如以角犯宮則爲歸宮。此爲犯調之大概也。

（二）唱曲。音律既明，茲當言唱。古人對詞之唱法，今已不傳，然鉤稽古籍，亦可得其一二。其唱之先，必有譜爲其根據，如西樂之歌譜然，名之曰詞譜。其所具有之內涵，一曰製腔，詞在唱時之腔調如不調和，必不優美。欲使腔調調和，必須以管色定其音節，不使其音節過高，亦不使其過低；而管色高低之決定，又有賴於宮調，故吳梅嘗謂宮調所以定管色之高低也。二曰結聲，卽畢曲仍用始起之字音，其於調始協；如用他音，則爲過腔矣。舉例言之，如起始之聲爲「工」字（此假定之詞，宋時倘未有工尺譜），則結尾之聲仍用「工」字，其調自協矣。三曰過腔：此處所指之過腔，與上述之過腔微有不同，此所謂過腔，卽言兩指聲，等諸今日京劇中之過門，如念奴嬌兩指聲，於雙調中吹之是也。

至於當歌唱之際，於古樂府言之有散聲、和聲、送聲三種，宋詞代興，已將散聲改爲實字入樂，茲爲明瞭詞之歌唱概況起見，爰將三種歌法略加敍述：

甲、散聲　散聲即詞中之無意義字用以助尾聲而定拍子者。古今詞譜云：「唐人歌詞皆七言而易其詞，渭城曲爲陽關三疊，楊柳枝復爲添聲，采蓮、竹枝當日遂有排調，如竹枝、女兒、年少、舉棹，同聲附和，用韻發拍，不僅以虛聲也」。前已舉例，玆舉出漢鐃歌（鐃歌屬於軍樂）之有所思中「妃呼豨」爲例：

「有所思，乃在大海南。何用問遺君？雙珠玳瑁簪，用玉紹繚之。聞君有他心，拉雜摧燒之，當風揚其灰。從今已往，勿復相思，相思與君絕！雞鳴狗吠，兄嫂當知之。妃呼豨！秋風肅肅晨風颸，東方須臾高知之」。

詞中之「妃呼豨」，於全詞未具有意義，不過以之助其唱畢後之尾聲，而定其拍子，如京劇中之「哪」「呀」「呵」等字，宋詞將散聲改爲實字，於音律上失其價值矣。

乙、和曲　和曲即一人唱後，其他人就其末句疊唱以和之。全唐詩註云：「唐人樂府，元是律絕等詩，雜和聲歌之，凡五音二十八調，各有分屬，自宮調失傳，遂並和聲亦作實字矣」。沈括夢溪筆談云：「詩之外又有和聲，則所謂曲也。古樂府皆有聲有詞，連屬書之，如曰『賀、賀、賀、』『何、何、何、』之類，皆和聲也。今管絃中之纏聲，亦其遺法，唐人乃以詞塡入曲中，不復用和聲」。和曲之意義，大略如此。漢相和曲有薤露歌、蒿里歌及江南等，茲舉江南一曲：

「江南可採蓮，蓮葉何田田！魚戲蓮葉間；魚戲蓮葉東，魚戲蓮葉西，魚戲蓮葉南，魚戲蓮葉北」。

前例之「魚戲蓮葉東」以下四句，卽是和曲。如川戲中之高腔，卽濫觴於和曲。

丙、送聲　所謂送聲，或曰泛聲。唐人歌曲大半是五言或七言；歌者取其辭與和聲相疊成者，卽謂送聲。送聲於唱時將其轉捩處特別引長，而相複疊，如王維之陽關曲，因送聲而歌為陽關三疊，例見前，不贅。

前所言關於詞之音律及歌唱，於歷史上雖具有特色，然於吾人作詞，殊無重大之關係，故略為述及，俾知詞之全貌焉。茲再言填詞之法。

（三）填詞　詞既有譜，自應按譜填詞，不越規矩，方稱大家。其應注意之點，一為聲之平仄陰陽，二為韻之協調。

甲、聲　聲有平仄陰陽之分。四聲之法，創自梁之沈約。梁書云：「約撰四聲譜，以為在昔詞人，累千載而不悟，而獨胸衿，窮其妙旨，自謂入神之作。武帝雅不好焉。嘗問周捨：『何謂四聲』？捨曰：

「天子聖德是也』」。聲之辨別大多以平、上、去、入四聲爲標準，而以平之一聲爲平聲，上、去、入爲仄聲，而詞以句整句法之聲調使能被之於管絃，故極注意平仄，作詞之際，應按譜以塡，無使乖方而違法度。茲舉二例，以「○」表示須塡平聲字，「 」表示須塡仄聲字，「十」表示平仄聲均可塡。如溫庭筠之夢江南：

「梳洗罷，獨倚望江樓，過盡千帆皆不是，斜暉脈脈水悠悠，腸斷白蘋洲。」

此爲單調詞。又如柳永之八聲甘州：

「對瀟瀟暮雨灑江天，一番洗清秋。漸霜風悽慘，關河冷落，殘照當樓。是處紅衰翠減，苒苒物華休。惟有長江水，無語東流。不忍登高臨遠，望故鄉渺邈，歸思難收。歎年來蹤跡，何事苦淹留？想佳人妝樓顒望，誤幾回天際識歸舟，爭知我倚闌干處，正恁凝愁！」

此爲雙調詞。平仄之法，除平上去入四聲外，尚有陰陽聲。收喉爲陰聲，收聲爲陽聲。詞調不特四聲應予協調，陰陽聲亦應限制。陰陽聲祇平聲之中有之，詞注意陰平陽平之處，其例較少。知此則於平仄之法，思過半矣。

乙、韻　凡字收聲之字相同者爲韻，使詞能歌，則必協韻，應之管絃，乃能流暢無阻。文心雕龍聲律篇云：「是以聲之妍媸，寄在吟詠；吟詠滋味，流於字句；字句氣力，窮於和韻。異音相從謂之和，同聲相應謂之韻。韻氣一定，故餘聲易遣；和體抑揚，故遺響難契。屬筆至巧，選和至難；綴文難精而作韻甚易。雖纖意曲變，非可縷言；然振其大綱，不出茲論」。所謂和韻，使是聲與韻的調稱，故用韻以協聲律，實爲必要。茲分別舉例言之，以「*」表示韻。如李後主之浪淘沙：

「往事只堪哀，*對景難排。*秋風庭院蘚侵階，*一桁珠簾閒不卷，終日誰來？*金劍已沈埋，*壯氣蒿萊。*晚涼天淨月華開，*想得玉樓瑤殿影，空照秦淮*！」

此詞全用平聲韻者。又如章質夫之水龍吟：

「燕忙鶯嬾芳殘，正隄上柳花飄墜。*輕飛亂舞，點畫青林，全無才思。*閒趁游絲，靜臨深院，日長門閉。*傍珠簾散漫，垂垂欲下，依前被風扶起。*蘭帳玉人睡覺，怪春衣雪沾瓊綴。*繡牀漸滿，香毬無數，才圓欲碎。*時見蜂兒，仰黏輕粉，魚吞池水。*望章台路杳，金鞍游蕩，有盈盈淚*」。

此詞爲全用仄聲韻者。又如溫庭筠之菩薩蠻：

「小山重疊金明滅，鬢雲欲渡香腮雪。懶起畫蛾眉，弄妝梳洗遲。照花前後鏡，花面交相映。新貼繡羅襦，雙雙金鷓鴣」。

此詞是以仄聲韻轉平聲韻者又如馮延巳之三臺令

「春色，春色，依舊青門紫陌。日斜柳暗花嫣，醉臥誰家少年？年少，年少，行樂直須及早」！

此詞是以仄聲韻轉平聲韻又轉仄聲韻者又如李後主之相見歡：

「無言獨上西樓，月如鉤，寂寞梧桐，深院鎖清秋。剪不斷，理還亂，是離愁。別是一般滋味在心頭」！

此詞係平聲韻轉仄聲韻者。再者協韻只限用同「紐」之字，而不限其爲平聲或仄聲茲舉一例，以概其餘如史達祖之換巢鸞鳳

「人若梅嬌，正愁橫斷隖，夢繞溪橋。倚風融漢粉，坐月怨秦簫，相思因甚到纖腰？定知我今無魂可銷。謾幾度淚痕相照！人悄，天渺渺，花外語香，時透郎懷抱。暗握荑苗，乍嘗櫻顆，猶恨侵堦芳草。天念王昌忒多情換巢鸞鳳教偕老。

溫柔鄉，醉芙蓉一帳春曉*。」

此詞平聲之「嬌」、「橋」、「簫」、「腰」、「銷」，仄聲之「照」、「悄」、「渺」、「抱」、「草」、「老」、「曉」等字均同屬於「曉紐」。此限用同紐之字協韻，而不限平仄者也。又有限用同紐之字協韻而可由平轉仄或由仄轉平者茲舉一例如司馬光之西江月：

「寶髻鬆鬆挽就，鉛華淡淡妝成*。紅煙翠霧罩輕盈，*飛絮遊絲無定*。 相見爭如不見？有情還似無情*。笙歌散後酒微醒，*深院月明人靜*」。

此詞平聲之「成」、「盈」、「情」、「醒」，及仄聲之「定」、「靜」等字，均屬於「定紐」，而此詞係由平轉仄，仄又轉平，又轉仄者也。關於用同紐之字協韻在詞中殊不多睹，明乎此則協韻之道，進乎技矣。

填詞為作詞之最重要部門，現今作詞，尚採此方式，不可忽焉者也。

七 詞之創作

詞之創作，迥異文章，取物造詞，婉約爲主。故詞之創作圭臬，不可盡以文章技術概括之。然文章之道，言近旨遠，於詞之製作，亦可應用。製作之際，辭句爲末，心理爲主。文學意象作者文卻斯德(Winchester)嘗云：「作家移自己思想及感情給讀者，其所用之一切手段及方法，即爲文學之形式」。王充論衡云：「文辭墨說，文人之榮葉皮殼也，實誠在胸臆，文墨著竹帛，內外表裏，自然相副。意奮而筆縱，故文見而實露」。劉勰文心雕龍神思篇云：「神與物游，神居胸臆，而志氣統其關鍵；物沿耳目，而辭令管其樞機。樞機方通，則物無隱貌；關鍵將塞，則神有遯心。……夫神思方運，則萬塗競萌，規矩虛位，刻鏤無形。登山則情滿於山，觀海則意溢於海，我才之多寡，將與風雲而並驅矣」。所論皆至精當。蓋神居胸臆之中，苟無外物以資之，則喜怒哀樂之情無由見焉；物在耳目之前，苟無神思以觀之，則聲音容色之美無由發焉。是故心物交接之際，有以心感物者焉，有以物動心者焉；以心感物者，物固與心而徘徊，以物動心者，心亦隨物而宛轉，造心神與物交會，情景融合，即神即物，兩不可分，詞人得之，自成妙諦。因此詞之創作，全在心理。而此心理現象，約有三焉：一曰思想，二曰感情，三曰想像。然此三者，又以思想爲基幹，良以詞無感情則不活潑；無想像則無寄託；無思想，則失其中心之意義。如辛棄疾之摸魚兒：

「更能消幾番風雨？怱怱春又歸去。惜春長怕花開早，何況落紅無數？春且住，見說道天涯芳草無歸路。怨春不語，算只有殷勤畫簷蛛網，盡日惹飛絮。　長門事，準擬佳期又誤，蛾眉曾有人妒。千金縱買相如賦，脈脈此情誰訴？君莫舞，君不見玉環、飛燕皆塵土！閒愁最苦。休去倚危欄，斜陽正在煙柳斷腸處」。

讀此詞以後，如不仔細注意其思想，則其價值無得而稱焉。此詞之中心思想爲何？蓋在怨奸佞之阻賢路，而思所以警覺當道也。故其詞頗涉嗟怨。是以思想爲詞之主要成分，其信然哉！

（一）詞之要素　言詞創作之先，應先明瞭詞所包括之要素。詞之要素：一爲詞境，二爲意境，三爲情境，四爲相境。茲四者爲作詞之基本，應詳知之。

甲、詞境　所謂詞境，即詞之內容也。詞之內容固極複雜，舉其大要，不外「人」、「物」、

「景」、「事」四種宇宙範圍，實以此四種交錯存在。至於詞境之作用，王靜庵人間詞話云：「詞以境界爲上，有境界則自成高格，自有名句。五代北宋之詞，所以獨絕者，在此」。又云：「境非獨謂景物也，喜、怒、哀、樂，亦人心中之一境界。故能寫眞景物眞情感者，謂之境界」。據王氏之言，則詞貴寫實，對人之描繪，須使讀者讀之如身履其地，方爲可貴。詠物不可似，尤忌刻意太似；取形不如取神，用物不如用意，蓋詠一物，要不獨言物，而言物之左右。尤須要有寄託，然後渾化無痕。景有造景（有我之景）及寫景（無我之景）之分。但五代及北宋詞人多感物造端，託物寓志，故其所寫實景中即寓其心境，兩者實不易辨明也。關於事之敍述，則須委宛以達曲衷而成，方可有神也。

乙、意境　茲言意境，即作者之思想和意志。詞之風度、氣象，及氣格，均由此中表現。張皋文氏以詞爲意內言外，即是斯意。性靈所鍾，形諸筆墨者，性靈有高明沉潛之異，得書卷以養之，則外物不能移易，及其涵濡既深，形而爲詞，則如春氣之在林，光澤之在玉，使人寶翫無斁，如接其聲欬而瞻其豐采。其次襟抱胸次，亦爲意境之造化。然襟抱胸次，偏於論人，得之詞外；風度氣象，即人即詞，渾然不分。至於意境之妙處，可分數點言之：

（1）襟抱胸次　襟抱胸次之抒寫，有直抒者，有寄託者。張皋文論詞以寄託爲高，但自抒性靈亦高，如李煜之虞美人：

「春花秋葉何時了，往事知多少？小樓昨夜又東風，故國不堪回首月明中。 雕闌玉砌應猶在，只是朱顏改。問君能有幾多愁？恰是一江春水向東流」！

至於寄託云何？即象徵之謂也。如三百篇之「興」，而實又不同。蓋興者先言他物以引起，即是由他物引到本題。若無本題，則他物直象徵也。又與修辭學之暗喻相似，而實有異。舉例言之，如姜白石之暗香：

「舊時月色，算幾番照我，梅邊吹笛？喚取玉人，不管清寒與攀折。何遜而今漸老，都忘卻春風詞筆。但怪得竹外疏花，香冷入瑤席。 江國正寂寂，歎寄與路遙，夜雪初積。翠尊易泣，紅萼無言耿相憶。長記曾攜手處，千樹壓西湖寒碧。又片片吹盡也，幾時見得」？

疏影：

「苔枝綴玉，有翠禽小小，枝上同宿。客裏相逢，籬角黃昏，無言自倚修竹。昭君不慣胡沙遠，但暗憶江南江北。想環佩月下歸來，化作此花幽獨。 猶記深宮舊事，那人正睡裏，飛近蛾綠。莫似春風，不管盈盈，早與安排金屋。還教一片隨波去，又卻怨玉龍哀曲。等恁時重覓幽香、入小窗橫幅」

鄭文焯評之曰：「此蓋傷心二帝蒙塵，諸后妃相從北轅，淪落胡地，故以昭君託喻，發言哀斷」。兩詞蓋係寄託者也。然初學詞，求空；既成格調，求實。初學詞，求有寄託；既成格調，求無寄託。蓋以直抒性靈為最貴也。

(2)清空　清空云者，詞意渾脫超凡，看似平淡，而義蘊無盡，不可指實。其源蓋出於楚人之騷，其法蓋出於詩人之興。遇可感可覺之境，於是觸物類情，而發於不自已者也。惟其如此，往往因小可以見大，即近可以明遠。其超妙，其渾脫，皆未可以知識得，尤未能以言語道，是在性靈之領會而已。嚴滄浪所謂鏡中象，水中影是也。如張炎之高陽臺：

「接葉巢鶯，平波卷絮，斷橋斜日歸船。幾番游，看花又是明年。東風且伴薔薇住，到薔薇春已堪憐。更淒然，萬綠西冷，一抹荒煙。　當年燕子知何處？但苔深韋曲，草暗斜川。見說新愁，如今也到鷗邊。無心再續笙歌夢，掩重門，淺醉閒眠。莫開簾，怕見飛花，怕聽啼鵑」。

此詞即有清空之妙。

丙、情境　情境即所謂感情。近人謂研究詞之道有三：一曰會其感情；二曰通其理趣；三曰體其本事蓋觸景生情，因情生感，著之於文，即成妙詞。感情之種類，據文卻斯德分為五種：一曰合理或適宜（the justce or propriety）；二曰生動或有力（the vividness or power），即是修辭學上之動力（force），是指作品而言；三曰持續或恆久（the continuity or steadness），即是修辭學上之統一（unity），是指作者而言；四曰錯綜或變化（the range or variety），即是修辭學上之聯絡（coherence），亦是指作品而言；五曰品格或性質（the rank or quality）。據日人夏目漱石之主張，以為感情有四類：一曰感覺上之感情，二曰人事上之感情，三曰超自然之感情，四曰知識上之感情。據上兩人之主張，將感情分得非常複雜，莫衷一是。影響於詞之感情，應以其與詞之關係為標準，而分其與詞之關係，即其在詞之表現上發生之現象也。如此，則感情似可分作兩種：一為人事上之感情，二為感覺上之感情。人事上之感情，有喜歡、憤怒、快樂、哀傷、親愛、憎惡、冀欲、懊喪、企慕、決絕、高澹、閒雅等。感覺上之感情，有恐怖、緊張、力量、活潑等。感情之分，似以此數種為較合邏輯，其影響於詞之關係亦較明顯。茲分別述之：

（1）人事上之感情：

（子）喜歡　喜歡之情表之詞面，文辭平易，氣格圓潤，如歐陽修之浣溪沙：

「湖上朱橋響畫輪，溶溶春水浸春雲；碧瑠璃滑淨無塵。　當路遊絲縈醉客，隔花啼鳥喚行人，日斜歸去奈何春」。

(丑)憤怒　憤怒之情表之詞面，頗有激昂不平之勢；如辛棄疾之賀新郎：

「綠樹聽鵜鴂，更那堪鷓鴣聲住，杜鵑聲切。啼到春歸無尋處，苦恨芳菲都歇。算未抵人間離別。馬上琵琶關塞黑，更長門翠輦辭金闕；看燕燕，送歸妾。　將軍百戰身名裂，向河梁回首萬里，故人長絕。易水蕭蕭西風冷，滿座衣冠似雪。正壯士悲歌未徹。啼鳥還知如許恨，料不啼清淚長啼血。誰伴我，醉明月」？

(寅)快樂　快樂之情，其詞雄邁奔放；如蘇東坡之水調歌頭：

「明月幾時有？把酒問青天。不知天上宮闕，今夕是何年？我欲乘風歸去，惟恐瓊樓玉宇，高處不勝寒。起舞弄清影，何似在人間？　轉朱閣，低綺戶，照無眠。不應有恨，何事長向別時圓？人有悲歡離合，月有陰晴圓缺，此事古難全。但願人長久，千里共嬋娟」！

(卯)哀傷　哀傷之情，表現於詞面，有綿遠頓挫之勢；如李後主之浪淘沙：

「往事只堪哀，對景難排。秋風庭院蘚侵階。一桁珠簾閒不捲，終日誰來？　金劍已沈埋。

壯氣蒿萊。晚涼天淨月華開。想得玉樓瑤殿影，空照秦淮」!

(辰)親愛　親愛之情，其詞纏綿悅豫；如晏殊之滅庭秋.

「別來音信千里，恨此情難寄。碧紗秋月，梧桐夜雨，幾回無寐。樓高目斷，天遙雲黯，只堪顦顇。念蘭堂紅燭，心長焰短，向人垂淚」。

(巳)憎惡　憎惡之情，其於詞也陰麗沈密；如牛嶠之望江怨：

「東風急，惜別花時手頻執。羅幃愁獨入。馬嘶殘雨春蕪溼。倚門立，寄語薄情郎，粉香和淚泣」。

(午)慾欲　慾欲之情，其於詞也綺麗綿靡；如韋莊之木蘭花：

「獨上小樓春欲暮，愁望玉關芳草路。消息斷，不逢人，卻斂細眉歸繡戶。坐看落花空歎息。羅袂溼斑紅淚滴。千山萬水不曾行，魂夢欲教何處覓」?

(未)懊喪　人情懊喪，則多悽惻寒苦之詞；如元好問之摸魚兒：

「恨人間，情是　物?直教生死相許。天南地北雙飛客，老翅幾回寒暑。歡樂趣，離別苦。是中更有癡兒女。君應有語，渺萬里層雲，千山暮雪，隻影爲誰去。橫汾路，寂寞當前簫鼓荒已煙依舊平楚。招魂楚些何嗟及，山鬼自啼風雨。天也妒，未信與，鶯兒燕子俱黃土。千秋萬古。為留待騷人，狂歌痛飲，來訪雁邱處」。

(申)企慕　因古跡留連，儼生向往之心，其為詞也，純屬同情與慷慨；如辛棄疾之永遇樂：

「千古江山，英雄無覓，孫仲謀處。舞榭歌臺，風流總被，雨打風吹去。斜陽草樹，尋常巷陌，人道寄奴曾住。想當年，金戈鐵馬，氣吞萬里如虎。元嘉草草，封狼居胥，贏得倉皇此顧。四十三年，望中猶記，烽火揚州路。可堪回首，佛貍祠下，一片神鴉社鼓。憑誰問，廉頗老矣，尚能飯否」？

(酉)決絕　賀裳皺水軒詞筌云：「小詞以含蓄為佳，亦有作決絕語而妙者」；如韋莊之思帝鄉：

「春日遊，杏花飛滿頭。陌上誰家年少足風流。妾擬將身嫁與，一生休。縱被無情棄，不能羞」！

(戌)高澹　詞貴精鍊，亦有語淡而意長者；如晁補之之臨江仙：

「謫宦江城無屋買，殘僧野寺相依。松間藥臼竹間衣，水窮行到處，雲起坐看時。 一齒山銜綠底事，苦來醉耳邊啼？月斜兩院愈聲悲，青山無限好，猶道不如歸」。

（亥）閒雅　如秦觀之好事近：

「春路雨添花，花動一山春色，行到小溪深處，有黃鸝千百。 飛雲當面化龍蛇，夭嬌轉空碧。醉臥古藤陰下，了不知南北」。

（3）感覺上之感情：

（子）恐怖　恐怖之情，其言也散；如馮延巳之采桑子：

「華前失卻遊春侶，獨自尋芳。滿目悲涼。縱有笙歌亦斷腸」。

（丑）緊張　感情緊張，其詞豪壯；如蘇軾之江城子：

「十年生死兩茫茫。不思量，自難忘。千里孤墳，無處話淒涼。縱使相逢應不識，塵滿面，鬢如霜！ 夜來幽夢忽還鄉，小軒窗，正梳妝。相顧無言，惟有淚千行。料得年年腸斷處，明月夜，短松岡」！

（寅）力量　其詞當之也有力，其發之也宏，雄健逢勃，不可方物；如蘇東坡之水調歌頭：

「落日繡簾捲，亭下水連空。知君爲我新作窗戶，溼青紅。長記平山堂上，攲枕江南煙雨，渺渺沒孤鴻。認得醉翁語，山色有無中。一千頃都鏡淨，倒碧峯。忽然浪起，掀舞一葉白頭翁。堪笑蘭臺公子，未解莊生天籟，剛道有雌雄。一點浩然氣，千里快哉風」。

（卯）活潑　活潑之感情極爲錯綜變化，其發爲詞也活發生動；如張先之天仙子：

「水調數聲持酒聽，午睡醒來愁未醒。送春春去幾時回，臨晚鏡，傷流景，往事後期空記省。　沙上並禽池上暝，雲破月來花弄影。重重翠幕密遮燈，風不定，人初靜，明日落紅應滿徑」。

昔之論詞者，一曰人情，二曰物象，三曰文辭。文辭者，人情物象所由以見者也，人情物象者，文辭所依以成者也。而物象又卽人情所感發者也。三者之相資，若神形不可須臾離者也。故偏舉之，或稱情境，或稱詞境，統舉之，卽王靜庵氏所謂境界也。

丁、相境　詞境爲詞之實境，相境爲詞之虛境。其心理上作用曰想像（imagination）。何謂相像？爲情感經過組織之物，有一印像，則必有回憶，經過選擇聯合而成爲想像。至於想像之種類，據一般之意見，約可分爲創造的、解釋的、聯想的三種。詞之作品，如只有情感之表達，尚不稱完備，必須要有想像之力。因感情是抽象之物，而想像則係具體之事物，加以聯合作用者也。茲分別述之：

（1）創造的想像　感覺未接收影像而憑空喚起一種影像；或將前感覺所接收之影像各部分翦裁修改，或重新排列，而成爲一種新的影像與修辭學之鋪張（或曰夸飾或曰揚厲），頗相近似；如蘇軾之水調歌頭：

「明月幾時有，把酒問青天，不知天上宫闕，今夕是何年？我欲乘風歸去，只恐瓊樓玉宇，高處不勝寒」！（下略）

（2）解釋的想像　以現在之影像，解釋現在之影像，即由某一種事物來象徵某一種事物；如辛棄疾之青玉案：

「東風夜放花千樹，更吹落星如雨。寶馬雕車香滿路，鳳簫聲動，玉壺光轉，一夜魚龍舞：蛾兒雪柳黄金縷，笑語盈盈暗香去，衆裏尋他千百度，驀然回首，那人正在燈火闌珊處」。

梁啓超評之曰「自憐幽獨，傷心人別有懷抱」。

（3）聯想的想像　聯想之想像，有人以之另立別於想像曰聯想，殊知此聯想亦爲想像內容之一種。語其要點，約有三種：

（子）類似聯想　類似聯想之作用，產生譬喻、引用、比擬、諷喻等修辭現象。如蘇軾念奴嬌之「人生如夢」，爲明喻也。辛棄疾念奴嬌之「舊恨春江流不盡，新恨雲山千疊」，爲暗喻也。范仲淹蘇幕遮之「明月樓高休獨倚，酒入愁腸，化作相思淚」。又如詠「桃」曰「紅雨」「劉郎」，詠柳則用「章台」「灞岸」，爲借喻也。

（丑）接近聯想　接近聯想一爲提喻，相當於修辭學中借代格之旁借；如姜堯章之玲瓏四犯「漫贏得天涯羈旅」，羈旅是代替羈旅中之人也。一爲換喻，相當於借代格之對代；如秦觀滿庭芳之「畫角聲斷斜陽」，斜陽二字用以代替日之餘光也。此爲以原因代替結果之例。又如「煙火斷絕」四字，用以代替無米爲炊；此是以結果代替原因也。

（寅）反對聯想　反對聯想，因一種影像，而生出相反的一種影像也。如由「孔子」而生出「盜跖」之類。如李煜之浪淘沙：

「往事只堪哀，對景難排。秋風庭院蘚侵階。一桁珠簾閒不卷，終日誰來？　金劍已沈埋，壯氣蒿萊，晚涼天淨月華開。想得玉樓瑤殿影，空照秦淮」！

此爲以現在之淒涼景況聯想到過去之繁華也。

上之所述，是關於想像之種類。至於想像之構成約有三種：一是回憶，二是選擇，三是聯合。回憶卽是就過去之經驗而再現之，以成爲新的影像。選擇係卽就過去感覺所接收影像，經過一番選擇之工夫，而成爲新的影像。聯合卽將甲影像來配合乙影像，而成爲新的影像也。

詞境、意境、情境、相境，四者爲詞之要素，抑爲創作詞時必備之條件。四者雖析爲四，然在詞內是渾然不可分者也。

(二)詞之創作　詞之創作，卽是將感情、意識、事象，藉文辭以表現者也。欲明其作製之方，茲析爲辭格、辭勢、辭態、辭彩等分別述之：

甲、辭格　荀子正名篇曰：「辭也者，兼異實之名以論一意也」。故辭爲一個概念之表達，等於文法上之一句，或組織之形式。辭格卽是關於造詞組句之格式和格律。欲求辭與意相一致，須透徹了解此項格式與格律。

(1)辭之性質與作用　辭有單辭複辭之分。凡一字表一概念者，爲單辭。以二字以上之複合方能表一概念者，爲複辭。而其作用：一爲表名，卽標示一種事物之名稱，如「珠簾」「團扇」；二爲表相，即形容事物之明暗大小，如「人比黃花瘦」之瘦字；三爲表行，即表示一種動作，如「試問捲簾人」之捲字。但講求文法者，通將中國文字分爲五大類。於五類之中，又區別爲九種，名之曰九品詞，第一種爲實體詞，內包括名詞和代名詞。第二種爲陳述詞，祇包括動詞一種。第三種爲區別詞，內包括形容詞和副詞。第四種爲關係詞，內包括介詞和連詞。第五種情態詞，內包括助詞和嘆詞。馬建忠於馬氏文通又分字爲實字與虛字兩種，凡有義可解者曰實字，如前舉之實體詞陳述詞區別詞。凡無義可解者曰虛字，如前舉之關係詞和情態詞。此在文法上是如此，但於表名表行、表相三種作用上，祇爲實字一種，於詞之關係較大者，亦祇有實字

（2）辭之組織形式：

（子）轉品　轉品云者，即九品詞之活用，此種活用，可以構成辭之形式。

A．名詞

（a）動詞用作名詞　如「千萬恨」之恨字。

（b）形容詞用作名詞　如「綠肥紅瘦」之綠與紅字。

（c）副詞用作名詞　如「茫茫」二字可作「大地」二字用。

B. 動詞

(a)名詞用作動詞 如「梳洗罷」之梳字本爲名詞轉作動詞用。

(b)形容詞用作動詞 如「弄妝梳洗遲」之遲字原爲形容詞，此處作爲動詞用。

(c)副詞用作動詞 如「戚戚」「懸懸」等字本爲副詞但可作動詞用。

C. 形容詞

(a)名詞作形容詞 如「鳳尾龍香撥」之鳳字本爲名詞此處用來形容琵琶之形狀

(b)動詞用作形容詞 如「小橋流水人家」之流字。

(c)副詞用作形容詞 如「金風細細」之細細二字。

D. 副詞

(a)名詞用作副詞 如「蜂屯蝶聚」之蜂蝶二字本爲名詞，此處變作副詞。

(b)動詞用作副詞、如「化作相思淚」之化字，本爲動詞，此處變作副詞。

(c)形容詞用作副詞　如「明月樓高休獨倚」之獨字

(丑)複合　複合二字成詞，可以濟單音之窮。荀子所謂累而成文名之麗也

A.連綴

(a)同義字連綴　如「道路」「跋涉」是實字的連綴如「方將」「庸詎」是虛字的連綴。

(b)對待字連綴　如「妍媸」「甘苦」等字。

(c)平列字連綴　如「園圃」「楊柳」等字。

(d)同類字連綴　合同類二字為詞，而以大名冠小名。如「魚鮪」「蟲螟」「草芥」等字。

(e)同物字連綴　合二物類之大名成詞，用以概括其類者也。如「草木」「花卉」「鳥獸」等字

(f)不同字連綴　如「雨疏風驟」「柳暗花明」是形容詞與名詞之連綴，如「精緻」「美妙」是形容詞與形容詞相連綴如「更多」是形容詞與副詞

相連綴。如「車走」是動詞與名詞相連綴。「頻添」是動詞與副詞相連綴。「劍匣」「弓弢」是二字相合表明領格者。此類連綴字爲數極多，惟在吾人之妙用耳。

B. 帶數

(a)數詞與名詞相連者 如「十科」「七情」「八政」等字。

(b)二數字相合成詞 如「三五」「二八」等字。

C. 虛助 虛助字與實字聯合成詞者。

(a)綴虛字於下者 如「紛若」「沃若」等字。

(b)綴虛字於上者 如「其頎」「於昭」等字。

D. 疊字 疊字在詞中作用最廣。

(a)名詞 如「元元」「家家」等字。

(b)形容詞 含義者如「依依」「休休」「草草」「關關」等

疊字在詞中最爲常用，如歐陽修之「庭院深深深幾許」，李清照之「尋尋覓覓冷冷清清悽悽慘慘戚戚」，便是好例。

E. 雙聲

(a)連語　以名詞連成者，如「鴛鴦」「唐棣」「蒹葭」等字以作形容詞用

。者如「參差」「陸離」「游衍」「黽勉」等字。

(b)合字　合二字成詞，適爲雙聲而其字分用義亦不變，非若連語合二雙聲而

成一詞，惟函一義，而不能析用。如「股肱」「叢脞」「踟躕」等字。

F. 疊韻

(a)連語　合二疊韻字而成一詞，惟函一義，不能析用，名詞者如；「芄蘭」「螳

螂」「蜉蝣」等字。形容詞如：「旖旎」「逍遙」「綢繆」等字。

(b)合字　合二字成詞，適爲疊韻，而其字分用，義亦不變。如「搔首」「光明」

「笑傲」「艱難」等字是也。

(寅)析字　析字即古之廋詞，字有形、音、義三方面，將所用之字分析，有其他字與之相

合相連，即借以代替，或即推衍之，此爲修辭學上之基本方法

A. 化形析字

(a)離合 係離合字形者，如吳文英之唐多令「何處合成愁，離人心上秋」。卽是將愁字離爲心與秋字。

(b)增損 是將字略爲增損另成新字，北齊書徐之才傳載其嘲王昕姓云：「有言則誑，近犬便狂，加頸足而爲馬，施角尾而爲羊」，卽是增損而爲字也。

(c)借形 是單借字之外形而用之者也。

B. 諧音析字

(a)借音 單純諧音者，如將「六晶」借作「大精」是也，

(b)切腳 是用反切上之兩音，如稱「孔」爲「窟籠」便是該「窟籠」爲「孔」之反切語也。

(c)雙反 是利用反切上順倒雙重反切者曰雙反，卽是以二字而切兩音者。如「東田」爲「顛童」是也

C. 衍義析字

(a)代換　卽將平易字以換不平易字。
(b)牽附　如因「左傳」而說出「右傳」是也。
(c)繆繞　所述之詞，極爲曲折若接若離，必須推闡始能明者，如隱穀水於庚癸，卽是其例

(卯)節縮

A.縮合　如縮「不可」爲「叵」；縮「何不」爲「盍」等是。

B.節短　如「諸葛亮」節爲「葛亮」是。

(辰)虛襯　詞中之虛字，爲領句字單字如「正」「但」「甚」「任」「漸」「念」等字舉例言之，章質夫水龍吟「燕忙鶯懶芳殘，正隄上柳花飄墜」。姜白石暗香「但怪得竹外疏花，香冷入瑤席」，張炎探春慢「甚釀得春來，管教春見」。柳永八聲甘州「漸霜風淒緊，關河冷落，殘照當樓」。秦觀八六子「念柳外青驄別後，水邊紅袂分時」。雙字如「莫是」「還是」「那堪」是。秦觀八六子「那堪片片飛花弄晚，濛濛殘雨籠晴」。三字如「更能消」「最無端」等。辛棄疾摸魚兒「更能消幾番風雨」。關於詞內用虛字

之例極多，不勝枚舉。至於文義偶不勝暢，便用二三襯字襯之。柳永慢卷紬「免惹牽繫」，其惹字是無意義者，完用用以襯文句耳。

（巳）假伸

A.起舊詞以致新用　往昔古書置而未用之詞，則起而用之，可化舊為新矣。如說文所載之「赽」「肍」「肌」「腿」等字使之適合於用。又如新事物之產生，古書已有其名，則用古字，頗覺爲雅。

B.起舊義以致於用　字之義有因假借後，用其假借而本義（舊義）廢置者，則起用其本義。庶可擇其源而盡其用焉者也。如「昊」之本義爲大言也「宋」之本義爲居也。

C.假舊字以寓新義　新有之義，可假借舊字以寓之，或取音近，或取義通，俱無不可。如古謂灰炭煤曰煤，今以古樹所化之鑛物爲煤，取其形似也。古謂火齊珠爲鍗銻；今以名金類元素 antimany 之名，取其音近也。此與仿佛之佛，寓陀佛之義同例，

D.組織舊字成新詞　有新義而無故名，則聯集舊字而成新詞，荀子所謂有循於舊

名，有作於新名也。如譯 Right 爲理，權 buty 爲義，分此主乎義者也，若有新名，義不可言，則譯音成詞，如 mcses 本以水得名，不得譯其義，曰水，譯其音曰摩西。christ 本義爲灌頂，不得譯其義爲灌頂，乃譯其音爲基督。

E. 通用成字 此是六書上假借之例，如「令」本爲發號施令，後對於發號施令者，亦謂之「令」是也。其中有引伸本義者，有比況口語者，有音變者，有同音者，舉例從略。

(午)全辭 全辭者乃一完全之辭，普通呼之曰句，詞中之句有對句、疊句、拗句，如晏殊踏莎行之「小徑紅稀，芳郊綠徧」，是對句。疊句是兩句相同，一促拍，一曼聲，但亦不必兩句全同也。如馮延巳三臺令：「春色。春色。依舊青門紫陌」。至拗句，據頻伽詞話云：「有拗調拗句，須渾然脫口，若不可不用此平仄者，方爲作手。如未能極工，無難取成語之合者以副之，斯不覺其聱牙矣」。

乙、辭勢 因作者之感情及想像之作用，致使詞產生各種不同之風格，此風格之論，魏文帝稱之爲「文氣」，劉勰稱之爲「風骨」，要皆其辭之勢所表現者也。

(1)雄奇 因感情之動力及緊張之故，辭之表出勢極雄奇，如秦觀八六子「倚危亭，恨如芳草，淒淒剗盡還生」。周濟宋四家詞選評云：「起句神來之筆」。

（2）紆餘　因感情之懷喪，其辭之表出，勢頗紆餘。魏文帝所言「齊氣」即是之謂也。如溫庭筠之夢江南：「梳洗能，獨倚望江樓。過盡千帆皆不是，斜暉脈脈水悠悠，腸斷白蘋洲」。

（3）流利　如溫庭筠之更漏子：

「星斗稀，鐘鼓歇，簾外曉鶯殘月。蘭露重，柳風斜。滿庭堆落花。　虛閣上，倚闌望，還似去年惆悵，春欲暮，思無窮，舊歡如夢中」。

此詞極流利之至。

（4）沈鬱　流利之反而爲沈鬱。如賀鑄之伴雲來：

「煙絡橫林，山沈遠照，邐迤黃昏鐘鼓，燭映簾櫳，蛩催機杼，共苦清秋風露。不眠思婦，齊應和幾聲砧杵。驚動天涯倦宦，駸駸歲華行暮。　當年酒狂自負，謂東君以春相付。流浪征驂北道客檣南浦，幽恨無人晤語。明月曾知舊游處，好伴雲來，還將夢去」。

（5）鋪張　作者將事象故意誇大，如溫庭筠酒泉子之「千里夢，雁南飛」。千里夢即是鋪張之辭

（6）精約　如溫庭筠之南歌子

「鬢墮低梳髻，連娟細掃眉，終日兩相思。爲君憔悴盡百花時」。

丙、辭態　辭態是屬於思想者，因思想之不同，其表出於辭面之態度故殊，茲約略分述之：

（1）諷喻　詞人雖不一定是詩人，但其溫柔敦厚之旨，與亦有關，故諷喻尙焉。如王沂孫之齊天樂：

「一襟餘恨宮魂斷，年年翠陰庭樹。乍咽涼柯，還移暗葉，重把離愁深訴。西窗過雨，怪瑤佩流空，玉箏調柱。鏡暗妝殘，爲誰嬌鬢尙如許。　銅仙鉛淚似洗，歎移盤去遠，難貯零露。病翼驚秋，枯形閱世，消得斜陽幾度。餘音更苦，甚獨抱淸高，頓成淒楚。謾想薰風，柳絲千萬縷」。

（2）精警　精密警策，爲詞人極難達到之境界。如李煜之烏夜啼前半闋「林花謝了春紅。太匆匆。無奈朝來寒雨晚來風」。譚獻譚評詞辨云「前半闋擩染大筆」。

（3）示現　示現之辭，全憑想像之力。如張泌之浣溪沙：

「馬上凝情憶舊遊，照花淹竹小溪流，細箏羅幕玉搔頭。　早是出門長帶月，可堪分袂又經秋，晚風斜日不勝愁」。

(4)諱飾　柳永之黄鶯兒「晚來枝上緜蠻，似把芳心深意低訴」。此詞原係卽題詠事，但其遣是暗示與女性同宿，深自諱飾，故云此耳。

(5)峻厲　多用作詞，惆句：此種作法，在詞中倘不多見，蓋詞以婉約爲主耳。但亦有一二例外。如辛幼安之「杯！汝來前」。卽是一例。

(6)徽婉　如柳永八聲甘州「對瀟瀟暮雨灑江天，一番洗清秋。漸霜風悽慘，關河冷落，殘照當樓。是處紅衰翠減，苒苒物華體。惟有長江水，無語東流」。是卽徽婉之例。

(7)呼告　當感情緊張之際，在文辭之表達上，往往有種呼告方式。如前舉之辛棄疾詞。「杯！汝來前」卽是一例。

(8)感慨　感慨之詞，大多用於詠史者。如蘇軾念奴嬌。「大江東去，浪淘盡千古風流人物。故壘西邊，人道是三國周郎赤壁。亂石崩雲，驚濤拍岸，捲起千堆雪。江山如畫，一時多少豪傑。　遙想公瑾當年，小喬初嫁了，雄姿英發，羽扇綸巾，談笑間強虜灰飛煙滅。故國神游，多情應笑我，早生華髮。人間如夢，一尊還酹江月」。

(9)倒反　有不便直言之句，用倒反方式表出之。如李清照之鳳凰臺上憶吹簫「任寶奩閒掩，日上簾鉤……今年瘦，非干病酒，不是悲秋」。不言相思之苦，卻偏言懶與病，還恨薄情無」？是問而不答者也。

〔0〕設問　設問之辭，有問而答者，有問而不答者。如柳永雨淋鈴云：「今宵酒醒何處？楊柳岸，曉風殘月」。此爲問而答者。歐陽炯浣溪沙之「蘭麝細香聞喘息，綺羅纖縷見肌膚，此時還恨薄情無」？是問而不答者也。

丁、辭彩　辭彩是辭之外形。關於辭之外形，歷來說者，均主張惟美主義，以美爲修飾詞句之惟一條件。此種修飾多半假借感情與想像之力，但其終極，外形與內容須一致，方爲妙詞。

〔1〕譬喻　詞中之譬喻，完全是依想像的力量而織成者。因想像之程度有差，故有明喻、暗喻、借喻之別。明喻須有一譬喻辭「似」「如」等字，如「咫尺畫堂深似海」。即是明喻之例。蘇軾詞「水是眼波橫，山是眉峯聚」。即是暗喻之例。詠「桃」曰「紅雨」「劉郎」。詠「柳」曰「章台」「灞岸」。是借喻之例。譬喻在詞中是常見者。

〔2〕借代　用詞遣字，崇尚本語，有時而窮，故利借代，以美其詞。

〔子〕旁借　旁借是以附從事物以代替主體事物，以主體事物以代替附從事物。

A.事物與事物之特徵或標記相代　如李清照聲聲慢之「梧桐更兼細雨，到黃昏點點滴滴，這次第，怎一個愁字了得」。此愁字是代替字所標記之感情，並非愁字本身。

B. 事物與事物所在地或所屬相代　如姜堯章之玲瓏四犯云：「漫贏得天涯羈旅」。羈旅是代羈旅之人。蘇軾念奴嬌云：「大江東去浪淘盡千古風流人物」。大江是指大江內之流水。

C. 事物與事物之作家或產地相代　如姜堯章暗香「何遜而今漸老，都忘卻春風詞筆」。何遜係用以代替梅花。如吳文英齊天樂云「新煙初試花如夢，疑收楚峯殘雨茂苑人歸，秦樓燕宿同惜天涯爲旅」。曰「楚峯」，曰「秦樓」用以代替男女之幽會也。

D. 事物與事物之資料或工具相代　如辛棄疾賀新郎「鳳尾龍香撥」。鳳尾龍香係代替琵琶。温庭筠之夢江南「過盡千帆皆不是」。帆代替船也。

(丑)對代

A. 部分與全體相代　以部分之事物代替全體，以全體代替部分。如温庭筠夢江南「過盡千帆皆不是，斜暉脈脈水悠悠」。帆代表船之全體。李珣酒泉子「孤帆早晚離三楚」。三楚代三楚之某一地也。

B.特定與普通相代　以普通之事物代特定之事物，以特定之事物代普通之事物。如周邦彥瑞龍吟「惟有舊家秋娘聲價如故」。秋娘代替妓女也。

C.具體與抽象相代　以具體之事物代替抽象之事物，以抽象之事物代替具體之事物。如周邦彥側犯「駐馬望素魄」。以素魄代替月也。李清照如夢令「應是綠肥紅瘦」。綠代海棠之葉，紅代海棠之花。

D.原因與結果相代　以原因代結果，以結果代原因。如秦觀滿庭芳「畫角聲斷斜陽」。以斜陽代替日之餘光也。

(3)引用　引用有明引及暗引兩種，而明引及暗引中又有略語取意及語意並取之方式。

(子)語意並取　引舊義以合新義，或尋檢蒼雅廢棄之言，亦有精眇詳實之義，引而傳合新義，卻為雅詞。如「娶」女師也，今呼女教師宜名為「娶」。如辛棄疾詞「宦游吾倦矣！玉人留我住，道明日是落花寒食，得且住為佳耳」。是引用王羲之之「天氣殊未佳，汝定成行否？寒食近，得且住為佳耳」。句，但引用舊義須渾化無痕跡，方稱妙手。

（丑）略語取意　如周邦彥之瑞龍吟。

「章台路。還見褪粉梅梢，試花桃樹。愔愔坊陌人家，定巢燕子，歸來舊處。黯凝佇。因念箇人癡小，乍窺門戶。侵晨淺約宮黃，障風映袖，盈盈笑語。　前度劉郎重到，訪鄰尋里，同時歌舞。惟有謝家秋娘，聲價如故。吟牋賦筆，猶記燕臺句。知誰伴，名園露飲，東城閒步。事與孤鴻去。探春盡是，傷離意緒。官柳低金縷，歸騎晚，纖纖池塘飛雨。斷腸院落，一簾飛絮」。

周濟評之曰「不過桃花人面，舊曲翻新耳」。此即略語取意之三昧也

關於借代與引用，和譬喻中之暗喻和借喻之用法，即古人所謂「用典」用以增加詞之外形之色彩，以眩人眼目；其中以四字者爲多。如「劍拔弩張」「土崩瓦解」等是不勝枚舉。林紓畏廬論文中云：「詞中拼字之法，蓋用尋常經眼之字，一經拼集，便生異觀。如花柳者常用字也，昏暝二字亦然，一拼爲柳昏花暝則異矣；玉香者，常用字也，嬌怨二字亦然；一拼爲玉嬌香怨則異矣；煙雨者，常用字也。頻恨二字亦然，一拼爲恨煙顰雨則異矣；綺羅者，常用字也，愁恨兩字亦然，一拼爲羅愁綺恨則異矣」。

（4）映襯　映襯云者，用相反之事物相映相襯也。計可分爲兩種。

(子)反映　如晏殊之撼庭秋「念蘭堂紅燭，心長焰短，向人垂淚」。

(丑)對襯　如張先之青門引「乍暖還輕冷，風雨晚來方定」

(5)點染　劉熙載詞概云：「詞有點染，耆卿雨淋鈴云：多情自古傷離別，更那堪冷落清秋節？今宵酒醒何處？楊柳岸曉風殘月。上二句點出離別冷落；今宵二句，乃就上二句染之。點染之間，不得有他語相隔；隔則警句亦成死灰矣」。

(6)層遞　層遞本可歸入辭態或辭格範圍中，但層遞之方式，每每趨重於形式，故於此處述之。

(子)層進　推進一層，以見極致。或就事推進一層，或翻舊事而推進一層。如蘇軾之江城子。

「十年生死兩茫茫，不思量自難忘。千里孤墳，無處話淒涼，縱使相逢應不識，塵滿面鬢如霜」。

(丑)遞深　詞中有語似深成而意實層層深入者。如歐陽修之蝶戀花「淚眼問花花不語，亂紅飛過秋千去」。

(7)錯綜　劉熙載藝概云「詞之章法，不外相摩相盪，奇如正、開闔、容實、抑揚、工易、寬緊之類是矣」。如是則錯綜變化，離合生姿，如「春未透花枝瘦，正是愁人時候」。便是好例。

(8)抽連　有甲乙兩種事物共同出現，將甲事物之詞彙移於乙事物，使其特別生動，增加讀者之深刻的印像。如趙令畤錦堂春「重門不鎖想思夢，隨意遶天涯」。辛棄疾滿江紅「敲碎離愁，紗窗外風搖翠竹。人去後吹簫聲斷，倚樓人獨。滿眼不堪三月暮，舉頭已覺千山綠。但試把一紙寄來書，從頭讀」。前一例之鎖字本應加於門字上之動詞，現卻加在夢字上。後一例之離愁本無所用其敲碎，完全由於下文之風搖碎竹而來者也。

(9)移就　遇有兩個印像連於一處，卽將甲印像所用之性狀形容詞移屬於乙印像曰移就辭。如「醉鞍」「離襟」「怒髮」「萬里客」「歸夢」等詞是也。至「櫻唇」「桃臉」「貝齒」等，則是以物形容人也。

(10)比擬

(子)擬人　溫庭筠更漏子「梧桐樹，三更雨，不道離情正苦；一葉葉，一聲聲，空階滴到明」。李白菩薩蠻「平林漠漠煙如織，寒山一帶傷心碧」。均是以物比人。

(卄)擬物　王沂孫齊天樂「鏡暗妝殘，爲誰嬌鬢尙如許」，卽是以物比人也。

(11)藏詞　藏詞於詞中較少採用，蓋以其流於造作，但古人用之已成習慣，茲聊備一格，如因有「友于兄弟」之成語，乃藏去其「兄弟」二字，以「友于」代替「兄弟」。有「日居月諸」之成語，乃藏取「日月」二字，以「居諸」代替「日月」之類是也。

(12)複疊

(子)複辭　馮延巳三臺令「春色，春色，依舊青門紫陌」。其春色春色乃複辭也。

(丑)疊字　李清照聲聲慢「尋尋覓覓，冷冷清清，悽悽慘慘戚戚，乍暖還寒時候最難將息」。前一句完全是用疊字。

戊、辭趣　利用文字之意義聲音和形體，以增加辭之特殊風致氣韻悠長，頗堪玩賞。

(1)雙關　將一字關着兩種意思。如秦少游南歌子「玉漏迢迢盡，銀河淡淡橫。夢回宿酒未全醒，已被鄰雞催起怕天明。臂上妝猶在，襟間淚尙盈。水邊燈火漸行人，天外一鉤殘月帶三星」。末之星字暗藏心字，此種作法，在子夜歌中爲最常見。

(2)仿擬　仿擬前人所用詞句格調，以增加趣味。如周邦彥之西河：

「佳麗地。南朝盛事誰記。山圍故國繞清江，髻鬟對起。怒濤寂寞打空城，風檣遙度天際。斷崖樹，猶倒倚。莫愁艇子曾繫。空遺舊跡鬱蒼蒼，霧沈半壘。夜深月過女牆來，傷心東望淮水。酒旗戲鼓甚處市。想依稀王謝鄰里。燕子不知何世。入尋常巷陌人家相對，如說興亡斜陽裏」。

梁啓超於藝蘅館詞選云：「張玉田謂清眞最長處，在善融化古人詩句，如自己出；讀此詞，可見此中三昧」。

八 詞之流派

詞之流派，說者不同，有以時代分者，有從其表現上分者。以時代分者，如尤侗將詞分爲初、盛、中、晚。直以宋詞比對唐詩，其說頗不近情理，駁之者甚多。從表現上分者，將詞分爲婉約派與豪放派，或疏派與密派。徐釚在詞苑叢談內云「詞體大約有二：一體婉約、一體豪放。婉約者欲其詞調蘊藉，豪放者欲其氣象恢宏」。吳瞿庵在中國近古文學史內云「前者在沿花間之遺，（指婉約派），後者爲蘇黃脫去音律之束縛，（指豪放派）；前者爲南派，後者爲北派。惟婉約者易失之靡，豪放者易失之粗。其間須在氣韻辨之也」。此說較爲正確。然詞仍以婉約爲主，豪放究係別裁。有詞之初，即尙婉約，未即標明者，以無豪放爲之對抗耳。梁武帝之江南弄，實開詞之形式，至唐李白之菩薩蠻及憶秦娥，而確定詞之基礎。今茲所述，以唐代始。

唐代詞人，首推李白。黃昇花菴詞選云：「李太白菩薩蠻、憶秦娥，爲百代詞曲之祖」。此固爲定論，然其始源，仍本六朝不過至李太白而有小令之具體形式耳。如梁武帝之江南弄：

「美人綿眇在雲堂，雕金鏤竹眠玉牀，婉愛寥亮繞紅梁。繞紅梁，流月台，駐狂風，鬱徘徊」。

梁簡文帝之春情曲：

「蝶黃花紫燕相追，楊低柳合路塵飛；已見垂鉤掛綠樹，誠知淇水霑羅衣。兩童夾車問不已，五馬南城猶未歸；鶯啼春欲駛，無爲空掩扉」。

陳後主之長相思：

「長相思，久成悲；蝶縈草樹連絲；庭花飄散飛入帷帷中看雙影，對鏡斂雙眉。兩地同見月，兩別共春時」。

及玉樹後庭花（例略）隋煬帝之夜飲朝眠曲：

「憶睡時，待來剛不來，卸妝仍索伴，解佩更相催；博山思夢結，沈水未成灰」。

及湖上曲，沈休文之六憶：

「憶眠時，人眠猶未眠；解羅不待勸，就枕還須牽；復恐旁人見，嬌羞在燭前」。

侯夫人之看梅曲（又曰一點春）：

「砌雪無消日，捲簾時自顰，庭梅對我有憐意，先露枝頭一點春」。

此爲李白以前長短句之片斷的跡象。逮乎李白而有菩薩蠻、憶秦娥等。其菩薩蠻：

「平林漠漠煙如織，寒山一帶傷心碧，暝色入高樓，有人樓上愁，　玉階空佇立，宿鳥歸飛急。何處是歸程？長亭更短亭」。

憶秦娥：

「簫聲咽，秦娥夢斷秦樓月；秦樓月，年年柳色，灞陵傷別。　樂遊原上淸秋節，咸陽古道音塵絕；音塵絕，西風殘照，漢家陵闕」。

其詞繁情促節者遠冪長吟。繼其後者，有劉禹錫之紇那曲（見詞之起源舉例）及春詞。其春詞

「春去也多謝洛陽人，弱柳從風疑舉袂，叢蘭挹露似沾巾，獨坐亦含顰」。

韋應物有三台令、調笑及轉踏，其三台令：

「胡馬，胡馬，遠放燕支山下。跑山跑雪獨嘶，東望西望路迷，迷路，迷路，邊草無邊日暮」。

白居易有花非花、望江南及酒泉子。其酒泉子：

「前度小花靜院，不比尋常時見；見了又還休，愁卻等閒分散。腸斷，腸斷，記取釵橫鬢亂」！

此外有韓偓之生查子，元微之之櫻桃花，韓翃之章台柳及柳氏之楊柳枝等，皆別具風致。

厥後有溫庭筠以詩人而兼爲詞人，黃昇唐宋諸賢絕妙詞選云「飛卿詞極流麗，宜爲花間集之冠」。劉熙載藝概云「溫飛卿詞精妙絕人，然類不出乎綺怨」。蓋溫詞深美閎約，不怒不懾，備剛柔之氣，鍼鏤之密，醞釀最深者矣。其代表作品，有菩薩蠻、南歌子、（均見詞之起源舉例）夢江南（見詞之歌詠舉例）及更漏子，茲舉更漏子及菩薩蠻之一爲例。更漏子：

「玉爐香，紅蠟淚，偏照畫堂秋思。眉翠薄，鬢雲殘，夜長衾枕寒。　梧桐樹，三更雨，不道離情正苦。一葉葉，一聲聲，空階滴到明」。

菩薩蠻：

「玉纖彈處眞珠落，落珠暗溼鉛華薄。春露浥朝花，秋波浸晚霞。　風流心上物，本自風流出。看取薄情人，羅衣無此痕」。

五代蜀中韋莊，詞亦有佳構。周濟介存齋論詞雜著云「端己詞淸豔絕倫，初日芙蓉春月柳，使人想見風度」吳照衡蓮子居詞話云：「韋相清空善轉，殆與溫尉異曲同工，所賦荷葉杯眞能據療擊之憂，發踟躕之愛」。茲舉其代表作品如荷葉杯：

「記得那年花下深夜，初識謝娘時。水堂西面畫簾垂，攜手暗相期。　惆悵曉鶯殘月，相別從此隔香塵。如今俱是異鄉人，相見更無因」。

女冠子：

「四月十七正是去年今日。別君時，忍淚佯低面，含羞半斂眉。　不知魂已斷，空有夢相隨。除卻天邊月，沒人知」。

「昨夜夜半枕上分明夢見。語多時，依舊桃花面，頻低柳葉眉。　半羞還半喜，欲去又依依。醒來知是夢，不勝悲」。

薛昭蘊之小重山：

「春到長門春草青。玉階華露滴，月朧明。東風吹斷玉簫聲。宮漏促，簾外曉啼鶯。　愁極夢難成。紅妝流宿淚，不勝情。手挼裙帶繞階行。思君切，羅幌暗塵生」。

有皇甫松者，以天仙詞著名（黃昇語，引見詞林紀事）；花間集列之溫庭筠下，韋莊之上，而稱之為先輩。其詞含思哀惋，淒清入骨，視溫氏作風固自不同。有浪淘沙、夢江南等。與皇甫松同時者有司空圖，其人有酒泉子一首傳世。又有和凝者，亦能詞，有江城子等傳世。後唐莊宗李存勗亦好詞，有如夢令。前蜀主王衍有醉妝詞。李良年詞壇紀事云：「蜀主王衍裹小巾，其尖如錐，宮女多衣道服，簪蓮花冠，施胭脂夾臉，號醉妝」。後蜀主孟昶亦工樂府詞曲。其玉樓春一闋，東坡僅能記二句，即爲之嘆賞不已，遂作洞仙歌以擬之。玉樓春詞：

「冰肌玉骨清無汗，水殿風來暗香滿。繡簾一點月窺人，欹枕釵橫雲鬢亂。　起來瓊戶啓無聲，時見疏星渡河漢。屈指西風幾時來，只恐流年暗中換」。

蘇詞見後蜀中王建時，有牛嶠者，以女冠子、江城子、望江怨等詞著名（望江怨見詞之創作舉例）。其兄子希濟尤善作詞，比嶠更出色。其生查子之一見詞之起源舉例，另舉其一：

「新月曲如眉，未有團圞意。紅豆不堪看，滿眼相思淚。　終日劈桃穰，人在心兒裏。兩朵隔牆花，早晚成連理」。

十國春秋云：「希濟次牛嶠女冠子四闋時輩嘖嘖稱道」；惜其詞今不傳也。毛文錫事後蜀以詞章供奉內庭，但頗平庸，有贊成功、巫山一段雲、甘州遍等詞。魏承班、尹鶚亦蜀之詞人。波斯人李珣者，流寓蜀中，王衍時嘗爲賓貢。況周頤蕙風詞話云：「李秀才詞，清嫩之筆，下開北宋人體格」。然其詞之實質，似屬於婉約一派。客觀論之，其作品多具瀟洒出塵之概，與張志和之漁歌子，鄭板橋之道情詞流趣溟合，故於當時作家中能別樹一格也。孟蜀之歐陽炯以善於描寫兩性間之詞著名，顧夐亦能詞。歷代詞話引容城集云：「顧太尉訴衷情云：『換我心爲你心，始知相憶深』。雖爲透骨情話，已開柳七一派」。訴衷情：

「永夜拋人何處去？絕來音。香閣掩，眉斂月將沉。爭忍不相尋。怨孤衾。換我心，爲你心，始知相憶深」。

同時鹿虔扆之詞，多感慨之音。倪瓚古今詞話引云：「鹿公抗志高節，偶爾寄情倚聲，而曲折盡變，有無限感慨淋漓處」。至於閩越兩地詞人，只有韓偓及女詞人陳金鳳二人，詞都平庸，無足觀者。至於荆南一帶，則亦僅孫光憲、徐昌圖二人而已。孫詞以香豔濃縟見長。其思帝鄉：

「如何遣情情更多。永日水簾西下斂羞娥。六幅羅裙窣地，微行曳碧波，看盡滿池疏雨打團荷」。

至於南唐爲五代詞壇開燦爛之花。中主、後主倡於上，馮延巳等和於下，蔚然大盛。中主李璟詞如攤破浣溪沙：

「菡萏香銷翠葉殘，西風愁起綠波間。還與韶光共憔悴，不堪看。細雨夢回雞塞遠，小樓吹徹玉笙寒。多少淚珠無限恨，倚闌干」。

王靜庵人間詞話評此詞云「起首二句，大有衆芳蕪穢，美人遲暮之感，而古今人士獨賞其次聯首二句者，故知解人正不易得」。後主李煜詞則更勝一籌，如一斛珠：

「晚妝初過，沈檀初注些兒個，向人微露丁香顆。一曲清歌，暫引櫻桃破。羅袖浥殘殷色可，杯深旋被香醪涴。繡牀斜憑嬌無那，爛嚼紅茸，笑向檀郎唾」。

清平樂：

「別來春半，觸目愁腸斷。砌下落梅如雪亂，拂了一身還滿。雁來音信無憑，路遙歸夢難成，離恨恰如春草，更行更遠還生」。

烏夜啼：

「林花謝了春紅，太匆匆。無奈朝來寒雨晚來風。胭脂淚，相留醉，幾時重。自是人生長恨水長東」！

浪淘沙（其一見詞之歌詠舉例）：

「簾外雨潺潺，春意闌珊。羅衾不耐五更寒。夢裏不知身是客，一晌貪歡。獨自莫凭闌

無限江山。別時容易見時難。流水落花春去也，天上人間」。

相見歡：

「無言獨上西樓，月如鉤。寂寞梧桐深院鎖清秋。翦不斷，理還亂，是離愁。別是一般滋

味在心頭」。

臨江仙

「櫻桃落盡春歸去，蝶翻金粉雙飛。子規啼月小樓西，玉鉤簾幌（或作羅簾珠箔）惆

悵暮烟垂（或作惆悵卷金泥）。永（或作門）巷寂寥人去後，望殘煙草低迷，爐香閒嫋鳳

凰兒，空持羅帶，回首恨依依」（此三句或作何時重聽玉驄嘶，撲簾飛絮，依約夢回時）。

其他詞見詞之歌詠舉例。王靜安人間詞話云：「尼采謂一切文學，余愛以血書者。後主之詞，眞所謂

以血書者也」。又曰：「詞至李後主而眼界始大，感慨遂深，變伶工之詞，而爲士大夫之詞。至其所善

雖溫、韋亦不能及，蓋彼純係一主觀之詞人，閱世甚深，性情甚眞，出詞造境，均多能言人之所不能言

也」。譚獻譚評詞辨云:「後主之詞，足當太白詩篇，高奇無匹」。其淒涼怨慕，自是詞場本色。其奔放處，實開後來蘇、辛豪放一派。同時有馮延巳者，亦稱名手。吳梅謂其「思深辭麗，韻逸調新」。茲舉數例。謁金門:

「風乍起，吹皺一池春水。閑引鴛鴦芳徑裏，手挼紅杏蕊。　鬭鴨闌干獨倚，碧玉搔頭斜墜。終日望君君不至，舉頭聞鵲喜」。

鶴沖天:

「曉月墜，宿雲披，銀燭錦屏幃。建章鐘動玉繩低，宮漏出花遲」。

歸自謠:

「何處笛？終夜夢魂情脈脈。竹風檐雨寒窗滴。　離人數歲無消息。今頭白，不眠特地重相憶」。

「春豔豔，江上晚山三四點。柳絲如翦花如染。　香閨寂寂門半掩。愁眉斂，淚珠滴破燕脂臉」。

「江水碧。江上何人吹玉笛？扁舟遠送瀟湘客。　蘆花千里山月白。傷行色，明朝便是關山隔」。

蝶戀花：「幾日行雲何處去？忘了歸來，不道春將暮。百草千花寒食路，香車繫在誰家樹？ 淚眼倚樓頻獨語。雙燕飛來，陌上相逢否？撩亂春愁如柳絮，悠悠夢裏無尋處」。

王國維人間詞話云：「馮正中詞，雖不失五代風格，而堂廡特大，開北宋一代風氣，與中、後二主皆在花間範圍之外，宜花間集中不登其隻字也」。據此，其價值可以想見。復有張泌者，以江城子一詞著名。其詞云：

「碧闌干外小中庭，雨初晴，曉鶯聲。飛絮落花時節近清明。睡起捲簾無一事，勻了臉，沒心情。 浣花溪上見卿卿，臉波秋水明，黛眉輕。綠雲高綰，金簇小蜻蜓。好事問他來得麼？和笑道：莫多情」。

此外尚有耿玉眞、徐絃、盧絳、成幼文、成彥雄等詞人，產量頗少，不過附驥而已。總之隋、唐、五代之詞其風格雖屬婉約，然與宋時之婉約一派，微有區別。蓋隋、唐、五代所爲詞，均屬小令，尚無慢詞，以其短小，故有豪放之氣，亦無從於詞面表之也。此爲隋、唐、五代詞之趨勢及婉約派之特徵所在。

逮乎趙宋，詞之作者，蔚然大盛。沈菁濃鬱，吐葩含華，推厥所元，不外二因：第一當時人士之努力，第二歷代文化之積累。宋代開國之初，懲於五代兵伐之擾擾，生民塗炭，亟思有以與民休息，故尙文而輕武，國家閒暇，般樂飲酒，濡染倚聲，沿成風氣，此爲第一因。大凡宇宙間一切均是隨時進化，不故步因循。唐之詩已達極峯，以滿足宇宙之欲望；往者已矣，新者固待探求，以爲代替之工具。此較新之事物，亦必有所淵源，然後乃能發之也宏。詞之淵源，前已言之，的然蔚起，固其宜矣。

然則宋代之詞，既已別成風格，而其與五代之詞，自有不同之處存在。語其區別之點，其在格律乎？說者多言五代詞皆爲小令，而無慢詞，至宋則有慢詞，此說探驪得珠，恰中肯綮。蓋詞之有慢詞，雖於中唐即已有之，如仙呂、甘州、八聲慢之類。至五代後唐莊宗一百三十六字體之歌頭，亦爲有慢詞之顯例。然逮北宋聶冠卿多麗一詞，爲慢詞濫觴。湯顯祖云：「詞至五代，情至文生，諸體悉備，不獨爲蘇黃秦柳之開山，即宣和、紹興之盛，皆兆於此矣」，此論直以慢詞是導起五代。但實言之，五代雖有慢詞，不過爲雛形而已。其體制之確立，實自聶冠卿之多麗。劉毓盤曰：「蓋北宋慢詞，始於聶冠卿之多麗詞，至宣和而特盛」。其多麗：

「想人生，美景良辰堪惜，向其間賞心樂事，古來難是並得。況東城鳳臺沁苑，泛晴波淺照金碧。露洗華桐，烟霏絲柳，綠陰搖曳。蕩春一色畫堂迥；玉簪瓊佩，高會盡詞客。 清歡久，重照絳蠟，別就瑤席。有翩若驚鴻體態，暮爲行雨標格。逞朱唇緩歌妖麗，似聽流鶯亂花隔慢舞縈回，嬌鬟低嚲，腰肢纖細困無力。忍分散，彩雲歸後，何處更尋覓？休辭明月好花，莫漫輕擲」。

迨乎柳永，則大衍曼，樂府餘論云：「慢詞當起於宋仁宗朝。中原息兵，汴京繁庶，歌台舞席競賭新聲。永以失意無聊，流連坊曲。乃盡取俚語俗言，編入詞中，以便使人傳習。一時動聽，散播四方。其後蘇軾、秦觀，相繼有作。慢詞遂盛」。洵屬的論。蓋唐時五代雖間有慢詞之作，猶未盛行，至柳永而始盛耳。

詞之大成，係在兩宋，人固知之矣。然兩宋因時勢及作家之風格不同；而辭之表現亦大異其趣。周濟認爲：（一）兩宋詞各有盛衰，北宋盛於文士而衰於樂工；南宋盛於樂工而衰於文士。（介存齋論詞雜著）（二）北宋有無謂之詞以應歌，南宋有無謂之詞以應社。（介存齋論詞雜著）（三）北宋主樂章，故情景但取當前，無窮高極深之趣；南宋則文人弄筆，彼此爭名，故變化益多，取材益富。然南宋有門徑；有門徑，故似深而轉淺；北宋無門徑；無門徑，故似易而實難。（宋四家詞選目錄敍論）（四）北宋詞，下者在南宋下，以其不能空，且不知寄託也；高者在南宋上，以其能實，且能無寄託也。南宋則下不犯北宋拙率之病，高不到北宋渾涵之詣。（介誠齋論詞雜著）五）北宋大家，每從空際盤旋，故無推鑿之迹。東坡以下，漸於字句求工，而昔賢疎宕之致微矣。此亦南北宋之關鍵也。（宋六十一家詞選例言）此爲南北宋詞之淵源及不同之點，至於詞之派別，仍就婉約及豪放二派，分別述之。

（一）婉約派　婉約一派，爲詞之正宗，古今已有定評，茲舉其流別並各家之代表作品，分別敍之：

（1）晏殊　王灼碧雞漫志云：「晏元獻公長短句，風流蘊藉，一時莫及，而溫潤秀潔，亦無其比」。如浣溪沙

「一曲新詞酒一杯，去年天氣舊亭臺，夕陽西下幾時回？無可奈何花落去，似曾相識燕歸來，小園香徑獨徘徊」。

「一向年光有限身，等閒離別易消魂，酒筵歌席莫辭頻。滿目河山空念遠，落花風雨更傷春，不如憐取眼前人」。

尚有撼庭秋見詞之創作舉例，

(2)歐陽修 尤侗云:「六一婉麗，實妙於蘇」。如蝶戀花:

「庭院深深深幾許?楊柳堆烟，簾幕無重數。玉勒雕鞍游冶處，樓高不見章台路。 雨橫風狂三月暮，門掩黃昏，無計留春住。淚眼問花花不語，亂紅飛過秋韆去」。

「誰道閑情拋棄久。每到春來，惆悵還依舊。日日花前常病酒，不辭鏡裏朱顏瘦。 河畔青蕪樓上柳，為問新愁，何事年年有?獨立小橋風滿袖，平林新月人歸後」。

浪淘沙(詠荔枝):

「五嶺麥秋殘，荔子初丹，絳紗囊裏水晶丸，可惜天教生遠處，不近長安! 往事憶開元妃子偏憐。一從魂散馬嵬關，只有紅塵無驛使，滿眼驪山」。

南歌子:

「鳳髻金泥帶，龍紋玉掌梳，走來窗下笑相扶，愛道畫眉深淺入時無。 弄筆偎人久，描花試手初，等閑妨了繡工夫，笑問鴛鴦二字怎生書」?

臨江仙:

「池外輕雷池上雨，雨聲滴碎荷聲。小樓西角斷虹明，闌干私倚處，遙見月華生。 燕子

飛來窺畫棟，玉鉤垂下簾旌，涼波不動簟紋平。水晶雙枕畔，猶有墮釵橫」，

(3)張先 詞林紀事引李端叔云「子野詞才不足而情有餘」。周濟宋四家詞選序論云「子野清出處生脆處，味極雋永，只是偏才，無大起落」。如青門引：

「乍暖還輕冷，風雨晚來方定。庭軒寂寞近清明，殘花中酒，又是去年病。 樓頭畫角風吹醒，入夜重門靜。那堪更被明月，隔牆送過秋千影」。

尚有天仙子，頗稱傑作，見詞之創作舉例。

(4)柳永 詞林紀事引李端叔云「耆卿詞鋪敘展衍，備足無餘，較之花間所集，韻終不勝」。陳振孫直齋書錄解題曰「柳詞格不高，而音律諧婉，詞意妥帖，承平氣象，形容曲盡，尤工於羈旅行役」。如雨霖鈴：

「寒蟬淒切，對長亭晚，驟雨初歇。都門帳飲無緒，方留戀處，蘭舟催發。執手相看淚眼，竟無語凝咽。念去去千里煙波，暮靄沉沉楚天闊。 多情自古傷離別，更那堪冷落清秋節。今宵酒醒何處？楊柳岸曉風殘月。此去經年，應是良辰好景虛設。便縱有千種風情，更與何人說」。

晝夜樂：

「洞房記得初相遇，便只合長相聚。何期小會幽歡，變作離情別緒！況值闌珊春色暮，對滿目亂花狂絮。直恐好春光，盡隨伊歸去。一場寂寞憑誰訴？算前言總輕負。早知恁地難拚，悔不當初留住。其奈風流端正外，更別有繫人心處。一日不思量也攢眉千度」

秋夜月：

「當初聚散，便喚作無由再逢伊面，近日來不期而會重歡宴。向尊前閑暇裏斂着眉兒長歎，惹起舊愁無限。盈盈淚眼，漫向我耳邊作萬般幽怨。奈你自家心事難見。待信眞個別無縈絆，不免收心，共伊長遠」

(5)王觀　自名冠柳、陳直齋曰：「逐客詞風格不高，以『冠柳』自名，則可見矣」如別意：

「水是眼波橫，山是眉峯聚。欲問行人去那邊？眉眼盈盈處。　才是送春歸，又送君歸去若到江南趕上春，千萬和春住」。

天仙詞：

「霜瓦鴛鴦，珠簾翡翠，今年又是寒早。矮釘明牕，乍開朱戶，切莫亂叫人到。重陰不解，雲共事，商量未了。青蛾低映雲鬟，錦纏放韓宜小。呵梅弄妝試巧。繡羅襦瑞雲芝草。共我語時同語笑時同笑。已被金尊勸倒，更唱個新詞故惱。儘道窮冬元來恁好」。

(6)秦觀 蔡伯世云「子瞻辭勝乎情，耆卿情勝乎辭，辭情相稱者，惟少游而已」。如滿庭芳：

「山抹微雲，天粘衰草，畫角聲斷譙門。暫停征棹，聊共飲離尊。多少蓬萊舊事，空回首煙靄紛紛。斜陽外，寒鴉數點，流水繞孤村。 消魂當此際，香囊暗解，羅帶輕分。謾贏得青樓薄倖名存。此去何時見也，襟袖上空惹啼痕。傷情處，高城望斷，燈火已黃昏」。

踏莎行：

「霧失樓臺，月迷津渡。桃源望斷無尋處。可堪孤館閉春寒，杜鵑聲裏斜陽暮。 驛寄梅花，魚傳尺素。砌成此恨無重數。郴江幸自繞郴山，為誰流下瀟湘去」。

滿庭芳：

「曉色雲開，春隨人意，驟雨纔過還晴。古臺芳榭，飛燕蹴紅英。舞困榆錢自落，秋千外綠水橋平。東風裏，朱門映柳，低按小秦箏。 多情行樂處，珠鈿翠蓋，玉轡紅纓。漸酒空金榼，花困蓬瀛。豆蔻梢頭舊恨，十年夢屈指堪驚。憑欄久，疎煙淡日，寂寞下蕪城」。

憶王孫：

「萋萋芳草憶王孫。柳外樓高空斷魂。杜宇聲聲不忍聞。欲黃昏，雨打梨花深閉門」。

(7)賀鑄　王灼碧雞漫志云：「賀方回語意精新，用心甚苦，集中如青玉案者甚衆」。大抵卓然自立，不肯浪下筆」。張炎詞源云：「賀方回、吳夢窗皆善於鍊字面者，多於李長吉、溫庭筠詩中來」。周濟介存齋論詞雜著云：「方回鎔景入情，故穠麗」。如青玉案：

「淩波不過橫塘路，但目送芳塵去。錦瑟華年誰與度，月橋花院，瑣窗朱戶，惟有春知處。飛雲冉冉蘅皋暮，彩筆新題斷腸句。若問閒愁都幾許，一川煙草，滿城風絮，梅子黃時雨」。

將進酒：

「城下路，淒風露，今人犂田古人墓。岸頭沙，帶蒹葭，漫漫昔時流水今日人家。黃埃赤日長安道，倦客無漿馬無草。開函關，掩函關，千古如何不見一人閒。六國擾，三秦掃，初謂商山遺四老。馳單車，致緘書，裂荷焚芰接武曳長裾。高流端得酒中趣，深入醉鄉安穩處。生忘形，死忘名，誰論二豪初不數劉伶」。

詞　箋　九六

人南渡：　「蘭芷滿芳洲，游絲橫路，羅襪塵生步。迎顧。整鬟顰黛，脈脈兩情難語。細風吹柳絮，人南渡。回首舊游，山無重數，花底深朱戶。何處半黃梅子，向晚一簾疏雨。斷魂分付與，春將暮」。

(8)周邦彥　樓鑰清眞先生文集序云：「清眞樂府播傳，風流自命，顧曲名堂，不能自己」。沈義父樂府指迷云：「凡作詞當以淸眞爲主，蓋淸眞最爲知音，且無一點市井氣，下字運意，皆有法度，往往自唐宋諸賢詩句中來，而不用經史中生硬字面」。如瑣窗寒「暗柳啼鴉，單衣佇立，小簾朱戶。桐花半畝，靜鎖一庭愁雨。灑空階夜闌未休，故人剪燭西窗語，似楚江暝宿，風燈零亂，少年羈旅。　遲暮。嬉遊處，正店舍無煙，禁城百五。旗亭喚酒，付付與高陽儔侶。想東園桃李自春，小脣秀靨今在否？到春時定有殘英，待客攜尊俎」。

少年游：　「並刀如水，吳鹽勝雪，纖手破新橙。錦幄初溫，獸煙不斷，相對坐調笙。　低聲問，向誰行宿，城上已三更，馬滑霜濃，不如休去，直是少人行」。

六醜：

「正單衣試酒，悵客裏光陰虛擲。願春暫住，春歸如過翼，一去無迹。爲問家何在，夜來風雨，葬楚宮傾國。釵鈿墮處遺香澤。亂點桃蹊，輕翻柳陌，多情爲誰追惜。但蜂媒蝶使，時叩窗隔。

東園岑寂，漸蒙籠暗碧。靜繞珍叢底，成歎息。長條故惹行客，似牽衣待話，別情無極。殘英小強簪巾幘，終不似一朵釵頭顫裊，向人攲側。漂流處莫趁潮汐。恐斷紅尚有相思字，何由見得」。

大酺：

「對宿煙收，春禽靜，飛雨時鳴高屋。牆頭青玉旆，洗鉛霜都盡，嫩梢相觸，潤逼琴絲，寒侵枕障，蟲網吹黏簾竹。郵亭無人處，聽簷聲不斷，困眠初熟。奈愁極頓驚，夢輕難記，自憐幽獨。

行人歸意速。最先念流潦妨車轂。怎奈何蘭成憔悴，衛玠清羸，等閒時易傷心目。未怪平陽客，雙淚落，笛中哀曲。況蕭索青蕪國，紅糝鋪地，門外荊桃如菽。夜游共誰秉燭」。

此外尚有佳作，曰瑞龍吟，見詞之創作舉例。

（9）李清照　清照之詞，跌宕處頗有豪氣，有歸入豪放派者，然其骨氣，多濃密婉約之語如醉花陰：

「薄霧濃雲愁永晝，瑞腦噴金獸。佳節又重陽，寶枕紗幮，昨夜涼初透。 東籬把酒黃昏後，有暗香盈袖。莫道不銷魂？簾捲西風，人比黃花瘦」。

鳳凰臺上憶吹簫：

「香冷金猊，被翻紅浪，起來慵自梳頭。任寶奩塵滿，日上簾鉤。生怕離懷別苦，多少事，欲說還休。新來瘦，非干病酒，不是悲秋。 休休！這回去也，千萬徧陽關，也則難留。念武陵人遠，煙鎖秦樓。惟有樓前流水，應念我終日凝眸。凝眸處，從今又添一段新愁」。

壺中天慢：

「蕭條庭院，又斜風細雨，重門須閉。寵柳嬌花寒食近，種種惱人天氣。險韻詩成，扶頭酒醒，別是閒滋味。征鴻過盡，萬千心事難寄。 樓上幾日春寒，簾垂四面，玉闌干慵倚。被冷香消新夢覺，不許愁人不起。清露晨流，新桐初引，多少游春意。日高煙斂，更看今日晴未」。

聲聲慢：

「尋尋覓覓，冷冷清清，悽悽慘慘戚戚。乍暖還寒時候，最難將息。三杯兩盞淡酒，怎敵他，晚來風急。雁過也，正傷心，卻是舊時相識。 滿地黃花堆積，憔悴損，如今有誰堪摘？守著牕兒獨自怎生得黑！梧桐更兼細雨，到黃昏，點點滴滴。這次第，怎一箇愁字了得」！

如夢令：「昨夜雨疏風驟。濃睡不消殘酒。試問捲簾人，卻道海棠依舊。知否，知否？應是綠肥紅瘦」。

沈謙云：「男中李後主女中李易安，極是當行本色，前此太白故稱詞家三李」。（詞苑叢談引）其詞之價值，可以想見矣！

（10）姜夔　黃昇中興以來絕妙詞選云：「白石詞極精妙，不減清真，其高處有美成所不能及。」張炎詞源云：「白石詞如野雲孤飛，去留無迹」。又云：「修詞不俾句法挺秀，特立清新之意，删削靡曼之詞」。如齊天樂：

「庾郎先自吟愁賦，淒淒更聞私語。露溼銅鋪，苔侵石井，都是曾聽伊處。哀音似訴。正思婦無眠，起尋機杼。曲曲屏山，夜涼獨自甚情緒。　西窗又吹暗雨。為誰頻斷續，相和砧杵。候館迎秋，離宮弔月，別有傷心無數。豳詩漫與。笑籬落呼燈，世間兒女。寫入情絲，一聲聲更苦」。

翠樓吟：

「月冷龍沙，塵淸虎落，今年漢酺初賜，新翻胡部曲，聽氈幕元戎歌吹，層樓高峙，看檻曲縈紅，簷牙飛翠。人姝麗，粉香吹下，夜寒風細。　此地宜有詞仙，擁素雲黃鶴，與君遊戲。玉梯凝望久，歎芳草萋萋千里。天涯情味，仗酒祓淸愁，花銷英氣。西山外晚來還捲，一簾秋霽」。

此外有暗香、疏影見詞之創作舉例。

(11)史達祖　王世禎花草蒙拾云：「南渡後，梅溪、白石、竹屋、夢窗諸子，極研盡態，又有秦、李未到者，雖神韻天然處或減，要自令人有觀止之歎。正如唐絕句，至晚唐劉賓客、杜京兆，妙處反進靑蓮、龍標一塵」。如換巢鸞鳳：

「人若梅嬌，正愁橫斷塢，夢繞溪橋。倚風融漢粉，坐月怨秦簫。相思因甚到纖腰，定知我今無魂可銷。佳期晚，謾幾度淚痕相照。　人悄悄，天渺渺，花外語香，時透郎懷抱。暗握荑苗，乍嘗櫻顆，猶恨侵堦芳草。天念王昌忒多情，換巢鸞鳳教偕老。溫柔鄉，醉芙蓉一帳春曉」。

綺羅香：

「做冷欺花，將煙困柳，千里偷催春暮。盡日冥迷，愁裏欲飛還住。驚粉重蝶宿西園，喜泥潤燕歸南浦。最妨它佳約風流，鈿車不到杜陵路。　沈沈江上望極，還被春潮急，難尋官渡。隱約遙峯，和淚謝娘眉嫵。臨斷岸、新綠生時，是落紅帶愁流處。記當日門掩梨花，翦燈深夜語」。

(12)吳文英　尹煥曰：「求詞於吾宋者，前有淸眞，後有夢窗，此非煥之言，天下之公言也」，(絕妙好詞箋引)張炎詞源曰：「吳夢窗詞如七寶樓臺，眩人眼目，碎拆下來，不成片斷」。沈義父樂府指迷云：「夢窗深得淸眞之妙，其失在用事下語太晦處，人不可曉」。如宴淸都：

「繡幄鴛鴦柱。紅情密，膩雲低護秦樹。芳根兼倚，花梢鈿合，錦屏人妒。東風睡足交枝，正夢枕瑤釵燕股，障灩蠟滿照歡叢，嫠蟾冷落羞度。　人間萬感幽單，華淸慣浴，春盎風露。連鬟竝暖，同心共結，向承恩處。憑誰爲歌長恨，暗殿鎖秋燈夜語。敍舊期，不負春盟，紅朝翠暮」。

鶯啼序：

「殘寒正欺病酒，掩沈香繡戶。燕來晚，飛入西城，似說春事遲暮。畫船載，淸明過卻，晴煙冉冉吳宮樹。念羈情，遊蕩隨風，化爲輕絮。　十載西湖，傍柳繫馬，趁嬌塵輭霧。遡紅漸，招入仙溪，錦兒偷寄幽素。倚銀屏春寬夢窄，斷紅溼，歌紈金縷。暝隄空，輕把斜陽，總還鷗鷺。　幽蘭旋老，杜若還生，水鄉尚寄旅。別後訪，六橋無信，事往花委，瘞玉埋香，幾番風雨。長波妒盼，遙山羞黛，漁鐙分影春江宿，記當時短楫桃根渡。青樓彷彿，臨分敗壁題詩，淚墨慘澹塵土。危亭望極，草色天涯，歎鬢侵半苧。暗點檢，離痕歡唾，尚染鮫綃，嚲鳳迷歸，破鸞慵舞。殷勤待寫，書中長恨藍霞遼海沉過雁，漫相思彈入哀箏柱。傷心千里江南，怨曲重招，斷魂在否」？

(13)周密　周濟介存齋論詞雜著云「公謹敲金戛玉，嚼雪盥花，新妙無與為匹」。又曰：「公謹只是詞人，頗有名心，未能自克，故雖才情詣力，色色絕人，終不能超然遐舉」。如繡鸞鳳

花犯：

「楚江湄，湘娥乍見，無言灑清淚。淡然春意。空獨倚東風，芳思誰寄。淩波路冷秋無際。香雲隨步起。漫記得，漢宮仙掌，亭亭明月底。　冰絃寫怨更多情，騷人恨，枉賦芳蘭幽芷。春思遠，誰歎賞國香風味。相將共，歲寒伴侶，小窗淨，沉香薰翠被。幽夢覺，涓涓清露，一枝鐙影裏」。

玉京秋：

「煙水闊，高林弄殘照，晚蜩淒切。碧碪度韻，銀牀飄葉。衣溼桐陰露冷，采涼花，時賦秋雪。歎輕別，一襟幽思，砌蛩能說。　客思吟商還怯，怨歌長，瓊壺暗缺。翠扇恩疏，紅衣香褪，翻成消

歇，玉骨西風，恨最恨閒卻新涼時節。楚簫咽，誰寄西樓淡月」。

(14)王沂孫　張炎詞源云：「碧山詞疏語峭拔，有白石意度」。周濟介存齋論詞雜著云：「中仙最多故國之感，故着力不多，天分高絕，所謂意能尊體也」。如眉嫵（詠新月）：

「漸新痕懸柳，澹彩穿花，依約破初暝。便有團圓意，深深拜，相逢誰在香徑。畫眉未穩，料素娥，猶帶離恨。最堪愛，一曲銀鉤小，寶簾挂秋冷。　千古盈虧休問，歎謾磨玉斧，難補金鏡。太液池猶在，淒涼處，何人重賦清景。故山夜永，試待他，窺戶端正，看雲外山河，還老桂花舊影」。

齊天樂（詠蟬）：

「一襟餘恨宮魂斷，年年翠陰庭樹。乍咽涼柯，還移暗葉，重把離愁深訴。西窗過雨，怪瑤佩流空，玉筝調柱。鏡暗妝殘，爲誰嬌鬢尚如許。　銅仙鉛淚似洗，歎移盤去遠，難貯零露。病翼驚秋，枯形閱世，消得斜陽幾度。餘音更苦，甚獨抱清商，頓成淒楚。謾想薰風，柳絲千萬縷」。

周濟曰：「此家國之恨」（宋四家詞選）。高陽臺（詠梅）：

「殘萼梅酸，新溝水綠，初晴節序暄妍。獨立雕欄，誰憐枉度華年。朝朝準擬清明近，料燕翎，須寄銀箋。又爭知，一字相思，不到吟邊。　雙蛾不拂青鸞冷，任花陰寂寂，掩戶閒眠。屢卜佳期，無憑卻恨金錢。何人寄與天涯信，趁東風，急整歸船。縱飄零滿院揚花，猶是春前」。

張文皋曰：「此詞傷君臣宴安，不思國恥，天下將亡也」。

（15）張炎　鄭牧山中白雲詞序云：「美成、白石，逮今膾炙人口。知者謂麗莫若周，賦情或近俚，騷莫若姜，放意或近率。今玉田張君無二家所短，而兼所長」。樓敬思云：「南宋詞人，姜白石外，唯張玉田能以翻筆側筆取勝，其章法句法俱超，清虛騷雅，可謂脫盡蹊徑，自成一家。迄今讀集中諸闋，一氣卷舒，不可方物，信乎其爲山中白雲也」。如南浦（詠春水）：

「波煖綠粼粼，燕飛來，好似蘇堤纔曉。魚沒浪痕圓，流紅去，翻喚東風難掃。荒橋新浦，柳陰撐出扁舟小。回首池塘春欲徧，絕似夢中芳草。　和雲流出空山，甚年年洗淨，花香不了。新綠乍生時，孤村路，猶憶那回曾到。餘情渺渺，茂陵觴詠如今悄。前度劉郎從去後，溪上碧桃多少」。

解連環（詠孤雁）：

「楚江空晚。悵離群萬里，怳然驚散。自顧影欲下寒塘，正沙靜草枯，水平天遠。寫不成書，只寄得相思一點。料因循誤了，殘氈擁雪，故人心眼。　惟憐旅愁荏苒。謾長門夜悄，錦箏彈怨想伴侶猶宿蘆花也曾念春前去程應轉暮雨相呼怕驀地玉關重見未羞他雙燕歸來畫簾半卷」

(一)豪放派

(1)寇準 其踏莎行：

「春色將闌，鶯聲漸老。紅英落盡靑梅小畫堂人靜雨濛濛，屏山半掩餘香裊。 密約沈沈，離情杳杳，菱花塵滿慵將照，倚樓無語欲銷魂長空黯淡連芳草」。

(2)張昇 其離亭燕：

「一帶江山如畫，風物向秋瀟灑水浸碧天何處斷霽色冷光相射。蓼嶼荻花洲，掩映竹籬茅舍。 雲際客帆高掛，煙外酒簾低亞。多少六朝興廢事，盡入漁樵閒話，悵望倚層樓，寒日無言西下」。

(3)范仲淹 其漁家傲：

「塞下秋來風景異，衡陽雁去無留意。四面邊聲連角起。千嶂裏。長煙落日孤城閉。 濁酒一杯家萬里燕然未勒歸無計。羌管悠悠霜滿地。人不寐。將軍白髮征夫淚」。

蘇幕遮：

「碧雲天，黃葉地，秋色連波，波上寒煙翠。山映斜陽天接水。芳草無情，更在斜陽外。 黯鄉魂，追旅思。夜夜除非，好夢留人睡。明月樓高休獨倚。酒入愁腸，化作相思淚」。

御街行：

「紛紛墜葉飄香砌。夜寂靜，寒聲碎。眞珠簾捲玉樓空，天淡銀河垂地。年年今夜，月華如練，長是人千里。 愁腸已斷無由醉。酒未到，先成淚。殘燈明滅枕頭欹，諳盡孤眠滋味。都來此事，眉間心上，無計相迴避」。

（4）蘇軾 晁補之云：「居士詞人謂多不諧音律，然橫放傑出，自是曲子內縛不住者」。（復齋漫錄引）陳師道坡仙集外紀云：「東坡問陳无己，我詞何如少游？无己答之曰：學士小詞似詩，少游詩似小詞」。又在後山詩話內云：「退之以文爲詩，子瞻以詩爲詞，如教坊雷大使舞，雖極天下之工，要非本色」。徐釚詞苑叢談云：「如少游之作，多是婉約；蘇子瞻之作，多是豪放。大約詞體以婉約爲正，故東坡稱少游爲今之詞手，後山評東坡如教坊雷大使舞，雖極天下之工，終非本色」。總觀上述，東坡之詞，第一、不協律；第二、以詩爲詞；第三、豪放（詞之別裁）。茲舉數例。如賀新涼：

「乳燕飛華屋。悄無人，槐陰轉午，晚涼新浴。手弄生綃白團扇，扇手一時似玉。漸困倚孤眠清熟。簾外誰來推繡戶，枉教人夢斷瑤臺曲。又卻是風敲竹。　石榴半吐紅巾蹙。待浮花浪蕊都盡，伴君幽獨。穠豔一枝細看取，芳心千重似束。又恐被西風驚綠。若待得君來向此，花前對酒不忍觸。共粉淚兩簌簌」。

水龍吟：

「似花還是非花，也無人惜從教墜。拋家傍路，思量卻是，無情有思。縈損柔腸，困酣嬌眼欲開還閉。夢隨風萬里，尋郎去處，又還被鶯呼起。　不恨此花飛盡，恨西園落紅難綴。曉來雨過，遺蹤何在，一池萍碎。春色三分，二分塵土，一分流水。細看來，不是楊花點點，是離人淚」。

洞仙歌：

「冰肌玉骨，自清涼無汗。水殿風來暗香滿。繡簾開，一點明月窺人，人未寢，攲枕釵橫鬢亂。　起來攜素手，庭戶無聲，時見疏星渡河漢。試問夜如何？夜已三更，金波淡，玉繩低轉。但屈指西風幾時來，又不道流年暗中偷換」。

蝶戀花:

「花褪殘紅青杏小，燕子飛時，綠水人家繞。枝上柳緜吹又少。天涯何處無芳草? 牆裏鞦韆牆外道，牆外行人，牆裏佳人笑。笑漸不聞聲漸杳。多情却被無情惱」。

此外尚有念奴嬌、水調歌頭等名作，見詞之創作舉例。

(5)王安石　其代表作品，有桂枝香:

「登臨縱目，正故國晚秋，天氣初肅，澄江似練，翠峯如簇。征帆去棹殘陽裏，背西風酒旗斜矗。綵舟雲淡，星河鷺起，畫圖難足。　念自昔豪華競逐，嘆門外樓頭，悲恨相續。千古憑高，對此漫嗟榮辱。六朝舊事隨流水，但寒煙衰草凝綠。至今商女，時時猶唱後庭遺曲」。

梁任公曰:「李易安謂介甫文章似西漢，然以作歌詞，則人必絕倒;但此作却頡頏清眞、稼軒，未可漫詆也」。

(6)黃庭堅　其詞佳者，妙脫蹊徑，迥出慧心。其代表作品，有大江東去:

「斷虹霽雨淨秋空，山染修眉新綠。桂影扶疏，誰便道今夕清輝不及? 萬里青天，姮娥何處，駕此一輪玉，寒光零亂，為人偏照醽綠。　年少隨我追涼，晚城幽靜，繞張園森木。醉倒金荷家萬里，難得尊前相屬。老子平生，江南江北，最愛臨風曲。孫郎微笑，坐來身噴霜竹」。

畫堂春：

「東風吹柳日初長，雨餘芳草斜陽。杏花零落燕泥香，睡損紅妝。寶篆煙銷龍鳳，畫屏雲鎖瀟湘。夜寒微透薄羅裳，無限思量」。

醜奴兒：

「濟楚好些，憔悴損，都是因它。那回得句閑言語，傍人盡道，你管又還鬼那人唦。得過口兒嘛，直勾得風流自家。是既好意也毒害，你還甜殺人了，怎生申報孩兒」。

其詞豪放處肖似東坡，艷麗處似少游，更加俗字入詞，別開生面。

(7)晁補之　補之才氣飄逸，嗜學不倦，文章溫潤曲縟，凌麗奇卓，出乎天成。其代表作品，有臨江仙：

「曾唱牡丹留客飲，明年何處相逢？忽驚鵲起落梧桐。綠荷多少恨，回首背西風。莫歎今宵身是客，一樽未曉猶同。此身應是去來鴻，江湖春水闊，歸夢故園中」。

生查子：

「客裏妒蛾眉，十載辭君去翠袖怯天寒，修竹無人處。今日近君家望極香車驚一水是紅牆有恨無由語」。

(8)張來 其代表作品有風流子：

「亭皋木葉下，重陽近，又是搗衣秋。奈愁入庾腸，老侵潘鬢，謾簪黃菊，花也應羞。楚天晚，白蘋烟盡處，紅蓼水邊頭，芳草有情，夕陽無語，雁橫南浦，人倚西樓。玉容知安否？香箋共錦字，兩處悠悠。空恨碧雲離合，青鳥沉浮。向風前懊惱，芳心一點，寸眉兩葉，禁甚閑愁。情到不堪言處，分付東流」。

(9)程垓 楊慎詞品云：「正伯之詞，其酷相思、四代好、折紅英數闋，均佳，故擇以詞名」。

其酷相思：

「月掛霜林寒欲墜，正門外催人起。奈別來如今眞個是，欲住也留無計。欲去也留無計。馬上離情衣上淚，各自供憔悴。問江路梅花開也未？春到也須頻寄，人到也須頻寄」。

四代好：

「翠幕東風早，蘭窗夢，又被鶯聲驚覺。起來空對平階弱柳，繞庭芳草。厭厭未欣懷抱。記柳外人家曾到，凭畫欄，那更春好花好酒好人好　春好尚恐闌珊，花好又恐飄零難保，直饒酒好。酒未抵意中人好，相逢盡拚醉倒，況與方情未老，又豈關春去春來，花愁花惱」。

(10)葉夢得　詞甚健麗，如八聲甘州：

「故都迷岸草，望長淮，依然繞孤城。想烏衣年少，芝蘭秀發，戈戟雲橫。坐看驕兵南渡，沸浪駭奔鯨。轉盼東流水，一顧功成。　千載八公山下，尚斷崖草木，遙擁崢嶸。漫雲濤吞吐，無處問豪英。信勞生，空成今古，笑我來，何事愴遺情。東山老，可堪歲晚，獨聽桓箏」。

(11)岳飛　其詞豪邁悽惻，如滿江紅：

「怒髮衝冠，憑闌處，瀟瀟雨歇。抬望眼，仰天長嘯，壯懷激烈。三十功名塵與土，八千里路雲和月。莫等閑，白了少年頭，空悲切！　靖康恥，猶未雪，臣子恨，何時滅？駕長車，踏破賀蘭山缺！壯志飢餐胡虜肉，笑談渴飲匈奴血。待從頭，收拾舊山河，朝天闕」。

小重山：

「昨夜寒蛩不住鳴，驚回千里夢，已三更。起來獨自遶階行，人悄悄，簾外月朧明。　白首為功名。故山松菊老，阻歸程。欲將心事付瑤箏，知音少，絃絕有誰聽」！

(12)張元幹　其詞極悲憤。如賀新郎:

「夢遶神州路。恨秋風,連營畫角,故宮離黍。底事崑崙傾砥柱,九地黃流亂注!聚萬落千村狐兔。天意從來高難問,況人情易老悲難訴?更南浦,送君去。　涼生岸柳催殘暑,耿斜河,疏星淡月,斷雲微度,萬里江山知何處?回首對床夜雨,雁不到書成誰與?目盡青天懷今古,肯兒曹恩怨相爾汝。舉大白,聽金縷」。

踏莎行:

「芳草平沙,斜陽遠樹。無情桃葉江頭渡。醉來扶上木蘭舟,將愁不去將人去?　薄劣東風,天斜飛絮。明朝重覓吹笙路。碧雲香雨小樓空,春光已到銷魂處」。

(13)張孝祥　其詞有邁往凌雲之氣。如六州歌頭:

「長淮望斷,關塞莽然平。征塵暗,霜風勁,悄邊聲。黯銷凝。追想當年事,殆天數,非人力,洙泗上,絃歌地,亦羶腥!隔水氈鄉,落日牛羊下,區脫縱橫。看名王宵獵,騎火一川明。笳鼓悲鳴。遣人驚。　念腰間箭,匣中劍,空埃蠹,竟何成!時易失,心徒壯,歲將零。渺神京。干羽方懷遠,靜烽燧,且休兵。冠蓋使,紛馳騖,若爲情。聞道中原遺老,常南望,翠葆霓旌。使行人到此,忠憤氣塡膺,有淚如傾」

水調歌頭：

「猩鬼嘯篁竹，玉帳夜分弓。少年荆楚劍客，突騎錦襠紅。千里風飛雷厲，四校星流彗掃，蕭斧桲春蔥。談笑青油幕，日奏捷書同。詩書帥，黄閣老，黑頭公。祕略小試不言功，聞道璽書頻下，看卽沙堤歸去，帷幄具從容。君王自神武，一舉朔庭空」。

念奴嬌：

「洞庭青草，近中秋，更無一點風色。玉界瓊田三萬頃，著我扁舟一葉。素月分輝，明河共影，表裏俱澄澈。悠然心會，妙處難與君說。應念嶺表經年，孤光自照，肝膽皆冰雪。短鬓蕭疏襟袖冷，穩泛滄溟空闊。盡吸西江，細斟北斗，萬象爲賓客。叩舷獨嘯，不知今夕何夕」！

(14)辛棄疾　劉克莊後村詩話云：「公所作大聲鏜鞳，小聲鏗鍧，橫絕六合，掃空萬古，其穠麗綿密者，亦不在小晏、秦郎之下」。如賀新郎(賦琵琶)：

「鳳尾龍香撥。自開元，霓裳曲罷，幾番風月。最苦潯陽江頭客，畫舸亭亭待發。記出塞，黄雲堆雪。馬上離愁三萬里，望朝陽宮殿孤鴻沒。絃解語，恨難說。　遼陽驛使音塵絶。瑣窗寒，輕攏慢然，珠淚盈睫，推手含情還卻手，一抹梁州哀徹。千古事，雲飛煙滅。賀老定場無消息，想沈香亭北繁華歇。彈到此，爲嗚咽」。

念奴嬌：

「野塘花落，又匆匆過了清明時節。剗地東風欺客夢，一枕雲屏寒怯。曲岸持觴，垂楊繫馬，此地曾輕別。樓空人去，舊游飛燕能說。 聞道綺陌東頭，行人曾見，簾底纖纖月。舊恨春江流不去，新恨雲山千疊。料得明朝，尊前重見，鏡裏花難折。也應驚問，近來多少華髮」！

水龍吟：

「楚天千里清秋，水隨天去秋無際。遙岑遠目，獻愁供恨，玉簪螺髻。落日樓頭，斷鴻聲裏，江南游子。把吳鉤看了，欄干拍遍，無人會，登臨意。 休說鱸魚堪膾，儘西風，季鷹歸未？求田問舍，怕應羞見，劉郎才氣。可惜流年，憂愁風雨，樹猶如此！倩何人喚取，紅巾翠袖，揾英雄淚」。

滿江紅：

「笳鼓歸來，舉鞭問，何如諸葛。人道是，匆匆五月，渡瀘深入。白羽風生貔虎噪，青溪路斷猩鼯泣。早紅塵一騎落平岡，捷書急。 三萬卷，龍頭客。渾未得，文章力。把詩書馬上，笑驅鋒鏑。

金印明年如斗大，貂蟬原自兜鍪出，待刻公勳業等雲霄，語溪石」。

破陣子：

「醉裏挑燈看劍，夢回吹角連營。八百里分麾下炙，五十弦翻塞外聲。沙場秋點兵。 馬作的盧飛快，弓如霹靂弦驚。了却君王天下事，贏得生前身後名。可憐白髮生」。

祝英臺近：

「寶釵分，桃葉渡，煙柳暗南浦。怕上層樓，十日九風雨。斷腸點點飛紅，都無人管，更誰勸啼鶯聲住？ 鬢邊覷，試把花卜歸期，才簪又重數。羅帳燈昏，哽咽夢中語：是他春帶愁來，春歸何處？却不解帶將愁去」。

此外尚有傑作如摸魚兒、永遇樂、賀新郎（別茂嘉十二弟），均見詞之創作舉例。其詞豪放似東坡，蘊藉處尤或過之。

（16）陳亮　其詞蒼涼沈古。如水調歌頭：

「不見南師久，謾說北群空。當場隻手，畢竟還我萬夫雄。自笑堂堂漢使，得似洋洋河水，依舊只流東。且復穹廬拜，會向藁街逢。 堯之都，舜之壤，禹之封。於中應有一個半個恥臣戎。

萬里腥羶如許，千古英雄安在，磅礴幾時通？胡運何須問，赫日自當中」。

(16)陸游　楊用修詞品云：「務觀纖麗處似淮海，雄慨處似東坡」。毛晉放翁詞跋云：「予謂超爽處更似稼軒耳」。王國維人間詞話許之爲「有氣而乏韻」，洵屬的論。如謝池春「壯歲從戎，曾是氣吞殘虜。陣雲高狼煙夜舉。朱顏青鬢，擁雕戈西戍。笑儒冠，自來多誤。功名夢斷，卻泛扁舟吳楚。漫悲歌傷懷弔古。煙波無際，望秦關何處。歎流年又成虛度」。

夜遊宮：「雪曉清笳亂起。夢遊處，不知何地。鐵騎無聲望似水。想關河，雁門西，青海際。　睡覺寒燈裏。漏聲斷，月斜窗紙。自許封侯在萬里。有誰知，鬢雖殘，心未死」。

卜算子：「驛外斷橋邊，寂寞開無主。已是黃昏獨自愁，更著風和雨。　無意苦爭春，一任羣芳妒。零落成泥碾作塵，只有香如故」。

漢宮春：「羽箭雕弓，憶呼鷹古壘，截虎平川。吹笳莫歸，野帳雪壓青氈。淋漓醉墨，看龍蛇飛落蠻牋」人誤解詩情將略，一時才氣超然。何事又南來，看重陽藥市，元夕燈山。花時萬人樂處，欹帽垂鞭。聞感舊，尙時時流涕尊前。君記取，封侯事在，功名不信由天」。

滿江紅：

「危堞朱欄，登覽處，一江秋色。人正是，征鴻社燕，幾番輕別。繾綣難忘當日語，淒涼又作他鄉客。問鬢邊都有幾多絲，眞堪織。　楊柳院，鞦韆陌，無限事，成虛擲。如今何處也，夢魂難覓。金鴨微溫煙漂渺，錦茵初展情蕭瑟。料也應紅淚伴秋霖，燈前滴」。

沁春園：

「孤鶴歸來，再過遼天，換盡舊人。念纍纍枯塚，茫茫夢境，王侯螻蟻，畢竟成塵。載酒園林，尋花巷陌，當日何曾輕負春？流年改，歎圍腰帶賸，點鬢霜新。　交親散落如雲，又豈料而今餘此身？幸眼明身健，茶甘飯輭，非爲我老，更有人貧。躲盡危機，消殘壯志，短艇湖中閒采蓴。吾何恨？有漁翁共醉，谿友爲鄰」。

劉克莊後村詞話續集云：「激昂慷慨者，稼軒不能過；飄逸高妙者，陳簡齋、朱希眞相頡頏；流麗綿密者，欲出晏原叔、賀方回之上，而世歌者絕少」。

(17)劉過　有醉太平：

「情高意眞。眉長鬢青。小樓明月調筝。寫春風數聲。 思君憶君。魂牽夢縈，翠綃香煖雲屏，更那堪酒醒」！

(18)劉克莊　劉熙載藝概云「劉後村詞，旨正而語有致」。如滿江紅：

「金甲琱戈，記當日轅門初立。磨盾鼻，一揮千紙，龍蛇猶溼。鐵馬曉嘶營壁冷，樓船夜渡風濤急。有誰憐猿臂故將軍，無功級。 平戎策，從軍什。零落盡，慵收拾。把茶經香傳，時時溫習。生怕客談楡塞事，且教兒誦花間集。嘆臣之壯也不如人，今何及」。

賀新郎：

「湛湛長空黑。更那堪斜風細雨，亂愁如織。老眼平生空四海，賴有高樓百尺。看浩蕩千崖秋色。白髮書生神州淚，儘淒涼不向牛山滴。追往事，去無跡。 少年自負凌雲筆。到而今，春華落盡，滿懷蕭瑟。常恨世人新意少，愛說南朝狂客。把破帽年年拈出。若對黃花孤負酒，怕黃花也笑人岑寂。鴻此去，日西匿」。

(19)李壇　有水龍吟：

「腰刀首帕從軍戍，樓獨倚閒凝眺。中原氣象，狐居兔穴，暮煙殘照。投筆書懷，枕戈待旦，隴西年少。歎光陰掣電，易生髀肉，不如易腔改調。　世變滄海成田，奈羣生幾番驚擾。干戈爛漫，無時休息，憑誰驅掃？眼底山河，胸中事業，一聲長嘯。太平時相將也，穩穩百年燕趙」。

(20)戴復古　有賀新郎：

「憶把金罍酒。歎別來光陰荏苒，江湖宿留。世事不堪頻著眼，贏得兩眉長皺。但東風故人翹首。木落山空天遠大，送飛鴻北去傷懷久。天下事，公知否？　錢塘風月兩湖柳。南渡以來，百年機會，從前未有。喚起東山丘壑夢，莫惜風霜老手。要整封疆如舊、早晚樞庭開幕府，是英雄，盡爲公奔走。有金印，大如斗」。

(21)文天祥　有大江東去：

「水天空闊，恨東風不惜世門英物。蜀鳥吳花殘照裏，忍見荒城頹壁。銅雀春情，金人秋淚，此恨憑誰雪！堂堂劍氣，斗牛空認奇傑。　那信江海餘生，南行萬里，送扁舟齊發。正爲鷗盟留醉眼，細看濤生雲滅。睨柱吞嬴，向旗走懿，千古衝冠髮。榜人無寐，秦淮應是孤月」。

沁春園：

「爲子死孝，爲臣死忠，死亦何妨。自光嶽氣分，士無全節，君臣義缺，誰負剛腸，罵賊睢陽，愛君許遠，留得聲名萬古香。後來者，無二公之操，百鍊之鋼。嗟哉人生，翕欻云亡，好轟轟烈烈做一場。使當時賣國，甘心降虜，受人唾罵，安得流芳？古廟幽沈，遺容儼雅，枯木寒鴉幾夕陽，郵亭下，有奸雄過此，仔細思量」。

詞派述竟，即知婉約之詞密，豪放之詞疏；婉約之詞麗，豪放之詞雄；婉約之詞雅，豪放之詞俗。至於其人止述至宋而止者，蓋宋代爲詞之鼎盛時代，略舉一隅，即可以概其餘，嘗鼎一臠，亦足知味矣！

劉堯民《詞與音樂》

劉堯民(1898–1968),名治雍,又字伯厚,雲南會澤金鐘人。1937年應雲南大學文史系主任徐嘉瑞的邀請,到雲南大學講授詞曲和溫李詩詞。曾任雲南大學中文系教授、系主任等職。著有《詞與音樂》《吳歌與詞》《晚晴樓詞話》等。

《詞與音樂》系原計劃撰寫的《詞史》之一部分——『詞的起源』,因『愈寫分量愈多』,作者遂以《詞與音樂》為名獨立出版,而『俟諸異日』的《詞史》實則沒有寫完。本書是近代以來第一部將詞與音樂結合在一起進行研究的專著。本書循着古代詩樂的進化之跡,來考察詞的起源、特點和衰落。《詞與音樂》民國三十五年(1946)由雲南大學初版,列為『國立雲南大學文史叢刊』之一。新中國成立後經劉堯民學生張文勛等再加校訂,由雲南人民出版社1982年重排出版。本書據民國三十五年(1946)雲南大學初版影印。

詞与音樂

中華民國卅五年六月初版

（詞與音樂一冊）

著作者　劉堯民

發行者　國立雲南大學文史系

印刷者　雲南印刷局

國立雲南大學文史叢書之一

詞與音樂

劉堯民著
熊慶來題

松年兄　存念

弟劉堯民敬贈

國立雲南大學文史叢書之一

詞與音樂

劉堯民著

詞與音樂敍

三十四年六月二十八日，徐夢麟先生拿這一份稿子給我看，說是雲南大學文史學系教授劉堯民先生做的。原本是詞史，詞與音樂是其中的第一章；但也就寫了三厚冊，不得不獨立出版。並囑我看完之後寫幾句話在前面，作爲介紹。當時我很忙，匆匆看了一遍，便把原稿還給夢麟先生，準備寫一點意見說明這書的價值。不久，日本投降，學校提前開學，趕課預備復員，便更加忙碌起來。匆匆一年，這書早已排印完畢，祇等我這一篇敍加印進去，便可以出版發行；而西南聯合大學亦已正式結束，我亦將隨校北返了。在此倚裝待發之際，不得不簡單寫幾句話，以副夢麟堯民兩先生的雅意。但延擱太久，對原書精采的地方，記憶不全，這是對著者萬分抱歉的。

老實說，詞史的研究，在今天仍然是墾荒的工作。非但自宋以來，詞話曲話一類的書，大半不着邊際；即最精到的近代著作，如清朝凌廷堪的燕樂考原，近人王靜安先生的唐宋大曲考，也不過是篳路藍縷，初啓山林。因爲詞的生命，是建築在唐宋兩代的音樂上的，離開音樂而談詞史，祇不過是鑒賞文辭。堯民先生這書，首先注意到音樂問題，便已是絕大眼光，有了這一副眼光，自然語不離宗，頭頭是道。何況堯民先生研究學問的態度，是窮源竟委的，因而每一個結論，都是「順材求合」，洞見本源。譬如說胡樂入華以前，是以樂配詩，胡樂入華以後，是以詩配樂，這便是一語破的之論。根據這種見地而寫出來的詞史，是不會支離破碎，以偏概全的，而本書的勝處，亦正在這種地方。

關於詞調的來源，過去亦曾有詞調溯源一類的書，但多數是「至涯而返」。本書對於唐宋大曲的淵源類別，討論不厭其詳，尤其是法曲有特別獨到的見解。因而對於詞調的來源和演變，能夠「分別部居，不相雜廁，」理出一個很清楚的頭緒來。這是前人所沒有的。由這一條路走下去，不但詞調的問題可以完全弄清楚，就是音樂問題也得到了新的啓示，所謂「胡樂」的一個觀念，將不會如從前那樣攏統模糊了。「嚴律」是晚清塡詞家所矜爲獨得的，但「律」的來源却少人論及。本書確定了「起調畢曲」之說，因而對於律的問題有了堅强的根據，不致如昔人之茫無涯岸。由此推衍，一部有理論的「新詞律」是可以寫定的，萬氏詞律的所謂「又一體」將會變成歷史上可笑的名詞了。

略舉大端，本書突過前人的地方已是美不勝收，至於許多細節中的一絲不苟，更足見著者治學方法之謹嚴精密。例如開頭說明「詞」的名稱爲「曲子詞」之簡稱，羅列證據，卽不下十餘條，其他莫不類此。這對於讀者是如何的一種欣愉的安慰！反觀有些詞史開頭便說「說文云：詞意內言外也。」是如何的一種莫名其妙的滑稽！

抗戰以後來到雲南，認識了許多當地的學者，而研究詞曲史貢獻最大的，當推夢麟堯民兩先生。夢麟先生的雲南農村戲曲史，和單篇論文如「詞曲與交通」等，都是替詞曲史的研究闢新途徑的著作。而堯民先生的這一部詞史，無疑地是劃時代的作品，在見地和方法上，對將來的研究將有無限的啓發，這是如何令人高興的一件事。

前幾天，堯民先生告訴我說：近來看書，又得到許多新的材料，打算作爲本書的附錄。這更足以見其孜孜不倦，前進無已的精神。本書的修正補訂，將是與年俱進的。在詞曲史的研究上，隨了有關方面學術的進展，和新材料的陸續發現，無疑地將會有長足的進步。譬如燕樂考原以二十八調概括唐宋兩代的大曲，我早就感到懷疑。近年印度七調碑的出土，和敦煌簡字譜的發現，都足以證明日本田邊尙雄注意到五絃琵琶是極有理由的。這對於唐代的樂器，調名譜字乃至中印西域文化的交通，都足以促起學者的注意。假如能參合印度古代的音樂史，日本的左舞譜箏栗譜和日本國史高麗國史裏面樂志的部份，比較研究，當於這些問題得到不少新的解釋。記得民國六七年，我在北京大學從先師吳瞿安先生學詞曲的時候，先生就囑我將雙疊慢詞的前後兩片逐一比較，說是換頭以下，字數句法雖小有不齊，但曲子的基調是一樣的。我曾比較了幾闋，證明先生的話確實不錯。三十年來，興趣屢變，竟不能卒成其業，以慰先師，這也需要有志者更加努力的。又如「撥頭」或「拔豆」在現在的印度和西藏，仍然在民間保留着，假如中亞古代文化史的研究能順利發展，這些從前認爲茫昧的問題是會撥雲見日的。凡此種種，我都希望堯民先生能導夫先路，爲來學開山的。

我對詞曲根本是外行，以前雖然稍稍留意，近年却早已荒廢了。承著者不棄，定要我寫幾句話，班門掉斧，就寫了這一大篇。如有錯謬，敬望著者與讀者不吝指敎。

三十五年六月十日深夜，羅庸敬敍於昆明綠水河畔之習坎齋

詞與音樂（敍）

詞與音樂目次

词与音乐目次

詞與音樂

劉堯民著

導言

數年以前，有志想編輯一種詞史，爲研究詞之起源的問題，費了一番思索功夫。覺得詞完全是受音樂的陶鑄而成功的一種詩歌，所以夠得上稱爲「音樂的文學」，但他所受音樂的影響，極爲複雜，他的內容形式各方面無一不是受音樂之賜。過去雖然有多少詩歌是和音樂有關係，但沒有那一種詩歌會如詞與音樂關係之密切之複雜，因此問題越研究越複雜，愈寫分量愈多。預計詞之起源這一部份，已經佔領全部詞史之大部份，假如把全部詞史寫成功後，不免有頭重腳輕之感。所以便把他和詞史脫離關係，獨立成爲一部，就題名爲「詞與音樂」。至於詞史的工作，只好俟諸異日了。

關於詞之形成的學理，說得最好的莫如元微之的樂府古題序中的幾句話：

「在音聲者，因聲以度詞，審調以節唱，句度長短之數，聲韻平上之差，莫不由之準度。」

這幾句話已經把詞和音樂的關係說了出來，而且簡明扼要的把他各方面的關係都揭示出來了，我這本書便，是依照着元微之的這條原理寫成四個部份：

第一、詞的長短句，是一種音樂的形式，何以這種詩歌會成爲音樂的形式？這是因爲從古詩樂府以來，經過唐人的律詩，這一系詩歌是循着一個趨向，走到詞來才完成這一個趨向。什麼趨向？即是詩歌音樂化的趨向。在這一部份裏便說明了從古詩到律詩和音樂的關係，如何衝突，如何接近，到詞來才如何的完成了詩歌音樂化的趨向，而以長短句的形式表現出來。這即是「句度長短之數」以音樂爲準度的研究。

第二、詞之長短句和別的長短句的詩歌所以不同者，因爲詞之長短句他的四聲音韻有精密細微的諧調，別的長短句是沒有的。而詞之四聲音韻的調協，是完成從律詩以來所不能完成的協調音律的一件憾事。他之所以能完成的原因，是由於一字一韻都完全以音樂爲準度。所以詞的聲韻一方面是可以和音樂協調，一方面可以脫離音樂而成爲獨立的一調諧和的「內在音樂」。所以詞比別的詩歌，特別有一種精微的聲音美。在這一部分裏，把詞和古詩律詩的音律，作一種得失的比較，并說明他自身的音律和音樂的各部份是如何的關聯？這即是「聲韻平上之差」以音樂爲準度的研究。

第三、詞之成功，是詩歌以音樂爲準度，但爲什麼詩歌要以音樂爲準度？換言之，詩歌爲什麼要服從於音樂？於此，我們便發見了當詞的時代，詩歌和音樂關係上的一個大轉變。在過去是「以樂從詩」，到詞來以至於曲是「以詩從樂」。過去是「詩歌至上主義的時代」，從此以後是「音樂至上主義的時代」。因爲要「以詩從樂」，詩歌才會以音樂爲準度，才會變成長短句，成爲詞。在這一部份裏，大概敍述從「以樂從詩」到「以詩從樂」的經過，并批判他們的價值。這即是解釋「莫不由之準度」的所以然。

第四、詞既是詩歌以音樂爲準度而成功的，爲什麽在從前的音樂不能爲詩歌的「準度」？是否因爲詞的音樂有特異的色彩爲歷來的音樂所不及，所以才把詩歌從屬於音樂？於此我們對於產生詞的音樂—燕樂，不能不加以敍述，而且對於燕樂所影響於詞的各種特殊部份也要加以分析，以見詞完全是音樂的產兒，他的聲音笑貌，精神肉體，都是「克肖其德」。

以上所說的這幾部分，不敢說對於詞有什麽特殊卓絕的見解，或對於詞的研究有什麽成功？只是一些雜亂的意見，稍加以理董，把他貢獻出來，以待賢明的指示。其中因見聞不博，識力有限，又因生活不定，或輟或作，難免見解錯誤，抉擇矛盾的地方，幸研究詞的朋友們，有以教我！

詞與音樂

劉堯民著

詞的名義

音樂裏邊「詞」和「曲」這兩個名詞，在泛穪的意味上，「曲」是曲調，屬於音聲的；「詞」是歌詞，屬於文字的。從唐以來所產生的這種長短句子的新體詩，所以叫做「詞」，就是歌詞的意味，並沒有什麼深刻的取意，他是對「曲」而言的，我們且看當時的人所說的「詞」：

白居易的河滿子詩：

「一『曲』四『詞』歌八疊，從頭便是斷腸聲。」

劉禹錫的紇那曲：

「踏『曲』與無窮，調同『詞』不同。」

客座贅語引李後主的稽康曲（當作稽琴曲）：

「……與君試舞當時『曲』，玉樹遺『詞』悔重聽。」

杜陽雜編說：

「唐大中初，女蠻國貢雙龍犀明霞錦……

時號爲菩薩蠻，優者作女王『曲』，文士亦往往聲其『詞』。」

這幾段話都是以「詞」對「曲」而言，詞都是指歌詞，曲都是指曲調。又如：

古今詞話，和凝好爲小『詞』，布於汴洛。」

北夢瑣言「薛昭緯……好唱浣溪沙『詞』。」

中朝故事「昭宗……明年秋，製菩薩蠻『詞』。」

這些都是指歌詞而言，長短句的詞不出此意味。要注意的是在詞調初產生的時候，所用的「詞」的名稱，只是一種廣義的歌詞的名稱。而當時的歌詞，不一定是專指長短句的詩體而言，當時的歌詞還有一部分是整齊句子的近體詩，只要可以入樂的，不論是長短句的，整齊句的，都叫做「詞」。如上邊所舉的白居易的河滿子，和劉禹錫的紇那曲，都是五言絕句，因爲是入樂的歌詞，所以都叫做「詞」。這時的詞的意味和樂府裏面的「近代曲辭「西曲歌辭」等類的「辭」字一樣，都是廣義的。

到五代以後，長短句的詩體統一化了歌壇，近體詩彼逐出音樂界以後，這種廣義的詞，漸次狹義化了來，專門指定長短句，而和普通所謂的詩表示區別了。但是有些初期的近體歌詞，因爲入樂唱成了習慣，如竹枝詞，木蘭花，玉樓春等類，還題着一個詞調的名稱，而濫竽着「詞」的名義，一直存在着。

「詞」的名稱既狹義化了以後，當時的這種歌曲，還有別的幾個名稱有叫做「曲子詞」的如：

歐陽炯的花間集序：「因集近來詩客『曲子詞』五百首。」

孫肇北里志：「劉駞駞能爲『曲子詞』。」

北夢瑣言：「晉相和凝少時好爲『曲子詞』，布於汴洛。」

宋以後，又叫做「曲子」或「今曲子」，如：

畫墁錄「柳三變既以詞忤仁廟吏部不放改官，三變不能堪詣政府晏公曰：「賢俊作『曲子麼』」三變曰：「只如相公亦作『曲子』。」

古今詞話「和凝好爲小詞，布於汴洛，洎入朝，契丹號爲『曲子』相公。」

碧雞漫志「蓋隋以來今之所謂『曲子』者漸興，至唐稍盛，今則繁聲淫奏，殆不可數，古歌變爲古樂府，古樂府變爲『今曲子』，其本一也。」

大概在南宋以前詞的音調還沒有打失的時候，或稱「詞」或稱「曲子」，或稱「今曲子」。到詞的音調漸次喪失，一般作詞的人不知音調爲何物，專門在文字上做工夫，「曲子」等類的名稱，又漸漸移來作新興樂曲的南北曲的稱號，而詞便成爲死去了的長短句的專有名稱了。在曲剛才產生的時候，這「曲」的一語，又好像當初的「詞」，一樣是一種廣義的，詞也可以名「曲」，新興的南北曲也可以名「曲」。宋翔鳳的樂府餘論說得對：「宋元之間詞與曲一也，以聲度之則爲『曲』，以文寫之則爲『詞』，劉熙載詞概說：『曲名古矣：……未有曲時，詞卽是曲」。這是詞曲混稱的時期，和唐時詩詞混稱的時候，是一樣的情形。大概是怕詞曲的名稱相混淆，又爲着詞已經不能歌唱，名實都不能再叫爲「曲」了，於是再把「曲」的名義狹義化了來稱元曲，詞則專指宋詞。當時稱爲「曲子詞」的，現在不能再稱爲「曲子」，只剩得一個「詞」的名稱了。

在宋時，除了「詞」和「今曲子」等類的名稱之外，還有幾個流行的名稱，一是「詩餘」。（據蓮子居詞話說，「詩餘」的名義，始見於王灼的碧雞漫志。）這頗有卑視詞的意味，見得是詩人之餘事，夠不上和五七言的東西並列。韓愈有兩句詩：「多情懷酒伴，餘事作詩人。」詩已經被看爲餘事，這爲「詩餘」的詞，可見其價値之低了。後來元曲又被名爲「詞餘」，更見其卑卑不足道了。

又有素樸的稱爲「長短句」的，（稼軒長短句）（龜溪長短句）「詩餘」和「長短句」是比較流行的名詞。至如各家的詞集有題名爲「樂府」的，（惜香樂府）或加上兩個字名爲「近體樂府」的，（周必大近體樂府）名爲「寓聲樂府」的，（賀鑄東山寓聲樂府）有題名爲「樂章」的，（柳永樂章集）有題名爲「語業」的，（楊炎西樵語業）有題名爲「琴趣外篇」的，（黃庭堅山谷琴趣外篇）有題名爲「歌曲」的，（姜夔白石道人歌曲）又如張輯的詞叫做東澤綺語債，高觀國的詞叫做竹屋癡語，夏元鼎的詞叫做蓬萊鼓吹，周密的詞叫做蘋洲漁笛譜，花樣眞是多極了，一時也不能完全舉出來。這都是文人的玩意作品的妝飾而已，這些個人專用的私名，絕無礙於大共名的「詞」。

由上看來，詞之所以名爲「詞」者，在最初幷沒有什麽深刻的意味，只不過是指着樂曲的歌詞而言，也如同以前的幾種詩歌一樣，如「樂府」的名稱，不過以這種詩歌，是由統制音樂的機關（樂府）所搜集，便以「樂府」爲名。「楚辭」的名稱，不過說這種詩歌是楚人的歌辭而已，并沒有絲毫的妝飾性與深刻性。

但是到了清代，忽然有一般以考據家的資格而來塡詞的先生們，搖頭擺尾的把「詞」的意義考證得多少深刻，自從張惠言標出「意內言外」之旨來以後，又有許多人來補充附會，說得有憑有據，如劉熙載的詞概說：

「說文解『詞』字曰：『意內而言外也』。徐鍇通論曰：『音內而言外』，在音之內，在言之外也。故知詞也者，言有盡而音意無窮也。」

田同之西圃詞話說：

「『詞』與『辭』通用，釋文：『意內而言外者也』。意生言，言生聲，聲生律，律生調，故曲生焉。」

張德瀛詞徵說：

「『詞』與『辭』通，亦作『詞』。周易孟氏章句曰：『意內而言外也』。釋文沿之，小徐說文繫傳曰：『音內而言外也』，韻會沿之。言發於意，意爲之主，故曰『意內』；言宣於音，音爲之倡，故曰『音內』，其旨同矣。」

又說

「屈子楚詞，本謂之『楚辭』，所謂軒翥詩人之後者也。東皇太一，遠遊諸篇，宋人製詞，遂多倣學，沿彼得奇，豈特馬楊而已哉！」

這條是證明「詞」與「辭」通，想把詞的地位提高起來，和楚辭同等。

以上這些考證，不外兩層用意，先來一個「意內言外」之詞，但和一切的「文詞」沒有分別，因為一切文詞的表現，都是「意外」的。幸而徐鍇又供給一種「音內言外」之說，便把詞找得了音樂上的根據，和普通的文詞便有分別了。涵意既深，而詞之地位也提高得不少，高到與楚詞同等，眞虧他們用心之苦。但是，在千多年前那些填詞的始祖——樂工妓女們，恐怕未必見過什麼說文釋文等類高貴的東西，未必會有把長短句拿來經典化的本領。然而詞自有他的價值，却不因為經典化而提高。這可見考據家之迂酸，這些說法是無足輕重的。

總之，詞自唐代勃興，至於南宋沒落，這一個「詞」的對像的變遷，是經過四次：

第一時期　廣義的歌詞，對曲而言之詞。凡長短句和近體詩，只要可以入樂的歌詞都叫做「詞」，這是唐末五代時的情形。

第二時期　漸漸狹義化，用來專指長短句而言，以別於整齊句子的詩。這時正是長短句獨霸樂壇的時候，所以又稱為「曲子」「今曲子」，這是兩宋時的情形。

第三時期　南北曲漸漸抬頭，以及其他的新興詩歌，如「賺詞」「鼓詞」等都冒着「詞」的名稱，就音曲而言，都叫做「曲子」，這是宋元間的情形。

第四時期　詞的音調逐漸散失，不能入樂歌唱，「曲」的名稱已移作南北曲的稱呼，長短句的舊歌詞，單只剩得一個「詞」的名稱了，這是元以後一直到現在的情形。

為明白起見，再把他綜合起來列成圖式，以便觀覽：

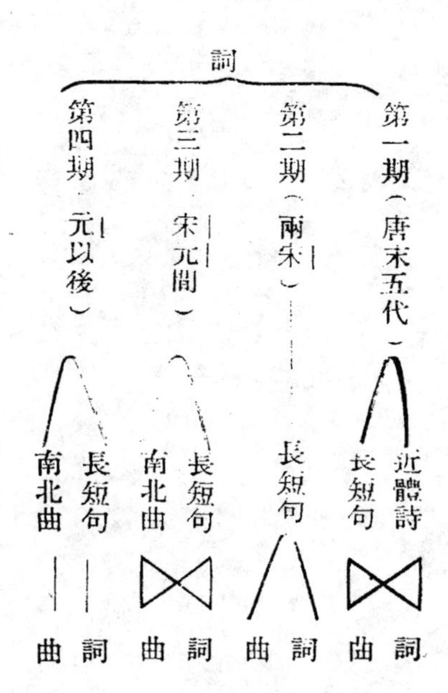
詞
第一期（唐末五代）
近體詩
長短句
詞
曲
第二期（兩宋）
長短句
詞
曲
第三期（宋元間）
長短句
南北曲
詞
曲
第四期（元以後）
長短句
南北曲
詞
曲

詞與音樂

劉堯民著

第一編　長短句之形成

第一章　詩歌之進化與詞之產生

自從漢魏時代的樂府起，詩歌是循着一種趨向走，經過了一個長時期的進程，到了唐末五代時，產生了這種長短句的詞，才算完成了這個趨向（說見後）結束了中古以來詩歌的總賬，而開近古詩歌的新紀元，所以詞和過去的詩歌，以及後來的南北曲，是一個有機的連繫着的詩歌的整體，所以會成爲有機的連繫，便因爲詩歌的進化是循着這個一定的趨向。這個趨向到了詞的階段，不能不有長短句的變形。現在研究詞的起源，假如不把握着這個趨向，不從過去的詩歌史裏尋找他進化的淵源，單把這個變形的長短句拿來研究，說明他之所以形成，就不免認爲詞是一種「突變」的詩歌。即如從前朱子的「泛聲」起源說「……怕那泛聲打失，便連着那泛聲也塡成實字，遂成長短句。」的說法。和現在有人主張詞是由一二文人偶然的嘗試而成功的，這些都把詞看爲是「

突變」的東西抹煞了他的進化的淵源了。

本來這些主張我們是承認的，詞之成功確是由於「泛聲」由於「偶然的嘗試」但是要問他何以那泛聲裏要塡成實字？何以文人要去偶然的嘗試？爲什麼不早嘗試，不早塡實字而把詞成功一定要到唐末五代時才成功？這就可知他的因果關係，決不是單純的了，他的背後一定潛伏着一段深長的詩歌進化的歷史。

所以我們研究詞的起源時，暫且不要說他實際蛻化的情形，應當先來研究詞的系統的問題，看他在詩歌史上，是屬於那一種詩歌的系統？即是從那一種詩歌進化來的？

這裏問題便出來了，因爲自來說詞的來歷的議論紛紛莫衷一是。有以爲詞是由五七言的近體詩變化來的，即詞是承繼近體詩的系統，如：

苕溪漁隱叢話說：「唐初歌詞多是五言詩或七言詩，初無長短句。自中葉以後至五代，漸變成長短句，及本朝（宋）則盡爲此體。」

四庫提要詞曲類一說：「詞曲二體在文章技藝之間，厥品最卑，作者弗貴，特才華之士以綺語相高耳。然三百篇變而古詩，古詩變而近體，近體變而詞，詞變而曲，層累而降，莫知其然。」

王國維人間詞話說：「四言蔽而有楚辭，楚辭蔽而有五言，五言蔽而有七言；古詩蔽而有律絕，律絕蔽而有詞。」

有以爲詞是從樂府詩裏變化出來的，即詞是屬於樂府詩的系統，如：

王灼碧鷄漫志：「蓋隋以來，今之所謂曲子者漸興，至唐稍盛，今則繁聲淫奏，殆不可數，古歌變爲古樂府，古樂府變爲今曲子，其本一也。」

王昶國朝詞綜序：「李太白張志和始爲詞以續樂府之後，不知者謂詩之變，而其實詩之正也。」

竹西詞客詞源跋：「樂府一變而爲詞，詞一變而爲令，令一變而爲北曲，北曲一變而爲南曲。」

藝苑巵言：「詞興而樂府亡，曲興而詞亡，非樂府與詞之亡，其調亡也。」

又有一派學說以長短句的詩體從古來就有的，詞的長短句和古詩的長短句是有淵源的，如汪森詞綜序：「自有詩而長短句卽寓焉，南風之操，五子之歌是已。周之頌三十一篇，長短句居十八，漢郊祀歌十九篇，長短句居其五，至短簫鐃歌十八篇，皆長短句，謂非詞之源乎？」

那麼到了後來這種長短句是怎麼變成詞呢？他接着說：

「自古詩變爲近體，七言絕句傳於伶官樂部，長短句無所依，則不得不更爲詞。」

原來長短句這一系的詩歌到了唐時沒有可以歸屬的系統，才突然變成了詞。

綜合起上面各家的說法，可知從中古以來的詩歌是有三個系統：

一、古詩至近體詩的系統

二、樂府詩的系統

三、長短句詩歌的系統

就至少也明明白白的有兩個系統，即樂府詩和古詩至近體詩的兩種系統。所以詞苑萃編引徐巨源說：

「古詩者風之遺，樂府者雅之遺。蘇武變而爲黃初，建安變而爲選體，流至齊梁及唐之近體而古詩亡。樂府變爲吳趨越豔，雜以捉搦企喻子夜讀曲，以下隸於詞焉，而樂府亦衰。」

這是很明白的指示出詩歌的兩種系統，總之在中古的詩歌，絕不止一個系統，旣有這多的系統，究竟詞是出於那個系統？就上三派所說，有說出於古詩與近體詩的系統的，有說出於樂府詩的系統的，有說出於長短句的系統的，詩歌的系統旣闇不明白，怎麼能夠正確的指出詞的進化的痕跡，和他在詩歌史上的地位呢？

所以我們得先把詩歌的系統大略整理清楚。假如我們由詩歌的功用上來說，有些詩是入樂的，有些是不入樂的，那麼便利上可以分爲古詩與近體詩一個系統，樂府詩一個系統，有這兩個系統。然而現在是要由詩歌的形式上來研究，究竟樂府詩這一系的詩歌形式和古詩近體詩的形式有沒有截然不同的地方？假如兩者有特殊的差異，我們便可以切實的承認詩歌是有兩個系統。

好像從來的學者都承認樂府與古詩是有不同的形式，如王漁洋的師友詩傳錄上說：

「問：樂府何以別於古詩？

答：如白頭吟，日出東南隅，孔雀東南飛等篇，是樂府，非古詩；如十九首，蘇李錄別，是古詩，非樂府，可以例推。」

惟有馮斑的鈍吟雜錄枰擊這一類的謬見最有見識，他說：

「古人之詩皆樂也，文人或不嫻音律，所作篇什不協於絲管，故但謂之詩，詩與樂府從此區分。

「伶工所奏樂也，詩人所造詩也，詩乃樂之詞耳，本無定體，今人不解，往往求詩與樂府之別。」——鍾伯敬至云

某詩似樂府，某樂府似詩，不知何以判之；……漢世歌謠，當騷人之後，文多遒古，魏祖慷慨悲涼，自是

此公文體如斯，非樂府應爾。」

可知詩歌和樂府並沒有分別，「詩乃樂之詞」，詩入樂叫做「樂府」，不是樂府裏面另具有一種特別的詩體，實際所謂的樂府，簡直是一個詩歌的雜貨店，裏面什麼詩體都有。長短句也有，整齊句也有，五言，六言，七言，雜言詩應有盡有。現在說一句「詞出於樂府」，究竟詞是出於樂府詩中的那一類，所以這種說法，太不着邊際了，

大概歸納下來，樂府中的詩歌，凡是在近體詩未成立以前的詩都叫做「古詩」，繼續古詩的便是近體詩，所以樂府詩之與古詩，實在是二而一，一而二的東西，在詩體上來說是古詩，在合樂方面來說是樂府，樂府詩並不是特殊的詩體。

又所謂長短句的詩，更不能成立爲一個系統，當然是要納入古詩的系統以內，不能特別把他檢出來做爲詞的淵源。

上面是說明了中古以來所謂的詩歌三個系統之不能成立，實際只有一個系統，即是古詩以至於近體詩的系統，現在研究詞的承繼問題，當然是承繼近體詩了。他的蛻變的形式，即是古詩變爲近體，近體變爲詞，詞變爲曲。

古詩——近體——詞——曲

雖是這樣簡單的一個詩歌進化的公式，但是古詩何以會變成近體？近體何以會變成詞？其中有什麼進化的根據？我們不信這長時期的詩歌變遷是漫無準則的，一定有一種標準支配着使詩歌朝着一個方向走。不過這種進化的標準，爲自來研究詞的人所見不到：即使見到而觀念漠糊，不能精確的指出他的進化的痕跡。

這一系詩歌究竟有什麼進化的標準！

著文藝復興論的丕特 wulter Pater 有過一句話：「一切藝術都是趨向着音樂的狀態。」詩歌是藝術的一種，當然詩歌也是趨向着音樂的狀態，詩歌和音樂稱爲「姊妹藝術」，所以詩歌之趨向於音樂狀態的程度，尤爲在一切藝術之上。這其間一些空洞的複雜的美學上的原理，我們無煩徵引，我以中國中古以來詩歌進化的情形，確確實實可以證明了這句話。

自古詩以至於近體詩，以至於詞，便是一貫的趨向着音樂的狀態。古詩和音樂的距離相差得遠，到近體詩已經漸近於音樂的狀態，到了詞便完全成爲音樂的狀態，所以詞才夠得上稱爲「音樂的文學」。

現在也有些研究中國文學史的人在講着「音樂的文學」，但我所下的「音樂的文學」的定義，嚴格得多。在一般所謂的音樂文學，只要可以合樂的東西便論之爲音樂的文學。這麼一來音樂文學的範圍便摸稜廣泛，因爲什麼詩歌都可以「削足適屨」的去合樂，（像樂府時代的辦法）什麼詩歌都可以被以音樂文學的名義，這樣未免糟踏了「音樂的文學」的美名了，這樣不但把音樂文學的範圍弄壞，而且把一段詩歌進化的痕跡也抹殺了。所以我的「音樂的文學」的定義，不但要詩歌與音樂的系統相合，而且詩歌的形式與音樂的形式相合，才給他這個名義。

這樣一來，我們才可以批判出詩歌的價值，既承認音樂是詩歌的靈魂，所以愈發和音樂的狀態相接近的，他的詩歌價值也愈高，他的進化的程度也愈發成熟，而在這距離的遠近上，便可以捕捉着詩歌進化的線索。所以我認為中古以來的詩歌，從古詩起便趨向着音樂的狀態，到近體詩便進一步接近音樂，到了詞便完全成為音樂的狀態，所以他的藝術的價值，是在從來詩歌之上。

若果由程度上來判斷這一系的詩歌，便是如下的一個形式：

與音樂結合的詩歌	第一時期	古詩
	第二時期	近體詩
與音樂融合的詩歌	詞曲	

詞曲才夠得上說是與音樂融合的詩歌，而稱為音樂的文學，但是沒有古詩與近體詩這一段過程，詞還是無從而產生的。所以我們要研究詞的起源，在下面應當先敘述一下古詩與近體詩在音樂的過程上是怎樣的進化？

第二章 古詩與音樂的衝突

所謂音樂的文學，最重要的是詩歌的形式要完全適合於音樂的形式，這樣才能於合樂的時候，兩不相妨礙，在音樂方面既能暢快的發揮其音節，而詩歌也能保持其原來的本質，其一字一句既不受音調的妨礙，倒反借音樂而益發揮出詩歌的情趣，即古今樂錄所說的：

「詩敘事，聲成文，必使志盡於詩，音盡於曲。」

這就說是兩種藝術都得自由的表現而成爲一種「複合的藝術。」所以我們不但要求詩歌的系統和音樂的系統相合，而形式亦要求其融合無間，才夠得上稱爲「音樂的文學。」

古詩的時代就是樂府的時代，一大部樂府詩雖都是可以合樂的詩，但這些古詩只是系統與音樂相合，而形式並不與音樂相合。

古詩可以分作兩部份，一部份是整齊句子的，另一部份是長短句子的，似乎長短句的詩歌是和音樂的形式相近了，然而實際並不相合，晉書樂志說：

「荀勗以魏氏歌詩或二言，或三言，或四言，或五言，與古詩不類，以問司律中郎將陳頎，頎曰：被之金石，未必皆當。」

荀勗懷疑這些長短言的詩歌和普通的古詩不相近，以爲是合樂的原故，因爲別的古詩都是整齊句子的。陳頎是精曉音律的人，他說這些句調不整齊的詩未必和音樂相合，所以樂府時代的詩歌形式和音樂相差得太遠。原因是樂府時代奏音樂和作詩歌的不是一個人，奏樂的是樂工，作詩的是詩人。當詩人作詩的時候，他並不管詩歌的語句和音節適合不適合，作完一首詩付之樂工，便算完事。至於歌詩入樂便是樂工的事。文心雕龍樂府說：

「故知詩爲樂心，聲爲樂體；樂體在聲，瞽師務調其器；樂心在詩，君子宜正其文。」

「正文」和「調器」各弄各的工作，詩歌和音樂如何會融合得起來？所以一篇詩做完交把樂工去合樂時，這形式不是長便嫌短，要經樂工們減裁增加之後才會合於音樂。文心雕龍樂府篇說：

「凡樂辭曰詩，詩聲曰歌，聲來被辭，辭繁難節；故陳思稱李延年閑於增損古辭，多者則宜減之，明貴約也。」

增損古辭者便是把原詩增減後，才適合於音樂的節拍段落。然而這是一件困難的事，因爲一般不懂文義的樂工，把原詩增減之後，一定弄得支離滅裂。像李延年這樣的「閑於增損古辭」的樂工能有幾人？所以有許多樂府詩都是亂七八糟完全不能貫串的東西。看宋書樂志可以知道。費錫璜漢詩總說說：

「漢詩有前後絕不相蒙者，如東城高且長，天上何所有，青青河畔草，未可强合，亦不必以後人貫串法，曲爲古人斡旋。疑此等詩有前解後解之別，可分可合，如十五從軍行在古詩三首內，則至『淚落沾我衣」爲一首在樂府則分爲數解十九首內分入樂府散爲解者甚多他如白頭吟塘上行或增或減多讀古詩自得之。」

這種七零八落的情形，便是樂工「增損古辭」的成績，不論他增損得不合文義，貫串不起來，就即使能成文義，貫串得起來，像李延年那樣『閑於增損古辭』的樂工，然而詩人原來的情緒已經被他割裂得不成樣子了，這是古詩時代詩歌與音樂相衝突的一種現像。

這一種雖然被樂工割裂後，總還賸得些七零八落的强勉可以理解的詩句，另外一種是原詩入樂以後，他的眞面目完全不見了，把他寫出來只是些極零碎的詞句和些歌唱的聲音，一塌糊塗的簡直不能理解，如宋書樂志裏有一篇詩：

『大揭夜烏自云何來堂吾來聲烏奚姑悟姑尊盧聖子黃尊來餛清嬰烏白日爲隨來郭吾爲令吾應龍夜烏由道何來直子爲烏奚如悟姑尊盧鷄子聽烏虎行爲來明吾微令吾』

這是宋鼓吹鐃歌詞中的一篇，有好幾篇都是同樣的，據宋書樂志說：

「樂人以音聲相傳，訓詁不可復解，凡古樂錄皆大字是辭細字是聲，聲辭合寫，故致然耳。」

在當時是用大字寫「辭」小字寫「聲」，還不致混淆，然而也就「不可復解」，況到現在大小字又混淆起來，越發糊塗了。然而由這種畸形的東西上我們可以看出詩歌和音樂衝突的情形來，即是詩歌的形式不合音樂的形式，所以才用好多的「聲」襯陪着，這種聲也好像後來的「虛聲」「泛聲」「纏聲」等類的東西，而且詩歌的句讀和音樂的節拍，抑揚都完全混淆在一起，這是表示詩歌與音樂極端衝突的現象。

綜合起以上兩種詩歌與音樂相衝突的現象，却可睹示出當時的音樂界需要一種與音樂形式相融合的詩歌來合樂，免除了合樂時割裂詩歌的弊病，一可以省了樂工增損樂歌的麻煩，二可以保持詩歌原有的情調，使詩歌與音樂兩不相妨礙，即是達到了「志盡於詩，音盡於曲」的程度。這暗示不外是：

一、每一個「聲」要變成一個「辭」。

二、每一個「辭」要表示出音聲的抑揚高下。

三、詩歌的段落要適合於音樂的段落。

這樣便實現了理想中的「音樂的文學」，詞之所以產生，也即是由這三個條件上產生出來，然而其中是經過了一個很長的時期，一定要等各種條件具備後，這種理想的文學才慢慢實現。所以一部樂府的歷史，就是一部詩歌與音樂衝突的歷史，然而已經表示着向調和的階段進行了。

第三章　近體詩與音樂的接近

第一節　樂壇上古詩的沒落與近體詩的勃興

在唐以前，合樂的詩歌都叫做古詩，古詩合樂的時代便是「樂府時代」。這時代的詩歌的形式非常複雜，各體各類都有，或是整齊句子的四、五、七言的詩體，或是長短句的詩體。總之，這時的詩歌是不拘形式的，不論什麼形式的詩歌，一到樂工的手中，由他們或增或減，都有辦法使詩歌融合於音樂。到唐時入樂的詩逐漸限定了形式，一律都用近體詩。我們只要看樂府詩集的近代曲辭裏的詩和李唐詩的雜曲歌辭裏的詩，便可見得這個時代的樂歌完是近體詩，只有少數的幾篇七言古詩，係採自李賀和溫庭筠的詩集，這有相當的理由，詳見後文。也有一兩首齊梁體的詩，如李白樂的火鳳辭

「歌聲扇裏出，妝影鏡中輕。
未能令掩笑，何處欲障聲？
知音日不惑，得念是分明。
莫見雙嚬斂，疑人含笑情。」

這兩首火鳳辭格律既不是律詩，而又不是古詩，却是齊梁體的詩，可見齊梁詩也有採入樂的，然而大部份却是近體詩。古詩在這時是落伍了，且舉各家的說法為證：

苕溪漁隱叢話說：「唐初歌詞多是五七言詩，後漸變成長短句。」

碧鷄漫志說：「唐時古意亦未全喪，竹枝，浪淘沙，拋毬樂，楊柳枝乃詩中絕句，而定為歌曲。故李太白清平調詞三章皆絕句，元白諸詩亦為知音者協律作歌。」

古今詞話說：「唐初歌詞皆七言而異其調」

又說「又仄韵絕句唐人以入樂府謂之阿那曲。」

全唐詩詞下注說：「唐人樂府元用律絕等詩，雜和聲歌之。」

汪森詞綜序說：「自古詩變爲近體，而五七言絕句傳於伶官。」

這些說法都可以證明唐代入樂的歌詞完全是近體詩別的雜體詩是很少用的，所以王昶的國朝詞綜序說：

「蘇李詩出書以五言，而唐時優伶所歌則七言絕句，其餘皆不入樂。」

「其餘皆不入樂」一句是對的，至「優伶所歌」不止是七言絕句而五言絕句也還是一樣的採取入樂，據全唐詩的雜曲歌辭裏所採取的七言絕句有三十七種調子，五言絕句有二十三種調子，可見五七言絕句是一例的可以入樂，但律詩比較是少的，所以遯叟詩話說：

「唐初歌曲多用五七言絕句，律詩亦間有採者。」

上面的話是說明了唐代入樂的詩完全是近體詩只間或有其他的雜體詩，而近體詩中尤爲以五七言絕句爲多，這是表示了古詩的沒落時代。

要知道當時採詩入樂的主權完全是操之於當時的樂工妓女，某一種調子應當要用某種詩，完全由他們去選擇。而當時作詩的人只知道作詩，管不到採詩入樂的事情，而且也不能管，因爲他們沒有音樂的知識，這和樂府時代的情形是一樣。所以樂工妓女們便是詩歌和音樂中間的媒介，可知他們在藝術的地位上是如何的重要！碧雞漫志說：

「元白諸詩亦爲知音者協律作歌。白樂天守杭，元微之贈云：

『休遣玲瓏唱我詩，我詩多是別君詞。』自注云：『樂人高玲瓏能歌，歌予數十詩。』樂天亦醉戲諸妓云：

『席上爭飛使君酒，歌中多唱舍人詩。』

「沈亞之送人序云：『故友李賀善撰南北朝樂府古辭，其所賦尤多怨鬱悽怨之句，誠以蓋古排今，使爲詞者莫得偶矣！』惜乎其中亦不備聲歌弦唱。然唐史稱李賀樂府數十篇，雲韶諸工皆合之管弦。

「又稱李益詩名與賀相埒，每一篇成，樂工爭以賂求取之，被聲歌，供奉天子。

「又稱元微之詩往往播樂府。

「舊史亦稱武元衡工五言詩，好事者傳之，往往被於弦管。

「又舊說開元中詩人王昌齡、高適、王之渙詣旗亭飲，梨園伶官亦招妓聚讌，三人私約曰：『我們擅詩名未定甲乙，試觀諸伶謳詩分優劣。』一伶唱昌齡二絕句云……一伶唱適絕句云……之渙曰：『佳妓所唱，如非我詩，終身不敢與子爭衡，不然，子等列拜牀下。』須臾妓唱……之渙揶揄二子曰：『田舍奴！我豈妄哉！』以此知李唐伶妓取當時名士詩句入詩歌，蓋常俗也。」

雲溪友議說：

「劉采春所唱一百二十首，皆當代才子所作五六七言，皆可和者。」

以上所引各家的話，都可以證明當時名士作詩樂工妓女選詩入樂的事實。樂府詩集的近代曲辭和全唐詩的雜曲歌辭裏面，便是當時最流行的入樂的詩歌。

我們看了這些詩歌以後，便可以知道這是音樂史上的一個特殊的階段在樂府與詞之間而有絕句入樂的一個階段，這不能不承認他是音樂史上「劃時代」的一種詩歌。但這種歷史的演變，這一個階段却爲從來的學者所忽視，不是把絕句混入於樂府以內，便是把詞認爲是直接樂府的，而完全忘記了樂府與詞之間，還有一個絕句的階段。這一個階段不惟詩歌的形式和樂府時代不同，而且歌唱的方法也上和樂府下和詞是絕不相同，所以應當特別提出來，做一個特殊的階段，這樣才能說出詩歌與音樂進化的痕跡來。

能見到這一層的，有四庫提要詞曲類的一段話：

「自古樂亡而樂府興，後樂府之歌法至唐不傳，其所歌者皆絕句也，唐人歌詞之法至宋亦不傳，其所歌者皆詞也。宋人歌詞之法至元又漸不傳，而詞曲作焉。」

後來有謝章鋌的賭棋山莊詞話也見得明晰：

「自三百篇不被管弦而古樂府之法興，樂府亡而唐人歌絕句之法興，絕句亡而宋人歌詞之法興，詞亡而元人歌曲之法興。」

又說：

「蓋三百篇轉而漢魏古樂府是也，漢魏轉而六朝玉樹後庭，子夜，讀曲等作是也，六朝轉而唐人絕句之歌是也，唐人轉而宋人長短句之詞是也。」

這兩書的說法，就是能由歌唱的方法上看出幾種詩歌是絕不相同，而認爲有三個特殊的階段，賭棋山莊詞話又說。「六代以還，樂府浸廢，而聲音之道終古不亡，乃寄之絕句，乃寄之塡詞……則詞實起於唐，實轉於五七言歌法不能祧唐及六代而直祖漢人」這幾句說明詞是永承繼絕句而不是直接樂府的，尤爲明白，這是爲別家所不及。像汪森一派說：「自古詩變爲近體，七言絕句傳於伶官樂部，長短句無所依，則不得不更爲詞。」（詞綜序）把幾種詩歌的系統弄得莫明其妙的，怎麽能夠研究詩歌的進化？可見從前一般學者對於文學的見解實在太差。

第二節　近體詩與「音數」的接近

絕句的階段是如何產生？古詩爲甚麽沒落而完全以絕句入樂呢，這其中便可見得有一種淘汰選擇的情形在裏面。入樂的詩歌，都要經當時懂音樂的樂工，妓女們來選擇，看這些詩歌是那種最適宜入樂，選擇下來的結果，却只有絕句是比較接近音樂，所以便產生這一個特別的階段。

絕句爲什麽接近音樂呢？音樂的兩種重要元素是「音數」與「旋律，」這和詩歌的字句與音韻是相當的：

音樂｛音數……字句之數｝詩歌
　　｛旋律……聲韻平仄｝

因爲絕句的字句與聲韻平仄都和樂曲的音數與旋律接近，所以古詩便逐漸被了淘汰，而樂壇上便被絕句所統制了。

先說絕句與音數是怎樣接近？

當時的樂調分兩種，即是『小令』和『大曲，』（兩種的組織詳後燕樂與詞編）而最流行的是小令，我們只要看教坊記中所載的雜曲有二百七十八種，大曲只有四十八種，「雜曲」便是小令。詞苑叢談說：「唐人長短句皆小令耳，後演爲中調爲長調。』（體製）古今詞話說：『唐人率多小令，尊前集載唐莊宗歌頭一闋，不分過變，計一百三十六字，爲長調之祖。」可見當時小令之流行。但不論小令與大曲都通用絕句，現在先說小令。

所謂小令者，可見其樂曲之短小，其音數之簡單。看劉禹錫和白居易的春詞標題說：「和樂天春詞依憶江南曲拍爲句。」可見得這一調曲只有五拍，五拍便組織成一個曲調，可知小令之小了。以此類推，別的小令之曲拍也一定不會多的。碧鷄漫志卷四說：

「今越調蘭陵王凡三段二十四拍，或曰『遺聲也』……　又有大石調蘭陵王慢，殊非舊曲，周齊之際，未有前後十六拍慢曲子耳。」

可見從唐以前的樂曲就是很短的，其音數絕不會像後來慢曲之繁複。

這些小令雖然各調的拍數和長短不同，但由當初產生的小令之字數看來，都只是四五拍而已。四五拍的音數，恰合四句的絕句詩，因爲當時的情形是以每一句詩合一拍曲，所以當時呼拍板爲「樂句」（詳見後）因爲絕句與樂曲的音數相接近，所以樂工們很喜歡採取絕句入樂。大約拍數長的便以七言絕句配入，拍數短的便以五言絕句配入。至於律詩都還嫌太長了，有時要把律詩入樂，只得把他截爲兩段來用，只取他四句。如伊州歌第三遍截取沈佺期的「聞道黃龍戍」一首五言律的前四句，睦州歌是截取王維的終南山律詩的後半，長命女是截取岑參的「雲送關西雨」五言律的前半，這就是最好不過的例子。

至於古詩之所以沒落，就是因他的字數和音數相差太遠了。不論是五言古詩七言古詩，篇幅都是很長，最不適合於音樂的形式。不但在這時的音樂不適宜，在樂府時代通用古詩的時候，那時的樂工將詩合樂，就是苦於剪裁詩句的這項工作。所以文心雕龍樂府篇所說的：「聲來被辭，辭繁難節，故陳思稱李延年閑於增損古辭，多者則宜減之，明貴約也。」雖是說「增損」，其實是「損」的多而「增」的少，所以說「辭繁難節。」又說「多者則宜減之，明貴約也。」這就可見古詩篇幅冗長，不適宜於樂曲之形式，所以被淘汰了。

古詩與律詩都要經剪裁截取之功，才可以入樂，而絕句却是現成的短小詩歌，無費剪裁之力，所以樂工們便樂於應用絕句入樂，樂壇上便被絕句所統制了。

在這裏應當附帶說明絕句的來歷，以見他和音樂關係之密切。絕句這種短小精悍的詩歌，不始自唐代，他和律詩雖同稱爲近體詩，然而他之產生，完全和律詩不相干，看起來他的歷史比律詩早得多。可以說，律詩是從齊梁以來由音調上創造出來的東西而絕句却是由樂府以來受音樂的陶鎔而產生出來的東西。

冗長的古詩在樂府時代不適宜於音樂所以必經剪裁割裂之功既如上述，所謂割裂者卽是把一首長詩分爲幾個段落以適合於音樂的段落，這種段落叫做「解」，古今樂錄所說的「古曰章今曰解解有多少，當是先詩而後聲。詩敍事聲成文，必使志盡於詩音盡於曲」這是說明分解的方法，定要使到一解時詩歌可以告一段落，同時音樂也告一段落，兩者不能有參差出入。

當時的分解大約習慣上通同用四句詩爲一解，看樂府詩集中三調歌詩裏的琴調曲，瑟調曲，楚調曲中有好多都是分解的，而每解都慣用四句詩，但每句用四言的很多，有時也有每解用五言四句的如瑟調曲中魏明帝的櫂歌行：

「王者布大化，配乾稽後祇，陽育則陰殺，晷景應度移。（一解）

文德以時振，武功伐不隨，重華舞干戚，有苗服從嬀。（二解）

蠢爾吳蜀虜，憑江棲山阻，哀哉王士民，瞻仰靡依怙。（三解）

皇上悼愍斯，宿昔奮天怒，發我許昌宮，列舟於長浦。（四解）

翌日乘波揚，棹歌悲且涼，大常拂白日，旗幟紛設張。（五解）

將抗旄與鉞，曜威於彼方，伐罪以弔民，清我東南疆。（六解）

這本來是一篇五言古詩，敍述魏伐吳蜀的事，爲合樂的便利起見，便把他分爲六解，假如把他截取下來看，便成爲六首整齊的五言絕句又樂府詩集相和歌曲有曹植的怨詩行七解，也是每一解四句，成七首五言絕句。又古辭白頭吟五解內中有幾解也成爲純粹的五言四句詩。或者當時常有厭嫌一篇整篇的詩歌太冗長，單截取一解下來歌唱，像後來的宋詞嫌大曲之冗長，往往單取一片，或入破來塡詞的辦法。（見碧鷄漫志）因爲是截取下來的四句詩，所以叫做「截句。」（徐師曾文體明辨說：「絕之爲言截也」截也是斷絕的意，所以又叫做「斷句」趙翼陔餘叢考說：「按南史曰『斷句』，曰『絕句』則宋梁時已稱絕句也。」）

因爲這種辦法的便利，所以漸漸才產生獨立的五言四句詩，如吳聲歌辭和西曲歌辭中大部分都是五言四句詩。而文士們也應運而作，上自孫綽王獻之的情人碧玉歌，情人桃葉歌，下至齊梁時的謝眺，梁簡文帝，范雲等作了了少不的五言絕句。

齊梁人又有「聯句」的辦法，近人主張「絕句」便是截取聯句的四句而成，「絕」對「聯」而言，有「聯句」所以有「絕句。」這固然有相當的理由，但可以說絕句的名起于齊梁時，而這種五言四句詩的格式早成立于齊梁以前，他的來源，對於樂府的「解曲，」不能不給以注意，至少他是一種暗示。

從此絕句在文壇上才佔了一位置，而音樂上也成爲新興的歌曲，到了唐時加以音律的裝飾，聲調尤爲優美，（詳見下節）所以便統制了樂壇，代冗長的古詩而爲劃時代的歌曲。

絕句之來源，如是，前人有說絕句是截取古詩的四句而成功的，又說是截取律詩的一半而成功的，這也有相當的理由，但他們不知這種作品完全是受音樂的陶鎔而產生出來的，（就唐絕句來說，也可說是截取律詩而成，例如上面所引的近代曲辭中有好幾首律詩被截取一半入樂，便變爲絕句，從音樂的背景上來看才對。）

以上是就小令方面來看絕句的音數是與音樂相接近

小令的曲拍短小，固然適宜於用絕句，而在當時長套的大曲，也是用絕句合樂。大曲的組織雖然複雜，但每一套大曲是有若干的「遍數」。碧雞漫志說：「凡大曲有散序、靸、排遍、顛、正顛、入破、虛摧、實摧、袞遍、歇指、殺袞，始成一曲。」這是唐代大曲的情形。唐代大曲雖然沒有這樣複雜，但遍數也還不少，而每一個遍數的拍數也很短少，碧雞漫志：「樂世一名六么，故知唐人以腰作么者，惟樂天與王建耳，或云此曲拍無過六字者，故曰六么。」六么既是大曲，而曲拍沒有過六字的，可見大曲每一拍的音數是很短少的，所以大曲的組織雖比小令繁長，也不啻是由若干小令組織而成。所以在唐時的大曲，每一遍也是雜取各家的絕句去合樂，因爲絕句的形式和遍數的音數很接近的原故。如遍數的音數長點的，便用七言絕句，短的便用五言絕句，如水調歌的第五遍定用五言絕句，卽是其例。

以上是說絕句與大曲的音數相接近的情形。

第三節　近體詩與「旋律」的接近

在樂府時代的四句一首的古詩，（胡應麟詩藪上說：「六朝短古，概曰歌行，至唐方曰絕句。」其實在那時已有絕句之稱了。）雖然和音數相接近，但還沒有高下清濁之分，說不上「旋律」之美。到唐時的近體詩成功以後，這種古絕句也同時受了音律的洗禮，便以近體詩中的「絕句」的姿態而出現，因爲講究抑揚平仄，漸有旋律之美，較之古絕句爲近于音樂，所以當時之樂工不用古詩而用絕句入樂。

要知道，近體詩的產生，就是受了音樂的刺激而有將詩歌成爲音樂化的企圖。這是遠從「齊梁時，」沈約們主張「以文章之音韻同絃管之聲曲」爲之先趨（答陸厥書）但他們的音樂化的詩歌，是離開音樂來講求宮商結果下來，弄成與音樂不相關的詩歌裏的音韻平仄極而至于唐代的近體，便把詩歌弄成一種機械文學去（詳見第二編）但他們主張的「一簡之內音韻盡殊，兩句之中，輕重悉異。」（沈約答陸厥書）却暗合於「五音雜錯而成樂，」所謂「旋律」的方法。近體詩雖然機械，而能用平仄兩種不同性質的聲音互相交錯而成詩，也暗合于音樂的「對比」的方法，所以不論是「齊梁詩」或「近體詩」雖然和音樂的形式還不融洽但念起一首詩來有高低淸濁的韻調，在口吻上比古詩好聽得多了所以古詩漸漸被了淘汰，而近體詩便在樂壇上得了勢。

兪仲茅爰園詞話說：

「周東遷以後，世競新聲，三百之音節始廢，至漢而樂府出，樂府不能行之民間而雜歌出。六朝至唐樂府又不勝詰曲而近體出，五代至宋詩又不勝方板而詩餘出。」

他以詩歌的進化完全由于音樂的淘汰選擇，這樣見地極高。所謂「樂府又不勝詰曲而近體出。」便可證明近體詩之所以得入樂，推翻了古詩，就因爲他的音調比古詩流利諧暢的原故。雖然把近體詩和詞曲比較，當然不及詞曲之適合于音樂，然而比古詩又近於音樂，蔣衡的樂府釋說：

「樂歌必要短長相接，長取其聲之宛轉，短取其聲之促節，律詩則與管弦無涉，而天然之樂自存于中。」

(見古今文藝叢書第二集。)

可見近體詩雖不完全適合音樂，而他本身的音樂性，我們不能否認的，我們再舉一例，證明一首詩，只要念着口吻流利，卽使不盡合于樂曲的節奏，都有選入樂歌的資格。毛奇齡的西河詞話有一段話：

「崇禎甲寅，京師梨園有南遷者自訴能弦舊詞。試其技，促彈而曼吟，極類搊彈家法，然調不類箏。坐客授蔣竹山長調令弦，辭曰『口俚礙吟嘆何也。』時徐仲山貽九日倡和詞，至誦而授之，歌裁數遍，過指爪融暢，詢其故云『吾所傳者無調而有詞，無宮徵而有音聲，詞雅則音諧，音諧則弦調。』由是推之，世之倣辛蔣者可以返已！」

徐仲山所作的詞未必合音調，只是「詞雅則音諧」，念着口吻流暢，所以容易合樂。辛稼軒，蔣竹山的詞，多半是些不合調的豪語俳諧語，所以雖是生在南宋時，終和音樂不能融洽。這一段話雖是說詞，但用來說明絕句何以比較古詩容易合樂也是一樣的道理。

現在我們來看近代曲辭中的歌詞，大部分是近體詩，除了律詩和絕句外，也還有幾首「齊梁式」的詩，像前面所引的李百藥的火鳳辭便是。因爲齊梁體的詩就是近體詩的前驅，主張用宮商融入詩歌，而李百藥也是深于音韻的一個人，據王通的中說說「李百藥……分四聲八病」，所以他的詩有被採入樂的資格。

至于李賀的古詩被雲韶樂工賂取入樂的原故，也因爲他的詩篇篇都有一種奇異的音調。如王士正主張押平韻的七言古詩在句末要跟連用三個平聲字，才有「神韻」，舉杜甫的「中興諸將收山東」等句爲例，仄韻詩反是我們以這個例來看李賀的詩，在他的四卷歌詩裏面，有好多句子都合這個原則，如「上樓迎春新春歸，」「殿前唱賦聲摩空，筆補造化天無功。」像這類的句調是很多的，就可見李賀對于詩歌的音調是很注意的，不是沈約說的「匪由思至，闇與理合。」

但這不過是李賀歌詩的一端，而他的詩裏更有些神祕微妙的聲音的表出，他能利用感覺上的音調和心理現象融合一致，如現代西洋象徵詩人的方法，這更是超乎一切音律家之上，既有此微妙的旋律，而他的詩又不像別家唐人詩集裏的長篇大套的歌行，以形式的長短來看也與音數相接近。所以十二月樂詞，堂堂詞，這些短篇的七言古詩，便被樂工們「略取」去入樂了。可見他雖然是作古詩，却與一般古詩不同，便在近代曲辭裏佔了一個特殊的地位。

以上是說明近體詩與「旋律」相接近，才代替了古詩而統制樂壇。

我們是敍述詞的歷史，而以上却說了許多詞以前的歷史，好像不是「詞史」而是「中古文學史」似的，然而，爲着從來研究中國文學的人，都沒有把中古來的文學進化的眞像明白確定的指出個所以然來，於是關于詞的進化便失了依據，而不能批判出他在中國文學史上的地位與價值，所以不惜浪費筆墨的很煩宂的寫了以上三節。現在總合起以上三節來得一個結論：

一、從中古以來，詩歌進化的系統祇有一個，卽是從古詩進化爲近體詩，近體詩進化爲詞，以外並沒有所謂「樂府詩」的系統，和所謂「長短句」詩的系統。

二、從中古以來，詩歌的進化完全是以音樂爲根據，即是趨向着音樂的狀態，使詩歌完全成爲音樂化，達到所謂「音樂的文學」。

三、「音樂的文學」是不但詩歌的系統和音樂要相合，而詩歌的形式也要與音樂相融合，才夠得上用這個名稱，不然音樂的文學和普通的文學便沒有分別。

四、古詩的形式和音樂相差太遠，所以樂府時代常是表示出詩歌與音樂相衝突的現象，然而由這衝突現象上便暗示出詩歌與音樂的形式相融合的要求。

五、由古詩與音樂相衝突的過程中，便逐漸陶鎔出近體詩來。

六、近體詩比較古詩爲接近音樂的形式了，因爲（一）近體詩絕句的句字的數與「音數」相接近（二）音韻平仄與「旋律」相接近，所以便代替了古詩而統制樂壇。

七、近體詩應當在音樂與文學的進化史上特別劃出一個階段來，不能與「樂府」混爲一談。

第四章 從絕句到詞

詩歌進化到了近體的詩絕句，已經和音樂的形式相接近了，接近祇是接近而已，還沒有到融合的程度，所以從古詩以至近體詩都祇能算是與音樂「結合」的詩歌，不能算爲「融合」，於是到了這個階段，更進一步的要求詩歌與音樂的融合。

元稹的樂府古題序說：

「在音聲者因聲以度詞，審調以節唱，句度長短之數，聲韻平上之差，莫不由之準度。」

這幾句話便是說明詩歌和音樂融合的學理，也不管是長短句詞創造的呼聲。他的宗旨是以音樂為主，使詩歌完全服從於音樂，化為音樂的形式。重要的是「句度長短之數」「聲韻平上之差」都要以音樂為準度。前者是說詩歌字句的數要合於音樂的「音數」，後者是說詩歌的聲韻平仄要合於音樂的高低清濁，詞的創造便是基於這兩條原理上。

但元稹的這幾句話，不過是要求歌唱的時候，詩歌的字句要這樣的融合於音樂，他並沒有預期到寫來紙上的形式也要這樣，所以他說「其在音聲者」，他祇是說「唱法」，並不說「作法」。但是在這個時期由「唱法」的暗示上便逐漸影響到「作法」上來了。在過去作詩的形式是一樣，而唱詩的形式又是一樣，有種種的不方便，現在索性將作的形式也完全改為唱的形式，便可以免除像古詩以來支離割裂的弊病，於是作詩與唱詩便統一了，長短句的詞便在這種要求上產生出來。所以在詞以前詩歌是「二元的」，作詩與唱詩，兩種形式，到詞來便「一元化」了。

我們根據元稹的話來分析詩歌與音樂是怎樣的融合？

詩歌組織的要素是「字」與「句」，這恰適合於音樂的「音」與「拍」，「音階」分清濁，「音數」有多少拍式有長短，拍數又有多少。詩歌既要和音樂相融合，那麼詩歌的字數的多少，和字音的高低清濁便要和音階的高低，清濁音數的多少相當，而詩歌的句法的長短，和句數的多寡，也要和音樂的拍式與拍數相當，這才是詩歌與音樂澈底的融合，所謂「音樂的文學」就是這樣的產生。

其形式如下：

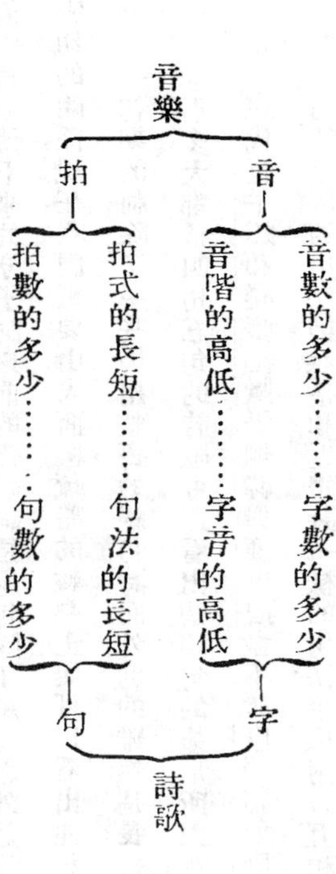

長短句的詞，即是由這個形式而來，可知詞完全是由音樂陶鎔出來的一種新興詩歌，他組織的細微精密，比絕句進步得多了。

這裏有一個疑問，長短句的詞既是完全依着音樂的形式而產生，但他的成功是由絕句的基礎上逐漸創造出來以適合於音樂的呢？還是無所依傍於絕句，一來便「依聲塡詞」，獨立成功爲這種長短句？

我的意見是屬於前者，因爲（一）依理論來說，一種新興文學的發生，都是由舊文學的形式裏逐漸蛻化出來，絕沒有突變的產生，長短句的詞也是由過去的文學，近體詩裏蛻變出來的。雖然我也承認由二三文人以一時遊戲的態度嘗試而成功，但他的嘗試必有暗示，這一種暗示便是舊的文學不適於時代而逐漸有蛻化成新興的文體的徵兆，這種徵兆爲二三個天才的文學家所感觸着，便有嘗試的成功。所以在嘗試以前的一個長期的過程，中必有些蛻變的痕迹可以供我們研究的，他絕不是突變成功的東西。（二）由事實來說，詞既是合於音樂的新歌詞，他一定和舊有歌詞有密切的關係，即是說他之產生，一定是由舊有的歌詞慢慢蛻化出來，他的形式上必有好多舊歌詞遺傳下來的分子。詞以前的舊歌詞是絕句，除了絕句之外並沒有他種詩歌統制樂壇，所以他和絕句是有密切的關係，現在，我們祇要由表面極疏略的輪廓上，便可以看出他和絕句有遺傳蛻變的關係：

一、初期的詞，除了一些仍用整齊的絕句詩而外，別的雖然是長短句，而他的形式大致和絕句的形式差不多，大都是四句五句的詩歌，可以看出是絕句的變形。所以劉公勇的詞繹說：「詞亦有初盛中晚，不以代也，牛嶠和凝張泌歐陽炯韓偓鹿虔扆輩不離唐絕句，如唐之初不離隋詞也。」

二、詞的平仄的用法，仍然是和近體詩一樣的用法，平仄兩音互相對比着使用，在三字句或四字句的用法不分明外，祇要看五字句七字句的平仄，仍然是近體詩的方法，除了必要時須合於音階的幾句外大多數是用絕句的平仄方法。（詳見第二編）

由上兩層看來，儘可以證明詞和絕句的關係，前一層是屬于「音數」的問題——「句度長短之數」，後一層是屬於「音階」或「旋律」的問題——「聲韻平上之差」，所以我們承認詞雖是依着音樂而產生的詩歌，而由舊詩歌—絕句裏逐漸蛻變出來的新興詞歌。

現在我們即由上說的這兩層上來詳細研究長短句的詞是如何由絕句裏蛻變出來？

第五章　絕句成爲詞的三種方式

我們既由文學進化的趨勢上，認識了近體詩是比古詩爲接近音樂，詞是更比近體詩進一步的趨向于音樂與音樂融合；而且肯定了詞是由近體詩逐漸蛻化成功，現在是要由音數的蛻變上來看他是的何成功的！

這裏我們要引用幾種舊學說，沈括夢溪筆談說詞的起源道：

「古樂府皆有聲有詞，連屬書之，如曰賀賀賀，何何何之類，皆和聲也，今管弦之中纏聲亦其遺法也。唐人乃以詞塡入曲中，不復用和聲，此格雖云自王涯始，然正元，元和之間，爲之者已多，亦有在涯之前者」

朱子語類卷六十五說：

「古樂府只是詩，中間却添許多泛聲，後來人怕失了那泛聲，逐一添個實字，遂成長短句，今曲子便是，」

這兩說是說明詞之起源最早的學說，後來有好多引伸說明的。全唐詩卷三十二詞下注說：

「唐人樂府元用律絕等詩，雜和聲歌之，其并和聲作實字，長短其句以就曲拍者，爲塡詞。開元，天寶，肇其端，元和，太和，衍其流，大中，咸通以後，迄於南唐，二蜀，尤家工戶習，以盡其變，凡有五音廿八調，各有分屬，今皆失傳。」

方成培香研居詞麈說：

「自五言變爲近體，樂府之學幾絕；唐人所歌，多五七言絕句，必雜以散聲，然後可以被之管絃，如陽關必至三疊而後成音，此自然之理，後來遂譜其散聲，以字實之，而長短句興焉，」

吳衡照蓮子居詞話說：

「唐七言絕歌法，必有襯字，以取便於歌，五言六言皆然，不獨七言也。後并格外字入正格，凡虛聲處悉填成詞，不別用襯字，此詞所由興已。」

胡應麟遯叟詩話說，

「古樂府詩四言五言，有一定之句，難以入歌，其間必添和聲，然後可歌，如妃呼豨伊何那之類是也。唐初歌曲多用五七言絕句，律詩亦漸有採者，想亦有賸字賸句於其間，方成腔調。其後即以所賸者，作爲實字填入曲中歌之，不復別用和聲，則其法愈密，而其體不能不入於柔靡矣。此填詞所由興也。」

蔣衡樂府釋說：

「樂府者，以其詞傳之樂工，其中工尺之抑揚，乃樂工事。五季變爲詞，將所留樂工之虛字，盡填滿，較古法更嚴密，不能馳騁才華，不若古樂府之鬆矣！」（見古今文藝叢書）

鄭文焯瘦碧詞自序說，

「古之樂章皆歌詩，詩之外又有和聲，所謂曲也。隋唐以來，聲詩間爲長短句，至唐貞元元和間，新奏競作，乃以詞塡入曲中，不復用和聲，是爲歌詞之始」

綜合起以上各種說法，不外：

一，在詞以前的樂壇上，完全是歌五七言的絕句，並無他種詩歌入樂歌唱，所以詞是直接承繼絕句。

二，詞是由絕句變化出來，因爲絕句是整齊句子的，一入樂歌唱，便有許多有聲無辭的地方，後來便把這些聲——虛聲和聲纏聲泛聲散聲曲——一概塡成詞，於是乎整齊句子的詩便變成長短句子的詞了。

沈括和朱子是宋代的人，和唐末五代詞成功的時代相距不遠，他們的說法不是憑空虛造，總得些故老的傳說，可以相信的。最近有些人不很相信他們這種學說，說是「太機械」了，豈有各調詞都像這樣很機械的去一個聲塡一個字在裏面變成長短句的詞？誠然，在最初期的一百多種詞調之成功，未必都照這樣機械的辦法，逐聲逐字的把絕句變成詞，但我以爲最初必有幾次照這樣的「嘗試」，嘗試而便利歌唱以後，才撇開絕句的音型，索性來「逐弦吹之音爲側豔之詞。」所以在最初一定經過這種機械的嘗試，至少也是一種暗示。試想爲甚麼整整齊齊的絕句的歌詩，會忽然變成長短句的詞？這絕不是突然變的，總有些進化的線索可尋，這種機械的辦法便是進化的痕跡，所以我是很肯定沈括和朱子的學說，我們將慢慢的說明。

爲肯定這種學說，必然的先要承認第一節所列的那個形式。在那個時候的唱曲法是一個音數等於一個字數，一拍等於一句，所以拍的長短也等於句的長短，要這樣才會「逐一添个實字」，現在我們從各方面來證明。

一，詞樂的一拍等於一句　以音樂的一拍爲詩歌的一句，這種歌唱的方法和樂府時代是不同的，所以在當時所用的拍板卽名爲「樂句」，摭言說：

「牛僧孺始舉進士……先以所業謁韓愈，皇甫湜……二公披卷首有說樂一章，未閱其詞，遽曰：『斯高文，且以拍板爲何等？』對曰：『謂之「樂句」』，二公相顧大喜。」

碧雞漫志說「拍謂之樂句」張炎詞源也說「拍板名曰齊樂又曰樂句」。但唐宋時的拍的種類很多，如詞源上有所謂「打前拍」「打後拍」「均拍」以及「揞」「敲」「大頓」「小頓」等類都是拍的種類。這裏所說的拍，大約就是一句唱完的拍，等於後來音樂裏所稱的「截板」。所以劉夢得和樂天春詞說：「依憶江南曲拍爲句」這便明明白白表示一拍爲一句的辦法，以外如破陣子又名「十拍子」，前後闋合共句子恰好是十句：

晏殊破陣子

「燕子來時新社，梨花落後淸明。池上碧苔三四點，葉底黃鸝一兩聲。日長飛絮輕。　巧笑東隣女伴，采桑徑裏逢迎。疑怪昨宵春夢好，元是今朝鬬草贏。笑從雙臉生。」

又如李匡乂資暇錄說：「三臺三十拍促曲名，」看長調之三臺調子，其句數也和拍數相近，蘭陵王調據碧雞漫志說：「今越調蘭陵王凡三段二十四拍，」看蘭陵王的句子也差不多是二十多句的調子，這都可以證明一拍爲一句的歌法。

二　詞樂的一音等於一字　最强的證據便是白石道人詩曲旁邊的音階符號，每個字旁邊注一個符號，便可見是一字一音。雖然有些地方也有一個字注兩個符號的，那大半是表示節奏的，如「h」「h」「フ」是表示「住」「掣」「打」的音節的符號。此外如湘山野錄所載送僖國大長公主爲尼的七言律詩，用鷓鴣天的曲調來歌唱，因爲七律的字數和鷓鴣天的字數相等，（只少一個字）這不是要求音數與字數相合的證據嗎？又如蘇軾和黃庭堅作漁父詞，因漁父詞的原曲打失，初以浣溪沙調來歌，後來又用鷓鴣天調來歌，據當時懂音律的李如篪（見山谷詞注）說：「以鷓鴣天歌之，更叶音律，但少數句。」因爲漁父詞是一首用七言和三言的句子組織成的詞調，浣溪沙的調子適合七言，鷓鴣天的調子既合七言又合三言，所以說「更叶音律」，這也可見音數和字數的要求相等，若果一字可歌數聲或一聲可歌數字，像樂府時代可以隨便拉一首詩來入樂，又何必計較句法的是短呢？

我們既證明了歌詞的時代，一拍爲一句，一音爲一字，這是要求音數要和詩歌的字數相等，而音樂每調的音數是多少不等的，在詞未成功以前，歌詩概用絕句，絕句的字數是有一定的，於是字數和音數不相融洽，所以才在有聲無辭的地方，「逐一添個實字」以求音數之相等，絕句便變爲長短句的詞了。

但是這裏還有一個問題，以絕句入樂歌唱，是不是所有的歌曲都有虛聲嗎？一個音調的音數，既是有多有少，而絕句的字數又是固定的，或是二十八字，或是二十四字，或是二十字，既是一字一音對照下來，必定有字數與音數相當的，或是音數多於字數的，又或有音數少於字數的，看苕溪漁隱叢話說：

「七言八句與七言四句，見諸歌曲者今止瑞鷓鴣小秦王耳，瑞鷓鴣猶依字易歌，若小秦王，必雜以虛聲乃可歌也。」

所謂「依字易歌」就是絕句的字數與音數相當，一字一音歌着很方便。至於小秦王便是字數比音數少，中間還空着許多聲音，就是「虛聲」所以不容易歌。這話就證明了絕句之字數與音數相較，是有長有短，有多有少，不能一致，照前引各家的說法，都好像一致的承認長短句的詞，是把中間空着的虛聲塡成實字而成功的。這樣說法，是只承認當時的音調都是聲多於詞了，這未免拘滯不通，所以絕句變成詞的經過，應當有三種方式！

一，由聲多於詞的絕句變成詞

二，由聲少於詞的絕句變成詞

三，由聲詞相當的絕句變成詞

末後一種是不成問題的，他聲詞既相當，仍然保持着原來的絕句，無所謂變。或者在歌壇上這幾個歌曲已經用絕句歌成習慣，到了長短句成功以後，仍然用絕句的習慣歌唱，如小秦王便是其例。以外的如瑞鷓鴣，木蘭花，玉樓春，陽關曲，生查子，醉公子，八拍蠻，竹枝詞，三臺令等類，或因爲聲詞相當，或因唱成習慣，不便改爲長短句。仍然保持着原來絕句的形式。至於前兩種，我們都可以由詞調上看出他由絕句變成長短句的痕跡來，可知除把虛聲塡成實字以外，還有聲少於詞也可以成爲長短句的一條路，現在先說明第一種。

第六章　絕句的基本音與裝飾音

第一節　虛聲等

所謂由虛聲塡成實字便變成了長短句，這虛聲的實際情形究竟怎樣？各家所說的聲又互有不同，有「虛聲」，「泛聲」，「和聲」，「散聲」，「繁聲」，「纏聲」究竟這些聲有幾種類？關於這點不能不解釋明白，知道這些聲的變化才知道絕句的歌法，才知道詞由絕句變化出來的經過。

在說明之先必須知道音樂上的兩種聲音：

一，基本音（Fundamental notes）

二，裝飾音（Grace notes）

「基本音」是曲調中原有的聲音，「裝飾音」是附加上些聲音，使樂曲多有些變化，不至流於單調。上面所說的各種聲音，都可以說是裝飾音的異名，下面逐一加以解釋。

A 虛聲　所謂虛聲就是虛空的聲音，除了絕句的廿八字或二十字以外的聲音，便是虛空着的聲音，所以叫做虛聲，其餘有歌詞的聲音便是「基本音」，虛空着聲音是用來裝飾基本音的，所以虛聲便是「裝飾音」。蓮子居詞話說：

「其中二十八字爲正格，餘皆格外字，以取便於歌。」

這說明虛聲很明白。

B 泛聲散聲　這兩種也是裝飾音，本來泛聲，散聲都是彈琴家的名詞。彈琴家彈空弦的時候叫做「散聲」，以指尖輕微的叩出來的聲音叫做「泛聲」。但在歌詞的泛聲與散聲，却不是這樣解釋，散聲是原本聲調以外遊散的聲音的意思。章太炎國故論衡辨詩篇說：

『蓋古歌曲被管絃有一字一聲，未有如今之疊字者也，故不得不假「散聲」以宜其氣，宋人燕樂亦無疊字而有散聲。』

這是散聲。「泛」是有泛濫之意程大昌演繁露卷九說：

「凡今世歌曲。比古鄭衛又爲淫靡，近又即舊聲而加「泛灩」者，名曰「嘌唱」」

王國維南詞敍錄說：

『惟崐山腔只行於吳中……此如宋之嘌唱即舊聲而加以泛灩者也』

可知泛聲即是溢出乎基本音（舊聲）之外的裝飾音後來叫做「嘌唱」。方以智通雅樂曲類說嘌唱是把聲調「掣高」非是。」

(C)繁聲　纏聲繁聲是很古的名稱，國語冷州鳩對景王間，就說過「繁聲淫手」「纏聲」是唐宋時才有的名稱，所以夢溪筆談說：「今管絃之中，纏聲亦其遺法」可見是唐宋時的新名詞名稱雖異，而意義是一樣的，都是指本腔以外的裝飾音而言。香研居詞麈說：

「案繁聲唐宋人謂之纏聲，太眞外傳明皇吹玉笛逞其聲以媚之即纏聲多也，今人譜工尺，多用贈板音，方旖旎悅耳，即淫哇之謂古靡靡之音也」

可知纏聲，就是「贈板」，又即是現在俗樂中的「花腔」，也就是「六么花十八」的花板。這些都是爲古樂所不許的。

第二節　和聲

「和聲」這一個古名詞，我們也不必去找經傳裏的「唱予和女」「下里巴人國中屬而和者千人」，那些很遠的淵源。近點的源頭，大約是起於樂府裏的「相和歌」，張德瀛的徵詞說：

「詞多以相和成曲，巴渝詞之「竹枝」「女兒」，採蓮曲之「舉棹」「年少」其遺響也。考相和曲有碧玉歌，懊儂歌，子夜歌諸調，蓋創於典午之世。」

這就是說詞中的和聲是起於晉時的吳歌中的和曲。但詳細看來兩種東西是互有異同的，論起性質來，兩樣都是同樣的嫌其本調單調，所以才格外加入些「聲」加入些「唱」來「相和成曲」，使音調熱鬧起來，所不同的是樂府吳歌裏的「和」他的「聲」和「詞」都是有一定之位置和本調清晰的分開，絲毫不亂。古今樂錄說：

「豔在曲前，趨與亂在曲之後，亦猶吳聲西曲前有『和』後有『送』也。」

是吳歌西曲的「和」一定要位置在曲前不能混亂的。而後來歌詞的和聲，却是錯雜在本調裏面，他的位置和方法，都比樂府的「和」不同，計有如下的幾種：

一，曲前和聲

二，曲中和聲

三，疊句和聲

四，疊字和聲

五，無意義的和聲

現在依次分述如下：

（一）曲前的和聲　這一類的和聲和樂府的和就相同了，都是列在曲前的幾個字，雖是這樣說，樂府裏的和是很少見的，流傳下來的樂府歌詞，多半是僅寫下本詞來，和詞是沒有留下來的，只有西烏夜飛一曲，樂府詩集引古今樂錄說：

「……所以歌和云：『白日落西山，還去來』。送聲云：『折翅烏！飛何處？被彈歸』。

只有這一曲的和聲和送聲還留下來，就是這樣簡單的一二句詞。到後來梁代的清商曲辭中有江南弄若干曲，據古今樂錄說是「梁武帝改西曲製江南上雲樂十四曲。」既是由西曲文吉句，當然要有和聲的歌失了，所以每曲前都有古今樂錄注着的和聲：

江南曲……和云「陽春路，娉婷出綺羅。」

龍笛曲……和云「江南音，一唱值千金。」

採蓮曲……和云「採蓮舞，窈窕舞佳人。」

鳳笙曲……和云「弦吹席，長袖善留客」

到唐時的歌曲，有好幾曲的和聲都和這些和聲相類。如全唐詩樂府十二中盧綸的天長地久詞，注着和聲是

「天長久萬年昌」張說的蘇幕遮詞注着和聲是「億歲樂」舞馬詞注着和聲前二曲是「聖代昇平樂」後四曲是「四海和平樂」（以上都是七言絕句）這些和聲都是注在曲下，但他的歌法旣和淸商曲相同可知他的和聲是在曲之前，這種曲前的和聲還有古曲相和的典型。

（二）曲中的和聲　這種和聲是夾雜在曲調中間的，又可分爲兩種：

甲　句中和聲

乙　句末和聲

第一種句中的和聲，是在每句之中夾得有和聲的，這是不待一句詩唱完，剛在句子略有停頓的地方加入一個和聲，到一句完了又加一個和聲，皇甫松的竹枝詞就是屬於這類的：

「芙蓉並蒂（竹枝）一心連（女兒）

花侵槅子（竹枝）眼應穿（女兒）」

第二種句末的和聲，是要等到一句唱完之後，才加入和聲的，如皇甫松的採蓮子一曲，就是屬於這類的：

「菡萏香連十頃陂（舉棹）

小姑貪戲採蓮遲（年少）」

晚來弄水船頭溼 舉棹
更脫紅裙裹鴨兒 年少」

以外，據碧鷄漫志說楊柳枝曲也有和聲「今黃鐘商有楊柳枝曲，仍是七言四句詩……每句下各增三字一句，此乃唐時和聲，如竹枝漁父今皆有和聲也。」此可見自和聲變成短句以後（詳見後）還有一二曲殘留着和聲的餘製，如朱敦儒一首柳枝詞便是有和聲的，因爲是長短句的體式，和絕句無關，所以不錄出來了（此種和聲又名「俳調」，樂府解題說「淸商曲有採蓮子……然必以皇甫松孫光憲之俳調有襯字者爲詞體」古今詞話說「……採蓮竹枝當日遂有俳調。」）

（三）疊句和聲　以上所說的兩種和聲，—「曲前和聲」和「曲中和聲」，雖然位置不同，但都是由本腔以外，另自用一兩腔歌着和本詞無關的幾個字（舉棹年少等）做和聲。現在說的「疊句和聲」却是疊起本腔本詞的幾句來做和聲，這又是一種和聲的花樣。其用意也不外是嫌本曲單調，意有未盡，所以再重複歌他一遍，才淋漓盡致。

這種疊句法，普通的情形，都是把四句的絕句詩每句都疊歌一遍。惟有陽關三疊曲，據說只是後三句疊歌，第一句不疊，所以名爲「三疊」，但也不一定，或多或少，可以隨歌者的自由。白居易的何滿子詩說「一曲四詞歌八疊」，此可見是每句都疊，才會有八疊。以此例推，陽關曲在當時未常沒有每句都疊，如何滿子一樣的辦法，所以方以智通雅樂曲類說「陽關四疊亦三疊也……然或各方變換，未可知也。如今士歌亦有作四句者，亦有用五句者」。這是說明三疊四疊五疊的歌法，是不拘定的，可以隨歌者自由。不料因爲有「三疊」的名稱，便引起後世無數的糾紛，硬要討論「三疊」究竟是如何疊法？

第一種主張頭一句不疊，後三句疊的，如蘇軾的仇池筆記的主張。後來欽定曲譜上載有無名氏小令陽關三疊，就是由蘇說而演成的。

第二種主張第一句算一疊，第二句算一疊，第三第四兩句合爲一疊，這是澠水燕談錄的主張。

第一種主張起「二句於第四字第七字下以「喇哩」，「喇哩離賴」」爲和聲；後二句於第四字第七字下以「喇哩來離，來」爲和聲。」這是元李治古今黈的主張，後來「悟其非，乃改爲起句不疊歌，以下每句疊歌加以和聲」

這些糾紛是不容易解決的，因爲古曲失傳，無可憑證，只有存而不論了。（至如翁方綱的蘇齋詩話主張三疊因爲送元二使西安詩裏三句有疊韻，故名三疊，尤爲妄誕不經，更無一談之價值。）但有一點是要加以說明的，疊句的歌法，即是和聲的歌法，疊句的本身就是和聲，並不除開疊句之外還有和聲，因爲除了本腔本調之外還有空着的虛聲，便把本調疊起來填實了那些虛聲，碧鷄漫志論何滿子說「歌八疊，疑有和聲，如漁父小秦王之類。」「就是說此曲之所以歌八疊，或者是因爲有空着的虛聲，如漁父小秦王等曲所以才疊。（虛聲有詞者爲和聲，詳見下。（而上引李治的古今黈主張「每句疊歌加以和聲」。便是不了解和聲，以致疊床架屋，太陽裏又加燈。

（四）疊字和聲　重疊一句爲「疊句和聲」，又有重疊幾個字以爲和聲的，可名爲「疊字和聲」。鄭文焯的詞源斠律說：「案管弦皆有纏聲，朱子所云叠字散聲皆有聲無詞。」其實叠字也有聲有詞的，如夢溪筆談說的「古樂府皆有聲有詞，連續書之如曰『賀賀賀何何何』之類皆和聲也。」這就是「叠字和聲」之例。這種和聲到後來長短句時代還有些存留着，如釵頭鳳的「錯錯錯莫莫莫」摘紅英的『憶憶得得』等類都是他遺製。

（五）無意義的和聲　以上四種和聲雖然各種的用法不同，但和聲的詞都是有意義的，可以理解的，此種和聲卻是無意可解的。這也是因爲曲調唱到這裏，多加了幾個裝飾音，隨歌者的意思用幾個有聲無意的字唱下去，使歌詞和聲調連貫得起來。在古樂中如「羊吾伊夷那何」之類，楊愼詞品說：「羊吾伊夷那何，皆聲之餘音嫋嫋，有聲無字，雖借字作譜而無義，若今之「哩囉嗹唵唵吽」也。」在唐人歌絕句時代也有這種「無意義的和聲。」如雲溪友議所說劉採春女所唱的羅嗊曲，就是曲中以「羅嗊」爲和聲之歌曲，「羅嗊」即有聲無義之字。所以方以智通雅說『羅嗊猶來羅也。……晉庾楷鎮歷陽人人歌曰『重羅黎』，重羅黎即來羅之聲也。』前引李治古今黈說陽關三叠的和聲「喇哩離賴」，「喇哩離來離」也就是一類的東西。現在有好多民歌裏的「哩連囉」等類，就是他的遺製，而且每歌到這裏的時候，都是好多人同聲和着唱，這還可見古和聲的遺型。（例如現在流行的鋤頭歌）

總合起以上的幾種和聲——「曲前和聲」「曲中和聲」「叠句和聲」「無意義的和聲」，都是歌絕句時代才有的和聲，比樂府裏的相和歌複雜得多了。可見歌絕句的方法，既不同樂府，下亦不同詞，算是一種「劃時代」的歌法。所以研究文學史的，必定要把絕句這一個階段從樂府和長短句中間劃出來，別立一個時期。因爲以他的文體來看，既是一種特殊的體裁；而他的歌法，又是一種特殊的歌法，無論如何都不能和樂府與詞相混。但是，自從郭茂倩編樂府詩集時，把絕句混合在樂府裏面，後人便漫不加察的把這一個階段輕輕的忽略了，於是文學的系統，便弄得一搭糊塗。只有在前面引過的四庫提要和賭棋山莊詞話能夠見得明白。

話說回來，絕句和樂府的歌法不同之處，重要的便是兩者的和聲不同的原故，所以蔡寬夫詩話說：

「大抵唐人歌曲，本不隨聲爲長短句，多是五言或七言詩，歌者取其辭與和聲相疊成音耳。」（苕溪漁隱叢話引）

兩者的和聲不同的地方，卽是：

一，樂府吳歌西曲的「和」是在曲前，與本曲不相混淆。

二，絕句的「和聲」是和本曲混合成一氣，「相疊成音」。

這種與本曲混合在一塊的音調是什麽？所謂「本曲」就是「基本音」，除了基本的音調而外，這些音調當然就是前面說的「裝飾音」了。所以「和聲」和以上所說的「泛聲」「繁聲」「散聲」「纏聲」「虛聲」等類，就是同樣的東西，同是「裝飾音」，不過名詞所用的各有不同罷了。和聲和纏聲等類既同是裝飾音，所以夢溪筆談說：「賀賀賀何何何之類，皆和聲也。今管絃之中纏聲，亦其遺法也。」既是相同，何以夢溪筆談又跟着說：「唐人乃以詞塡入曲中，不復用和聲。」好像和聲和纏聲又不是一樣東西，仍然有分別了，所以在這裏還有考究的必要。

和聲和纏聲是有不同，以時代來說，和聲的名稱只有流行到絕句時代為止，以後便只有纏聲虛聲等名稱。與時代雖不同，但以聲音而論，都是基本音以外的裝飾音，這一點是相同的。但我們綜合起以上所舉的五種和聲來看，他是具備得有這幾個條件：

一，和聲是都有詞的，看那五種和聲，雖然各種的用法不同，而都是在『虛聲』上填得有詞的。（與本詞不相連屬的詞）

二，所謂「和聲」是旁人的「幫腔」，故名為「和」，有點仿現在的四川戲裏的「高腔」，合起多少人來唱。聽秋聲館詞話說：『近時之崐腔與古歌迥殊，古歌多和聲，似今之高腔，然又有別』。

三，和聲雖然是裝飾音，但有一定的位置，如曲前的和聲，一定是在曲前，曲中的和聲如「舉棹」「年少」「竹枝」「女兒」是放在一定的地方。

這三種是和聲的特殊條件，至於纏聲以及泛聲等類，不過是普通裝飾音的名稱：

一，不一定要有詞，因無詞所以叫做「虛聲」。

二，不一定要旁人來和，這是隨管弦家一人自由增加的裝飾音。

三，無一定的位置，只要不妨礙音律的地方都可以增加的。

看中山詩話說：「近世樂府為繁聲，加重疊，謂之纏聲，促數尤甚，固不容一唱三歎也。」香研居詞塵說：「黃鐘醉花陰本五句，並換頭，祇五十二字，又加襯八十餘字，繁聲太多，音節太密，去古益遠矣！」可見繁聲纏聲等類只是一種複雜重叠的裝飾音，並沒有限定有詞和一定的位置。

關於以上所說的各種聲音，到這裏可以得一個結論，即是絕句時代的聲音是很複雜的，有基本音，有裝飾音，中又可分爲若干種類，今列式如下：

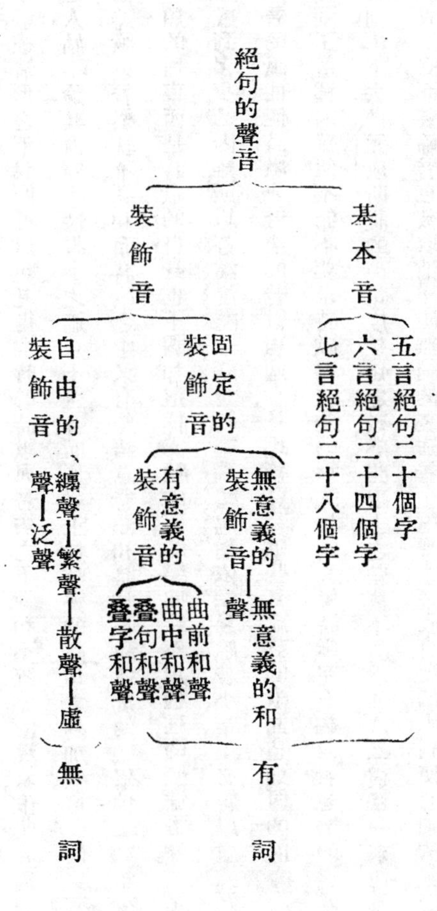

第七章　由聲多詞少的絕句成爲詞

由上面看來，歌唱絕句的聲音，基本音是非常之單調，全得有種種的裝飾音裝飾起來，便顯見得樂曲之熱鬧。

但是，這些裝飾音與其說是裝飾，不如說是補充，因爲樂曲的音數，是多寡不定，而絕句的字數是有限定的，或二十個字，或二十八個字，歌唱時既要保存着絕句的形式，其中就難免有若干的縫隙，於是便用虛聲或和聲來補充起這些縫隙，使聲詞勉强適合於樂曲，所以這些裝飾音的產生，完全是一種消極的辦法。

在這種情形之下，我們可以想見得當時的詩歌與音樂之不調和不統一的現象，作曲的是一起人，作詩的又是一起人，姑不論其內容—情調—之適合不適合，而形式上於整齊的詩句之外加些飣餖的虛聲和聲，强勉適合於樂曲。詩歌與音樂既不調和，而詩歌之中又有些語意音韻和詩歌不相連屬的「舉棹」「年少」「竹枝」「女兒」一類的怪東西，是詩歌的自身也不調和。這樣支離破碎的樂曲，雖然用種種的裝飾方法補充起來，究竟使唱曲的人感到多少的困難。所以苕溪漁隱叢話說的：「瑞鷓鴣猶依字易歌，若小秦王必雜以虛聲乃可歌也。」可見一字一音的歌曲使詩歌與音樂的音數相適合，是比較容易歌些，有虛聲的歌曲是如何的困難？

感到了這種困難，便不能不要求詩歌與音樂的形式相調和，使詩歌完全趨向着音樂的形式，一音一字，一拍一句的創作下去，像元稹所說的：「句度長短之數，聲韻平上之差，莫不由之準度，」這樣一來，使不能不打破了絕句的既成形式，而裝飾音也被取消了，使無詞的裝飾音—虛聲—變成有辭的歌詞；使有詞的裝飾音—和聲—變成語意聲韻通體連貫的歌詞，這樣長短句的詞便產生了。

但是，這樣的成功像前面說過的，幷不是驟然間拋開了絕句的基礎，一來便「倚聲愼詞，」試想，從隋唐之際—絕句的歌法便開始了，一直到唐末五代時—長短句的詞才正式成立，可見其間的經過不是單純的。總是經多少的歌者，嘗盡了歌曲上的種種甘苦，慢慢的由絕句的基礎上，逐漸蛻變，逐漸嘗試，這種長短句的詞才正式成功。據我看來，至少有以下的幾個階段：

A採取絕句入樂，剩下許多空隙的聲音，—虛聲—無詞的裝飾音，

B因爲虛聲不容易歌唱，便擇取某幾部份的虛聲，填入幾個詞在內，既可以保存絕句的形式，又便於歌唱，於是無詞的裝飾音變成有詞的裝飾音—相聲。

C雖然裝飾音有詞，而他的語意和音韻和本詞不相連貫，終覺得不便當，便嘗試着填成相連貫的詞。

D索性脫離了絕句的基礎而「倚聲填詞」。

由這個過程看來，可知由絕句變成長短句之間，和聲實在是一種渡橋，他本是用來補充虛聲的，却逐漸暗示出長短句的端倪來。因爲當時絕句的權威太大，還不敢貿然推翻了絕句來倚聲填詞，不知經過了若干人和若干時間，才毅然離開了絕句的形式來填詞，才會有「依憶江南曲拍爲句」的嘗試，我們看夢溪筆談說的「唐人乃以詞填入曲中，不復用和聲。此格雖云自王涯始，然正元元和間爲之者已多，亦有在涯之前者。」這些猶豫不定之詞，正可見詞未成功之先，一些人正在嘗試着和聲的蛻變，現在我們在唐末五代時的詞裏，還可以找得出一些蛻變的痕跡來。

（例一）最明顯的例莫過於楊柳枝一調從白居易以來都是用七言絕句，一直到溫飛卿的時候，都還是絕句，如溫詞：

「宜春苑外最長條，
閑裊春風伴舞腰。
正是玉人腸絕處，
一渠春水赤闌橋。」

到了張泌和顧夐的時代，楊柳枝便變成長短句了，張詞：

「膩粉瓊粧透碧紗，雪休誇。
金鳳搔頭墮鬢斜，髮交加。
倚着雲屏新睡覺，思夢笑。
紅腮隱出枕函花，有些些。」

顧詞：

「秋夜香閨思寂寥，漏迢迢。
鴛幃羅幌麝烟消，燭花搖。
正憶玉郎游冶去，無尋處。
更聞簾外雨蕭蕭，滴芭蕉。」

據碧鷄漫志說：

「今黃鐘商有楊柳枝，仍是七字四句詩，與劉白及五代諸子所製並同。但每句下各增三字一句，此乃唐時和聲，如竹枝漁父，今皆有和聲也。」

這就很明顯的證明由和聲塡詞變成長短句的例。但這詞變成長短句，已經不始於五代時，張泌顧敻在詞學季刊一卷四號裏引着唐人寫本曲子內中有一調楊柳枝詞：

「春去春來春復春，寒暑來頻。
月生月盡月還新，又被老催人。
只見庭前千歲月，長在長存。
不見堂上百年人，盡總化爲塵。」

這是在唐時已經有人嘗試着將楊柳枝的和聲塡詞變成長短句了，不過不一定用三字句，或用四字句，或用五字句，可見在初初嘗試時，還沒有箸爲定格，到五代時的張泌顧敻摹倣着來作，定才箸爲三字句的定格。此調可以見得是由和聲初初變成詞的原始形式，但他已經是較和聲進一步的東西，詞意音韻都和本詞相連貫，不像普通的和聲「舉棹」「年少」等類是和本詞不連貫的。然而又還不敢推翻絕句，還保留着絕句的形式，所以我們認爲這是由和聲變成詞時的一個雛形。

（例二）賀鑄的東山寓聲樂府裏有太平時詞八調，他的形式完全和前例楊柳枝詞一樣，也是四句七言句子，每句下面各有一句三言句，今舉一詞爲例：

天與多情不自由占風流。
雲閑草遠絮悠悠喚春愁。
試作小妝窺曉鏡澹蛾羞，
夕陽獨倚水邊樓認歸舟。」

這詞的平仄形式既完全合楊柳枝，疑是楊柳枝的別名，所以有名爲「添聲楊柳枝」的。但據碧雞漫志說，楊柳枝是屬於黃鐘商的詞調，而太平時據宋史樂志是屬於小石調，詞名與宮調都不同，當然不是一調了。雖不是一調，可知他和楊柳枝詞是一樣的來歷，都因爲當初以絕句入樂，每句後有三個和聲「句末和聲」，便把他填實了來歌唱，就成爲長短句了，直到賀鑄時還留着他的遺製。可知在當初入樂的絕句，只要有「句末和聲」的，都可以照這樣成爲長短句，不獨楊柳枝一調也。

（例三）南歌子詞，原來爲五言絕句，詞苑上載着唐時裴度的姪子裴諴的兩首南歌子詞，錄一首於下，（又有作七言絕句的見溫庭筠詩集。又蘇軾詩「蓮子擘開須見薏，楸枰看盡更無期」註云此風人體南歌子也）

「不是廚中串，
爭知炙裏心？
井邊銀釧落，
展轉恨還深。」

後來成爲長短句的南歌子形式和這五言詩差不多，如溫庭筠的：

「手裏金鸚鵡，

胸前繡鳳凰。

偷眼暗形相，

不如從嫁與作鴛鴦。」

只是多「不如從」三字，去掉這三字，仍然是五言絕句的原形。到後來張泌的一體，句法便參差不齊了：

「柳色遮樓暗，

桐花落砌香。

畫堂開處晚風涼。

高卷水晶簾額，襯斜陽。」

這也很分明的由絕句的原形逐漸加字蛻變爲長短句的經過。

（例四）照前一二兩例，還有一調定風波，詞也可以見得當初是七言絕句，後由裝飾音塡詞成功的，始見於尊前集中的歐陽炯詞：

定風波

「暖日閒窗映碧紗，

小池春水浸晴霞。
數樹海棠紅欲盡，爭忍？
玉閨深掩過年華。
獨凭繡牀方寸亂，腸斷。
淚珠穿破臉邊花。
鄰舍女郎相借問，音信。
教人羞道未還家。

這詞也可以見得是兩首七言絕句的形式，不過前闋的第三句和後闋的第一句第三句加着兩个字，便變成長短句去，這附加上的兩字句，明明是和聲的痕跡。如李珣有五首定風波，第三首的後闋的第一句却沒有兩字句，全調只有六十字，可見兩字句是附加的，不要也還是可以。

（例五）和定風波的情形相似的，如漁家傲：

漁家傲　晏殊

「畫鼓聲中昏又曉，
時光只解催人老。
求得淺歡風日好，齊唱調，

神仙一曲漁家傲。
綠水悠悠天杳杳，
浮生豈得長年少。
莫惜醉來開口笑——須信道，
人間萬事何時了。」

這詞也可見得明明是押仄韻的七言絕句，於第三句下加三个和聲，便變成長短句去。這詞又名水鼓子詞，古今詞話說：「黃鐘宮曲歐陽永叔在李端愿席上作十二月水鼓子詞」即是六一詞中的十二調漁家傲，而在唐時的水鼓子詞，却是一首平韻的七言絕句，全唐詩樂府十一有水鼓子：

「雕弓白羽獵初回，
薄夜牛羊復下來，
夢水河邊秋草合，
黑山峯外陣雲開，」

楊愼升庵詩話卷十一說：「無名氏水鼓子云云水鼓子後轉爲漁家傲，」即是唐時的水鼓子七言絕句，到宋時成爲漁家傲的長短句。

（例六）和漁家傲同樣的有一調憶王孫詞：

憶王孫　謝克家

「依依宮柳拂宮牆，
樓殿無人春晝長，
燕子歸來依舊忙。—憶君王，
月照黃昏人斷腸。」

這是一首平韻的七言四句也如漁家傲同樣，在第三句下加一句三字句，變成長短句。

（例七）還有天仙子一調：

天仙子　皇甫松

「晴野鷺鷥飛一隻，
水葓花發秋江碧。
劉郎此日別天仙—登綺席，淚珠滴，
十二晚峯高歷歷。
躑躅花開紅照水，
鷓鴣飛繞青山觜，

行人經歲始歸來，千萬里錯相倚，
懊惱天仙應有以。」
據劉毓盤詞史說「皇甫松的天仙子即爪韻七言絕，惟於第三句下加作三字二句，」這也可見是和聲變成

例七）我們在雲謠集雜曲子裏看見二調柳青娘，現在舉出一調：
柳青娘
「青絲髻綰臉邊芳，
淡紅衫子掩素胸。
出門斜撚同心弄，意恆惶，
故使横波認玉郎。
叵耐不知何處去。
教人幾度挂羅裳。
待得歸來須共語，情轉傷，
斷却妝樓伴小娘。」

這一調也和憶王孫，漁家傲一樣，在第三句下加三字，把七言絕句變爲長短句。

以上所舉的這些例詞，最可注意的是在完整的七言絕句外所加的字句都是在第三句的下面，如定風波的第三句下加兩字句，漁家傲，憶王孫，柳青娘的第三句下加一句三字句，天仙子的第三句下加兩句三字句，大約在當初的和聲多肯加在絕句的第三句末，所以塡成詞便不約而同的成爲這種形式，即前面講的和聲是有定位的。

又以上所舉的這些例，都是由句末的和聲轉變成長短句，所以絕句的原形還很完整的保留着。至於絕句中有句中的和聲，和其他的裝飾音，一經塡成實字，絕句的原形便被破壞無遺，很不容易找得出那幾句是屬於基本音，那幾句是屬於裝飾音了？然而有時也還可以發現點痕跡出來，如世傳唐玄宗所作的好時光：

（例九）好時光

「寶髻偏宜宮樣，
蓮臉嫩體紅香。
眉黛不須張敞畫，
天敎入鬢長。
莫倚傾城貌，
嫁取箇有情郎，

彼此當年少，

莫負好時光！」

據劉毓盤詞史說，此調本是一首五言八句的詩，如「偏，」「蓮，」「張敞，」「個，」等字元來是和聲而後人改作實字，遂變成長短句去，細看來確有改造的痕跡，此可爲由「句中和聲」的絕句變成長短句之證。

（例十）依前例如毛文錫的醉花間一詞：

「休相問！怕相問，

相問還添恨。

春水滿塘生，

鸂鶒還相趁。

昨夜雨霏霏，

臨明寒一陣。

偏憶戍樓人，

久絕邊庭信，」

這也是一首完整的五言八句詩，因爲第一句有裝飾音，填成實字，斷爲兩句三言，變成長短句去

（十一）其次如臨江仙一調。每闋四句。首句有用七言或六言，次句六言，末尾兩句，或用兩句五言或用四言五言，形式是極其參差的，獨和凝有一調不同：

臨江仙　和凝

「海棠香老春江晚，
小樓霧縠空濛。
翠鬟初出綉簾中，
麝烟鸞佩惹蘋風。
碾玉釵搖鸂鶒戰，
雪肌雲鬢將融。
含情遥指碧波東，
越王寶殿蓼花紅。」

這詞只是前後闋的第二句是六言，其餘都是完整的七言句子，可見起初也是七言絕句入歌，因末句的裝飾音，由七言一句變成一句四言一句五言，更一進步成為兩句五言，遂成為一調參差不齊的長短句。

（例十二）我們再就已成為詞調的生查子看，這詞照例是五言八句，而牛希濟的一體破作兩句三言：「語已多情未了，」孫光憲的一體又延展為一句七言：「誰家繡轂動香塵，」張泌的一體又於前後闋的起句都破作兩句三言，前闋是「相見稀，喜相見：」後闋是「魚鴈疏，芳信斷。」這可證明前後闋的起句的音數總是比字數多，用五言句子唱着不便，所以才多添字數，或作三言兩句，或作七言一句才適合音數，雖然是既成詞調的變遷，却很可以看出由詩變成詞的最明顯的痕跡。

照以上的例子類推，在唐末五代時的詞裏，或者還可以找得出些相類的詞來，但是我們也不必下細吹求，以上所舉的也足夠例證了。我們的意思是證明長短句的詞是由裝飾音逐漸蛻化成功的，證明了從朱子沈括以來的主張是不錯。如現在有些人很不相信，以為是「太機械，」他們的意思好像長短句的成功，一來便是「倚聲塡詞。」然而不有這些「機械」的嘗試和聲的暗示，決不會產生出「倚聲塡詞」的辦法來。當然如上面已經說過的，並不是各調詞都是照以上所舉的例樣的按着絕句的空隙裏去把虛聲塡實，只是中間必要經過這個階段，才慢慢覺悟了，來「倚聲塡詞，」推翻了絕句的典型。

綜合起來看，這種把虛聲塡成實字的辦法是有兩種用意。

一，如苕溪漁隱叢話說的「依字易歌，」虛聲太多不容易歌唱，所以塡成實字，取便於歌。

二，如朱子語類說的「怕那泛聲打失，」的原故，才逐一塡個實字在裏面，以保持泛聲，這是為保全音調的原因。

還有一點要附帶說明的，即是絕句變成詞以後，這些裝飾音——有詞無詞的和聲虛聲等類，並不是完全消滅了。在歌詞的時代有時還是存在着，這或者是因爲有些詞調用和聲虛聲歌成一種習慣，不便取消，如小秦王漁父必雜虛聲乃可歌，這已見於苕溪漁隱叢話，如楊柳枝的和聲直到南宋時還存在着，朱敦儒有一調如下：

「江南岸，柳枝。
江北岸，柳枝。
折送行人無盡時，恨分離，柳枝。
酒一杯，柳枝。
淚雙垂，柳枝。
君到長安百事違，幾時歸？柳枝。」

「柳枝」還是如「竹枝」「女兒」一樣的性質，都是屬於和聲，但朱敦儒的這調詞，和聲的韻是押着本詞的韻，比較從前意韻都不相連屬的和聲是不同了。至於纏聲的裝飾音不但不消滅，到後來越發加多，而詞之所以變成曲，也是由於纏聲的變化，這是後話，這裏無煩詳說。

第八章 由詞多聲少的絕句成爲詞

前一節所說的是由有裝飾音的絕句，把裝飾音塡些實字在裏面，便成了長短句，自來研究詞的都主張這一說。但在前已經說過，曲調是長短不一，絕句是有一定的字數，絕句入曲，不能完全是聲多詞少，其中也一定有聲少詞多的調子。像劉禹錫的春去也，既是依憶江南的曲拍爲句，而憶江南的調子只有二十七字，是只有二十七個音，可見也有少於絕句的音數的詞調，所以才有某些曲調是「依字易歌」某些曲調是「必雜虛聲乃可歌」。聲多詞少的調字可以加字在裏面成爲長短句，而聲少詞多的調子又未嘗不可以減去幾個字以適合於曲調而成爲長短句呢？我想在歌絕句的時代，歌者當唱曲時，遇到這種情形，或者有此「偷聲」「減字」的辦法。試看浪淘沙這個調子，在唐時完全是用七言絕句，唱尊前集上劉禹錫的浪淘沙是：

「九曲黃河萬里沙，
浪淘風簸自天涯。
如今直上銀河去，
同到牽牛織女家。」

唐末司空圖也有一首七言絕句的浪淘沙，直到皇甫松時的浪淘沙還是用七言絕句。到南唐李後主手裏才變爲長短句：

「簾外雨潺潺，
春意闌珊，
羅衾不耐五更寒。
夢裏不知身是客，

一晌貪歡。……」

每闋只有二十七个字，比較一個絕句是少一個音數了。詞律校勘說「李後主雙調一首，雖每段尚存七言二句，乃因舊曲另製新聲也。」其實幷不是另製新聲，因爲絕句的音數多而又不合曲拍，所以才改成這个樣子。「每段尚存七言二句」正是七言絕句的殘形。我們看晏永的一體，前後兩闋的首句又作四字句「有箇人人」「款款輕裙，」又少一個字，可知這調的腔實在是短少，到柳永時又減去一字以適合音數。

最明顯的證據莫如李德裕的那兩首步虛辭，又名迎神送神曲（見許彥周詩話）明明是兩首完整的七言絕句：

「仙家女侍董雙成，
桂殿夜寒吹玉笙。
曲終却從仙官去，
萬戶千門空月明，
「河漢玉女能鍊顏，
雲駢往往到人間。
九霄有路去無跡，
裊裊天風吹佩環。」

不知怎麽樣後來一入曲時，變爲長短句，便說是李太白作的桂殿秋，載在太白集中：

「仙家女，

董雙成，

桂殿夜寒吹玉笙，

曲終却從仙官去，

萬戶千門空月明」

「河漢女，

玉鍊顏。

雲駢往往到人間

九霄有路去無跡，

裊裊天風吹佩環。」

這可見是歌曲子的人，把李德裕的步虛詞的七言絕句歌入曲中，爲適合音數，便將每首的頭一句減去一字，變作三言兩句，成爲長短句的詞去，這可爲絕句減字成詞的一個例證。

照桂殿秋減字的例，還有好幾調：

赤棗子　　歐陽炯

『夜悄悄，

焚焚燭，

金爐香盡酒初醒，

春睡起來問空面，

含羞不語倚銀屏。

解紅 和凝

一百戲罷，

五音清，

解紅一曲新教成。

兩個瑤池小仙子，

此時奪却拓枝名。

搗練子 南唐後主

深院靜，

小庭空，

斷續寒砧斷續風，

無奈夜長人不寐，
數聲和月到簾攏，』

此曲據詞花叢談辨證門說是鷓鴣天的後半闋，非是。）

瀟湘神　劉禹錫

『斑竹枝，
斑竹枝，
淚痕點點寄相思。
楚客欲聽瑤瑟怨，
瀟湘深夜月明時。』

這幾調都是同樣的把七言絕句減去一字成爲長短句的例。至如章臺柳，閑中好，梧桐影，等類是變像的七言詩和五言詩，不屬詞調，不足爲例。

由減字成爲長短句的經過，最明顯的例莫如木蘭花，這個調子，起初是一首仄韻的七言絕句：

木蘭花　牛嶠

『春入橫塘搖淺浪，
花落小園空惆悵。

此情誰信爲狂夫！

恨翠愁紅流枕上，

小玉窗前嗔燕語，

紅淚滴穿金線縷，

雁歸不見報郎歸，

織成錦字封過與。』

大約這個調子每闋的第一句和第三句都是聲少詞多，唱着困難，所以才有韋莊的一體，在前闋的第三句，破七言爲三言兩句，減去了一字成爲五十五字：

木蘭花　韋莊

『獨上小樓春欲暮，

愁望玉關芳草路。

消息斷，不逢人，

却斂細眉歸繡戶。

坐看落花空歎息，
羅袂溼斑紅淚滴，
千山萬水不曾行，
魂夢欲教何處覓。」

到魏承班，一體又在前闋的第一句也減去一字，爲三言兩句，共減兩字，成爲五十四字：

木蘭花　魏承班

「小芙蓉，香旖旎，
碧玉堂深情似水。
閉寶匣，掩金鋪，
倚屏拖袖愁如醉。
遲遲好景烟花媚，
曲渚鴛鴦眠錦翅，
凝然愁望靜相思，
一雙笑靨嚬香蕊。」

到毛熙震的一體索性將後闋的第一第三兩句都減成三言兩句，共減去四字，成爲五十二字：

木蘭花 毛熙震

『掩朱扉，鉤翠箔，
滿院鶯聲春寂寞。
匀粉淚，恨檀郎，
一去不歸花又落。

對斜暉，臨小閣，
前事豈堪重想着？
金帶冷，畫屏幽，
寶帳慵薰蘭麝薄。』

大約第一句第三句變爲三言兩句，還覺得聲多，便在陽春集中的一體，於第三句開始減爲四字句，成爲五十字：

木蘭花（?） 馮延已

『落梅著雨消殘粉，

雲重烟深寒食近。
羅幕遮香，
柳外鞦韆出畫牆。
春山顛倒釵橫鳳，
飛絮入簾春睡重。
夢裏佳期。
祇許庭花與月知。」

按馮延巳此調原題名爲上行盃，而與普通的上行盃大爲懸殊，所以全唐詩注說「與本調不同。」詞通論譜也說這是「同名異調，舊譜未收。」其實並不是「同名異調」，而是詞名爲編集者弄錯，並不是上行盃，而是木蘭花的又一體，卽是後來偷聲木蘭花的創始調，今以詞律所收之張先的一詞來作證：

偷聲木蘭花　張先

「雲籠瓊苑梅花瘦，
外院重扉聯寶獸。
海月新生，

上得高樓沒奈情，
簾波不動銀缸小，
今夜夜長爭得曉？
欲夢荒唐
祇恐覺來添斷腸。

這與馮詞的平仄，句法，韻法無不吻合，所以確知其為木蘭花的另一體；是開始將三言兩句變為四字句的創始調，又成為五十字。這只是在第三句減為四字句，到後來的減字木蘭花，便於第一句也減為四字句了：

減字木蘭花　　呂渭老

一雨簾高捲，
芳樹陰陰連別館。
涼氣侵樓，
蕉葉荷枝各自秋。
前溪夜舞，

化作驚鴻留不住
愁捐腰肢，
一桁香銷舊舞衣——

一調五十六字的七言詩，到這裏來，已成爲四十字的長短句，我們細看他減字的經過，都是在第一第三兩句，可知這兩句中，確是因聲少詞多的原故，所以才嘗試着陸續遞減下來，並不是所謂「另創新聲」，這是減字以適合音數的最好的例。

以外如鷓鴣天是一首七言八句詩（或者和瑞鷓鴣調有關係，瑞鷓鴣便是一首七言八句詩，是屬於南呂宮，鷓鴣天也是南呂宮的詞）只是換頭的第一句減去一字成爲兩句三言，也是一例。

第九章　結論

我們在上面的兩段——由聲多詞少的絕句，成爲詞，由詞多聲少的絕句成爲詞，說明了詩歌的形式爲着要和音樂相融合，不能不將詩歌的字數和音樂的音數相適合，所以詩歌才脫離了整齊的絕句型而蛻變爲長短句。并且說明了長短句之成功并不是突變的，還是由絕句的母體裏逐漸蛻變而成。

但是還有一點重要的意義，却被遺漏了不有說明，即是上面的這兩段只是由字數與音數的方面看長短句之成功，另有一方面是由句數與拍數的蛻變上，也是長短句成功的一重要因素。

在前面已經說過、詩歌的字數等於音數、詩歌的句數等於拍數、這樣的兩方面相當的適合、詩歌才變爲長短句、所以不單是加字與減字就能成功的。好像這一層爲從來的學說所忽視、只有在前面引過的全唐詩的注說過兩句話：「唐人樂府元用律絕等詩雜和聲歌之幷和聲作實字長短其句以就曲拍者爲塡詞」這兩句話說得很明白、可知長短句之產生、是因爲樂曲的拍數有多少、拍式有長短的原故、譬如桂殿秋的頭一句不能不變七言一句爲三言兩句、是因爲這調曲子分作兩拍、每一拍包含三個音數、楊柳枝所以每句下多有三個字、是因爲這調曲子的每七言句下多加一拍、每一拍包含三個聲音的原故、以此類推、絕句之所以成爲長短句、因爲音樂的拍子有

實際幷沒有那一首絕律詩的字數與句數、會恰巧適合於音數與拍數的、就音數與拍數能適合、而拍式的長短一定不會吻合、這裏我們找一個調子來證明這說法、虞美人這詞字數是五十六個字、句數是八句、看來是一首七言律詩、可以說他的字數句數完全和拍數音數相合、只是拍式的長短不合、所以他的句子不能不跟着拍子成爲長短句了、不信我們連平仄把他寫出來對照一看：

虞美人

平平仄仄平平仄　春花秋月何時了

仄仄平平仄仄平　往事知多少小園

仄仄平平平仄仄　昨夜又東風故國

平平仄仄仄平平。　不堪回首月明中。
平平仄仄平平仄。　雕闌玉砌應猶在。
仄仄平平仄仄平。　只是朱顏改、問君。
仄仄平平平仄仄。　能有幾多愁、恰似。
平平仄仄仄平平。　一江春水向東流。

這詞不但字數、句數是律詩、連着平仄的方法都是一首律詩、或是兩首絕句、令我們要疑心他原來是一首律詩、到入樂時、不能不「長短其句以就曲拍」、所以一首近體詩就變爲長短句去了、這好像俗傳的「清明時節雨紛紛」的一首絕句、只把句法變化一下就成爲詞的玩意一樣。總之不管他是偶合的、或原來確是這樣、我們可以來說明絕句蛻變爲詞的過程中、句法要適合於曲拍的一條重要原則。

詞與音樂

劉堯民著

第二編　詞之旋律

第一章　聲律與詞

第一節　自然的聲律與詞

在前一編裏，我們由音數的融合上說明了長短句的詞成功的經過詩歌爲着要和音樂相融合，不能不長短其句以就音樂的曲拍詞所以成功的理由便是這樣的。

但是單從音數的蛻變上來說明詞之成功，還是不夠的。因爲這僅是從長短句的形式上來說明。單是從形式上來看詞究竟詞和普通的長短句有什麼不同的特點？遠之如詩經三百篇漢魏以來的樂府歌詞，以及近代的民歌小詞，現代和樂的一切歌詞，儘有好多是長短句的，單從形式上看，似乎沒有什麼不同的地方。

因此便引起許多謬誤的理論，把詞以前許多長短句的詩歌硬指爲是詞的原始，這些理論到現在還充塞在文學史上，我們趁此機會把他們列舉出來廓而淸之，使詞的來歷得到個明白。

最早的學說是朱弁的曲洧舊聞：

「詞起於唐人，而六代已濫觴矣。梁武帝有江南弄，陳後主有玉樹後庭花，隋煬帝有夜飲朝眠曲，豈獨五代之主，蜀之王衍孟昶，南唐之李璟李煜，吳越之錢俶，以工小詞爲能文哉？」

其次有楊愼的詞品：

「塡詞必溯六朝者，亦昔人探河窮源之意。如梁武帝江南弄云：『衆花雜色滿上林，舒芳耀采垂輕陰，連手躞蹀舞春心。舞春心，臨歲腴，中人望，獨踟蹰。』梁僧法雲三洲歌一解云：『三洲斷江口，水從窈窕河旁流。啼將別，其來長相思。』……梁臣徐勉迎客曲云：『絲管列，舞曲陳，含羞未奏待佳賓。羅絲管，陳舞席，斂袖嘿脣迎上客。』送客曲云：『袖繽紛，聲委咽，歌曲未終高駕別。爵無筭，景已流，空紆長袖客不留。』隋煬帝夜飲朝眠曲云：『憶睡時，待來剛不來。卸裝仍索伴，解佩更相催。博山思結夢，沈水未成灰。』……王叡迎神歌云：……此六代風華靡麗之語，後來詞家之所本也。」

毛奇齡西河詞話云：

「白樂天花非花，唐人醉公子詞，長孫無忌新曲，楊太眞阿那，自是詞格。若回鶻石洲，阿彈迴，迴波樂，烏鹽角，阿濫堆，水調歌頭，俱是樂府。然其詞有近詞者，亦可以詞名之。如煬帝望江南，徐陵長相思，初何嘗是詞，而句調可塡，卽謂塡詞。由是推之，武帝江南弄諸樂，及鮑照梅花落，陶宏景寒夜怨，徐勉迎客送客，王筠楚妃吟，梁簡文春情，隋煬夜飲朝眠曲，皆謂之詞，何不可哉？」

最近曾有人舉隋煬帝和王胄所作的紀遼東：

「遼東海北翦長鯨，風雲萬里淸，方當銷鋒散馬牛，旋師宴鎬京，前歌後舞振軍威，飲不解戎衣。判不徒行萬里去，空道五原歸。（隋帝作）

遼東浿水事龔行，俯拾信神兵。欲知振旅旋歸樂，爲聽凱歌聲。十乘元戎纔度遼，濊扶已冰消。詎以百萬臨江水，按轡空迴鑣。（王胄作）

說是這幾首歌詞句法的長短和用韻的地方完全符合，同後來塡詞的辦法沒有兩樣，可以認爲倚聲塡詞之祖。其實這幾首歌詞也沒有什末特殊的地方，和梁武帝的江南弄，沈約的六憶詩等類的韻法句法是一樣的很規矩。

依文學史的慣例，凡是一種新文學已到醞釀成熟的時候，一有試作的作品出現，卽跟着發達而成爲一大系統。詞賦是這樣，律詩是這樣，元曲是這樣，當然詞也不能例外。據沈括夢溪筆談說詞是「貞元元和間爲之者已多」，可知是到唐德宗以後詞才逐漸成熟的。從梁武到德宗（五〇二——七八五）二百八十多年，從隋煬帝到德宗（六〇五——七八五）一百八十多年，假如梁武和隋煬等人所作的這些詩歌，認爲是和詞有血統的關係，爲什麼中間中斷了一兩百年到貞元元和時代才有繼續的作品可知這些詩歌和詞是絕對沒有關係，倒是中斷了的這兩百年的長時期，却是正在醞釀着詞成功的條件。

所謂詞成功的條件，不外兩種，第一是音樂的條件，詞是成功在讌樂的系統中，當梁武隋煬時還是在清樂系統，和燕樂的初期時代中，音樂系統既不合，所以詩歌也絕對沒有系統的關係。在這一兩百年的長時期中，正在醞釀着音樂的條件，直到貞元元和以後，音樂的條件醞釀成熟，詞才能產生，關於音樂這方面的理論，要讓我們在別一篇裏去說。

第二是聲韻平仄的條件，這也是一個重要的條件，我們且引汪森的詞綜序裏一段話：

「自有詩而長短句卽寓焉，南風之操，五子之歌是已，周之頌三十一篇，長短句居十八，漢郊祀歌十九篇，長短句居其五，至短簫鐃歌十八篇，篇皆長短句，謂非詞之源乎？迄於六代，江南採蓮諸曲，去倚聲不遠，其不卽變爲詞者，四聲猶未諧暢也。」

他把詞的源頭一直推到南風之操，五子之歌，其荒謬的程度，更遠過於朱弁楊慎等人。然而究竟覺得和詞有點不同，就是詞有四聲的諧暢，以外這些長短句，是無所謂四聲的，究竟不能看爲和詞一樣。

這裏所謂的「諧暢」，應當分作兩種意味看，第一是詩歌自身的聲韻平仄的諧暢，第二是和外面音樂的諧暢。前者所名爲「內在的音樂」，後者可名爲「外在的音樂」，文心雕龍聲律篇說：

「今操琴不調，必知改張，摛文乖張，而不識所調。響在彼弦，乃得克諧，聲萌我心，更失和律，其故何哉？良由『內聽』難爲聽也。故『外聽』之易，弦以手定，『內聽』之難，聲以心紛，可以數求，難以辭逐。」

他所說的「內聽」卽是指詩歌自身上的聲韻平仄，「外聽」卽是指詩歌以外的音樂而言，我們就名爲「內在的音樂」與「外在的音樂」。詞的眞價值與眞精髓卽在這裏，一面有自身的「內在音樂」的諧暢，一面又和「外在音樂」相諧暢，假如離開「外在的音樂」而他自身也有着諧暢的「內在音樂」，換言之詞的自身卽是一調諧暢的音樂。

由此，我們便可得到一個明確的判斷，卽是沒有諧暢的「內在音樂」的詩歌，雖然形式上的長短句和詞一樣，那算不得詞；又有了「內在音樂」而和「外在音樂」不相調協，不相諧暢也不能叫做詞，詞之所以成爲純美的詩歌，所以得稱爲眞正的「音樂的文學」，便是這個道理。

我們回過來看上面所舉的那些梁隋時代的詩歌，雖然是長短的句子，試問那一首有諧暢的「內在音樂」因爲那個時候，聲韻平仄的研究還沒有成熟，實施在詩歌上還沒有成功，在那時還是「內在音樂」運動的萌芽時代，有許多人還不十分接受，譬如梁武帝便是反對聲韻平仄的一個，南史沈約傳說：

「約撰四聲譜，武帝雅不好焉，嘗謂周捨曰：『何謂四聲？』捨曰：『天子聖哲』是也。然帝竟不甚遵用也。」

梁武帝既反對四聲音韻，可見他的江南弄等類的歌詞便說不上有「內在音樂」了。雖然讀他的作品覺得音節諧婉，情韻優美，只是如沈約荅陸厥書裏說的「至於高言妙句，音韻天成，皆闇與理合，匪由思至。」是闇合的不，是由研究而成的，只是如鍾嶸詩品序所說的「但使淸濁同流，口吻調和，斯爲足矣，至平上去入，則余病未能。」

只是口吻調和而已，並不像後來塡詞家之含宮咀商，引繩削墨而成功的。梁武如是，其他諸人的作品也是一樣，就中如沈約雖是「文皆用宮商，以平上去入爲四聲」，撰過四聲譜的作家，然而沈約是一個「內在音樂」運動的失敗者，他雖然講四聲，但他並沒有應用成功，他只是一個提倡者。（詳見後）所以他的六憶詩等類的東西，仍是和梁武諸人的作品一樣，並不有什麼奧妙的宮商在裏面。

這個時候既是「內在音樂」萌芽的時代，所以還要經過一個長時期的醞釀，才會有成功爲詞的條件。

第二節 機械的聲律與詞

（一）齊梁詩的聲律

在前面我們曾經反覆說過，詞並不是直接樂府的，樂府與詞之間，還有一個近體詩的階段。到這裏可更明白了，中間醞釀這一兩百年的時期，便是近體詩獨霸樂壇的時期，便是醞釀着「內在音樂」運動的時期，假如不承認有絕句的這一個階段，那麼詞便要接着梁隋樂府而產生，然而那是不可能的，所以「內在音樂」運動的這一個條件是必不可少。

「內在音樂」的詩歌運動，可分兩個時期，前期是沈約們的齊梁體的時代，後期是唐時沈佺期宋之問們的律詩——近體詩時代。

「內在音樂」運動何爲而產生？簡要的說來，因爲中國古代的詩歌是和音樂不能分離，到漢魏之交，詩樂便分道揚鑣，文心雕龍樂府篇說「子建士衡，咸有佳篇，並無詔伶人，故事謝絲管，俗稱乖調，蓋未思也。」然而據章太炎的國故論衡辨詩篇又懷疑到西漢時候已經有了這種傾向：「蓋樂府外無稱歌詩自韋孟在鄒至古詩十九首以下，不知其爲詩歌耶？將與賦同流合汙也？」不管怎樣，總之詩與樂分途是經過了一個很長的時期，到梁隋之際，沈約這般人出來，猛然覺醒了詩和音樂的關係，詩歌既和音樂脫離了關係，不能不在詩歌的自身上找出一種音樂來，所謂「內在音樂」（這是證明了前面說過的詩歌是趨向着音樂的那句話。）他們原來的立意便是要把詩歌的自身變成一調音樂，所以沈約的答陸厥書裏說：「若以文章之音韻，同弦管之聲曲，則美惡妍媸，不得頓相乖反。」這是何等偉大的主張！

恰是自晉以來西方印度的「演聲」的文字方法傳入中國，一般文士才知道有「反切，」「雙聲，」「疊韻，」「四聲。」（據說四聲是沈約發明的，而隋書經籍志裏有晉張諒四聲韻林二十八卷，不知眞相如何？）等類的東西，有了這些工具，所以他們「文皆用宮商，以平上去入爲四聲。」（南齊書陸厥傳）弄出種種的花樣，大要便是說，他們要把詩歌弄成和音樂一樣，方法便是把平上去入四聲，抵音樂的宮商角徵羽五音（詳說見下節）

但是四聲的變化是何等的微妙複雜，四聲和宮商的關係又是何等的精微奧妙？換句話說：「內在音樂」自身的變化既複雜，又要把他去模倣「外在音樂，」這種繁重精細工作，他們絕對負担不起，所以結果是失敗了，他在答陸厥書裏表示着很大的希望：

「宮商之聲有五，文字之別累萬，以累萬之繁，配五聲之約，高下低昂，非思力所及。又非止若是而已，十字之文顛倒相配，字不過十，巧曆已不能盡，何况復過於此者乎？」

又說：

「韻與不韻，復有精麤，輪扁不能言，老夫亦不盡辨此。」

前一段是表示「聲」的研究失敗，後一段是表示「韻」的研究失敗，兩樣都宣告失敗，詩歌便完了。然而不能說完全沒有成績，據他說的「十字之文顛倒相配，字不過十，巧曆已不能盡。」南史陸厥傳說的：「五字之中音韻悉異，兩句之內角徵不同。」可以見得在短短的五字句的兩句以內是試驗成功了，然而超乎十字以上，那就「巧曆已不能盡」了，他們所能構成的音程只是這一個短短的十字。舉一個例，如沈約的一首詹前竹：

「萌開籜已垂，結葉始成枝。繁蔭侚鬱鬱，促節下離離。風動露滴瀝，月照影參差。得生君戶牖，不願夾華池。」

算能應用「對比」的方法把輕重兩個音互相對比，而組織成兩句五言詩，但超出兩句以上，他便不能應用對比的方法，而組織成很有規律的一篇音調。趙執信聲調譜說：「齊梁體無粘聯，有平仄，任本句本聯中論平仄。」所謂「無粘聯」便是兩句與兩句之中沒有音律的組織。（齊梁詩只有十字以內的音律，俗傳沈約的「四聲八病」論有「第五字不得與第十五字同聲」一條，可知不是沈約之說。）

美學上有「統一」與「變化」的原理，即是說統一之中要有變化，變化之中又要有統一，這在音樂上尤見得重要。大致沈約的失敗，便是只看見音聲上的變化，而沒有統一的方法，他們的企圖太複雜了，講求「四聲」「

八病」「雙聲」「疊韻」「浮聲」「切響」等類花樣太過於多了，變化太複雜，而沒有統一的方法，所以宣告失敗而歎息道：「老夫亦不盡辨此。」的確，我們看他的理論，只是研究變化方面的多，而很少說到統一的。如謝靈運傳論說的：「宮羽相變，低昂互節……，一簡之內，音韻盡殊，兩句之中，輕重悉異。」上引陸厥傳的：「五字之中，音韻悉異，兩句之內，角徵不同。」所謂「悉異」「盡殊」「不同」「相變」「互節」……等類的詞語，都表示只有變化，而很少說到統一的，這是他們致命的原因。

（二）近體詩的聲律

齊梁詩因為只求變化而不知統一的方法，便宣告失敗，到沈佺期宋之問來創造近體詩時，便竭力從統一方面研究，便成功了百世不祧的律詩。

第一，他們先來確定了詩歌中的「輕重律」（Metric）因為齊梁詩講求四聲，研究宮商，結果找不到支配四聲宮商之法，在沈約的答陸厥書說：「宮商之聲有五，文字之別累萬，以累萬之繁，配五聲之約，高下低昂，非思力所及。」這幾句話便是他失敗的供狀，因為四聲太繁複了，極不容易控制，所以到沈宋來便不講四聲而專論「平仄」以平仄來控制四聲，以四聲來控制盈千累萬的文字，就如同拿着兩把銳利的短刀，而縱橫於千軍萬馬之中，真可使用如意，所向無敵，其式如下：

聲
- 平：陰平、陽平——重音
- 仄：上、去、入——輕音

把上去入三聲歸納在仄聲裏面，把陰平陽平歸納在平聲裏面，表面上只認平仄，而暗地還在使用四聲，這算是音韻研究上的一進步。騷壇八略說：

「詩無聲調音節不足以為詩，而聲調音節以平仄為總持，無平仄是無聲調音節也，故平仄之法不可以不講。」（見兒島獻吉文學概論引）

這是深明原委之論，所謂「總持」便是控制四聲的意思。應用在詩歌上，便是把平仄兩種聲音雙雙對比起來組合成詩句，就中平聲的性質屬於「重音」，仄聲的性質屬於「輕音」，把輕重兩種聲音雙雙應用在詩歌上，可名為「複式輕重律」。王光祈著中國詩詞曲之輕重律名為「複突後式」（Doppel ‖ Troe haus）與「複揚波式」（Doppel ‖ Takms） 取其輕重相間，如波狀的進行，在聲音上是很美聽的。

本來這種輕重律也不是起源於沈宋，在魏晉以來已經有人應用過，如世說新語上的「日下荀鳴鶴」「雲間陸士龍。」這已經闇合於輕重律，在齊梁體的詩歌裏尤為應用得很多，但是不十分確定，因為那個時候還在講求着四聲宮商等類的花樣，平仄兩個字還不見諸經傳。所以齊梁詩還有好多平仄「失粘」的地方。像前面所舉沈約的簷前竹一詩，算是很近於律體的詩了，而內中的「繁蔭倚鬱鬱，促節下離離。風動露滴瀝，月照影參差。」不纒句與句的失粘而輕重律也多少失調。如果說是裏面有「四聲八病」的微妙的變化，那就非淺薄所知了。（風動一聯是用雙聲疊韻）因此，「輕重律」的確定仍然要歸功於沈佺期宋之問。

從此以後中國近古以來的文學都受了「輕重律」的支配，不單詩歌，一切詞賦駢文裏面都完全用輕重律。說到詞，更可以說是近體詩的苗裔，我們在前篇裏已經大略說過詞的平仄仍然和近體詩一樣的用法，現在看他的七言五言句子，完全是近體詩的五言七言的面目，七言的如：

「占得杏梁安穩處，體輕惟有主人憐。」

「早是出門長帶月，可堪分袂又經秋。」

「雲雨自從分散後，人間無路到仙家。」

「山月不知心裏事，水風空落眼前花。」

五言的如：

「柳色遮樓暗，桐花落砌香。」

「岸柳拖烟綠，庭花照日紅。」

「手裏金鸚鵡，胸前繡鳳凰。」（以上所引句均見詞律）

以外的長短句子如四字句六字句還是一樣的使用輕重律六字句如「遠放焉支山下，跑沙跑雪獨嘶，東望西望路迷。」「女伴莫話孤眠，六宮羅綺三千，一笑皆生百媚，宸遊教在誰邊。」四言如雲謠集上的「征夫數載，萍寄他邦。」「想君薄行，更不思量。」「幸因今日，得睹嬌娥，眉如初月，目引橫波。」都是輕重兩音雙雙對比着使用，可以說詞的全體的音律也是受着輕重律的支配，可見詞一定要等到近體詩醞釀成熟，「輕重律確定以後才正式產生。所以詞是直接近體詩而在便利上可以稱為「詩餘，」在輕重律沒有確定以前那些類似詞的長短句我們絕對不能承認他是詞。

以上說明了近體詩中輕重律的確定，和詞與輕重律的關係。

近體詩用對比的方法而組織輕重律，這種形式可以名為「輕重對比律。」於是便把這種對比的方法澈底使用來組織成一篇音程完整的詩。起初由輕重兩音對比起來組織成一句（或七言或五言，）由句與句的對比而組織成一聯。一聯之中上句用一個仄聲字來收束，這句便成為「輕音句；」下句用一個平聲字來收束，這句便成為「重音句，」這便是一個輕重律的擴大。再由聯的對比便組織成一絕，到了一絕時，一個音程便完結，於是照樣的重複起一絕來便成功為一篇律詩。假如再照樣的繼續用對比法創造下去，一聯疊一聯，一絕疊一絕，幾十句幾百句都可以，這便是所謂的排律。即使怎樣長的律詩，把他撤散下來完全是些雙雙的輕重音素，最後用一個「韻」來把這些複雜的「平仄」「句」「聯」「絕」「律」完全統一起來，便見得變化之中有統一了。關於這一點文心雕龍的聲律篇認識得最明確。

「異音相從謂之『和』，同聲相應謂之『韻』，韻氣一定，故餘聲易遣，和體抑揚，故遺響難契。屬筆易巧，選和至難，綴文難精，而作韻甚易，雖纖意曲變，非可縷言，振其大綱，不出茲論。」

這一段話論「音」和「韻」最爲扼要，他也認爲音是變化的，韻是統一的，用韻很容易，而使各個複雜的字音得到調和是不容易的，所以說「選和至難」，因爲在那時「輕重律」還沒有確定，大家都對於這些複雜的字音，苦於沒有控制的方法，到沈宋手裏確定了「輕重律」，便不成問題了。

綜合起來看，近體詩的成功，也不是沈宋等人什麼破天荒的發明，不過是把齊梁體的方法徹底使用而成。第一「輕重律」在齊梁體時已經有了，不過還沒有明白確定，到沈宋來用「平」「仄」兩個字來控制着四聲，使輕重律便簡單確定，易於應用了。第二「對比法」在齊梁詩裏也曾用過，但還沒有徹底，只有實驗到「聯」的諧段（十字以內），到沈宋便徹底的應用起來，不單五言詩，同時七言詩也用着同一的法則，組織成功完整的音程，這在「內在音樂運動」上算是竿頭的進步。

律詩雖然成功，雖然詩歌裏有着抑揚起伏的波狀式的輕重律，但形式太過於整齊，音節太過單調，一方面是成功，而一方面還是失敗，馬瀛的古樂考略有論律詩的一節說得很好。

「唐人律絕皆可被之管弦者也，顧音束於聲律，辭局於儷偶，娛目有餘，言情不足，抑揚宛轉，固不如樂府遠甚。」（古今文藝叢書）

這是說律詩只是使視覺上發生美感，所以說「娛目有餘」，而並不能使聽覺上滿足，所以說「抑揚宛轉，固不如樂府遠甚。」律詩的運動既是以音樂爲出發點，而結果只適宜於視覺，不適宜於聽覺，這當然是音樂上的失敗，我們將在下面來批判他。

第二章　詞的聲律

第一節　四聲的應用

關於詞的內在音樂，詳悉敍述起來，實在是一件繁重的事，現在我們只想從消極方面，從對於齊梁詩和律詩的批判上面看他的內在音樂。一方面可以知道詞和律詩的關係，一方面也可以知道詞的內在音樂的梗概。

綜合起上面兩節關於齊梁與近體詩的研究，我們可以從兩個立場來批判他，第一，從內在音樂的立場來看，齊梁詩是只知道變化的一方面而缺之統一與組織，近體詩是太注重統一而缺少了變化。

第二，從外在音樂的立場上來看，齊梁詩雖然沒有成功，而他的企圖還想努力於把詩歌完全成爲音樂化，所以沈約說：「若以文章之音韻同弦管之聲曲則美惡妍媸，不得頓相乖反。」看他們想把平仄四聲努力於配合音樂的宮商，便可知他們的本意，惜乎漫無把握，不得其道而終告失敗。至於近體詩則根本沒有想到詩歌和外在音樂的關係，所以他們絕口不談宮商，只講平仄，只把那些呆板的對比方法，很停妥的安放下那些平仄輕重的字音就完事，雖然律詩是成功了，而還是隔絕着外在音樂。

看來這兩種詩歌對於內在音樂既有好多缺陷，而對於外在音樂又相差太遠，只是靠着一種單調的「輕重律」具有抑揚起伏之勢，念着口吻流利，比古詩好聽得多，所以在樂府以後，詞未成功之前，得據有樂壇上一個時期的權威，已經在第一篇裏說過了。

詞之所以成功，便在這裏：在內在音樂上面，既有了複雜的變化，而又有精密的統一，統一與變化之間，具得有一種有機的關聯；在外在音樂上面，眞能夠做到「以文章之音韻，同於弦管之聲曲」，換言之，眞能夠把詩歌成爲音樂化了。他是在兩方面的音樂上都成功了。但是這一節裏，我們只想純粹的從內在音樂的立場上來看詞。

內在音樂我們可以由三方面來說：

一、聲音，　二、節拍，　三、協韻，

聲就是平仄四聲，近體詩的用聲音的方式非常單調，只認定平仄兩音，使用的方式便是一個「複式的輕重對比律」，就是平仄兩音雙雙對比着在詩歌裏使用，絕對不變。雖有什麼「一三五不論，二四六分明」，那些都是小小的出入，並不有礙於他鐵的紀律。到詞來雖大體使用近體的「輕重律」，而他的變化卻是十分複雜的：

一、不單講求平仄，又講求四聲

二、輕重律的用法極複雜

三、不單用「對比法」，兼用「同調法」

詞在大體上是講究平仄，而平仄以外，關於平上去入四聲的變化，和器官上的發音都有精密的應用，苕溪漁隱叢話載李易安論詞說：「蓋詩文分平側，而歌詞分五音，又分六律，又分淸濁輕重。」詞學集成引仇山村曰：「世謂詞爲詩之餘，然詞尤難於詩，詞失腔猶詩落韻，詩不過四五七言而止，詞乃有四聲五音均拍輕重淸濁之別。」本來律詩用平仄，而平仄裏面也暗含着四聲，但四聲各有各的妙用，各有各的性質，元和韻譜所謂「平聲者哀而安，上聲者厲而舉，去聲者淸而遠，入聲者直而促。」既有多方面的變化，豈可以單用平仄的輕重兩音來抹煞他的變化？詞的音調所以比詩優美，就因爲他能分析着來使用四聲，使他能各盡其妙的原故。

四聲是沈約以來所常稱道的，但沈約雖有這種工具，而不能控制着來應用在詩裏，律詩便避去四聲不講，單講平仄，這是表示詩人的退屈。到詞來又講平仄，又論四聲，是四聲在詩歌裏到詞才算應用成功，這可見詞在中國文學上進步的一端。

至於輕重兩音的排列法，詞的排列大致還是和詩一樣，雙雙對比着應用，所謂的「律句」，已如上面所舉的五言，七言，四言，六言的形式，但音聲是千變萬化的，豈可以徹頭徹尾單用一種方式，單用一個有規則的「複式輕重律」，就能盡音聲的能事。在現代西洋音樂中，有些作曲家厭倦於「樂音」之單調，而故意參雜上些騷音在裏面，使其有一種强調的刺激。在詩歌的聲調上，單使用一種有規則的音律，這種聲音的單調可想而知。所以詞在必要時，便破壞了有規則的「複式輕重律」，而用不規則的輕重律，像念奴嬌的前後闋的結尾六言句：

「一時多少豪傑，」

「一尊還酹江月」;

「妙處難與君說」

「不知今夕何夕。」

這便破壞了規則的律句以外不合律的四言句，如醉太平的「情高意眞，眉長鬢青」。「思君憶君，魂牽夢縈。」五言的如淡黃柳換頭之「明朝又寒食」，八聲甘州之「一番洗清秋」，應天長之「飛烟五侯宅」，定風波之「怕明月照見」，「奈泛泛旅迹」，直用五個仄聲。朝玉堦之「柳條綠絲輭」，紅窗迥之「惱得人又醉」，轉調踏莎行之「且莫留半滴，一百二十箇」。六言如齊天樂之前半闋第二句「厭厭晝眠驚起」「年年翠陰庭樹」「家家擁門黃葉」，「無言倦憑秋樹。」憶漢月之「明月明月明月」，齊天樂之「殘虹收盡過雨」「銅仙鉛淚似洗」，洞天春之「秋千宅院悄悄。」七言如賀新郎之「去盡酒徒無人問」，定風波之「一樹瑤花可憐影」，「終日厭厭倦梳裹」「鍼線慵拈伴伊坐」，等類破壞「律法」的句子，一時也不容易舉得完。至於王伯良的曲禁四十條，內中與詞同禁者十一條，有一條是「一聲不得四用」，不論平上去入，不得疊用四字，謝元淮的塡詞淺說便舉出好多一聲連用四字的詞句，現在摘錄在下面：

「杳程垓江城梅花引詞『睡也睡也睡不穩，』又王觀詞『恁極恨極銷玉蕊，』又蔣捷詞『夢也夢也夢不到，』均連用七仄字，乃此調定格，斷不可易。至若陸游繡鍼停詞『却恐自說着，』高觀國玲瓏四犯詞『此意待寫翠牋，』周邦彥西河詞『酒旗戲鼓甚處市，』陳允平西河詞『買花問酒錦繡市，』秦觀金明池詞『過三兩點細雨，』曹勛醉思仙詞『按鏤板緩拍，』葛長庚十二時慢詞『一歲復一歲，』辛棄疾蘭陵王詞『紉蘭結佩帶杜若，』鄭意娘勝州令詞『傳粉在那裏，』皆用五仄字。蘇軾醉翁操詞『翁今爲飛仙，』史達祖壽樓春詞『裁春衫尋芳，』白少年消磨疎狂算玉簫猶逢韋郎。』皆連用五平字，而陳亮彩鳳飛詞『經綸自入手不了判斷，』二句連用七仄字，蘇軾賀新郎詞『花前對酒不忍觸，共粉淚兩蔌蔌，』三句連用十一仄字……』

此等類的句子中間也難免有校勘失檢的地方，但大都是與音律有關係的，不能不破壞了「律法。」而讀詞的人大半以律詩的眼光去看詞，遇到這等類既礙眼又礙口的詞，便使用律詩的術語叫做「拗法。」以上所舉的這些例句，都是在每一句的中間有許多不合律法的字，叫做「拗字，」這是表示詞之破壞了律詩的規則的輕重律，而用不規則的輕重律之例。

律詩又講究「粘綴，」這是句與句間用音聲關聯的方法，就是對比的方法，一句輕音句一定要和一句重音句相對比，一輕一重兩兩相比而把詩句連綴起來。在詞也大半使用這種對比法，像四字句的聯語，五字六字七字，以及八個字的聯語，都完全按照這種對比法來組織：

「小雨分山，斷雲籠口。」（探春）

「做冷欺花，將烟困柳。」（綺羅香）

「落花人獨立，微雨燕雙飛。」（臨江仙）

「手裏金鸚鵡，胸前繡鳳凰。」（南歌子）

「燕子來時新社，梨花落後淸明。」（破陣子）

「作態似深仍淺，多情要密還疎。」（風入松）

「繡帳已闌離別夢，玉鑪空裊寂寥香。」（浣溪沙）

「舞低楊柳樓心月，歌盡桃花扇底風。」（鷓鴣天）

除了這些類似詩句中的對聯而外，大半詞中的整齊句子的「粘綴法」便參差不齊了，本來詞是無所謂「粘綴」，如果用律句的眼光來看詞，像同是四字句的三個句子，便各有各的粘綴法：

「絮飛春盡，天遠書沉，日長人瘦。」（燭影搖紅）

「海棠影下，子規聲裏，立盡黃昏。」（眼兒媚）

「何處消魂，初三夜月，第四橋春。」（柳梢青）

「斷雲過雨，花前歌扇，梅邊酒琖。」（水龍吟）

「孤鶴歸飛，再過遼天，換盡舊人。」（心園春）

所舉出的五個例子，便是五種粘綴法。五言句子中有些四句類似五言絕句的，而他的粘綴法並不同絕句的粘綴，如生查子是這樣：

「春山烟欲收，天澹疎星小；殘月臉邊明，別淚臨淸曉。」

上三句的平仄和絕句相同，而末一句便「失粘」，至於醉公子詞：

「門外猧兒吠，知是蕭郎至。剗襪下香階，寃家今夜醉。扶得入羅幃，不肯脫羅衣。醉則從他醉，還勝獨睡時。」

上三句都是一樣的仄起，獨第四句換成平聲，

六言句子如清平樂調末後的四句：

「含愁獨倚閨幃，玉鑪烟斷香微。正是消魂時節，東風滿樹花飛。」

七言詞調中四句的調子類似七言絕句的很多，然而大半都是「失粘」的，今舉字字雙一詞爲例：

「牀頭錦衾班復班，架上朱衣殷復殷，空庭明月閒復閒，夜長路遠山復山。」

以上所舉的都是類似絕句的四句詞調，以外散在各種調子中跟着幾句整齊的句子，大半都不用對比法，如水調歌頭的「明月幾時有？把酒問青天」「但願人長久，千里共嬋娟。」有時在詞中用着聯語對比的句子他並不如律詩似的，一句用輕音結尾一句用重音結尾。如滿江紅詞「卅功名塵與土，八千里路雲和月。」倦尋芳的「宿粉殘香隨夢冷，落花流水和天遠。」兩句都成爲輕音句，這種破壞律法的句子不勝枚舉。由此可見詞的音調是變化無方的，本來「輕重律」之發明，確是使詩歌有了音樂的因素，只是律詩不善用輕重律，只把一兩個法則限定了他，不能盡量發揮他的妙用。如律詩的只用一個對比法來用輕重律，而詞便超出乎對比法之外，盡量的變化着使用，使他的音調得到多少不同的形式。譬如美學上與對比法（Kontrast）相對立的，便有「同調法」

(Gesammtton)律詩只知一輕一重相對比的錯綜之美，而不知輕重平仄相同的句子跟連着的重複之美，如菩薩蠻的開頭兩句和憶秦娥的末後兩句：

「平林漠漠煙如織，寒山一帶傷心碧。」李白

「樂遊原上清秋節，咸陽古道音塵絕。」李白

這樣平仄相同的兩句在一起讀着便有重複之美；又如浣溪紗的末後一句重複上一句一遍，也有同樣的迴環重複的美感：

「落絮殘鶯半日天，玉柔花醉只思眠，惹窗映竹滿鑪煙。」歐陽炯

如醉落魄的後半闋便跟連着用三句同調：

「好風碎竹聲如雪，昭華三弄臨風咽，鬢絲撩亂綸巾折。」范成大

至如應天長的前半闋簡直用四句同調：

「玉樓春望晴煙滅，舞衫斜卷金調脫，黃鸝嬌囀聲初歇，杏花飄盡落山雪。」牛嶠

然而詞是千變萬化的，譬如這一個「同調」的法則，他便使用出好多的方式，上面所舉的是字數相同的同調，如上句七言，下句的同調也是七言。還有一種是字數不同的同調，如上句七言，下句只用五言，這句五言的平仄，和上句下五字的平仄相同，這樣的重複法又另是一種美感。如夢江南和荷葉盃的末後兩句：

「千萬恨，恨極在天涯。山月不知心裏事，水風空落眼前花，搖曳碧雲斜。」溫庭筠夢江南

「記得那年花下，深夜初識謝娘時。水堂西面畫簾垂，攜手暗相期。」韋莊荷葉盃

又有只三個字同調的如虞美人和酒泉子的末後三字：

「曉鶯啼破相思夢，簾卷金泥鳳。宿粧猶在酒初醒，翠翹慵整倚雲屏，轉娉婷。」顧敻虞美人

「咸陽沽酒寶釵空，笑指未央歸去，插花走馬落殘紅，月明中。」（張泌酒泉子）

又有只用兩字同調的，如荷葉盃

「代佳人難得傾國。……

記得那年花下，深夜。……」韋莊，

河傳下半闋：

「蕩子天涯春已晚，鶯語空腸斷，若耶溪，溪水西，柳堤，不聞郎馬嘶。」溫庭筠

「柳堤」和上面的「水西」，下面的「馬嘶」為同調。又有嫌一句同調還不足跟着連用兩句同調的，如：

「碧欄干外小中庭，雨初晴，曉鶯聲……

浣花溪上見卿卿，臉波明，黛眉輕……」張泌江城子

「小中庭」和「雨初晴」「曉鶯聲」的平仄完全是同調，這種音調是如何的輕快流利！又如如夢令：

「……：和淚出門相送，如夢，如夢。」唐莊宗

也是屬於這類的。綜合起來，詞的「同調法」便可歸納為兩大類，即：

同音數的同調法

異音數的同調法

細細去分析，不知還有若干的方式？

但是詞雖然用「同調」的方法，而在同調之中仍然可以看出他另自有一種「對比法」來，而他的對比法又極爲變化複雜，單以上面所舉的各種同調的例來說，便可以看出他的對比法是有好幾種：

一、同音數的異調對比——例如生查子醉公子兩詞都是四句五言，音數是相同的，內中却用三句仄起的同調句子，和一句平起的異調句子爲對比。而兩詞的用法又微有不同，生查子的第一句是異調，後三句是同調；醉公子是前三句是同調，後一句是異調，他的音調起伏的形式便是兩樣。（字字雙也是此例）而生查子有兩句是平落，和兩句仄落的又爲對比，醉公子以一句平落的和三句仄落的又爲對比。這些有規則的絕句，音調上更覺錯綜起伏。

二、異音數同調對比——例如夢江南，虞美人，酒泉子，雖然結尾的短句和上一句長句的一段爲同調，而因其音數不同便有一種對比之美。

三、同調與異調的對比——例如菩薩蠻的「平林漠漠烟如織，寒山一帶傷心碧」的兩句同調，和「瞑色入高樓，有人樓上愁」的兩異音數異音調成爲比對。又如醉落魄的「好風碎竹聲如雪，昭華三弄臨風咽，鬢絲撩亂綸巾折。」三句是同調，跟着便來了「花影吹笙，滿地淡黃月」二句異調異數的句子，成爲對比。

四、前後兩闋的音調對比——如應天長前半闋「玉樓春望晴煙滅，舞衫斜捲金調脫，黃鸝嬌囀聲初歇，杏花飄盡攏山雪」四句都完全同調，假如後半闋也照樣的來四句同調，那便單調極了，而他的後半闋却是「鳳釵低赴節，筵上王孫愁絕，鴛鴦對銜羅結，兩情深夜月。」便成爲對比之美。又如憶秦娥後半闋的起句「樂遊原上清秋節，咸陽古道音塵絕。」兩句同調的句子，一方面是和本闋的「音塵絕，西風殘照，漢家陵闕」爲對比；一方面又和上闋的起句「簫聲咽，秦娥夢斷秦樓月。」的異調句子爲對比，（此條當與下節「節之節拍」參看）

照此類推，不知還有若干方式？這具應當另有專著來研究，這裏不過略舉幾例來證明詞比律詩是如何的變化複雜。單是一個對比法就變化出這許多方式，比較律詩的按定一輕一重爲對比是如何的單調可憐！他真是統一之中有變化，變化之中又看出統一，而從前的學者多半用律詩的方法來看詞，看見詞句有「失粘」的字，便呼他爲「拗字」，有「失粘」的句便呼他爲「拗句」。所謂「拗」者，便是音調澁拗礙口的意思，他們却不知道音聲之道是變化無方的，豈可以單用律詩的一二條法則來準繩一切詩歌詞中的「拗字」「拗句」？自有他音聲上的合理性，孫麟趾詞逕說：

「余嘗取古人之拗句誦之，始上口似拗，久之覺非拗不可，蓋陰陽清濁之間，自有一定之理，妄易之則音律不順矣！」

郭麐靈芬館詞話也說：

「詞有拗調，如壽樓春之類有拗句，如沁園春之第三句，金縷曲之第四，第七句，憶舊遊之末句，比比甚多，要須渾然脫口，若不可不用此平仄者，方爲作手。」

這兩說都可爲「知音」。萬樹詞律發凡攻擊以律詩眼光來看詞的，其說尤爲詳悉：

「譜（塡詞圖譜）見略有拗處，卽改順適，五七言句必成詩語，幷於萬萬不可移動者，亦一例註改，如摸魚兒，賀新郎，綺羅香尾三字欲改作平平仄，蘭陵王尾六字欲改入平聲之類，無調不加妄註……或曰：改拗爲順，取其諧耳順口，君何必如此拘執？余曰：……如美成造腔，其拗處乃成順處，所用平仄，豈慢然爲之耶？」

至如李漁窺詞管見便自作聰明，說他對於拗句有一種妙法，使拗句讀從順適，他說：

「塡詞之難，難於拗句，拗句之難，只爲一句之中，或仄多平少，平多仄少，或當平反仄，當仄反平，利於口者叛乎格，雖有警句，無所用之，此詞人之厄也。予向有一法以濟其窮，已悉之閒情偶寄，恐有未盡閱者，不防再見於此書……」

他的妙法，我們也不必抄出來了，因聲音變化無窮，豈可以拘執一條法則來規範他，一說有妙法，便知道是不妙了。

第二節 節拍的變化

節拍是詩歌的動律，有了聲音還要有節拍來運行他，詩歌才有流動的生命，而音聲也才有種種不同的方式表現分來，在前一節裏我們已經看見詞的輕重兩音比較律詩變化複雜得多，便因爲詞的節拍比律詩變化多的原故，可知節拍和輕重律的密切關係。

所謂節拍者即是句調之長短多少，句法組織之形式。律詩的句調是非常單調的，論長短只有五言七言兩種，論多少從絕句的二十字二十八字，以至於律詩的四十字五十六字，內中兩句爲一聯，兩聯爲一絕，兩絕爲一律，其節拍不過如是而已。所以講到輕重律在這樣單調的節拍之中，輕重律怎麼會有複雜的變化？倒是在古詩時代，句法的長短多少不拘一格，而他的節拍，却是比律詩複雜得多，律詩雖發明了輕重律，而不知節拍與音韻的關係，將句子完全令劃一整齊，反把輕重律限制在一個狹小的格式裏面，不得盡其變化之妙。到詞來才把這種整齊的句調根本破壞下來，於是輕重律才得到一個解放，這也可以當爲詞的起源的一種消極的意義。

王昶國朝詞綜序說：

「蓋詞實繼古詩而作，而詩本於樂，樂本於音，音有清濁高下輕重抑揚之別，乃以五音十二律以着之，非句有長短，無以宣其氣而達其音。故孔穎達詩正義謂風雅頌有一二字爲句，及至八九字爲句者，所以和以人聲而無不協也。」

這說的意思，謂詞的長短句的節拍，本於音樂的長短節拍，又本於人類情緒的自然的節拍，這是很對。至於說詞是繼古詩而作，其荒繆無稽，已見前面的批評，因爲他見古詩是長短句，而詞也有長短句，便說詞是繼古詩而作，却不知道古詩的長短句是沒有受過輕重律洗禮的長短句，詞是受了輕重律的洗禮，而爲着要解放輕重律才有長短句的節拍。

詞的句子有一字句，以至八九字，十幾個字的。

一字句如十六字令：

「眠。月影穿窗白玉錢，無人弄，移過枕函邊。」（周晴川作）

開頭的「眠」字便是一字句。以外如蘇軾的哨遍換頭：

「噫！歸去來兮，我今忘我兼忘世？……」萬樹詞律說：「噫」一字句，譜俱連下讀誤。」又如醉春風的三叠字：

「陌上清明近，行人難借問。風流何處不歸來，悶悶悶。……」（趙德仁）

釵頭鳳的三叠字：

「……東風惡，歡情薄，一懷愁緒，幾年離索。錯，錯，錯。」（陸游）

惜分釵的二叠字：

「……試問別來，近日情悰，忡忡。」

思帝鄉的二疊字：

「花花，滿枝紅似霞。……」（溫庭筠）

這些都可說是一字爲句的。

至於二字句，三字句，四字句，五字句，六字句，七字句，是爲尋常詞中素所經見的，不煩徵引。至於八字句，九字句，十字句別有如陳銳的詞比裏面所舉的可以爲例：

「八字句：

人生悲莫悲於輕別　傾盃樂

中有萬點相思淸淚　還京樂

因念翠眉音塵何處　佳人醉

定知我今無魂可銷　換巢鸞鳳

九字句：

淚珠都作秋宵枕前雨　解蹀躞

這一段淒涼爲誰悵望　嫹人嬌

恁生向主人未肯交去　留客住

凝寒又不與衆芳同歇　暗香疏影

十字句：

便是當年唐昌觀中玉蕊　下水船

近日來不期而會重歡宴　秋夜月」

至如蘇軾的水調歌頭「又恐瓊樓玉宇高處不勝寒，」便是十一個字的句子了，可見詞的句調的長短參差，是爲從來長短句子的詩所不及。

詞的句調既有長短而句法組織又極少變化複雜，如詩的五七言句子，詞中也有但有時詞的五言七言句法的組織卻不和詩一樣。詩的五言句子普通都是上二下三，卽上二字一頓合下三字爲一句；七言句子普通都是上四下三，上四字一頓接下三字爲一句。在律詩尤爲謹嚴，假如稍爲改變一下，如「李夫人病已經秋」等類的句法，在律詩中是很少的，而詞的方式卻很多，柳塘詞話說：

「五字句起結自有定法，如木蘭花慢首句：『折桐花爛熳，』三臺子首句：『悵韶華流轉，』第一字必用虛字，一如襯字，謂之「空頭句，」不是一句五言詩可塡也。如醉太平結句：『寫春風數聲。』好事近結句：『悟身非凡客』可類推矣。如七句在中句亦有定法，如風中柳中句：『怕傷郎又還休道，』春從天上來中句『人憔悴不似丹靑』句中上三字須用讀斷，謂之「折腰句，」不是一句七言詩可塡也。若據圖譜僅以黑白分之，嘯餘譜以平仄協之而不辨句法，愈見舛錯矣。」

這不過是單舉五言七言句子爲例，以外如四字句，六字句等類的變化也一樣的多，卽如同是四字句而有上一下三的句法，和上三下一的句法：

上一下三句：

過長淮底 還金樂

漸西風緊 塞孤

記淸平調 夜合花

引胡笳怨 迷神引

亭 雨霖鈴

訪吹簫侶 百宜嬌

上三下一句：

過春社了 雙雙燕

倚闌干處 八聲甘州

掉滄波遠 水龍吟

指天涯去 引駕行

這兩種形式和普通的二二格式的四言句子「山抹微雲，天沾衰草，」「年年柳色，灞陵傷別」的句法便不同了。以最短的四言句子的變化就如此之多，何況四字以上的句法，其變化更是複雜了。即如六言句法，普通的形式都是兩字一頓作三頓的形式：「報道先生歸也，杏花春雨江南，」「又是羊車過也，月明花落黃昏。」以外還有一五式和三三式的兩種格式（據謝元淮碎金詞譜六字句有「上一下五」「上二下四」「上三下三」「上四下二」「上五種下一」五格式。）

一五式：

便添起春懷抱　留春令

三三式：

問山影是誰偷　木蘭花慢

偏勾引黃昏淚　水龍吟

扶殘醉遶紅藥　瑞鶴仙

看黃昏燈火府　夜遊宮

空目斷遙山翠　鳳銜盃

以上所舉的是關於詞的句調的長短和句法的組織，這是關於句的節拍的變化。因爲句的節拍有複雜的變化，所以聯的形式也有許多種類，由三言的聯語一直到七言的聯語，由整齊句子的聯語，一直到雜言句子的聯語，不知有若干形式，也無暇統計，也無煩來條舉，這豈是律詩的對聯所可比擬？

因爲句的節拍有變化，所以節的節拍也有變化，一篇律詩由兩個絕句聯合而成，也等於一調詞由上下兩闋拚合而成。然而律詩的兩個絕句是完全同調，不過重複起來便成爲一篇律詩；而詞的上下兩闋却是有變化的；綜合起來，大約有三種形式：

一、上下兩闋的形式完全同調：

相見稀，喜相見，相見還相遠。檀畫荔枝紅，金蔓蜻蜓軟。 魚雁疏，芳信斷，花落庭陰晚。可惜玉肌膚，消瘦成慵懶。（生查子）

峭碧參差十二峯，冷煙寒樹重重。瑤姬宮殿是仙蹤，金鑪珠帳，香靄晝偏濃。 一自楚王驚夢斷，人間無路相逢。至今雲雨帶愁容，月斜江上，征棹動晨鐘。（臨江仙）

二、上下兩闋的形式半爲同調：

簫聲咽，秦娥夢斷秦樓月。秦樓月，年年柳色，灞陵傷別。 樂遊園上淸秋節，咸陽古道音塵絕。音塵絕，西風殘照，漢家陵闕。（憶秦娥）

滿宮明月梨花白，故人萬里關山隔。金雁一雙飛，淚痕沾繡衣。 小園芳草綠，家住越溪曲。楊柳色依依，燕歸君不歸。（菩薩蠻）

三、上下兩闋完全不同：

等閒無語，春恨如何去？終是疏狂留不住，花暗柳濃何處？ 盡日目斷魂飛，晚窗斜界殘暉。長恨朱門薄暮，繡鞍驄馬空歸。（淸平樂）

豆蔻花繁煙豔深，丁香軟結同心。翠鬟女，相與共淘金。　紅蕉葉裏猩猩語，鴛鴦浦，鏡中鸞舞，絲雨隔，荔枝陰。（中興樂）

第一種形式在節拍上有一種重複回環之美，第二種形式，一方面有重複之美，一方又有變化之妙，第三種形式，則完全爲對比之美，如清平樂前半闋和後半闋的句法既不同，而音韻也完全相異，前闋是仄韻，其對比的節拍尤爲顯然。中興樂也是一樣，前闋和後闋的句調音韻都不同，前闋爲平韻，後闋又轉仄韻，清平樂是由沉抑而轉入高揚，中興樂是由高揚而轉入沉抑，但末後一句「荔枝陰」又回應前闋的高揚的音韻，千里伏流，又忽然呈露，詞之變化眞不可方物。但以上所舉的不過就小令的範圍內歸納出這三種形式，至於後來的慢詞裏面，有所謂的「疊頭曲」「大頭曲」「雙拽頭曲」等類的名稱，其前後兩闋的節拍變化尤爲複雜，現在無煩詳說了。

第三節　協韻的種類

韻是詩歌的靈魂，詩歌的各部份任隨怎樣變化，而終竟統一得起來，音節有一個歸宿，便全賴韻的作用。詩歌的三種要素，聲音和節拍兩樣是屬於變化的，韻便是屬於統一的，這卽是文心雕龍聲律篇所說的「異音相從謂之和，同聲相應謂之韻」的道理，韻之所以能把全詩統一得起來，卽是用「同聲相應」的作用。

詞的聲音和節拍的變化，眞是複雜極了，所以對於統一這兩樣的韻，在塡詞家不能不給以精密的注意，只要看他們對於音韻的分合爭執得很利害，便可想而知、聲音與節拍雖是屬於變化方面韻雖是屬於統一方面，而在詞的聲音與節拍中又有多少的統一，詞的協韻中又有若干的變化，眞所謂「變化之中有統一統一之中又有變化。」關於聲音與節拍，已經略如前兩節所說的，現在我們又看詞的協韻的變化。

在近體詩的協韻是非常單調的，兩句協一韻，而韻又是只限定平韻，如是而已，偶然也有五言絕句和七言絕句協仄韻的，那是很少很少的事，至於詞則不然，有協平韻的詞，也有協仄韻的詞，便是同一詞調而平仄韻都可以協的，他的種類略分如下：

1. 通首平協詞 如望江南 鷓鴣天等類。
2. 通首仄協詞 如蝶戀花 天仙子 漁家傲等。
3. 同一調平仄兩韻皆可協之詞 如閒中好 如夢令 憶秦娥 柳稍靑 霜天曉角 豆葉黃 南歌子 虞美人 浣溪紗 絳都春 步月 聲聲慢 慶淸朝 滿庭芳 百字令 蜡梅香 滿江紅 慶佳節 祝英台近 永遇樂 玉樓春 雨中花 喜遷鶯等。
4. 同一調平上去入四聲皆可協之詞 如滿江紅，有姜夔之平聲韻調，有杜衍之上聲韻調，有柳永之去聲韻調，有蘇軾之入聲韻調。
5. 通協詞（平仄同部之類） 如西江月 換巢鸞鳳 少年心 渡江雲 戚氏 大聖樂 哨徧 玉碾尊 兩同心 江城梅花引 古陽關等。

6. 兩換韻詞　如菩薩蠻　南鄉子等類

7. 三換韻詞　如荷葉盃　西溪子等類

8. 四換韻詞　如醉公子　樓上曲等類

9. 六換韻詞　如六州歌頭　離別難

10. 八換韻詞　如小梅花

11. 句中韻詞　如壽樓春的「相思未忘蘋藻香，」（香與忘協）綺寮怨的」歌聲未盡處先淚零。」（離與零協）以外如木蘭花慢，滿庭芳，聲聲慢等詞裏都有一句中韻。賭棋山莊詞話說「如何傳，醉太平等調，句中多有用韻者，塡之應節，極可吟諷。」他的用意，卽是把本調詞裏的「基調」多安排幾個，讀著便有「同聲相應」之美。

12. 四字中用兩韻詞　如河傳之「曲檻」「春晚」訴衷情之「鶯語花舞，」「月照梨花之「晝景方永」等類。

13. 三十幾字用一韻詞　如柳永的鳳歸雲：「更可惜淑景亭台，暑天枕簟，霜月夜明，雪霞朝飛，一歲風光，儘堪隨分，俊游淸宴。」到「宴」字三十一字上才協韻，又如他的女冠子，「樓台悄似玉，向紅爐煖閣，院宇深沉，廣排筵會，聽笙歌猶未徹，漸覺寒輕，透簾穿戶。」到三十二字上才協一韻。

以外還有所謂「互協」「側協」「隔協」等類的名稱方式繁多，這裏也無煩枚舉但看上面所舉的這十三類，也可以見得詞韻變化的複雜，尤爲以初期的小令，在短短的一調小詞裏，韻的變化，眞令人不易捉摸，且舉訴衷情和荷葉盃兩調爲例：

訴衷情　溫庭筠

鶯語，花舞，春晝午，雨霏微。金帶枕，宮錦，鳳凰帷。柳弱蝶交飛，依依。遼陽音信稀，夢中歸。

「語，」「舞，」「午，」爲一韻。「枕，」「錦，」爲一韻。「微，」「帷，」「飛，」「依，」「稀，」「歸，」又爲一韻。

荷葉盃　溫庭筠

一點露珠凝冷，波影，滿地塘。綠莖紅豔兩相亂，腸斷，水風涼。

「冷，」「影，」爲一韻，「亂，」「斷，」爲一韻，「塘，」「涼，」又爲一韻，這樣的複雜，無怪乎俞彥的爰園詞話說：

「晚唐五代小令塡詞，用韻多詭譎不成文者，聊爲之可耳，不足多法。」

其實一點也不「詭譎，」像前面的這兩首詞，雖然換三四個韻脚，而每首的韻中還是有一個主要的韻脚，所謂的「基調。」如訴衷情的主韻是「微」韻，荷葉盃的主韻是「陽」韻，誦讀時自然會得這仍然是變化中有統一的原理。

綜合起上面所說的三節，關於詞的「聲音」「節拍」「韻」三點，可見詞之組織之複雜，結構之精密，絕非別的中國詩歌所能企及，可見詞實在是最進步的一種詩歌。拿來和齊梁體詩和律詩來比較，尤爲見得，前面說過

——的齊梁詩是求變化而不能統一，律詩是太過統一而不能變化，現在詞是變化之中有統一，統一之中有變化，在「內在音樂上」詞算是成功的了。爲甚麽在詩歌的音節上律詩比古詩好聽，詞又比律詩好聽；就可知古詩沒有「內在音樂」的覺醒，律詩覺醒了「內在音樂」，而沒有極盡內在音樂變化之妙，詞算是能把內在音樂的各種要素極盡其變化而達到成功之頂點。所以在音調上是爲從來的詩歌所不及，由這一點上也可以見得這三種詩歌——古詩律詩詞——的進化的三個階段。

在這一章裏，我們是純粹的在內在音樂的立場上來看詞。

第三章　詞的聲律與音樂

第一節　四聲平仄與宮商之關係

詞的音節的變化，所以會有這樣的複雜，會有這樣的成功，并不是像沈約們想在詩歌的自身上找尋音節變化的標準，他是在詩歌以外以音樂爲音節的標準，便是照着元稹的樂府古題序的那句話「在音聲者，因聲以度詞，審調以節唱，句度長短之數，聲韻平上之差，莫不由之準度」做來而成功的。假若只想在詩歌的自身上找尋音節變化的標準，那是茫無頭緒可尋，結果不是像沈約的自嘆途窮，便是成爲近體詩的機械的呆板格律去。

詞與音樂的融合，不外前節所說的三點，即：

（一）四聲平仄與宮商的融合

（二）協韻與起調畢曲的融合

（三）句調與節拍的融合

「宮商」與「起調畢曲」是屬於「聲韻平仄之差，」「節拍」是屬於「句度長短之數，」便是照這樣融合而成功。就中關於後者我們已經在前編裏詳細說了，現在就宮商與起調畢曲的問題再說如下：

（一）「音勢」與「音高」

宮商角徵羽，是音樂的高低抑揚，四聲平仄是字音的高低抑揚，詩歌融合於音樂，即是把四聲平仄融合於音樂的宮商裏面。所以詞曲這兩種「音樂的文學」對於平仄四聲看得非常重要，假如四聲不合宮商，便是「失律。」

萬樹詞律發凡說：

「自沈吳與分四聲以來，凡用韻樂府無不調平仄者。自唐律以後，蕩淫而為詞，尤以諧聲為主，平仄失調，則不可入調。」

王季烈螾廬曲談論四聲陰陽與腔格之關係說：

「同一曲牌之曲而宮譜彼此岐異，不能一致者，因其曲中各字之四聲陰陽，彼此不同故也，故分別四聲陰陽，為製譜者最要之事。」

他又舉例，如「合四」「上尺」「尺工」為陽平聲之腔格，「四，」「尺，」「工，」為陰平聲之腔格，「工合四，」「四上尺，」「尺工六，」爲上聲之腔格等類，可見四聲平仄是屬於宮商的事，（誰都知道，俗樂的工尺，即古樂之宮商。）

但細爲分析，則平仄四聲有兩種性質，一種是屬於「音勢，」因爲四聲中音的長短曲折各不相同，所以元和韻譜說：

「平聲者哀而安，上聲者厲而舉，去聲者淸而遠，入聲者短而促。」

王驥德曲律論平仄說：

「蓋平聲聲尙含蓄，上聲促而舒，去聲往而不返，入聲則偪側而調不得自轉矣。」

蟫廬談曲也說：

「平聲之腔格以平爲主，上聲之腔格爲自低而高，去聲之唱法以遠送爲主，故其腔格爲自高而低，入聲腔格全與平聲無異。」

幾種說法都是分析四聲之勢的。又有一種性質，是屬於「音高」的，四聲各字比較下來又有高低抑揚之不同。

分開來看，四聲各字，是各有各的形勢，這就要講「音勢」合攏起來比較，四聲的字音有高音有低音，這就要講「音高。」要表示音勢，因爲他有曲折長短之不同，在音符上就不能不在某聲下多用幾個音符，某聲下又少用幾個音符，就如蟫廬談曲所舉的例，上聲的腔格要用「四上尺，」…………陽平用「合四，」…………陰平只用一個音符「四,」「尺,」「工。」

王光祈的中國音樂史便照着蘋廬談曲的說法列了一個五線譜:

陰平 陽平 陰上 陽上 陰去 陽去 陰入 陽入

這是表示「音勢,」要多用幾個音符如表示「音高,」每一聲用一個音符就可以了。那麼究竟平仄四聲要用幾個什麼音符來表示他?即是說平仄四聲是宮商的何字?這却有種種的說法;段安節的樂府雜錄五音二十八調圖把四聲分列在五音裏面:

平聲羽七調

上聲角七調

入聲商七調

去聲宮七調

上平聲調爲徵聲

徐景安樂考又是這樣分配:

宮——上平聲

商——下平聲
角——入聲
徵——上聲
羽——去聲

他並且說「知此可以言音律矣！」如果按照這個分配法，便可以把一首詞的宮商歌得出來。然而又有以「角徵宮商羽」分配「平上去入」的說法，以「宮商爲平聲，徵爲上聲，羽爲去聲，角爲入聲。」議論紛紜，莫衷一是，須知這些說法都不對，四聲雖然是分高低，而各聲又有各聲的「音勢」，聲音非常複雜，不能簡單的按合宮商。又詞曲各首有各首的宮調，宮調不同，音的高低也就不同，平仄四聲的高低便不能呆板按定，所以凌廷堪的燕樂考原說「皆任意分配，不可爲典要，學者若於此求之，則失之遠矣。」

我們對於平仄四聲，第一只要知道他和宮商有密切的關係，第二要知道平仄四聲有「音勢」和「音高」的兩種性質。以一個音表示一個聲是取他的音高，以幾個音表示一個聲，是又兼顧他的音勢，所以作曲家對於這類的問題就要有精密的研究。而詞曲之分別也就在這裏，詞是一個音管一個字，這只是取字的音高，曲便要兼顧他的音勢，便用幾個字代表一個音。所以度曲家講究「字頭」「字腹」「收音」等類的問題，就因爲一個字不是一個聲音所能盡。螾廬曲談論度曲論四聲的歌法：「平聲之唱法宜於平，雖腔屢轉而舒緩和靜，無上抗下墜之象，上聲之唱法須向上不落，故出字之初，略似平聲，迨字頭半出，則向上一挑，挑後不復落下……。」一個字有這許多曲折，所以必須幾個音管一個字，這是曲律比詞律分析的細微。然而詞曲遞變的關鍵也在這裏，因爲詞雖然是一字一音，只論「音高」不顧「音勢」，但有時餘音未盡之時，還是不得不添一兩聲使其字音收盡，詞源謳曲要旨說：

「字少聲多難過去，助以餘音始遶梁。」

鄭文焯詞源斠律說「言字外之和聲宮使淸濁高下，聲如縈縷，方有飄逸之致。」這卽是塡詞家所謂的「纏聲」在前已說過，纏聲是一種裝飾音，這種裝飾音的作用在這裏可以明白，他能使每個字音得盡其勢，使一隻曲子有餘音遶梁之意，添加了多少美妙。大約在古詞只講音高一字一聲的時候，這種「纏聲」是很少加的，到了後來的「嘌唱家」逐漸知道「音勢」的微妙，便逐漸在一調詞裏添上了不少的「纏聲」來分析聲音，於是詞的一字一音的法律漸漸打破，而曲的歌法便漸漸的形成。江順詒的詞學集成說：

「……惟古歌無纏聲，故聽之欲臥，樂府有句尾之帮腔，無增字，亦無纏聲。唐人歌七言詩有疊腔，然究嫌板滯，長短句出而古樂皆廢，此古今樂之關鍵。曲之增字更多於詞，故有曲而歌詞亦廢，緣纏聲多則聲調幷淫，雖聖人出，能正廟堂之樂，而不能禁世俗之與淫哇豔語，古調浸亡，奈之何哉！」

他是已經看出這個關鍵，却引以爲深歎，歎息古樂之不作，而不知這正是音樂的進步，詩歌與音樂益進於精密的結合，這決非一般腐儒所能知道的。

（二）以聲母配合宮商之謬論

由前段的理論可和四聲平仄知宮商的密切關係，以四聲平仄配合宮商，自從沈約發明四聲譜時已經是這樣，所以南齊書陸厥傳說「沈約等文皆用宮商，以平上去入為四聲」，而後來却有一種謬論，不主張以四聲配宮商，而以脣舌齒喉牙幾種聲母來配合，這是起於聲韻家的主張，所謂「宮舌居中，商口大張。……」這不過是說宮商五個字音的念法是這樣，而聲母幷不足以代表宮商，却有人極力的主張，沈括夢溪筆談說：

切韻家則定以脣齒牙舌喉為宮商角徵羽，其間又有半徵半商者，如來日二字是也。

至近代來還有人沿襲此誤，江順詒詞學集成卷三說：

「夫平上去入謂之韻，喉舌脣齒牙謂之音，由喉舌脣齒牙之音，可以配合宮商，由平上去入之韻，不能配合宮商。」

卷四又說：

夫平上去入韻也，非音也，歌者但求叶乎宮商，不必合乎平仄……

這眞是怪誕已極，平上去入固然韻中有之，韻以外的每個字也有平上去入，歌者不必合乎平仄，則一調的平仄都紊亂了，還歌什麼詞？更有言之娓娓，自信不疑，如焦循的雕菰樓詞話：

「柳屯田醉蓬萊詞，與篇字首漸與大液波翻翻字見斥。有善詞者問余曰：「詞所以被管弦，首用漸字起調，與下亭皐葉落，隴首雲飛，字字響亮，嘗欲以他字易之，不可得也。至大液波翻，仁宗謂不云波澄，無論澄字前已用過，而太為徵音，液為宮音，波為羽音，若用澄字商音，則不能協，故仍用羽音之翻字，兩羽相屬。蓋宮下於徵，羽承於商而徵下於羽，太液二字由出而入，波字由入而出，再用澄字而入，則一入一出又一出一入，無復節奏矣。……」已而秦太史敦夫以新刻張玉田詞源見遺，內一條記其先人賦瑞鶴仙有粉蝶兒撲定落花不去，撲字不協，遂改爲守字始協，又作惜花春早起云瑣窗深，深字意不協，改爲幽字又不協，改爲明字，歌之始協，……蓋粉爲羽音，蝶爲徵音，兒爲變徵，由外而入，若用撲核羽音；突然而出則不協矣，故用守字仍復內轉，接而至不字則出爲羽音，瑣窗二字皆商音，又用深字商音則專嘗矣，故用明字羽音，自商而出乃協。……」

這是以聲母配合宮商的主張來論詞，看他推敲得這樣詳細，不知愈發細微，愈入魔道，不料以一位易餘籥錄的著者會有此種謬見，可知這派學說之深入人心了。

照這派主張，應當作詞譜的人，在一調詞的句旁除註明一定的平仄外，還要註明一定的脣舌齒喉牙的發音、如果脣舌的音要有一定，爲甚麼各家詞中間是一調詞，各人所用的聲母不相雷同，譬如生查子的頭一句，魏承班的「煙雨晚晴天」，牛希濟的「春山煙欲收」，孫光憲的是「暖日策花驄」，讀者試看三句的發音，有沒有一個字相同。又如說是脣舌等音沒有一定，要隨塡詞家臨時自由的安排，總要配合得當，沒有一定的方式。那麼脣舌齒喉牙是配合宮商的，脣舌的音既沒有一定，而宮商也沒有一定了，詞曲的宮商既沒有一定，那還能歌嗎？這種謬論簡直不值一笑。

（三）四聲平仄與音調的融合

可知脣舌齒喉牙的聲母和宮商是沒有關係，而與宮商關係最密切的都是四聲平仄。因爲宮商是音的高下清濁，而平仄四聲也是音的高下清濁，二者是一類的東西，所以要以詩歌融合於音樂中，平仄四聲便是媒介，故塡詞家看平仄四聲比脣舌齒喉牙還要重要。

但這裏要分別看脣舌等類的聲母，并不是不重要，若是離開外在音樂，單來欣賞詩歌的內在音樂的時候，則脣舌的聲母和平仄四聲是一樣的重要，平仄四聲調和字音的清濁高下，脣舌等類的聲母調和每字的發音，字音念得正確，配合得適當，加以四聲平仄的高下清濁的韻調適宜，便是一篇音調美好的詩歌。

這在讀誦的時候，脣舌的聲母是非常重要，但一到歌唱入樂的時候，他的重要性便失却了，因爲要要求詩歌的每一個字音完全融化在音樂裏面，這些鈎輈格傑的脣舌的聲母便用不着了，只留下一串的喉音，其餘的脣齒等發音便念出來也無用，倒反有礙於字音與音樂的融合，沈括的夢溪筆談樂律類說得好：

「古之善歌者有語，謂當初聲中無字，字中有聲，凡曲止是一聲，清濁高下縈縷耳，字則喉脣齒等音不同，當使字字舉本皆輕圓，悉融入聲中，令轉換處無磊塊，此謂『聲中無字』，古人謂之『如貫珠』，今謂之善過度是也。」

所謂的「磊塊」，便是各種聲母的響聲，是足以妨礙歌調的，所以要把他融化掉，詞源的謳曲要旨也說：「舉本輕圓無磊塊，清濁高下縈縷比」。這不啻是重申夢溪筆談的意義，可見在宋人歌詞的時代，已經有這種感覺了。

現在王光祈先生的中國音樂史論歌劇之進化，對於這層意思發揮得尤爲精采：

蓋吾人語言只有「母音」（即中國所謂「韻母」）得稱「樂音」，樂音係由喉頭而發。至於「子音」（即中國所謂聲母）則係一種「噪響」，由齒唇等處之衝擦而成，故欲所歌之音（指工尺而言非指字音而言）保持圓潤正確，則不宜以各種子音之「噪響」擾之。子音爲玉成母音起見，既退避三舍，於是字音之不能讀準，遂成當然之結果。

可見這些聲母對於樂歌上實在是一種無益而且有妨礙的東西，而從來研究詞學的人，無不津津樂道唇舌齒喉牙等類的音聲，適足以證明他們所研究的詞只是離開音樂的詞，他們却不知道聲母在音樂的價值上是如何？

聲母既和宮商沒有什麽關係，而且是妨礙宮商的東西，所以在歌詞的時代，對於調和平仄四聲是一件最重要的事。

且看詞源的這一段故事：

「先人曉暢音律，有寄閒集，旁綴音譜，刊行於世。每作一詞，必使歌者按之，稍有不協，隨即改正。曾賦瑞鶴仙一詞云：『……粉蝶兒撲定花心不去，閒了尋香兩翅。那知人一點新愁，寸心萬里。』此詞按之歌譜，聲字皆協，惟撲字稍不協，遂改爲守字，迺協。始知雅詞音雖一字，亦不放過，信乎協音之不易也。

撲字不協，換爲守字乃協，道理不是前面焦循的雕菰樓詞話所說的是唇舌齒喉發音的關係，是因爲撲字是入聲，守字是去聲，入聲不協，所以才換一個去聲的守字才協。詞源又說：

「又作惜花春起早云『瑣窗深，』深字意不協，改爲幽字，又不協，改爲明字，歌之始協。此三字皆平聲，胡爲如是？蓋五音有脣齒喉舌鼻，所以有輕清重濁之分，故平聲字可爲上入者此也。」

這一條尤爲是主張以脣舌聲母配宮商的所借口，江順詒詞學集成說道：「張氏苟知何字爲宮，何字爲商，即深字說用，一改而得明字，何以改幽字不協而始改明字，足見喉舌脣齒分清濁，古人知之，以喉舌脣齒配宮商，古人未言也。」他不知「古人未言」，是因爲古人從未有此主張，這條尤可爲明證，「深」「幽」「明」三字雖同是平聲，而深幽兩字都是上平聲（所謂「陰聲，」）明字是下平聲（所謂「陽聲，」）這裏宜當用一個陽聲，而先用「幽」「深」兩個陰聲，所以不協，用到陽聲的「明」字於是乎協，這明明白白是關於平仄四聲之事，和聲母沒有關係，張炎「曉暢聲律」的程度不及他的先人，所以牽扯到喉脣舌齒上，使爲一般人所借口，未免可惜，近見吳梅的詞源疏證序說：

「……所謂宮調者，蓋奏此七音時，用樂器高低之度也。七音中合四爲下，宜陽聲聲隸之，六五爲高，宜陰聲隸之，詞曲中之陰陽，即小學家之清濁也。詞源下卷所論『瑣窗明』一條，即是此理。」

這也是以平仄陰陽配合宮商之說，和我們所主張的一樣，可見『瑣窗明』完全是平仄四聲之事，和聲母不相干。

現在我們再舉幾個例來證明：

碧雞漫志楊柳枝條下說：

「楊柳枝……舊詞多側字起頭，平字起頭者十之一二。今詞盡皆側字起頭，第三字亦復側字起，聲度差穩耳。」（側卽仄）

何以不言脣音字起頭，或牙音字起頭，而言平仄？正見合乎「聲度」的是平仄四聲。

凌廷堪湘月詞序說：

「宣與萬氏專以四聲論詞，瀘州先著以爲宋詞宮調失傳，決非四聲所可盡。按白石集滿江紅云：末句『無心撲』，歌者以心字融入去聲方諧。徵招云：正宮齊天樂前兩拍是徵調，今考徵招起二句與齊天樂平仄符合，然則宋詞原未嘗不以四聲定宮調，而萬氏之說初不與古戾也。」

這可見四聲和音調關係的密切。

又顧仲瑛製曲十六觀第十八觀說：

「曲中用字有陰陽法，人聲自然音節，到音當輕淸處必用陰字，當重濁處必用陽字，方合腔調。用陰字法，點絳脣首句韻脚必用陰字，試以「天地玄黃」爲句歌之，則歌黃字爲荒字，非也。若以宇宙洪荒爲句協矣，蓋荒字屬陰，黃字屬陽也。用陽字法，如寄生草末句七字內五字必用陽字，以「歸來飯飽黃昏後」爲句歌之協矣。若以黃昏後歌之，則歌昏爲渾字，非也。蓋渾字屬陽，昏字屬陰也。」

這是說曲，但詞曲是一樣的（製曲十六觀完全抄襲詞源，可知在詞上的法律也可適用於曲。）所謂陰聲陽聲，卽指上平下平而言，上平的音高，下平的音低，音有高低，在協律上便要分別，這和「瑣窗明」的道理是一樣的。

以上所舉的都是南宋以來的事，還說詞到南宋以來，詞的法律才突然精密，所以一字的平仄要這樣的考究，我們且看詞之初期的唐時，對於平仄協律之事，也是一樣的謹嚴。詞學季刊一卷三號載詞通論律一條，溫飛卿之嚴律：

「唐詞由詩初變，體格尙寬，故律亦未細，……論詞於唐，幾疑其無所謂律矣，而不知唐詞之律，且有嚴於宋人者。溫飛卿荷葉盃二闋，定西番三闋，南歌子七闋，以調論則頗有平仄通用之字；而溫詞平仄字字相同，未嘗有一字通用者。在荷葉盃聲促韻繁，平仄或不容不謹，非唐詞之似詩者可比。然南歌子則音調流美，去詩不遠，人所易忽者矣：何亦謹嚴如是？七闋如一，夫豈無意而然者歟？」

溫飛卿是詞之成功第一個人，他是「能逐弦吹之音，爲側豔之詞。」關於詩歌與音樂協和的道理，當然他是精熟的，而南歌子幾首的平仄完全一律，就可以證明平仄四聲和音律的關係，是自從歌詞以來就是密切的。有人說蘇軾的陽關曲的平仄完全和王維的元二使西安詩一致，尤爲以內中的幾個去聲字不敢妄改，更可見在王維那時對於四聲平仄就極講究，這詩的平仄四聲完全符合於音律，所以後人便以爲準度，不敢妄改。

平仄四聲既是和音調的關係有如此之密切，所以一調詞如能把平仄四聲完全按合音律以外的節奏，韻協都不差，便能由詩歌裏大致把音調反映出來。假如離開音樂，單來歌誦這一調詞，音節也可以由詞裏髣髴出來，這是詞曲的特色，所以夠稱爲「音樂的文學」。就在這裏，程大昌的演繁露說：

「六洲歌頭本鼓吹曲也。近世好事者倚其聲爲弔古詞，音調悲壯，又以古興亡事實文之。聞其歌使人慷慨，良不與豔詞同科。」

今錄賀鑄的六州歌頭一詞於下：

「少年俠氣，交結五都雄。肝膽洞，毛髮聳立談中，生死同一諾千金重。推翹勇矜豪雄輕蓋擁聯飛鞚斗城東。轟飲酒壚。春色浮寒甕。吸海垂虹。閒呼鷹嗾犬白羽摘雕弓。狡穴俄空。樂匆匆。似黃粱夢。辭丹鳳。明月共。漾孤篷。官冗從。懷倥傯。落塵籠。簿書叢。鶡弁如雲眾。供麤用忽奇功。笳鼓動漁陽弄。思悲翁。不請長纓，繫取天驕種。劍吼西風，恨登山臨水，手寄七絃桐，目送歸鴻。」

此詞的音節，現在讀着都覺「蒼涼悲壯，」可以想見當時的音樂，一定是相符合的。名家的作品，和原來的音調，決不會相懸遠的，所以王靜庵先生的清真先生遺事一文有幾句說：

「讀先生之詞，於文字之外，須兼味其音律……今其聲雖亡，讀其詞者，猶覺拗怒之中，自饒和婉，曼聲促節，繁會相宜；清濁抑揚，轆轤交往，兩宋之間，一人而已」

這是說周邦彥的詞，也可以證明內在音樂之反映外在音樂的情形。這是詞由所獨有的作用，詩便沒有這種作用，如劉禹錫的竹枝詞序贊美竹枝的音調說「含思宛轉，有淇澳之怨。」而讀他的詩：

「楊柳青青江水平，聞郎江上唱歌聲，東邊日出西邊雨，任是無情也動人。」

却不見有什麼「含思宛轉」之妙，仍然是和普通的絕句一樣，除非用原來的腔調歌起來，不能見其音節，這可見詩是不能反映外在音樂的。

（四）由四聲平仄上求音律之誤

詞以調和四聲平仄，可以反映出音調的節奏，從此遂有一些學者誤會四聲平仄便是音律之所在，以爲詞的音律雖不傳，只要按照前人既成之詞，一聲不差，一字不移，像從前方楊之和淸眞詞，便可由四聲平仄上找出已亡的音律，而把詞歌唱出來。如王昶的國朝詞綜序說：

「……高宗純皇帝念詩樂失傳甚久，命儒臣取三百篇譜之，着以四上六五諸音，列以琴瑟笙簫之器，于是三百篇可奏之樂部。則是選諸詞，苟使伶人審其陰陽平仄，節其太過而劑其不及，安有不可入樂者？」

謝章鋌的賭棋山莊詞話也有同樣的主張：

「乾隆中，裕陵當命儒臣取三百篇譜之，著以四上六五諸音，列以琴瑟笙簫之器，于是皆可奏之樂部。儻準此法而推之，詞審其陰陽平仄，劑其過不及，安見不有淸眞者，卿其人，使大晟後盛，而井水重歌哉？」

照這種辦法，未嘗不可以，但奏出來的音調，是不是亡佚已久的詞的音調，大是疑問？其尤爲自信不疑者有謝元淮的塡詞淺說：

「古詞既可協律，今詞何獨不然？吾嘗欲廣徵曲師，將歷代名詞盡被管弦。其原有宮調者，卽照原註，補塡工尺，其無宮調可考者，則聆音按拍，先就詞字以譜工尺，再因工尺以合宮調。工尺既協，斯宮調無訛，必使古人之詞，皆可入歌，歌皆合律，其偶有一二字隔礙不叶者，酌量改易，其全不入律者，删之，彙成一代雅音，作爲後學程式。至於自製各詞，雖照依古人格調，句讀四聲陰陽而塡，然字面既異，卽工尺難同，亦令善謳者，逐字逐句以笛板合之。遇有拗嗓不順處，即時指出其字，應換某聲字方協，隨手更正，縱使詞之清新，而律無舛錯矣。」

他的碎金詞譜六卷，即照這種主張，仿白石道人歌詞例，詞旁自註工尺和平仄句韻，完全成爲歌譜，照此可以歌唱了。

又有些人主張，詞的音調雖失傳，但詞曲是一道兒的東西，不妨按照詞之四聲清濁陰陽節奏，用曲的法子來歌唱，未嘗不可以，如毛奇齡西河詞話所謂的那兩調詞，便是這種法子。

看來居今日而想把已亡的詞調，由四聲平仄上恢復起來，實在是不可能的事了。因爲四聲平仄已如前面說過的，他只能大致髣髴出音調的抑揚高下來，根本就不能用某個音符來配合某個聲，他的聲音要臨時合樂的時候才能確定。在南宋時姜堯章早就說過：「七音之協四聲，或有自然之理，今以平入配重濁，以上去配輕清，奏之多不諧協。」（大樂議）可知其不能確定。四聲之於七音，就如影之於形一樣，他只能反映出形的輪廓來，要想就影上來、把眉目毫髮完全表現出來，那是不可能的事。

不要說僅就四聲平仄上不能恢復出原詞的音調，就如白石道人歌曲的詞旁，把當時俗樂的音符都畫在上面，然而到現在還是不能歌唱。（見張文虎的舒藝室隨筆）古音的淪亡，只好聽其自然。

更有一般作詞譜詞律的人，動輒講究「嚴律」，平仄既不可通容，而四聲尤爲嚴格，於四聲中又分陰陽，所謂的「陰平」、「陽平」、「陰上」、「陽上」、「陰去」、「陽去」、「陰入」、「陽入」，推入毫髮錙銖必較。照他這樣做，便是「合律」。試問這個律何所指？是音樂上的律呢？還是詞自身上的律？若欲因此而推敲出音樂上的律，但音調已亡，僅就平仄四聲決不能推敲出音律來，則此舉徒爲枉費精神。若但求詞的自身上的法律，也未免麻煩而瑣屑，適足以桎梏性情，一點好處也沒有。從最寬限度說，只能有幫助修詞上的一點微功，因條件愈苛愈發可以指導填詞家的心思從一條窄路上容易找到你所欲填的那個字。我們引況周頤蕙風詞話的一段話來證明：

「畏守律之難，輒自放於律外，或託前人不專家未盡善之作以自解，此詞家大病也。守律誠至苦，然亦有至樂之境。嘗有一詞作成，自亦既愜心，似乎不必再改，惟據律細勘，僅有某某數字於四聲未合，即姑置而過存之，亦孰爲責備求全者？乃精益求精，不肯放鬆一字，循聲以求，忽然得至雋之字，或因一字改一句，因此句改彼句，忽然得絕警之句，此時曼聲微吟，拍案而起，其樂何如？雖剝珉出璞，撰蕙得珠，不逮也。」

我想從前「握蘭」「金荃」的詞人在酒綠燈紅的當前「逐弦吹之音，爲側豔之詞」的時候，怕沒有這樣艱苦！可知他們所守之「律」，並的是音律之律，另是一種律。

第二節　音韻與起調畢曲之關係

我們總說一句，平仄四聲在詩歌與音樂的融合上是重要的工具，然而他的自身并不是音樂。

（一）基音與韻之位置

上面是說四聲平仄和音樂的關係，現在又說協韻和音樂的關係。

協韻的作用是在把一篇詩歌裏的平仄四聲以及句逗節奏的各種繁複的變化統一起來，這是屬於消極的作用。各篇詩歌有各篇詩歌的韻，所以表示每篇詩的獨有的聲音，這是屬於積極的作用。

在音樂裏面每一個調子都具得有一種特異的音符，其作用也是在一面統一調中變化的各種音節，一面所以表現各調的獨特之美，這叫做「基音」（Tonika）這個基音是放在每一拍的末尾，或某一拍的中間，這和詩歌的韻完全是一樣的作用，所以詞與音樂的融和，便是把韻和基音相融合。

這「基音」在從前有種種不同的名稱：

宋史樂志上蔡元定叫做「起調畢曲」，意思是說基音在音調起始的時候和結尾的時候都要用他。所以六十調中各有各的「起調畢曲」之音，如黃鐘宮至夾鐘羽，用黃鐘起調黃鐘畢曲，大呂宮至姑洗羽，用大呂起調大呂畢曲，黃鐘就是黃鐘宮的基音，大呂就是大呂宮的基音，餘類推。

沈括的夢溪筆談上叫做「殺聲」，「殺聲」就是結尾的意思。

白石道人歌曲上叫做「住字」。

張炎的詞源上叫做「結聲」

凌廷堪燕樂考原說：「朱文公云張公甫在行在錄得譜子，大凡壓入音律，只以首尾二字，首一字是某調，章尾即以某調終之。」這也是「起調畢曲」之說。

不管是「起調畢曲」，「殺聲」，「住字」，「結聲」，「壓入音律」，都是指這個基音而言，內中蔡元定和朱子是主張頭尾都要用基音，沈姜張只有說着末尾的話，不免引起些糾紛，幸好還有白石詞的旁譜，我們可以引一詞爲證：（惜紅衣）（無射宮調）

「リ久ム马　人ム人あ　ム乃久あ　えフ人ㄊ　人ム马ムあ　今ㄅ乃ㄊ　ㄅ人フ　の久引ㄊㄠ

簟枕邀涼，琴書換日，睡餘無力。細灑冰泉，幷刀破甘碧。牆頭換酒，誰問訊，城南詩客岑

马　人ム人リ　ㄗ久乃久ㄛ　乃今ㄠあ　リマ人ム　の久リ久ㄛ　フ人一ㄊ　フリ马ムあ

寂。高柳晚蟬，說西風消息。虹梁水陌，魚浪吹香，紅衣半狼藉。維舟試望，故國渺天北。

ム人ㄊム只久　ㄗムり人ㄠㄛ　ム人りム马　人ム人ㄗ久ㄛ

可惜渚邊沙外，不共美人遊歷。問甚時同賦，三十六陂秋色」

我們看這調詞每到押韻的時候都有這一個「ㄛ」「人」是當時俗樂的「凡」字，「の」是一種拍號，有人說是「大住」的符號「凡」字便是這詞的基音，即是無射宮的住字。可知「住字」「殺聲」「結聲」不是說要在詞調的結尾才用這個字，凡是到一個拍子的停頓處（拍爲「樂句」說已見前）即是每到押韻的地方，從起韻到落韻，都要用這個字，所以取其全個音調處處都有「同聲相應」之美。這樣說「住字」「殺聲」「結聲」意義還是同「起調畢曲」是一樣的，不過蔡元定是詳言之，沈姜張是略言之罷了。

只有朱子說的不大了了，「大凡壓入音律，只以首尾二字，首一字是某調，章尾即以某調終了。」他又引例說：

「如關雎關字合作無射調，結尾亦作無射聲應之；葛覃葛字合作黃鐘調，結尾亦作黃鐘聲應之。……」

照這樣說：「起調畢曲」有兩個特點：

1. 凡音調的第一個字便要用「基音」。

2. 基音只用在第一個字和末尾，好像中間的就不管了。

據我們所知道的，又據白石道人歌曲上的各調旁譜的證明，所謂「起調」，不是指音調的第一個字，是指這一調的起韻這個字。論理在第一個字便用起「基音」來點明音調特有的聲音，使人注意，未嘗不可。然而白石旁譜上所指示的，並不是這樣。內中只有一調是「基音」用在第一個字（上下兩闋都是這樣）便是鬲溪梅令：

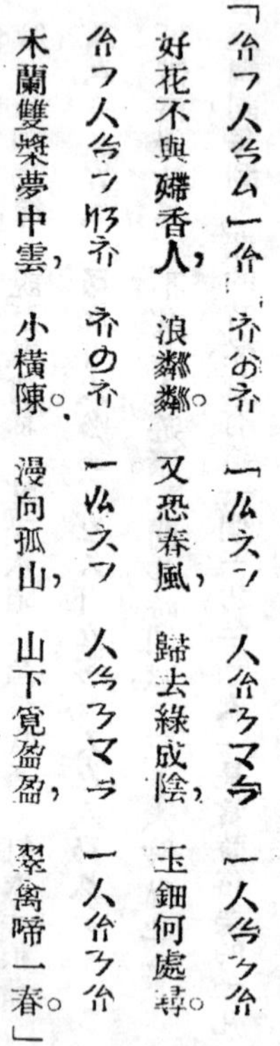

「合フ人今ム一合　合の合　一ム之フ　人合ろマ勺　一人今ク合

好花不與殢香人，浪粼粼。又恐春風，歸去綠成陰，玉鈿何處尋。

今フ人今フ仍合　合の合　一ム之フ　人今ろマヲ　一人合ろ合

木蘭雙槳夢中雲，小橫陳。漫向孤山，山下覓盈盈，翠禽啼一春。」

只有這一調是第一字用「基音」（合）別的都不然，而且各詞都是從起韻到落韻，凡是有韻的地方都用「基音」，可以證明朱子之說，不大了了。所以我們斷定「起調畢曲」是從起韻到落韻都是用「基音」。

以上的辨明，是爲着說詞裏的韻，便是調裏的「基音」，基音的位置閙不坦白，我們便無法說明韻的位置。假如像朱子的，第一個就要用基音，那麼第一個字就要用韻，因爲韻是跟着基音走的。然而詩歌上沒有這種方式（只有一字起韻的，如十六字令：「眠月影穿窗白玉錢，無人弄移過枕函邊。」只限定一二調詞，並不普遍。）所以以韻的位置，也可以證明朱說之錯誤。

音樂中之所以有基音起調畢曲，還用基音，這就是「旋律」Melody 的作用，使全調的音節都旋歸本律，而有統一之美。從前的學者也有見及此的，田同之的西圃詞說云：

「詞調之間，可以類應，難以牽合，而起調畢曲，七聲一均，旋相爲宮，與用禮三宮，漢制三統之制相準，須討論宮商，審定曲調，或可得遺響之一二也。」

已能見及旋律的作用，是在「類應」。如果不相應，紊亂了起調畢曲的紀律，不但失律，而且認爲是不祥之兆，碧鷄漫志安公子條下云：

「通典及樂府雜錄稱煬帝將幸江都，樂工王令言者妙達音律，其子彈胡琵琶作安公子，令言驚問：那得此？對曰：宮中新翻。令言流涕曰：愼毋從行，宮聲往而不返，大駕不復回矣！據理道要訣，唐時安公子在太簇角，今已不傳，在見于世者，中呂調有近般涉調有令，然尾聲皆無所歸宿，亦異矣！」

所謂「尾聲無所歸宿」就是畢曲不能旋歸本律之意，可見起調畢曲既如此嚴重，所以詞裏的韻也不能亂用，一定要跟着基音走才會合律，方成培詞麈說：「新腔雖無詞句可遵，第照其板眼塡之，聲之悠揚相應處，卽用韻處也。……難在於審其起韻兩結之高低淸濁，而以韻配之，使歌者便於融入某律某詞耳。」此是指明「悠揚相應處」卽是基音之所在，卽是韻之所在，（杜文瀾憩園詞話亦云：「蓋詞之韻卽曲之拍」特語焉不詳耳。）

（二）用韻之標準

協韻的位置既要和基音一致，而韻的平仄四聲更要和基音完全融合。所以每一個韻的字音最要用得正確，如果不正確的話在從前的塡詞家便認爲有「凌犯他宮」的危險。楊守齋作詞五要的第三要說：

「……若歌韻不協奚取焉？或謂善歌者融化其字，則無疵殊不知詳製轉折用或不當卽失律，正旁偏側，凌犯他宮，非復本調矣。」

因爲各宮調有各宮調的基音，卽白石歌曲集凄涼犯序說的「十二宮住字不同，不容相犯。」的道理。既是各調有各調的基音，基音一紊亂，音調便失了「統一性」，還成什麼東西？而一個韻字用得不正確，足以使整個的音調打失統一性，可知用韻是一件極嚴重的事，不能不和基音十分融洽的理由，便在這裏。他絕不像律詩的用韻可以隨便。戈載詞林正韻發凡解釋這個道理很細微：

「詞之諧不諧，恃乎韻之合不合。韻各有其類，亦各有其音，用之不紊，始能融入本調，收足本音耳。歌有四呼，七音三十一等，呼分開合，音辨宮商，等敘清濁，而其要則有六條：一曰穿鼻，二曰展輔，三曰斂脣，四曰抵齶，五曰直喉，六曰閉口……」

因此，從前的塡詞家對於詞韻的分部爭執得很利害，但韻字固然要準確，我以爲詞的音調既已失傳，一個韻字用得合不合，究竟以什麼爲標準？「用之不紊，始能融入本調，收足本音。」在後代講這話，豈非欺人之談？就在詞樂未失傳的當日，看來也不至這樣的瑣碎細微，有好多名家的詞，曾用當時的方音俗韻塡詞，當時並沒有所謂的詞韻可據，然而並不害其爲名詞。我最贊成毛奇齡的西河詞話的主張：

「詞本無韻，故宋人不製韻，任意取押，雖與詩韻相通不遠，然要是無限度者。」四庫提要（詞曲類）也說此條爲「精核」，遂爲一般詞韻專家所鄙薄，說紀的是「外行」。對於前人之以方音俗韻入詞，說是「前人疵漏未檢」或「究屬不可爲法」（詞林正韻），這未免自作聰明，枉費心機了。總之，我們知道詞的用韻是要正確，是要以融合「基音」爲主，不要破壞詞調的統一性，就是在當時未嘗沒有失律的韻，但「善歌者融化其字則無疵」，像土音方韻入詞，這些情形是免不了的。

（三）加强旋律的作用

一支曲調所以有「同聲相應」之妙，固然全靠末尾的是韻脚。但有時還嫌不夠，於是又變換一種方式，把這個基音不止放在一拍的終了，又把他散在拍的中間。用意是在加强旋律的作用，使一個音調的各部分起一種共鳴。在一拍的中間有了基音，於是在一句的中間也不能不用韻了。這就是所謂的「句中韻」「藏韻」。沈伯時的樂府指迷說道：

詞中多有句中韻，人多不曉，不惟讀之可聽，而歌時最叶韻應拍，不可以爲閑字而不押。如木蘭花云：「傾城盡尋勝去」，城字是韻。又如滿庭芳過處：「年年如社燕」，年字是韻，不可不察也。其他皆可類曉。又如西江月起頭押平聲韻，第二、第四就平聲切去押仄聲韻，如平聲押東字，側聲須押董字凍字韻方可有人隨意押入他韻，尤可笑。」

今錄柳永木蘭花慢一詞以示例：

「折桐花爛漫乍疎雨洗淸明。正焰杏燒林，緗桃繡野，芳景如屏，傾城盡尋勝去，驟雕鞍紺幰出郊坰。風㬉繁絃，翠管萬家競奏新聲。盈盈鬬草踏靑人豔冶，遞逢迎，向路旁往往，遺簪墮珥，珠翠縱橫。歡情對佳麗地，信金罍罄竭玉山傾。拚却明朝永日，畫堂一枕春酲。」

前半闋的「傾城，」後半闋的「盈盈」「歡情」都是句中韻，這句中韻的作用在內在音樂中是「叶韻，」在外在音樂中是「合拍，」所以說：「不可以爲閒字而不押。」

尤爲是慢詞中他的節拍既緩慢，基音的距離稍遠，其應節不免有間歇之感，於是句中韻便是補救的方法。如鳳凰臺上憶吹簫調的後半闋：「空敎映溪帶月，供遊客無情折滿雕鞍。」（侯寘作）從一起到「鞍」字上才押韻，應節嫌其間歇，所以李淸照便在起頭用一個句中韻「休休，這回去也千萬徧陽關也則難留。」「休休」即是句中韻。外如滿庭芳，聲聲慢等詞的過片起頭都有句中韻，這樣一來便形成慢詞裏的「疊頭曲，」（詞源謳曲旨要「疊頭豔拍在前存」）就是過片的起頭疊着前片畢曲的兩字或三字用一個韻，用意在疊着前片的基音，而呼起後片的音節，所以叫做「疊頭曲。」其始還是由後片起頭多用句中韻的辦法而逐漸形成的。

本着此意，只要可以加强旋律的作用，在不妨礙音律的地方多用幾個基音，增加共鳴，未嘗不可，這在歌詞的時代是常見的。如滿江紅用對幛的地方，只是下句押韻，而張元幹的「綠徧芳洲生杜若，楚帆帶雨煙中落。」「寒食淸明都過却，最憐孤負年時約。」程泌的「當日臥龍商略處，秦淮王氣眞何許！」「可笑唐人無意度，却言此虎淩波去。」上句也用起韻來了。又如高湯臺的末結「問東風先到垂楊，後到梅花？（周密作）「風」字是不用韻的、而張炎却有了「夜沈沈，不信歸魂，不到花深」、「更關情，秋水人家，斜照西泠」、「更凄然，萬綠西泠，一抹荒煙。」「莫開簾，怕見飛花，怕聽啼鵑。」從此以後，作高陽臺詞的都照着在三字句上押起韻來，單是讀着都覺得音節優美，大概入樂時也一定是「應拍」的。這類的例很多，不暇條舉，也是加强旋律作用的一種方法。

除了句尾韻句中韻以外，還有一種方法：在句中多用幾個和本韻同部的仄韻或平韻字——即所謂「旁叠韻」字。譬如在仄韻詞裏多用幾個平韻字，平韻詞裏多用幾個仄韻字，當歌詠着也有一種間接的回響。我們隨舉一二詞為例，如李清照漱玉詞中的蝶戀花：

「淚溼羅衣脂粉滿，四叠陽關，唱到千千遍。人道山長山又斷，蕭蕭微雨聞孤館。」（下闋略）

這詞的「關」字兩個「千」字，兩個「山」字都是本詞的旁叠韻，

「暖雨晴風初破凍，柳眼梅腮，已覺春心動。酒意詩情誰與共？淚融殘粉花鈿重。乍試夾衫金縷縫，山枕斜欹，枕損釵頭鳳。獨抱濃愁無好夢，夜闌猶剪燈花弄。」

詞中的「風」字「融」字「濃」字都是旁叠韻，在音節中又另是一種呼應的方法。前引樂府指迷在句中韻一條內連帶說得西江月等調的平仄韻通押的辦法，他的作用和這裏是一樣。不過我們說的是隨意用的，在句中的，這却是定律的，在句尾的。押「正叠韻」的字，他的呼應是直線的，押「旁叠韻」的字，他的呼應却是曲線的。

但以上這種說法，有些塡詞家是表示反對，如香研居詞麈說：

凡一詞用某韻，則句中勿多雜入本韻字，而每句首一字尤宜愼之。如押「魚」「虞」韻，而句中多用

「語」『處』『無』『昔』等韻則五音紊矣。」

又張德瀛詞徵說：

「詞之用字，凡同在一紐一弄者，忌相連用之。宋人於此最為矜慎。」

他舉柳永的「今宵酒醒何處，楊柳岸，曉風殘月。」為例。他是偏重在「雙聲」字，這裏不必贅辨，言外好像關於「疊韻」字也有同樣的忌避。但我們都以為多用幾個疊韻字或旁疊韻字，惟五音不紊，而且可以加強旋律的作用。（方成培說：「每句首一字尤宜慎之。」因為怕紊亂起調畢曲的意思。）

為什麼要加強旋律的作用？因為第一，詞的節音節的變化是非常繁複，有時決非一個正當的韻脚所能統攝得起來。於是起調畢曲的基音往往模糊而不明，第二，像前說的如長調慢詞，音節緩慢，基音的相應處有間歇之感，所以用句中韻，自由施韻在中使用旁疊韻字，藉以使一調樂曲的基音明白瀏亮，自然那些複雜的音節便統一而不紊亂。假如在單調的作詩裏面加上這些花樣，那真要「五音紊矣」。這是詩詞不同的一端。

一（四） 協韻與全調音節的諧調

詞裏的平仄四聲和節奏雖是屬於變化方面的，協韻雖是屬於統一方面的。但這一個韻字，還是要和全調的音節，作有機的連絡，協入音律方才會諧和，而全部的旋律，方才自然。所以在熟於詞律的認為某調只可用平韻，某調只可用仄韻，某只可用平入韻，不可用去上韻；這些情形，都一定是和全部的音節有重要關係。假如一隨便，在音律上便有許多違拗的地方，不過在現在詞樂已經失傳，我們不能具體的指摘出來，只能就形跡上得知一二罷了。

譬如滿江紅詞，據白石道人歌曲集說：

「滿江紅舊調用仄韻，多不協律，如末句云『無心撲』三字，歌者將心字融入去聲，方諧音律。予欲以平韻爲之，久不能成。……」

以深懂音律的白石道人，要換押一個平韻，何以會「久不能成」？可知換一個韻是易事，但用了這一韻要和全調的音律融合浹洽，是不容易的事，所以要通盤打算一下，遂至「久不能成」。看他說「無心撲」的心字要融入去聲方諧音律，爲要改這心字爲去聲，便不得不把全調的韻改爲平聲，爲改平聲韻，而全調的平仄四聲便不能不發生大大的變動，可見韻與全詞的音節的關係是何等嚴密？

平韻裏面平聲和入聲可以相通，所以有此詞可以平仄韻兩押的，多半仄韻只限於入聲，絕不能通於去上兩聲。詞徵卷三說：

「詞有可用平韻亦可用仄韻者，間中好、如夢令、憶秦娥、霜天曉角、豆葉黃、南歌子、虞美人、浣溪紗、絳都春、步月、聲聲慢、慶清朝、滿庭芳、百字令、蠟梅香、滿江紅……是也。側韻三聲皆可，惟憶秦娥、虞美人、南歌子則宜用入。……」

滿江紅調在前面說過，四聲都可以押。由這裏看來，仍然只限於平入，據白石之說，入聲都不十分諧音律，只是可押平聲。入聲都是強勉，何況於去聲和上聲，假如不能通融的韻，強勉押去，便如前引楊守齋的作詞五要上說，水龍吟和二郎神兩調只能用平入聲韻，古詞都用去聲，「所以轉折怪異，成不祥之音。」這就是和全盤的音節不相融洽，才會有「轉折怪異」的現象。

由此類推，如憶秦娥詞也只能限於平入對出，在從前有李太白「簫聲咽，秦娥夢斷秦樓月」一型的入韻詞，有孫夫人「花深深，一鉤羅襪尋花陰」一型的平韻詞，這兩韻詞在當時一定是合律之作，後來鄭板橋集裏附陳古寅替人作的一首去韻的憶秦娥：「光陰瀉，春風記得花開夜，花開夜，明珠雙墮，相逢未嫁……」很博得一些詞話的讚賞，可惜現在詞樂已亡，無法作音律上的批判，如果在當時這調押去韻的憶秦娥，或者也要被楊守齋稱為一轉折怪異，成不祥之音」了。

（五）轉調與轉韻

音樂中有「轉調」（Modulation）之一法，即是一調樂曲本是屬于宮調，忽然轉入商調，忽然又轉入角調，在中國音樂中這叫做「犯宮」。犯宮的取意，是嫌一個樂曲始終用一個曲調子，未免太單調，所以使他的宮調隨時變換，便覺得音聲曲折，有一種新的刺激。

音樂中之有「轉調」或「犯宮」，就好像詞中之有「轉韻」或「換韻」，一換韻二換韻以至三換，四換也就如音樂中之一犯二犯乃至三犯四犯，是一樣的，其用意也是同樣的取其有一種變化，不至流于單調。

但是轉調與轉韻意思是相同，切不要認為詞中轉韻的地方便是音樂上的轉調。譬如詞中的轉韻以小令為最多，而長調慢詞是很少轉韻的，詞通換韻條下說：

長調換韻詞，雖平仄轉換，實仍同部，是平仄互叶，非換韻也。如哨遍、換巢鸞鳳等，是故換韻詞，惟小令有之

耳。」（詞學季刊）

長調既不換韻換韻又多用在小令裏面而在音樂的轉調犯宮卻是從長調慢詞盛行以後才舉行的事，詞源說：

「泊于崇寧立大晟樂府命美成諸人討論古音審定古調。……而美成諸人又復增演慢曲引近，或移宮換羽爲三犯四犯之曲，按月律爲之其曲遂繁。」

「犯宮」可知是從周美成以後才盛行的事，在北宋以前，小令流行的時代，是很少見的。（原來犯宮是自從燕樂以來就有的，在唐時所謂「劍器入渾脫」便是犯宮的證據，但不多用，到北宋末年大晟樂府以後，才大爲流行。）

長調轉調而不轉韻，小令轉韻而不轉調，所以轉調與轉韻是兩件事，不可併爲一談。這是什麼原故呢？因爲轉調是宮調雖轉換，而他的「基音」並不轉換，姜白石淒涼犯自序說：

「凡曲言犯者，謂以宮犯商商犯宮之類。如道調宮上字住，雙調亦上字住，所住字同，故道調曲中犯雙調，或於商調曲中犯道調，其他準此。唐人樂書云『犯有正旁偏側，宮犯宮爲正，宮犯商爲旁，宮犯羽爲側。』此說非也。十二宮所住字各不同，不容相犯，十二宮特可犯商角羽耳。」

犯宮不是無規則的亂犯，要和本調的「住字」相同的宮調才能相犯，「住字」就是基音，可見宮調雖變，基音並不變，基音不變，當然韻也不變，這是長調轉調不轉韻的理由。但有幾調犯宮的詞，他的用韻略有變化，是不是犯宮痕跡，還不能斷定，如尾犯一詞，當然是犯宮之詞，通首是協仄韻句，但開頭兩平聲結尾的句子，似乎是用韻，吳文英的「翠被落紅妝，流水膩香。」香與妝爲韻，柳永的「夜雨滴香堦孤館夢回。」回與堦爲韻，以下卽轉入正韻。（此調又載夢窗乙稿）這是不是因爲犯宮的原故，而有這兩句用平韻的句子？

又水調歌頭調據詞律注說：「白石又名花犯念奴」、沈雄古今詞話說：「此不與豔詞同科者，仄韻卽花犯念奴。」是水調歌頭也是犯宮之調，但說此調「仄韻卽花犯念奴」水調歌頭只有押平韻的，並沒有仄韻詞，只有調中有兩句「夾協」用仄韻的句子，如蘇軾所作：

「明月幾時有？把酒問靑天，不知天上宮闕，今夕是何年？我欲乘風歸去，又恐瓊樓玉宇，高處不勝寒。起舞弄淸影，何似在人間？ 轉朱閣，低綺戶，照無眠，不應有恨，何時常向別時圓？人有悲歡離合，月有陰晴圓缺，此事古難全。但願人長久，千里共嬋娟。」

內中「去」「宇」兩字一韻，下半闋的「合」「缺」兩字一韻。所謂的「仄韻卽花犯念奴」是否因此兩句夾協的仄韻，便叫做花犯念奴，若果是，是否爲犯宮的痕跡？又如賀鑄有一首平仄兼協的水調歌頭，是否因此調有犯宮之處，所以協韻也跟着變化？這些情形，我們不能貿然斷定，若律以轉調不轉基音的原理來說：這些決不是犯宮的痕跡，犯宮只是在音樂上有特異的地方，在詞上是看不出來的（若是犯詞之調便可以看得出來，如江月晃重山，江城梅花引，便是犯詞之調，可看得出來。犯宮之調便找不出他的痕跡來了。）

至於小令又爲什麼轉韻不轉調呢？若律以基音之所在，便是韻之所在，而小令的韻却是這樣的變化，他的基音究竟變化不變化？若說基音不變化，那麼塡詞家於協韻是非常愼重，一個韻的平仄開合稍差，便有「淩犯他宮」的危險，而小令的韻却這樣平仄變易，豈不更紊亂宮調嗎？若說基音也跟着變化，則小令時代早已舉行犯宮，而且是三犯四犯，更複雜於慢詞，不當周美成以後才有犯宮之詞了？但又律以宮調轉變，基音不變，韻也不變的原理，則小令縱有犯宮，決無轉韻之理，究竟小令裏面複雜的韻法和音樂的關係眞像是如何？因爲詞樂亡佚，無法解決這些疑惑了，實在是非常痛惜的事！

第四章 結論

第一節 爲進化的詩歌之詞

綜合起前面的幾節，關於詞的內在音樂與外在音樂相融和的情形——平仄四聲與宮商之融合，協韻與起調畢曲之融和，節拍與詞句之融合，算是把元稹的「在音聲者句度長短之數，聲韻平上之差，莫不由之準度。」這幾句話詳細分析出來了。現在我們再列出一對照圖式，以便明瞭：

宮商 ┬ 單音 ……………… 音高 ┐ 平仄
　　 └ 複音 ……………… 音勢 ┘ 四聲

- 音樂
  - 起調
    - 基音的位置
      - 拍尾的基音……句末韻
      - 拍中的基音……句中韻
    - 基音的加强……句中旁疊韻
    - （句末韻、句中韻、句中旁疊韻）→韻的位置
  - 基曲
    - 基音的高低……韻的清濁
    - 基音的轉變……小令轉韻長調不轉韻
    - 基音與全調音節的關聯……韻與全詞音節的關聯
    - （韻的位置、韻的清濁、小令轉韻長調不轉韻、韻與全詞音節的關聯）→韻
  - 節拍
    - 長短……長短
    - 多少……多少
    - 組織……組織
    - （長短、多少、組織）→句
- （韻、句）→詞

看了這個圖式，可知詞完全是一種反映音樂的文學。各部份都與音樂作精密的融合，就離開音樂，也可以由詞的音節上髣髴出音樂的原形來，眞眞確確的可以當「音樂文學」而無愧。

用歷史的眼光——詩歌進化的眼光來看詞，像第一編裏所說的，中國的詩歌從古詩以來便是朝着音樂的這個趨向而進化。現在綜合起我們所論述的，可以證明了這句話，詩歌進化到了詞的這個階段，是已經完成了這個趨向。他是結束了中古以來的詩歌史而開近古詩歌的新紀元。以後的南北曲，不過是繼續着這個趨向，而愈走到詩歌與音樂作精微細密融合之路，一直到清代爲止。

但是再以我們所論述的來分析詩歌是向着音樂的這個趨向而進化，所謂的音樂，要分作兩方面來看。不外是前面說的「內在音樂」和「外在音樂」循着這兩方面而進化。而這兩種音樂又却是互相影響互爲因果，不能分離的。

再補充一點，在第一章裏已經說過，從中古以來，詩歌的系統只是一個只是有從古詩到近體從近體到詞曲的一個系統。這一個系統的詩歌，是有兩方面的進化。一是內在音樂的進化，一是外在音樂的進化。

由內在音樂的方面看，在古詩的時代，所謂「四聲還沒有諧暢」，沒有聲韻學的研究，是一種自然音韻的時代。到了律詩（包括齊梁詩在內）的階段，便有了音韻的覺醒，開始應用輕重律來組織詩歌，但還沒有極盡聲韻的微妙複雜的變化，結果把詩歌陷入於機械呆滯的狀態中。到詞來才把詩歌從機械呆滯的狀態裏解放出來，而使聲音極盡變化錯雜之能事，達到了成功的階段，這是縱的看法。

若由橫的方面來看詞，詞和古詩齊梁詩律詩來比較，則古詩有一部份句調是長短句子，和詞相近。這是從鐃歌十八曲，橫吹曲辭，一直到梁隋時代的小樂府江南弄，紀遼東，這一系長短句的古詩）然而只是句法參差，并沒有調和的聲韻，只算是有類似詞的節拍而無詞的聲韻。齊梁詩和律詩是聲韻上有了進步，而句調又都整齊呆板，聲音之不得錯綜變化，正坐這個原故，是有了詞的聲韻而無詞之節拍。詞好像是綜合起古詩和律詩來取他們的長，去他們的短，取古詩參差錯綜的節奏，配合齊梁詩和律詩的抑揚調和的輕重律。聲韻得了參差不齊的節拍，便起了新的複雜的變化，便解放了律詩的機械與呆滯。參差不齊的節拍，得了有規矩的抑揚浮沈的聲韻，便多麼的調和鏗鏘，便改善了古詩的「詰曲」這是橫的看法，在內在音樂方面，不論是從縱的方面或橫的方面，詞都是進化了的詩歌，結束了中古以來的詩歌。

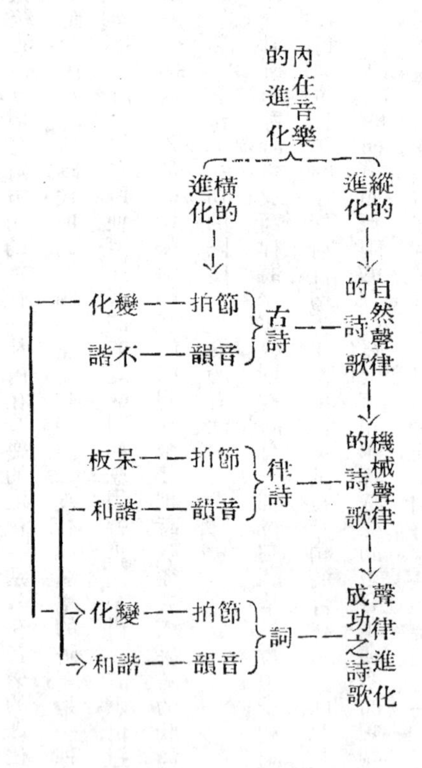

又從詩歌與外在音樂關係的進化上看，在古詩的時代詩歌和音樂完全不相關照，詩的形式和音樂的形式、距離相差太遠。雖然詩歌入樂，是強勉割裂增損以將就音樂的，這是詩歌與音樂衝突的時期。因爲樂府時代詩歌和音樂相衝突的結果，便漸漸陶融出近體詩來（尤爲是絕句）詩歌便逐漸接近於音樂，這是唐人歌詩的時代，是詩歌與音樂接近的時代。因爲接近更作進一步的融合，便是詞與音樂融合的時代，綜和起來再作一式如下：

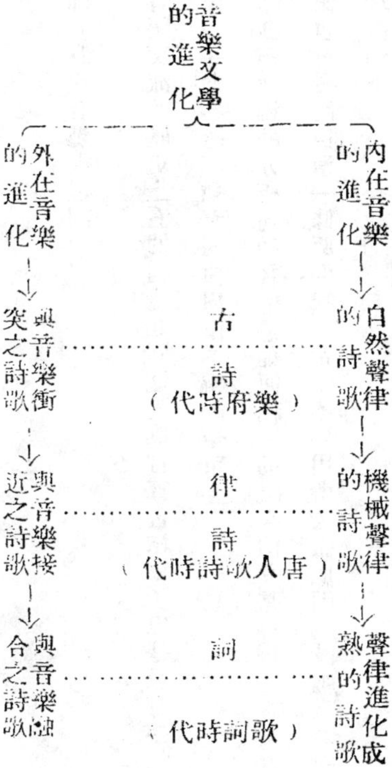

外在音樂的進化		內在音樂的進化
↓		↓
與音樂衝突之詩歌	古詩（樂府時代）	自然聲律的詩歌
↓		↓
與音樂接近之詩歌	律詩（唐人歌詩時代）	機械聲律的詩歌
↓		↓
與音樂融合之詩歌	詞（歌詞時代）	聲律進化成熟的詩歌

（上冠：音樂文學的進化）

到這裏，我們可以徹底明瞭中國詩歌的系統，和詩歌進化的情形，可知由系統上看，詩歌只是一個系統，他的進化標準，是以音樂爲標準，而趨向音樂的路向是從兩方面。從來的學者不明白這些情形，不能看清他從兩方面進化的原則，所以有人說詞是從樂府進化來的，又有人說是從律詩進化來的，各執一偏之見，聚訟紛紜，眞可發笑。因此連詩歌的系統都隨得紊亂不堪，所以把古詩和律詩認爲是一個系統，樂府詩又爲一個系統，又有一個長短句詩的系統，詞無所依歸，「不得不變爲長短句。」只有方成培的香硏居詞麈裏有兩句話還中肯：

「詞者所以濟近體之窮，而上承樂府之變者也。」似乎還看出詩歌從兩方面進化的情形，但是模糊得很，所謂「上承樂府之變」一句話，還是沒有認淸樂府與詞之間，還有一個絕句的階段，如果澈底分析下來，依然鬧不清楚。

還有一點，詩歌雖然分作這兩方面進化，并不能截然劃分，各不相照，反之，兩方面都有密切的關係，互爲因果的，譬如詞在內在音樂方面之所以變化成功，一切音韻節拍比律詩複雜嚴密，完全是受外在音樂的影響，把外在音樂反映在詩歌的自身上，於是內在的音韻節拍，都有變化的標準。——沈約主張「以詩歌之音韻同絃管之聲曲」而不知使詩歌切實與絃管合作，結果所以失敗，——律詩較齊梁詩有規矩，然而把詩歌陷入於機械狀態中，都是不能把音韻服從於音樂的緣故，這是音樂影響於音韻的。反之，詩歌能夠合於音樂，但沒有音樂平仄四聲等類的工具，還是不能和音樂相融合，樂府時代詩歌與音樂的衝突便是這個原故，這是音韻影響於音樂的。詞所以必在這個時候產生，便是有了諧協的四聲音韻的工具，而又把音韻服從於音樂，便成了音樂的文學。

第二節　爲複合藝術之詞

現在由詩歌與音樂交流的歷史上看的詞，緣起到這裏應當宣告結束了。但是，還有一點餘意，而且是在音樂的文學上關係很重要的一點，不能不補充明白，以作本編的結束。

在這一編裏我們已經詳細的分析詞和音樂是如何精密的融合。似乎是一種詩歌和音樂的趨向愈發接近，愈發融合，而他的價值也愈發高。但這一條原則，我是希望不要用得太徹底。因爲詩歌和音樂是做不到絕對融合的程度，而且也不必，理由如下：

A、詩歌，音樂，跳舞，是一種「三位一體」的複合藝術。所以要集合這三樣東西，成爲一種藝術，即是取其三種藝術各具特色，他的取材，他的形式組織理想，是各有各有特點，樂記上說的：「詩言其志也，歌詠其聲也，舞動其容也。」這即是三種藝術的特點，集合起三種各具特色的藝術，成爲一個複合的藝術，這種藝術，便見得是「統一之中有變化」。就其可以「統一」的地方來看，三種藝術便有融合的可能，就其有「變化」的地方來看，三種藝術便有不能融合的情形，所以詩歌與音樂是不能做到絕對融合的階段，這是不能的理由。

B、在這種複合藝術之中，假如太過於引繩削墨，刻畫入微，以求達到絕對融合的境界，即使能夠做到，那藝術創作的情趣，不得自由，還成什麼藝術？所以古今樂錄說的：「必使志盡於詩，聲盡於曲。」這兩句話，是道出複合藝術的原理，總要使詩歌與音樂，都得到創作的自由，不要互相桎梏，互相犧牲，使複合的藝術爲之減色。所以大同之中，不妨小異，嚴格之中，不妨自由，這是詩與樂不必求絕對融合的理由。

前面幾節的論述，分析詞與音樂的關係，詞的某部融合於音樂的某部，這是就理論方面來分析。固然照理論做下去，未嘗不可以達到詩歌與音樂作很深的接合的階段。但實際上把唐宋詞人的作品綜合起來對勘，却發現好多地方，幷不如理論上所指示的，有精密的融合，其間還是有好多出入自由的地方，這就可以證明上面所舉的兩點，有不能和不必融合的兩種情形。且看當時的名家詞，有幾個能實在按照音律來塡詞？沈伯時樂府指迷說：「前輩好詞甚多，往往不協律腔，所以無人唱。」這其間，不但是蘇軾的詞是「句讀不葺之詩」，（苕溪漁隱叢話）

不但「曲子中縛不住。」（後山詩話）就是精於音律如周邦彥尙且爲張炎批評爲「美成於音譜且間有未諧」（詞源）更何況其他？

現在我們具體的指出幾點來說明：

第一以平仄四聲而論，應當是與宮商相融洽，但事實上却不盡然，因爲在詞裏邊，凡四言以上的句子，他的平仄用法大半是律詩的句法，所謂「複式輕重律」已經在前面詳細說過了，在詩歌的句子是兩輕兩重的組織，試問在音樂的每一拍，是不是仍用兩輕兩重的輕重律組織？現在詞樂雖亡，但依理來推，在音樂裏面，決無如此，齊對偶的組織，何況倘有白石道人歌曲集的旁譜爲證，每一拍的聲音都是參差錯綜的。既是這樣，如果嚴格的來把一字配入一音，無絲毫的差爽，那麼詞裏面的「律句」決無一句可以存在，然而這些「律句」居然唱入樂，可知其不能字字合於音律。這其中便有一種通融的辦法，沈括夢溪筆談說：

「如宮聲字而曲合用商聲，則能轉宮爲商歌之，此字中有聲也，善歌者謂之內裏聲。」也即是張炎詞源說的：「善歌者融化其字則無疵。」

「內裏聲」即是融化其字，使字字都合于音律的意思。蓮子居詞話說得較爲詳細：「繼起諸詞人……或變易前詞，仄字而平，或變易前詞平字而仄，要於音律無礙。或前詞字少而今多之，則融洽其多字於腔中；或前詞字多而今少之，則引伸其少字於腔外，亦仍與音律無礙。……」

但是這種變通的辦法，要在「與音律無礙」的地方才可以施行，如果和音律有礙，又怎麼辦法呢？假如將就他的原詞入樂，便要像作詞五要說的「轉折怪異，成不祥之音。」於是乎不能不改換字音以將就音樂，而詞句上便有「拗調」「拗句」的產生，而「律法」便不能不破壞，所謂「破律從腔」的辦法。這種情形不但在後來音律嚴格的時候要這樣，就在唐末五代的詞裏還是可以發現些「拗句」，如；

「斷腸瀟湘春雁飛」「夢回惆悵聞曉鶯。」（溫庭筠遐方怨）

「幾度將書託煙鴈」（牛嶠感恩多）

「花落小園空惆悵。」（牛嶠木蘭花）

「雲雨別來易西東。」（韋莊望遠行）

這些都是「失粘」的鈎句，以外如前文所舉的那些運用四字以上的平聲或仄聲的句子，其極至於後來慢詞中如邊佛閣壽樓春等類的調子，念着極不利於誦讀，要想用律法去準繩他是無一是處的。但這些拗句，拗調在音樂中又却是極合於音律的，所以萬樹的詞律自敍說：「今之所疑拗句，乃當日所爲諧音律協者也。」

照這樣分析下來，詞中的句子，應當有三種：

一、合詞而又合律的句子

二、通融的句子

三、合律而不合詞的句子——「拗句」

可知平仄和宮商絕不能字字句句相融合，合於詞則不合於律，使成「不祥之音，」合於律而不合於詞，使產生出拗句拗調其間幸而有這種綏衝的辦法，可以將就得去使「融合其字則無疵」便兩全其美。俞仲茅爰園詞話說：

「詞全以調爲主，調全以字之音爲主，音有平仄，多必不可移者，仄有上去入，多可移者，間有必不可移者，任意出入，則歌詞有棘喉澀舌之病。……」

這是具體的指出何以有可以通融的地方，因爲一個仄聲裏包含着上去入三聲，所以這其間便有許多躲閃，但也不盡然，沈伯時樂府指迷說：

「腔律豈必人人皆能按簫填譜，但看句中用去聲字最爲緊要，然後更將古知音人曲，一腔三兩隻參訂，如都用去聲，亦必用去聲，其次如平聲都用得入聲字替上聲字，最不可用去聲字替，不可以上去入盡道是側聲便用得，更須調停參訂用之。」

可見仄聲中的三聲，還是不能通用，最嚴格的尤爲去聲字，不能通融，杜文瀾憩園詞話解釋去聲不能通融的道理。

「平上入三聲，有可以互代，惟去聲則獨用，其聲激厲勁遠，轉折跌宕全繫乎此，故領調亦必用之。」

的確，不要說後來音律嚴格的時代講究去聲的用法，在唐末溫庭筠幾調更漏子上下兩闋的兩字三句的，凡是第一句三字句的第三字，完全用去聲。

「驚塞鴈」「紅燭背」「蘭露重」「春欲暮」「知我意」

「山枕膩」「垂翠幕」「宮樹暗」「堤柳動」「銀燭盡」(幕字可作去聲)

試看他每句末尾的一字完全是去聲字，這不能說是偶然的，只有末一首「一葉葉一聲聲」是用入聲，但這調詞有一本說是非溫詞，是馮延巳的詞拉亂入溫詞裏，依此意推之，或者近是。但更漏子之用去聲，也只有溫庭筠一人，別的花間詞人，却不盡然，這或者是因他懂音樂，知道這一點，一定要去聲字的原故？如果這裏非用去聲不合律，則更漏子詞只有溫庭筠的可以入樂，別的就不能嗎？可知還是可以通融的。以上是說明平仄和宮商不盡可以融合的情形。

其次是詞的句法要合於音樂的節奏，句法的長短，句子之多少，句法的組織，都要合於節拍。這也是理論是這樣，實際詞的句子有多少和「樂句」不合的。楊守齋作詞五要說：

「第三要塡詞按譜，自古作詞能依句者已少，依譜用字，百無一二。」

這是說作詞人能完全按照「樂句」的方式塡詞的很少，至於按照音律來用字的是尤爲少。可見詞句能完全按合節拍，平仄能完全依照宮商的實不多見，所以「橫放傑出曲子中縛不住」的幷不止蘇軾一個。揚愼詞品說：

「塡詞平仄及斷句，皆有定數，而詞人語意所到，時有參差，如秦少游水龍吟前段歇拍句云：「紅成陣，飛鴛甃。」換頭落句云：「念多情但有當時皓月，照人依舊。」以詞意言，當時皓月作一句，照人依舊作一句，以詞調拍眼，但有當時作一拍爲是也。又如水龍吟首句本是六字，第二句本是七字，陸放翁此調首句云：「摩訶池上追遊路。」則七字，下云：「紅綠參差春曉」，都是六字。又如瑞鶴仙「冰輪桂花滿溢」爲句，以滿字叶而以瀉字帶在下句，又如二句分作三句，三句合作二句者尤多。然句法是不同，而字數不多出，妙在歌者上下縱橫取協爾。」

這可見句法的組織多少長短都時有變更，不盡按合音律，仍是靠着有歌者「上下縱橫取協」的變通辦法。

至於協韻也有同樣的情形，韻的多少，韻的平仄和呼音的方法，同是一個詞調各家協韻的方式，不能盡歸一律，究竟以何者爲完全協合音律，其中都有許多自由出入的地方。卽以協韻不合，便有「凌犯他宮」的危險一端而論，如各詞家隨便以方音俗韻入詞，當然有許多差池的地方，這也是要全賴歌者「融化其字」的變通辦法。據戈載詞林正韻所舉：

「宋人詞有以方音爲叶者，如黃魯直惜餘歡閣合同押，林外洞仙歌鎖考同押，曾覿釵頭鳳照透同押，劉過轆轤金井演倒同押，吳文英法曲獻仙音冷向同押……唯看借音之數字，宋人多習用之，如柳永鵲巢仙「算密意幽歡，盡成孤負。」負字切方佈切。率棄疾永遇樂「憑誰問廉頗老矣，尚能飯否？」否字切方古切……」

這些情形，是難免的，究有何法使其盡歸一律，各家詞韻究以何種爲完全無疵？

此外如唐末五代時之小令，各人用的韻，互不相同，就同是一人同是一調而協韻不同，這不能說其間絕無出入自由的地方。

以上所舉各端，足以證明詞和音律有不盡相融合之處。只求其大體不差，不致十分違礙於音律，細節目上稍有出入，自有變通融合的方法，不如是不足以保持藝術創作的情趣，而陷於「合則兩傷」之弊。只要看北宋以前，詞律不十分精密，而却是詞之極盛時代——北宋以後，詞律突趨嚴密，精益求精，欲求達到詞與音律緻密融合的境界，而詞便逐漸衰落下去，便是這個原因。這是後話，其詳容待後述。

以上所舉的是詩歌與音樂本來有可以極端融洽之路道，爲着保持創作之自由情趣，而不必十分嚴格的。還有一方面是詩歌與音樂各有各的特殊的情形，要想把詩歌竭力去融合音樂，反映音樂，無論如何是做不到的。其例，卽如前節所說的音樂上有犯宮轉調之舉，這一點在詞上絕對不能反映出來。相反的，長調慢詞有犯宮轉調，而音韻上却不轉韻，小令無犯宮轉調，而小令裏面却有轉韻，詩歌反映音樂基調的工具全賴乎音韻，像這種基調轉變，而音韻卻不能反映出來，這有什麼法子？這是說明詩歌與音樂有絕對不能相似的地方。

這一點，就要知道所謂複合藝術的意義，他所以要取各種特殊的藝術在一塊，一方面固然取其性質之有相同點，可以融洽爲一，而增進加强了藝術的情趣。一方面却取其有相異點，一層可以使其變化複雜，一層却借其不同點而相反相成。

譬如詞的音韻不能反映出基調，長調轉調不轉韻，小令轉韻不轉調，并非藝術上之苦悶，而却合於「相反相成」的原理。因爲長調有犯宮轉調，音樂上取了急劇的變化，而詞的韻却不跟着變化，維持着一韻到底，韻脚不惟不跟着變易，倒反有句中韻來加强他的基音，更有如賀方回的水調歌頭之類，平仄韻通押，使其「類應」的作用，益發顯著。這是音樂上儘管變化，而詩歌上却盡量統一。反之小令裏面沒有犯宮轉調之事，而小令的韻却千變萬化，這是詩歌上儘管變化，而音樂上却維持着統一，這便是「相反相成」的道理。

詞與音樂

劉堯民著

第三編 從以樂從詩到以詩從樂

第一章 以樂從詩的時代

關於詞之起源的問題，在前兩編中本着元微之的樂府古題序「在音聲者因聲以度詞，審調以節唱，句度長短之數，聲韻平上之差，莫不由之準度。」幾句話，把詞之所以成功已作詳細的解釋了，大要是詩歌以音樂爲「準度」，聲韻之高低，句度之長短，完全摸倣音樂，所以就成爲長短句詞的形式，但現在還有一個重大問題，是爲研究詩歌與音樂者所不注意，而爲詩歌或音樂史上最大的轉捩點，即是詩歌爲什麼要以音樂爲「準度」？在詞以前，以至古代爲什麼詩歌不以音樂爲「準度」？這於詩歌與音樂的自身上會有什麼影響？明白這一層意義，便可以了解從唐以來詩歌會變形成爲詞，以至於曲，和過去的詩歌完全不同的原因，即係於此事，所以在本章裏面，我們對於這問題，再來一番研究。

一言以蔽之，在中古以前，中國的音樂沒有獨立性，那時是以詩歌爲主，音樂則附屬於詩歌。到近古以來，音樂有了獨立的精神，反過來以音樂爲主，詩歌則服從於音樂。換言之，前者爲詩歌至上主義的時代，後者則爲音樂至上主義的時代。我們可以從古代歷史事實來說明中國最古的製曲規律是：

「詩言志，歌永言，聲依永，律和聲。」（舜典）

「在心爲志，發言爲詩，情動於中而形於言，言之不足，故嗟歎之，嗟歎之不足，故永歌之，永歌之不足，不知手之舞之足之蹈之也。」（關雎詩序）

「詩言其志，歌詠其聲，舞動其容，三者本於心，然後樂器從之。」（樂記）

這些話是中國音樂史上奉爲金科玉律的，都是先作詩歌，然後以音樂來附從，所以詩經上的歌謠，都是先有徒歌，然後才合以音樂。漢書食貨志說：

「行人振木鐸徇於路，以采詩，太師比其音律，以聞於天子。」

這種「先詩後樂」的辦法，一直到樂府時代還存在，至詞調一起，才完全滅絕。王灼碧雞漫志說：

「古人初不定聲律，因所感發爲歌，而聲律從之，唐虞禪代以來是也，餘波至西漢末始絕。」

其實漢以後這種情形還存在，在漢時大部份都是先詩後樂。漢書禮樂志云：

「漢房中祠樂，高祖唐山夫人所作，凡樂，樂其所生，禮不忘其本，高祖樂楚聲，故房中樂楚聲也。孝惠二年，使樂府令備其簫管，更名安世樂。」

安世樂是先作詩，然後備其簫管。樂府詩集新樂府辭序云：

「至武帝乃立樂府，采詩夜誦，有趙代秦楚之謳，則採歌謠被聲樂，其來蓋亦遠矣」。

是漢代採歌謠被聲樂，還是同詩經先採民風，後比音律一樣，都是先詩後樂的辦法。漢書禮樂志又說。

「初高祖既定天下……作風起之詩……至孝惠時以沛宮爲原廟，皆令歌兒習吹以相和，常以一百二十人爲員，文景之間，禮官肄業而已」。

風起之詩在先作，到祭原廟時才「習吹以相和」。漢書外戚傳云。

「李夫人卒，帝思念不已……爲作詩曰：『是耶非耶，立而望之，偏何姍姍其來遲』，令樂府諸音家絃歌之」。

李夫人歌經武帝先作好，後才令樂府播入絃歌，這些都是先詩後樂之事實。王灼碧雞漫志說：

「劉項皆善作歌，西漢諸帝如武宣類能之。趙幽王死，諸王負罪死，臨絕之音，曲折深迫。廣川王通經，好文辭，爲諸姬作歌，尤奇古。而高祖之戚夫人，燕王旦之容華夫人兩歌，又不在諸王下。蓋漢初古俗猶在也」。

他所謂的「古俗」，即是以詩歌爲主的「詩言志，歌永言，聲依永，律和聲」的慣例。他又推數這種「古俗」到晉宋以後就沒有了。

「石崇以明君曲教其妾綠珠曰：『我本漢家子，將適單于庭，昔爲匣中玉，今爲糞上英』。綠珠亦自作懊儂歌曰：『絲布澀難縫……』。陳安死，隴上歌之曰……。劉曜聞而悲傷，命樂府歌之。晉宋以來，歌曲見於史者，蓋如是耳」！

這首隴上歌，還是先有詩歌，後才另譜音調，這即是「古意」，繼後就很少見了，所以說「蓋如是耳」，言外頗有點惋惜「古意之淪亡」。因爲這些歌都是不附音樂，作者獨立創造的詩歌，還是「詩歌至上」的精神，所以說是「古意」。但他又推考到唐時的音樂，也還有「古意」的存在：

「唐時「古意」，亦未全喪，竹枝，浪陶沙，拋球樂，楊柳枝，乃詩中絕句，而定爲歌曲。故李太白淸平調詞三章皆絕句，元白諸詩，亦爲知音協律作歌……唐史稱李賀樂府數十篇，雲韶諸工皆合之絃管……五代猶有此風，今亡矣。近世有取陶淵明歸去來，李太白把酒問明月，李長吉將進酒，大蘇公赤壁前後賦協入音律，此暗合其美耳」！

他的意思以爲唐宋時此種辦法，還有點「詩言志律和聲」。先詩後樂的辦法，所以說「古意亦未全喪」「此暗合其美耳」。殊不知唐代以律絕入樂，並不是爲此首律絕特別製一個音調，仍是用律絕歌入舊有的音調中。如王維送元二使西安詩歌入陽關曲，杜甫的送花將軍詩歌入水調歌入破第二，高適的「開篋淚沾臆」五絕歌入涼州第三，溫庭筠的春曉曲歌入木蘭花，李德裕的步虛詞歌入桂殿秋。這些都是舊有的音調，採詩來入樂，並不是先有詩後有樂。唐人的歌詩，多半是這樣，並無所謂「古意」。至於陶淵明的歸去來詞等類，仍然同例，將他增減字句，押入一個相當的詞調，如蘇東坡把歸去來詞削足適履的按入哨遍的詞調，穆天子傳櫽括入戚氏詞調，李白的把酒問明月櫽括入水龍吟的詞調，所謂協入聲律，不過如是。這是以音樂爲主，詩歌爲屬的辦法，恰和「古意」相反。大概這種「古意」到唐代已經沒有了。

第二章　以詩從樂的時代

至於以音樂爲主詩歌爲從的「先樂後詩」的辦法，其起源却很早了，在西漢時已經有些痕跡可尋，史記張釋之馮唐列傳敍述文帝和愼夫人到霸上「使愼夫人鼓瑟，上自倚瑟而歌」。就有點倚聲作歌的情形，碧雞漫志說：

「中世亦有因筦絃金石造歌以被之，若漢文帝使愼夫人鼓瑟，自倚瑟而歌，漢魏作三調歌詞，終非古法。」

這卽是「古法」喪失的開端。顧炎武日知錄中有一條也注意及此。（日知錄卷五樂章條）

「漢書武帝舉司馬相如等數十人，造爲詩賦，略論律呂，以合八音之調，作十九章之歌。夫曰略論律呂以合八音之調，是以詩從樂也，後代樂章皆然。」

從此一開端，以後以詩從樂的事實就逐漸發達了，如文心雕龍樂府篇說：

「凡樂辭曰詩，聲曰歌，聲來被辭，辭繁難節。」

節辭以就聲，可見是以詩從樂了。曹植鞞舞詩序云：

「故西園鼓吹李堅者，能鞞舞，遭世亂，越關西隨將軍段煨，先帝聞其舊伎，下書召堅。堅年踰七十，中間廢而不爲，又古曲甚多謬誤。異代之文，未必相襲，故依前曲作新歌五遍。」

所謂「依前曲作新歌」當然也是以詩從樂的事實了。

然而，通一個樂府時代作曲的方式，是沒有一定的，有些是以詩從樂，有些又是以樂從詩，如樂府詩集相和歌辭引古今樂錄說：

「傖歌以一句爲一解，中國以一章爲一解。王僧虔啓曰：古曰章，今曰解，解有多少。當是先詩後聲。」

可知樂府時代的解曲，有些還是以樂從詩的，綜合起來看，杜佑通典樂類說：

「吳歌雜曲並出江東，晉宋以來，稍有增廣。凡此諸曲，始皆徒歌，既而被之絃管，又有因絃管金石造歌以被之，魏氏三調歌詞之類是也。」

樂府詩集新樂府辭序也說：

「凡樂府歌辭有因聲而作歌者，若魏之三調歌詞，因絃管金石造歌以被之是也。有因歌而造聲者，若清商吳聲諸曲，始皆徒歌，既而被之絃管是也。」

尤爲以元微之的樂府古題序分析得最詳細：

「……而又別其在琴瑟者爲操引，採民甿者爲謳謠，備曲度者總謂之歌曲詞調，斯皆由樂以定詞，非選詞以配樂也。詩行詠吟題怨歎章篇九名，皆屬事而作，雖題號不同，而悉謂之爲詩可也。後之審樂者，往往取其詞，度爲歌曲，蓋選詞以配樂，非由樂以定詞也。」

所謂「由樂以定詞」即是先樂後詩，「選詞以配樂」即是先詩後樂。固然元微之所說的不十分確定，但總可以知道樂府時代的作曲方法是不一致的，有些是先詩後樂，有些是先樂後詩。

到了唐以後作曲的方式才完全劃一，以詩從樂，先製成譜，然後才作詞。我們只要看崔令欽的教坊記、段安節的樂府雜錄、南卓的羯鼓錄上所載的樂曲名眞多極了，然而大半是有聲無詞的。以樂府詩集的近代曲辭和全唐詩的雜曲歌辭裏面的歌詞，來對校教坊記等書所載的曲名，有歌詞的只是一小部分，可知當時尊重音樂的情形。就中有一點分別，即是詞未產生以前，是採絕句入樂，和樂府時代的採詩入樂的情形一樣，到詞產生以後，才倚聲塡詞。但不論怎樣採詩入樂或倚聲塡詞，總是先樂後詩的。

也有例外，在唐時的廟堂紀功的樂曲，多半是先作好詩，然後製成樂譜，唐會要卷三十三破陣樂說：

「貞觀元年正月三日，宴羣臣，奏秦王破陣樂之曲。太宗謂侍臣曰：朕昔在藩邸，屢有征伐，世間遂有此歌，豈意今日登於雅樂。」

是秦王破陣樂先有民歌，後來才譜爲雅樂。唐會要又說：「貞觀六年九月二十九日，幸慶善樂宴從臣于渭濱，其宮即太宗降誕之所，上乃賦詩十韻，賞賜閭里，有同漢之宛沛焉。於是起居郎呂才播于樂府，被之管絃，名曰功成慶善樂之曲。」可知慶善樂也是先詩後樂。惜乎王灼推考「古意」「古俗」沒有見及此，反去舉竹枝、浪淘沙等。

到了宋時，連雅樂也都先樂後詩了。宋史樂志說：「國子監王普言：古者既作詩，從而歌之，然後以聲律協和而成曲。自歷代至於本朝，雅樂皆先製樂章，而後成譜。崇甯以後，乃先製譜，後命辭，於是辭律不相諧協，且與俗樂無異。」

（王應麟玉海卷一百六樂章類云：紹興四年五月國子監王普言樂曲先製譜後撰詞，非是請倚詞製譜，卽指此事。）

從此以後雅樂俗樂都一律的先樂後詩了，詩歌完全從屬音樂，有了好詩，絕沒有爲此詩而去特製一個音調，只有找一個適當的音調來歌此詩，如漁父詞用浣溪沙或鷓鴣天的調子唱（見東坡詞山谷詞注及樂府雅詞）送僖國大長公主爲尼的七言律用瑞鷓鴣的調子來唱，（見湘山野錄）至如後來姜夔的自製曲，先作長短句，後來譜音律，好像有點先詩後樂的辦法了，其實另是一種情形，白石道人歌曲長亭怨慢序說：

「予頗喜自製曲，初率意爲長短句，然後協以律，故前後闋多不同。」

這因由姜夔是深曉音律的人，先有音樂的型象在心，所以能合於律，仍然是以音樂爲主的，可見唐宋以後，音樂完全統制了詩歌，音樂以外無獨出的詩歌，凡可歌的東西都是在音樂的範圍內了，有好多人對近代以來的這種先樂後詩的辦法，都深抱不滿，很惋惜「古意」的淪亡，主張仍恢復詩言志，律和聲的古代作曲規律，如前面所引的王普的立論，卽是其中的一個，以後如趙德麟的侯鯖錄引王安石的話：

「古之歌者，先有詞，後有聲，故曰歌永言，聲依永，如今先撰腔子後填詞，却是永依聲也。」

王灼碧鷄漫志說：

「樂記曰：詩言其志，歌詠其聲，舞動其容，三者本於心，然後樂器從之。故有心則有詩，有詩則有歌，有歌則有聲律，有聲律則有樂。歌永言，卽詩也，非于詩外求歌也。今先定音節，及製詞從之，倒置甚矣……今人千古樂府特指爲詩之流，而以詞就音始名樂府，非古也」

朱子語類中也有一段話：（論樂）

「詩之作本言志而已，方其詩也，未有歌也，及其歌也，未有樂也。有聲依永，有律和聲，則樂乃詩爲而作，非詩爲樂而作也。詩出乎志者也，樂出乎詩者也。詩者其本而樂者其末也。」

顧炎武日知錄說：（卷五樂章條）

「古人以樂從詩，今人以詩從樂，古人必先有詩而後以樂和之，舜命夔教曹子，「詩言志，歌永言，聲依永，律和聲」，是以登歌在上，而堂上堂下之器應之，是之謂以樂從詩。」

這些復古的議論都原於不知詩樂進化的趨勢，有不得不然的理由，這裏暫且不論，留待下文的批判，我們引來不過證明從近古以來是以詩從樂的音樂至上的時代。

第三章　詩歌與音樂關係的三個階段

我們由以上的討論，可以明白了中國從古到近代的製曲方式，分爲兩大階段，前一段是以樂從詩，後一段是以詩從樂，就中詩樂相合的方式，又可分爲三個階段，從上古以至於漢代是「以樂從詩」，先作好詩，然後跟着詩歌的節拍來製曲。漢以後至唐是「採詩入樂」，因爲從漢後詩樂分途，不能不採詩以合樂。從唐以來是「倚聲塡詞，」先製好曲然後跟着音樂的節拍來作詩碧雞漫志有一段話區分這三個時代很明白：

「古人初不定聲律因所感發爲歌，而聲律從之，唐虞禪代以來是也，餘波至西漢末始絕。西漢末今之所謂古樂府者漸興，晉魏爲盛，隋氏取漢以來樂器歌章古調倂入淸樂，餘波至李唐始絕。唐中葉雖有古樂府而播在聲律則尠矣，士大夫作者不過以詩一體自名耳。蓋隋以來今之所謂曲子者漸興，至唐稍盛，今則繁聲淫奏，殆不可數。古歌變爲古樂府，古樂府變爲今曲子，其本一也。後世風俗蓋不及古，故相懸耳。而世之士大夫亦多不知歌詞之變。」

他所說的三個階段「古歌」「古樂府」「今曲子，」即是適合於我們所說的「以樂從詩」「採詩入樂」「倚聲塡詞」的三個時期但要明白「今曲子」這個時代是分作兩期，前期是絕句的時代，和古樂府相同，仍是「採詩入樂」的時代，後期長短句詞產生，才是「倚聲塡詞」的時代，這因爲歷來的學者往往、忽略絕句入樂的這階段，我們在第一編裏已經詳細說過了。

現在列一個表如下，以便明瞭：

詩歌至上的時代	音樂至上的時代		
以樂從詩	採詩入樂		倚聲塡詞
古歌	古樂府	絕句	詞曲
從上古至漢代	從漢至唐	中唐以前	從唐至清

我們由上表看來，可以得着一個啓示，即是關於詩歌與音樂進化的一個啓示。在這一個長時期的詩樂進化的歷程上，證明了詩歌與音樂都是要求着一個諧和。然而諧和有兩種，一種是以樂從詩的詩歌至上的諧和，一種是以詩從樂的音樂至上的諧和。所謂諧和的條件，不外吳兢的古今樂錄所說的：

「詩敍事，聲成文，必使志盡於詩，音盡於曲。」

詩樂兩相結合，而各不相妨礙，兩方都得盡其功能，這才算得諧和。我們看從上古以至於漢代這一時期的以樂從詩的時代，也確能做到了諧和，以形式來論，上古的四言詩，以至於楚漢的楚詞式的長短句的詩歌，一面歌着詩，一面音樂隨着，所謂聲依永，律和聲，沒有不諧和的。以內容來說，詩歌與音樂的情調也相符合。左傳的吳季札觀樂，他所贊美的「美哉始基之也」「美哉淵乎憂而不困」「美哉其細已甚民弗堪也」「美哉泱泱乎大風也者」等類的話，是批評音樂的情調，而詩歌的情調也相符合。這是第一期的以樂從詩的諧和。

到漢以後，却變一個方向，另從一方面求詩樂的諧和，即是使詩歌趨向於音樂，求以詩從樂的諧和。然而這一個長時期的過程，不惟得不到諧和，而反生出種種的詩歌與音樂矛盾的現象。如古詩的割裂，絕句的餖飣，在第一編裏，我們已經詳細的說過了，這裏不必贅述。其原因即是「採詩入樂」的關係，詩與音樂不相合，才生出這些現象。一直到長短句的詞產生以後，一變「採詩入樂」的辦法，而爲「倚聲塡詞」，詩與音樂才重復得到了諧和，而詩歌趨向于音樂的運動，才完全成功，結束了歷來詩與音樂的複雜關係，而開闢近古詩樂的新紀元，所以說這是詩與音樂史上的最大的轉捩點。

重要的就是一反古代以詩歌爲主的作曲方法，變爲以音樂爲主詩歌完全摹倣音樂的形式，在元稹的樂府古題序，劉禹錫的「和樂天春詞，依江憶南曲拍爲句，」溫飛卿的「逐絃吹之音爲側豔之詞」很可以代表這種詩歌的音樂化的情形。

在這音樂完全統制了詩歌的時代，其特點卽是在詩歌的自身上完全反映出音樂來，所謂句度長短之數聲韻平上之差，莫不以音樂爲準度，已如我們在第二編裏所分析的了。以外還有兩個特點，第一這個時期的詩歌沒有標題，詩歌的標題卽是音樂的標題，如同菩薩蠻，蝶戀花，浣溪紗等類是音樂的標題，不是詩歌的標題。只要看看初期的詞，唐末五代以及北宋初年的詞人作品，只有一個音樂的調名，並沒有另外注一個詞的題名。這和以樂從詩的古代情形恰恰相反。那時是只有詩歌的標題，並沒有音樂的標題，譬如關雎，葛覃，鹿鳴，皇皇者華，這些是詩名，並不是樂名。到了後來一般詞人漸漸於音調之外又標出幾個字作爲詞的名兒，更進一步還加一道序，這是表示詩歌與音樂逐漸的分離，而爲詞之衰落的預兆。

第二，詩歌所以沒有標題，卽是表示詩樂只是一個詩的情調，卽是音樂的情調，詩歌用不着再有標題，（又因爲初期的詞是純粹的抒情詩，純感情的東西，往往不能指名，和李商隱的無題詩是一樣的性質。）所以初期的詞多半是描寫調子，以曲調爲對境。詞苑粹編引沈際飛云：

「唐詞多述本意，有調無題，臨江仙賦水媛江妃也。天仙子賦天台仙子也，河瀆神賦祠廟也，小重山賦宮詞也，思越人賦西子也。有謂此亦詞之末端者，唐人因調以製詞，故命名多屬本意，後人塡詞以從調，故賦詠可離原唱也」

今舉幾首詞爲例：

更漏子　　　　溫庭筠

柳絲長春雨細花外漏聲迢遞。驚塞雁，起城烏畫屏金鷓鴣。　香霧薄透簾幕惆悵謝家池閣。紅燭背綉，簾垂夢長君不知。

天仙子　　　　韋莊

金似衣裳玉似身。眼如秋水鬢如雲，霞帔月帔一羣羣。來洞口望烟分，劉阮不歸春日曛。

女冠子　　　　牛嶠

綠雲高髻點翠勻紅時世。月如眉，淺笑含雙靨低聲唱小詞。眼看惟恐化，魂蕩欲相隨。玉趾回嬌步，約期佳。

滿宮花　　　　尹鶚

月沈沈，人悄悄，一炷後庭香嫋。風流帝子不歸來，滿地禁花慵掃。離恨多，相見少，何處醉迷三島？漏淸宮樹子規啼，愁鎖碧窗春曉。

這些詞意都和調名有關係，可知初期的詞，詩與樂是融合成一片，不惟形式成爲音樂化，而情調意義都完全與音樂同化，這時的詩歌成爲音樂的附屬品，詩歌不過是借來作爲音樂的說明，使音樂得到了具體化，這可見詩與樂的相得而益彰的情形，詩與樂的諧和同古代以樂從詩時一樣。但到了後來詞標上了題目，逐漸同音樂相離，最後只是形式上相符合而內容的情調完全兩樣了。沈括夢溪筆談卷五樂律類有一條：

「古詩皆詠之，然後以聲依詠成曲，謂之協律。其志安和，則以安和之聲詠之；其志怨思，則以怨思之聲詠之。故治世之聲安以樂，則詩與志聲與曲莫不安且樂；亂世之音怨以怒，則詩與志聲與曲莫不怨且怒。此所以審音而知政也。……今聲詞相從，惟里巷間歌謠及陽關擣練之類，稍類舊俗。然唐人塡曲，多詠其曲名，所以哀樂與聲，尚相諧會。今人則不復知有聲矣。哀聲而歌樂詞，樂聲而歌怨詞，故語雖切而不能感動人情，由聲與意不相諧故也。」（……處原文疑有錯簡，因語意上下不相連屬。）

這一段話，很能道出詩樂的流變，與詞所以衰落的原因。但詞之衰落，我們留待後來討論，在這裏我們引來證明，以詩從樂的時代也曾經做到詩樂相諧和同古代一樣。所不同者，這是以詩從樂而

第四章 以詩從樂的進化性

以上，我們已經把中國從古代的詩歌至上時代到近代的音樂至上時代的經過情形敘述明白了。以下想略加批判，以見以詩從樂的這一轉變在詩樂進化史上的價值？

循着人類普遍的進化的原則來說：最初人類生活的工具是本能的，繼而才利用器械，而爲機械的文明。在音

樂方面也是這樣，音樂進化的程序，必以自然的音樂工具最先發達，然後才有器樂，所以最初以歌唱跳舞為主。王光祈中國音樂史第五章樂譜之進化說：「蓋人類音樂進化，在理當係歌唱早於演奏，演奏必先有器，歌唱則只用天生之喉嚨，爲大部分禽獸所優爲者也。」第八章舞樂之進化亦云：「蓋歌唱所用喉頭，跳舞所用手足，皆爲人身所具有，不必外求，世界上一切未開化民族無不優爲者也。」因爲本能的音樂在最先發達，器樂在後產生，而古代之器樂也不十分精良，而作曲的規律方法都非常簡單粗略，所以古代推重詩歌，而以器樂爲附屬。禮記檀弓云：「歌者在上，匏竹在下，貴人聲也。」漢書禮樂志云：「乾豆上，奏登歌，不以管絃亂人聲，欲在位者遍聞之，猶古清廟之歌也。」又陶淵明的孟嘉別傳云：「桓溫問嘉曰：聽伎，絲不如竹，竹不如肉，何謂也。答曰：漸近自然。一坐咨嗟。」漸近自然一句話，眞能說出古代崇拜聲樂卑視器樂的精義。

因爲崇拜自然，所以作曲的規矩不十分嚴密，以很簡陋疏略的音律隨從着詩歌，所謂詩言志，歌永言，聲依永，律和聲，那沒有十分難的。碧雞漫志說：

「荊軻入秦，燕太子丹及賓客送至易水之上，高漸離擊筑，軻和而歌，爲變徵之聲，士皆涕淚。又前爲歌曰：……軻本非聲律得名，乃能變徵換羽於立談間，而當時左右聽者亦不憒憒也。今人苦心造成一新聲，便作幾許大知音矣。」

這不是因爲古人如何天才，今人如何笨拙，實在因爲後代的音樂發達，規律精密，作曲不容易的原故，器樂日益發達，作曲的法度日益精密，於是過去崇拜聲樂的習慣不能維持，轉而崇尙器樂，使文字與人聲從屬於器樂之下，由簡單進於複雜，由疏略進於精密與秩序，由本能進於器數或機械，以詩從樂，使詩歌跟着音樂成爲規律化，這是詩樂循着進化的大法則而演進，是進步而非退步，而學者昧於進化的意義，對於與古相反的以詩從樂，都表示懷疑。王灼碧雞漫志說：

「或曰古人因事作歌，抒寫一時之意，意盡則止，故歌無定句。因其喜怒哀樂，聲則不同，故句無定聲。今音節皆有轄束，而一字一拍，不敢輒增損，何與古相戾歟？予曰皆是也。今人固不及古，而本之性情，稽之度數，古今所尚，各因其所重。」

他竟自說不出所以然，而「歌無定句」，「句無定聲」，此已見古代音律之粗疏，何反以爲「今人固不及古？」顧亭林却有大段理由，日知錄說（卷五樂章條）：

「人有不純，而五音十二律之傳於古者，至今不變，於是不得不以五音正人聲，而謂之以詩從樂，以詩從樂，非古也，後世之失，不得已而爲之也。」

在他們的意見，總以為古人是絕頂的聰明，出口歌唱，自然會中律呂，所謂「聲爲律而身爲度」，到後來的人類退化，逐漸「不純」起來，聲音不中音律，才不得不「以五音正人聲」，所以才產生以詩從樂的辦法，這是「後世之失」。他們就不有注意到後代的音樂比古代的精密，後代的音樂比古代的變化多，複雜得多。以這種進步的音樂來和人類自然的聲樂比較，則自然的聲樂不能中法度，而且單調，所以反過來以聲樂從屬於器樂，使所謂「一字一拍，不敢增損」受音節的轄束，使他規律化，複雜化，這是自然而且必然的進化。

由以樂從詩進化而爲以詩從樂，這是證明了音樂的進化是超過於詩歌，卽日之器樂的進化是超過於聲樂。我們也不願從哲學或美學裏面去找些空洞的理論來説明這種理由。但我們知道音樂之爲物是極富於規律性和變化性的。所謂「六律爲萬事根本」（史記律書）萬事都要以音律爲標準，當然詩歌也要以音律爲標準。不過在古代音樂不十分發達，所以成爲詩歌的附庸。到了後來音樂長足的進步，在春秋之末及戰國時代，我們由經傳裏面可以見得當時音樂進步的情形。就是當時稱爲「淫樂」「繁手淫聲」的「鄭衞之音」，「桑間濮上之音」，樂記説「聽古樂則唯恐臥，聽鄭衞之音不知倦。」孟子書裏的「今樂古樂」，呂氏春秋的「齊之衰也作爲大呂，楚之衰也作爲巫音，」莊子楚辭裏面的九歌，楊阿，采菱，激楚，白雪，下里巴人等類，可以見得當時音樂進步的熱鬧情形，此時音樂已經取得獨立性，儼然不是詩歌所能統轄得住，所以逐漸發達，到了漢魏之際，便採詩入樂，到唐末便倚聲塡詞了。這種詩樂分離的情形，不單中國是這樣，在西洋也是同樣的，德國學者威士特法爾westdhal於所著的音樂節奏大綱裏説道：「最古之詩乃係一種歌調，最古之樂乃係藏在詩句中。直至詩與樂之晚期進化時代，二者始各自獨立分離，於是詩則不歌而讀，樂則另有樂器演奏，但最初所謂演奏，亦無非用來伴歌而已，樂器而能演奏獨立調子，乃係甚爲遲晚之事，」（見王光祈中國詩詞曲之輕重律）可見音樂由詩之伴奏而獨立，是自然的進化，中西所同然。

第五章　以詩從樂的合理性

音樂既是這樣的進步，假如把他長此服從於詩歌之下，則音樂旣爲詩歌所壓迫，成爲呆板單調的東西，而詩歌的進化亦漫無標準，而亦成爲呆板單調的東西。我們且看朱子儀禮經傳通解裏的風雅十二詩譜中的關雎詩譜：

關雎　原注無射淸商，俗呼，越調

關黃清 關南 雎林 鳩南	在黃 河姑 之太 洲黃	窈林 窕南 淑黃清 女姑	君黃清 子林 好南 逑黃清
參黃清 差南 荇林 菜南	左林 右南 流無 之黃清	窈仲 窕林 淑無 女姑	寤太 寐姑 求太 之黃
求黃清 之南 不林 得南	寤姑 寐仲 思南 服林	悠姑 哉仲 悠姑 哉太	輾黃清 轉南 反無 側黃清
參黃清 差無 荇南 菜林	左太清 右林 采南 之黃清	窈姑 窕仲 淑林 女南	琴林 瑟姑 友太 之姑
參太 差黃 荇姑 菜林	左林 右姑 芼林 之南	窈黃清 窕南 淑林 女太清	鐘黃 鼓南 樂無 之黃清

每一字下注的小字，即是古樂譜的「黃鐘」「太簇」「姑洗」「林鐘」等類簡寫的律呂，等於現代樂譜的DO re mi等類的音符。此譜係趙彥肅傳寫下來的唐開元鄉飲酒禮所奏的樂章，據說是古代的遺製。朱子將他載於儀禮經傳通解裏面。究竟是不是周代遺音，不可得而知，然而以情理猜度，大致相近。我們看他每一字只用一個音，每一句四個音，即是每一拍整齊的用四個音。不必管他是如何唱法，但可以想見古代的樂歌是如此之單

調而且呆板。試想一調美麗精采的樂曲，他的高低柳楊長短緩急之間，應當要有多少的變化？而此譜是這樣的單調呆板，卽是以樂從詩的結果，把音樂强勉壓迫下來服從於詩歌的權威之下，音樂的個性便完全埋沒了。朱子也懷疑此譜不確，他說「竊疑古樂有唱有歎，詩詞之外，應有疊字餘聲以歎發其趣若此譜直以一聲叶一字，則古詩篇篇可歌，豈其然乎？」不知「疊字」「餘聲」卽所謂的「繁手淫聲，」古樂不會有的。章太炎國故論衡辨詩篇說：

「蓋古歌曲被管絃者，一字一聲，未有如今之疊字者也。故不得不做散聲以宣其氣。宋人燕樂亦無疊字而有散聲，張炎詞源所載哩囉等字是也。今南方里巷小弄皆然，不失古法，至大曲則皆疊字，古所謂鄭聲矣。」

此所謂「疊字」就是一個字管幾個聲音，到宋末纏令纏達以及南北曲時才有這種辦法。宋詞仍是一字一音，然而他的旋律節奏，是有多少的變化，與古樂大相懸殊了。

我們再引一例以證明以樂從詩的壞處，東坡樂府醉翁操有一段序云：

「琅琊幽谷，山川奇麗，泉鳴空澗，若中音會，醉翁喜之，把酒臨聽，輒欣然忘歸。既去十餘年，而好奇之士沈遵聞之，往游以琴寫其聲曰醉翁操。節奏疏宕而音指華暢，知琴者以爲絕倫。然有聲而無其辭，翁雖爲作歌而與琴聲不合。又依楚詞作醉翁引，好事者亦倚其辭以製曲。雖粗合韻度，而琴聲爲詞所繩約，非天成也。後三十餘年，翁既捐館舍，遵亦沒久矣，有廬山玉澗道人崔閑特妙於琴，恨此曲之無詞，乃譜其聲而請東坡居士以補之云」

先是用醉翁引的歌詞來作曲，用「先詩後樂」的辦法來作曲，不料「琴聲爲詞所繩約，非天成也」。卽是音樂爲詩歌所壓迫，不能自由發揮音樂的特色，打失了自然之趣，所以說「非天成也」。後來才反轉回來由崔閑先作好曲，請蘇東坡來「倚聲塡詞」，這才對了。這一段故事是很明確的證明了先詩後樂之不如倚聲塡詞的便利，重要的是詩歌拘束了音樂，使音樂失去了神彩，當然詩歌的情趣也爲之損失不小。劉熙載詞概云「樂歌古以詩，近代以詞，如關雎鹿鳴皆聲出於言也。詞則言出於聲也，故詞聲學也」。這話很對，他認識了詞是以詩從樂的，成爲音樂化，所以說是「聲學也」。既是這樣，現在却把他掉轉過來，先詩後樂，便失其自然了。

倚聲塡詞的先樂後詩的辦法，不惟使音樂得自由的發揮他的特色，而詩歌却並不爲着摹倣音樂而受音樂的拘束，却反得到了音樂爲標準，確定了詩歌構成的路向。因爲「絕對自由的詩歌」是不可能的，絕對自由詩歌倒反無路可走，因爲沒有標準的原故。音樂是詩歌的靈魂，所以詩歌自然是要追隨着音樂，以音樂爲標準，日本前田三男着音樂之常識走一段話論音樂的特性很對：

「音樂表現力之纖微精細，絕非他種藝術所能追隨，不僅纖微精細而已，又能爲立體的多元的表現，文學不能一時爲多元的描寫，繪畫只能示其平面。雕刻可算是立體藝術，但同時不能觀照立體的各面，建築往往被稱爲「凝固的音樂」，但非透明的，只能觀其外壁而已。而音樂總是透明的。所以在質（透明）在量（立體多元）上，都爲各種藝術所不及。」

音樂的優點如是，所以我們在第一編裏引文藝復興論的着者不特walterpater所說的「一切藝術都是趨向着音樂的狀態」確是不錯，那麼詩歌來摹倣着音樂的狀態這是正常的，反之像古代的以樂從詩却是逆轉，是原人的文化。

還有一層以詩歌追隨着音樂，不惟找到了他的靈魂而且可以創造出無限的新形式。我們看中古以前的詩歌，沒有音樂的標準，自由創造的古詩時代，一切音節句調都非常之單調而少變化，不論整齊句子的五七言詩以及長短句的詩都是這樣，豈不證明了絕對自由的詩歌倒反無路可走。到了律詩來愈發把詩限制在一個狹小的天地裏，只有幾個形式而沒有辦法使他稍為有點變化。到了詞調一產生，來倚聲塡詞，于是詩的天國裏驟形熱鬧起來，只要看唐末五代時的那些小令其形式之複雜，變化之多樣，是為從來詩歌史上所沒有的，這就是以音樂為標準，以詩摹倣音樂的效果，所以說倚聲塡詞是開中國詩歌的新紀元，詩歌的一大進步。唐鉞的國故新探論中國的文體說：「全篇平仄或平上去入的分配，叫做譜。五言律詩的譜有三種，一種以平平起，一種以仄仄起，七言律亦然，排律亦然，不過他可以延長至許多聯罷了。……絕句也有四種譜，與律詩前半首相同。詞曲的譜甚多。……」所謂的「譜」就是歌的形式，近體詩只有四種形式，而詞的形式便多極了。按吳衡照蓮子居詞話說：

「詞八百二十餘調，二千三百餘體。紅友詞律錄正六百六十餘調，千百八十餘體，則此外滲漏正多矣。」

又丁紹儀聽秋聲館詞話說：

「萬氏詞律成于康熙二十六年，共六百五十九調，計一千一百七十三體。至五十四年欽定詞譜成，共八百二十六調，計二千三百六體。較之萬律增體一倍有奇，然校定爲譜者僅居其半，餘皆列以備體而已。乃采取猶有未及。」

以外對于詞作統計搜羅補充之功的很多，一時也舉不勝舉，僅取以上兩說可以代表詞體的大數，據萬氏詞律有一千一百七十三體，則詞便有一千一百七十三種形式了，欽定詞譜有二千三百六體，是更多出一倍來了。詞有這樣多的形式，是爲從來詩歌所沒有的，這完全是摹倣音樂先樂後詩的成績，以後的南北曲也是一樣，而他的變化更多更複雜。從此一千多年的詩歌史，都是從音樂的懷抱中產生，都是反映音樂的文學，這才夠得只稱爲「音樂的文學。」

最後我們再說幾句話來結束本章。英國的數理哲學家羅素說：過去的數學還在幼稚，夠不上做哲學的基礎，現代的數學已經進步到極高深的程度，儘夠做哲學的基礎，而建立數理哲學了。（大意）

我們也可以比方說：唐以前的音樂還在幼稚，夠不上作詩歌的標準，到唐以後音樂已經進化到極高的程度，儘夠做詩歌的標準，便產生近古以來劃時代的「音樂的文學」——詞曲。

劉堯民　詞與音樂

詞與音樂

劉堯民著

第四編　燕樂與詞

第一章　研究燕樂的兩個目的

在這一編裏我們要大概述說一下產生詞的音樂，即是唐以來的新興音樂燕樂，其用意有兩層：

第一，在第二編裏我們曾經說過詞成功的條件，不外兩種，一是音韻的條件，一是音樂的條件，即是內在音樂的條件與外在音樂的條件，二者缺一不能成功。而兩者都是到了唐之中葉才醞釀成熟，所以詞才產生。關於音韻的問題，已在第二編「詞之旋律」裏敍過了，現在還剩下音樂這一項，留來本編裏說。然而這不是音樂史，只是簡括的說明了詞樂的面目，尤爲側重在和詞有關係的這一點。

研究詞所以要連帶研究音樂者，因爲音樂和詩歌是不能分離的兩種藝術，所以他們的系統是不容相混，有一種音樂的系統，即有一種詩歌系統。某一系的詩歌，是適合於某一系的音樂，只要稍注意詩歌與音樂史的人，即可很明瞭的發現這個原則。譬如詩經有詩經的音樂系統，楚辭有楚辭的音樂系統，樂府詩歌有樂府詩歌的音樂系統，以至於詞曲時代莫不皆然。就中詩經的風雅頌各部門，又各具有獨特的音樂系統。又如樂府詩裏的相和歌辭清商曲詞也各有各的音樂，不容互相紊亂。因此詩歌的內容和形式都是與音樂有密切的關係，要一定的音樂才會產生一定的內容與形式的詩歌，不管他是先詩後樂的或先樂後詩的。所以前人歷舉梁隋時代的長短句的詩歌，謂爲詞的先驅，我們不敢贊同者，就因爲他的音樂系統不合，那些詩歌是屬於清樂的系統，詞是屬於燕樂的系統。我們研究詞所以要附帶的研究燕樂，這是第一種原因。

第二，在前編裏說過中國的音樂自來是詩歌的附屬物，逐漸發達到了詞的時代，却反了過來，先樂後詩以音樂來統制詩歌，從詩歌至上主義變爲音樂至上主義，在中國的音樂史上成爲一個大轉變，一直到現在。這可見得詞的時代是尊重音樂，詩歌倒反附屬於音樂。那末詞的時代這種音樂，必是和舊有的音樂大異其面目，而有最高的價値。究竟這種音樂的來歷是如何？所以研究詞，不能不附帶研究詞的音樂燕樂，這是第二種原因。

第二章　什麽是燕樂

燕樂的意義有三種，一是狹義的，一是次廣義的，一是廣義的，今分述如下。

狹義的燕樂，即是唐太宗貞觀時張文收所造的音樂，名爲「讌樂」（即燕樂，又或爲宴樂）杜佑通典云：「貞觀中，景雲見，河水清，協律郎張文收採古朱雁天馬之義，製景雲河淸歌，名曰讌樂，奏之管絃，爲詩樂之首（今元會第一奏」者是但據唐書禮樂志又說是高宗時候作的：

「高宗即位，景雲見，河水清，張文收採古誼爲景雲河清歌，亦名燕樂。又作景雲舞，慶善舞，破陣舞，承天舞

究竟以何者爲是？但這無關宏旨，是張文收所作燕樂其中又分爲四部分，與杜佑通典之說相合，惟景雲舞等類改爲景雲樂而已。其後張文收所作的燕樂列在坐部伎裏面，坐部伎六部，以燕樂爲首。據唐會要所述列式如下：

坐部伎
- 燕樂
  - 景雲樂　承天樂
  - 慶善樂　破陣樂
- 長壽樂
- 天授樂
- 鳥歌萬歲樂
- 龍池樂
- 小破陣樂

這是狹義的燕樂。

次廣義的燕樂，却要從燕樂的起源說起。燕樂的起源是在隋唐之際，通典云：

「唐武德初燕樂因隋舊制奏九部樂一燕樂二清商三西涼四扶南五高麗六龜茲七安國八疏勒九康國，至太宗朝平高昌，加入高昌一部，爲十部。」

燕樂與清商樂和胡夷各部樂並列爲十部樂。究竟燕樂的性質爲何？據沈括夢溪筆談說唐時分「先王之樂爲雅樂，前世新聲爲清樂，合胡部者爲宴樂。」所謂合胡部者爲宴樂，是以中國的音樂糝合胡樂的意義，只要有胡樂的分子糝雜着的總是燕樂。按唐書禮樂志云：「唐高祖受禪後，軍國多務，未遑改剏樂府，仍用隋氏舊文。至武德九年，始命太常少卿祖孝孫以梁陳舊樂雜用吳楚之音，周齊舊樂多涉胡戎之伎，於是斟酌南北，考以古音而作大唐雅樂，以十二律各順其月，旋相爲宮。」這一段文字不啻爲前面所引通典的話作注釋。所謂周齊舊樂多涉胡戎之伎，就是周齊的音樂糝合着胡樂，所以燕樂即是周齊的音樂。可知燕樂不始於隋唐，遠在周齊時候已經有燕樂了。我在北史裏面找得一個證據，北史李彪傳云：「彪使於齊，齊遣其主客郎劉繪接對，并設讌樂，彪辭樂」這可見北齊時候已經有燕樂的名義了。隋時的九部樂不過是結集前代的音樂與胡樂，不是自已創造的。結集北方周齊的音樂爲燕樂，南方梁陳的音樂爲淸商樂。所以唐書禮樂志說祖孝孫「斟酌南北」就是這一回事。

燕樂所以要特別提出來和各部樂並列者，見得他雖是採胡戎之伎，究竟不是純粹的胡樂，純粹的胡樂便是「西涼」「扶南」「龜茲」等類，可見還是有中國舊有的分子在裏面。據唐書禮樂志云：

「自周陳以上，雅、鄭淆雜而無別，隋文帝始分雅俗二部，至唐更曰部當，凡所謂俗樂（即燕樂）者二十有八調。（中略）其後聲器寖殊，或有宮調之名，或以倍四爲度，有與律呂同名，而聲不近雅者，其宮調乃應夾鐘之律，燕設用之，絲有琵琶五絃箜篌箏，竹有觱篥簫笛，匏有笙，革有杖鼓第二鼓第三鼓腰鼓大鼓，土則附革而爲鞚，木有拍板方響，以體金應石而備八音，倍四本屬淸樂，形類雅音，而曲出於胡部。復有銀字之名，中管格，皆前代應律之器也。後人易其傳而更以異名，故俗部諸曲悉源於雅樂。」

據此可見燕樂裏面還是有中國音樂的分子，不過糝雜着胡部的樂器和採用胡曲，這卽是燕樂的眞象。和各部胡樂並列而稱爲燕樂的，這是次廣義的燕樂。

自隋唐時代燕樂開始發達，到了後來燕樂愈形發達，應用的範圍越廣，勢力越大，後來遂形成一種極廣義的燕樂。樂府詩集近代曲辭的序說：「唐武德初，因隋舊制，用九部樂。太宗增高昌樂，又造燕樂，而去禮畢曲，其着令者十部。一曰讌樂，二曰淸商，三曰西涼，四曰天竺，五曰高麗，六曰龜茲，七曰安國，八曰疏勒，九曰高昌，十曰康國，而總謂之燕樂；聲辭繁雜，不可勝紀。」十部樂中有燕樂而又總謂之燕樂，這可見他的意味之廣大。可知凡是「燕設用之」的音樂都可謂之燕樂，卽是非廟享的儀式的音樂，都是燕樂。燕樂卽是抒情意味的音樂。在當時的音樂以雅俗對言，燕樂就是俗樂。由基礎的音調上來說，燕樂的創造不出二十八調，以外卽前引唐書禮樂志「隋文帝始分雅俗二部，至唐更曰部當，凡所謂俗樂者二十有八調」（調名詳後）而二十八調又是出於隋時鄭譯由龜茲人蘇祗婆的七旦之聲推合而得的八十四調裏邊出來（詳見後文）這是燕樂創造的音律基礎，以後的音樂製作都以此爲本，不能超出這基本音律二十八調以外，卽是不能超出燕樂以外，所以一切俗樂都得以燕樂來概括。不但俗樂，此後雅樂的製作都以此種音調爲基礎。遼史樂志說：「隋高祖詔求知音者，鄭譯得蘇祗婆七旦之聲，求合七音八十四調之說，由是雅俗之樂，皆此聲矣。」可見燕樂勢力之大，此廣義的燕樂所由來也。

燕樂：
- 狹義的燕樂——坐部伎中張文收所造的燕樂
- 次廣義的燕樂——與各部胡樂並列爲十部的燕樂
- 廣義的燕樂——一切抒情的音樂都可名爲燕樂

爲眉目淸白計，我們給他一個定義，卽是：

「隋唐之際北方中國音樂被了胡樂化的抒情音樂，名曰燕樂。」

第三章 舊音樂的沒落與新音樂的創造

什麼是燕樂？已經明白了，現在再來略述燕樂發展的經過。

唐時的音樂，概括其種類有三種，卽是雅樂，清樂，燕樂，這是沈括所分的「先王之樂爲雅樂，前世新聲爲淸樂，合胡部者爲燕樂。」其實另外還有一種純粹的胡樂

唐樂
- 純粹的中國音樂
  - 清樂
  - 雅樂
- 胡樂化的中國音樂——燕樂
- 純粹的胡樂

純粹的中國音樂到了唐時已經沒落了，雅樂雖然經幾次的訂正，如祖孝孫，宋沇等考定雅樂（見唐書禮樂志）這是照例的虛應故事，僅具形式而已。究竟所考定的雅樂是不是純粹的古樂，還是問題，因爲他的律調已經採用燕樂的律調，血液裏面已經混入異族的血素了。樂府詩集引李公垂傳說「太常選坐部伎無性識者退入立部伎，又選立部伎無性識者退入雅樂部，則雅樂可知矣。」可見當時對雅樂的輕視，弄雅樂的是些低能兒。

清樂也衰落得不堪。通典敍述清樂沒落的經過很詳，摘錄如下：

「清樂者其始即淸商三調也，並漢氏以來舊曲……隋室以來，日益淪缺。大唐武大后之時猶六十三曲，今其辭存者有白雪……泛龍舟等三十二曲。……開元中有歌工李郎子，郎子北人，聲調以失，云學於俞才生，江都人也，自郎子亡後，清樂之歌闕焉。」

這是樂曲淪亡，歌法失傳，只剩得各種樂器存在而已。

中國舊有的音樂逐漸衰落，而胡樂則以排山倒海之勢力輸入，遂形成隋唐時代的音樂文化。胡樂的輸入中國，可分三個階段：一輸入，二結集，三創造。

輸入——胡樂之輸入中國，爲時很早，遠自漢時的張騫。晉書樂志說：「橫吹有雙角，卽胡樂也。張騫入西域，傳其法於西京，惟得摩訶兜勒一曲。李延年因胡曲更造新聲二十八解，以爲武樂。」這是胡樂輸入中國之始。到南北朝時，逐漸大量的輸入，北邊的北魏、周、齊固然得風氣之先，所謂「周齊舊樂，多涉胡戎之技。」就南方的梁陳也爲胡樂所波及。到了文獻通考樂二說：「梁武帝既篤敬佛法，又制善哉、大樂、大勸、天道、仙道、神王、龍王、滅過惡、除愛水、斷苦輪等十篇，名爲正樂，皆述佛法。又有法樂童子，倚歌梵唄，設無遮大會則爲之。」陳書章昭達傳說：「昭達每飮會，必盛設女伎雜樂，備羌胡之聲。」梁陳南朝都接受了印度羌胡的音樂。

結集——外族的音樂輸入的分量多了，不能不有一種整理結集之功，所以到了隋唐之際，便做了幾次結集的工作。第一次的結集是隋文帝的開皇初年，結集各部樂爲七部。隋書音樂志說：「隋開皇初定令，置七部樂：一曰國伎，二曰清商伎，三曰高麗伎，四曰天竺伎，五曰安國伎，六曰龜茲伎，七曰文康伎。」國伎不是中國伎，唐會要說：「周武滅齊，威振海外，二國各獻其樂，周人列於樂部，謂之國伎。」二國是說高麗、百濟，國伎是高麗百濟的樂伎。（唐會要卷三十三東夷二國樂）

第二次的結集是隋煬帝時，結集各部樂爲九部，通典說：

「隋立九部樂，一燕樂，二清商，三西涼，四扶南，五高麗，六龜茲，七安國，八疏勒，九康國。」（按樂府詩集所載七部樂與九部樂不同，七部樂無國伎有西涼伎，九部樂無燕樂有禮畢。）

第三次結集是唐太宗時結集各部樂為十部，據樂府詩集：

「一曰讌樂，二曰清商，三曰西涼，四曰天竺，五曰高麗，六曰龜茲，七曰安國，八曰疏勒，九曰高昌，十曰康國，」（此與通典同唐會要有扶南無天竺。）

這都是舉其大數，以外胡樂的種類還很多，參看隋唐書的音樂志的四夷部可知，如驃國南詔等類，都不在此數。近人王光祈說：中國中古時的音樂是演波斯亞拉伯系的音樂，這些各部樂都是這一系的音樂。（參看王光祈的中國音樂史東西樂制東方民族的音樂等書）此說可以做一種參考。

創造——新音樂的運動到了唐玄宗開元天寶年間，已經由輸入而結集，由結集而達於創造的階段，那時外國的音樂和中國舊有的音樂相融合，蘊釀成熟而達於成功的頂點。本來隋唐以來的燕樂，就是中外音樂融合的產品，然而以初期的音樂和玄宗時代的燕樂相比較，單以數量來說，玄宗時代的燕樂比初期的何止十倍之多。唐書音樂志說：「周隋管絃雜曲數百，皆西涼樂也，鼓舞曲皆龜茲樂也。」此數百多曲雖然名稱失傳，但是道地的胡樂，而不是中國創造的。現在我們且就各書所記載的玄宗時代，中國自已創造的音樂，或是原來的胡夷里巷的音樂，加以潤色同化的音樂有多少？

一，通典唐會要諸書所載，立部伎八部，坐部伎六部。

欽定續通志所載唐樂署供奉二百二十六曲。（按唐會要所載天寶十三載改太樂署供奉諸曲名，其曲僅八十餘曲，與續通志不同。樂府詩集近代曲辭云：「凡燕樂諸曲始於武德貞觀，盛於開元天寶，其着錄者十四調二百二十二曲。」較續通志又少四曲，大約所根據者各異。）

樂府詩集近代曲辭云：「又有梨園別教院法歌樂十一曲，雲韶樂二十曲。」（按各書所載法曲之數亦不同詳見後文。）

教坊記所載曲名，計有雜曲二百七十八種，大曲四十六種。（按教坊記之曲多數人皆承認是開元天寶遺物。但玄宗以後的樂曲也有。）

羯鼓錄所載曲名計有一百三十一種。

這是僅就現存各書所記載者統計如此，還有散見於其他書籍在這些以外的也還有。還有失傳的記載，據舊唐書音樂志：「太常卿韋縚令博士韋逌等銓敘前後所行用樂章爲五卷，太常舊相傳有宮商角徵羽讌樂五調歌詞各一卷，韋玄成整比法曲七卷。」這些記載都完全失傳，現在僅據現存的書籍來研究唐代的燕樂，總難免挂一漏萬，有什麽辦法？

第四章　燕樂的精華——法曲

燕樂是融合古今中外的音樂而創造成的新音樂。在這些新創造中，尤其以法曲是樂中之精華，是唐玄宗加工製造的音樂。文獻通考說：「元宗既知音律，又酷愛法曲，選坐部伎子第三百，教於梨園，聲有誤者，帝必覺而正之，號皇帝梨園弟子；宮女數百，亦爲梨園弟子，居宜春北院。梨園法部更置小部音聲三十餘人……」坐部伎的人物，已經是最優秀的樂工，又由這些人物中選拔出二百人來梨園教法曲，三百人中又選拔出三十人爲小部。可見玄宗對於法曲的用心創造，所以他最得意的傑作霓裳羽衣曲，便是由法曲中創造出來的。

本來法曲是和中國音樂有關係的音樂，應當與燕樂對立。凌廷堪燕樂考原說：「蓋天寶之法曲，卽清樂，南曲也；胡部，卽燕樂，北曲也。」因爲法曲又不純粹是中國的音樂，他的樂器既參用着胡樂，而後來又與胡部合奏，和「合胡部者爲燕樂」的原則相合，仍然是廣義的燕樂系統內的東西，就名爲燕樂的精華也不爲過。所以續通志的樂署供奉二百二十六曲與唐會要及樂府詩集所載的數目各不相合，中混有好多法曲在內，可知法曲仍是燕樂了。

以下再說明法曲的來源：

據張炎詞源說「法曲其源自唐來。」這是就宋代的法曲推源來自唐時，而其來源更在唐以前。舊唐書禮樂志說：「初隋有法曲，其音清而近雅。」文獻通考也說：「法曲本隋樂，其音清而近雅。」但隋書音樂志並沒有關於法曲的記載，或者在隋時有法曲的音樂，尙無法曲之名，這種音樂在隋時或卽清樂，至少是和清樂有密切的關係，是南方江左傳來的中國音樂。我們先以他的音聲來說，上面引唐書禮樂志說法曲「其音清而近雅。」這是中國音樂的特點，和胡樂的急管促拍不同。所以樂府雜錄雅樂部說：「次有登歌，皆奏法曲。」雅樂的登歌用法曲，可知法曲和中國舊有的雅樂的關係，因其音聲「清雅」的原故。我們看清樂的聲音也是以清雅和平爲主，通典清樂部說：

「江左淫哇之曲，其亂已甚，然其從容雅緩，猶有士君子之遺風。」

所以隋書音樂志隋文帝聞清樂曰：「此華夏正聲也。」卽如霓裳羽衣曲是法曲的一種，他的聲音和普通的燕樂大曲不同，白居易和元微之霓裳羽衣曲歌自注說：

「凡曲將終皆聲迫促速，惟霓裳之末長引一聲。」

文獻通考說：「江南僞主李煜樂工曹者，素善琵琶，因按譜得其聲（霓裳的聲）。煜后周氏亦善音律，又自變易。徐鉉問曹曰：法曲本緩，此聲太急，何也？曹曰：宮人易之。」此皆可以證明法曲音聲的特色與清樂無異。沈括夢溪筆談樂律類說：

「古樂有三調聲，謂清調，平調，側調也。王建詩云：『側商調裏唱伊州』是也。今樂部中有三調樂，品皆短小，其聲噍殺，唯道調小石法曲用之，雖謂之三調樂，皆不復辨其清、平、側也。」

這是到宋時的法曲還在用清樂的三調，可知法曲和清樂的關係。詞源說：「法曲有散序歌頭，音聲近古，大曲有所不及。」到宋時法曲還保留着古雅的聲音。

現在我們又以清樂和法曲兩種所用的樂器來對證，可知樂器是大同小異，沒有多大的出入。通典記清樂的樂器有以下的幾種：

鐘一架　磬一架　琴一　一絃琴一　瑟一　秦琵琶一　臥箜篌一　筑一　箏一　節鼓一　笙二　笛二　簫二　篪二　葉一　歌二

舊唐書禮樂志記法曲之樂器道：「初，隋有法曲，其音清而近雅，其器有鐃鈸，鐘，磬，幢簫，琵琶（卽秦琵琶）。」又據唐闕史說：「尉遲璋者善習古樂，爲法曲，簫，磬，琴，瑟，戛擊，鏗拊，咸得其妙。」兩下的主要樂器簫，磬，琴，瑟，琵琶是相同的，這些都是中國音樂的主要樂器，可以證明兩種音樂的性質是相同，所以燕樂考原索性就說：「法曲卽清樂，南曲也。」不過有時代之不同，這裏所說的清樂是原來江左流傳下來的中國音樂，法曲是唐代新翻花樣的中國音樂，同是中國的音樂，時代的先後不同，所用的樂曲不同（少數的法曲如堂堂等類是從清樂中來，這也可證明兩者是同一的）所以名稱也就變了。

但是，我們要說法曲是純粹的中國音樂，也不能說我們且看他的主要樂器之一琵琶，這就不是中國的樂器，然而也不是燕樂中所用的四絃琵琶，而是另一種胡樂，具得有五絃的琵琶，他和清樂的「秦琵琶」同是一物，又名爲「秦漢子」（唐書禮樂志）又名爲「絃鼗」又名爲「五絃琵琶」或「五弦彈」（元白樂府新題詩）他的起源各書說得恍惚迷離，或以爲是中國樂，或以爲胡樂，莫衷壹是。杜佑通典說：「今清樂秦琵琶俗謂之秦漢子，圓體修頸而小，疑是絃鼗之遺制。傳元云：體圓柄直，柱有十二，其他皆充上銳下，曲項，形制稍大，本出胡中，俗傳是漢制，兼似兩制者，謂之秦漢，蓋謂通用秦漢之法。」總因爲有「秦漢」的字樣，便說他是中國樂器。又謅出「秦苦長城之役，百姓絃鼗而鼓之。」的話來坐實秦漢。（通典引杜摯）要知道所謂「秦漢」，不是中國古代的秦漢。按隋書音樂志祖挺上齊文宣帝書說：

「太武帝平河西，得沮渠蒙遜之伎，嘉賓大禮，皆雜用焉。此聲所興，蓋苻堅之末，呂光出平西域，得胡戎之樂，因又改變，雜以秦聲，所謂秦漢樂也。」

這就說得很明白，「秦漢」的意義，原來如此。所以「秦漢子」這種琵琶，是出於五胡十六國時苻秦光胡之樂。唐書樂志說：「五絃琵琶稍小，蓋北國所出。」的話很對，但語焉不詳，不知秦漢之意義爲何？由此可見法曲已經不是純粹的中國音樂，糝雜得有胡樂的分子在裏面了。到了後來，法曲與胡樂合奏，索性成爲胡樂化的法曲。樂府詩集法曲詩序云：「太常丞宋沇傳漢中王舊說曰：『玄宗雖雅好度曲，然未嘗使蕃漢雜奏。天寶十三載，始詔道調法曲與胡部新聲合作，識者深異之，明年冬而安祿山反。』」這是新舊音樂的合流，有不得不然的趨勢，此燕樂之所以成功。

在唐時的法曲音調繁多，樂府詩集說：「又有梨園別教院法歌十一曲。」其數還不止此，據唐音癸籤說：「明皇製法曲四十餘。」樂府詩集載其曲名有：

一戎　大定　長生樂　赤白桃李　堂堂　望瀛　霓裳羽衣　獻仙音　獻天花

唐會要太常梨園別教院法曲有

王昭君　思婦樂　傾盃樂　破陳樂　聖明樂　五更轉樂　玉樹後庭花樂　泛龍舟樂　萬歲長生樂：　飲酒樂　鬭百草

陳暘樂書有

赤白桃李花　望瀛府　獻仙音　聽龍吟　碧天鴈　獻天花

以外如坐立部伎中的樂曲據唐會要說用龜茲樂奏之這卽是與胡部新聲合作的法曲，所以「大定樂」卽是立部伎中的一種，大約法曲與胡部新聲合作以後，便與普通的燕樂混合所以樂署供奉二百二十餘曲中雜得有好多法曲之名。（舊唐書音樂志韋玄成整比法曲七卷其書已佚。）

法曲從天寶以後便衰微了，到唐文宗時製雲韶法曲，又熱鬧了一些時，並重鑄霓裳羽衣曲，旋卽消沉下去。到李后王的周后，從舊曲中新翻出霓裳羽衣曲，然而已非舊節。（后主昭惠后誄所謂「霓裳舊曲韜音淪世，失位齊音猶傷，孔氏故國遺聲忍乎湮墜，我稽其美爾揚其秘」是也。）到宋時法曲只有望瀛與獻仙音二曲，而塡詞家又只塡獻仙音一曲。至於霓裳羽衣曲，到南宋時只有姜夔塡了一闋「中序」，以後便消滅了，這就是法曲的一篇簡史。至於武陵舊事及夢粱錄所載雜劇院本的法曲，那是只有法曲之名，而音調却不同了。

關於法曲的研究，大概已如上所述，剩下來的只有一個問題，就是法曲的名稱何以要名爲法曲？這在各種書籍中並沒有說明。以臆來推測，法曲之名，是起於唐玄宗時代。其所以要取名爲法曲者，因玄宗崇拜道教，愛好神仙，唐高祖既認李老聃爲祖宗，敕天下立玄元皇帝廟，玄宗又在音樂裏面表現神仙的思想，創造道教的樂曲。文獻通考說：

「帝浸喜神仙之事，詔道士司馬承禎製元眞道曲，又製大羅天曲，紫淸上聖道曲。」

羯鼓錄裏面有許多印度傳來的佛曲，玄宗既崇拜道教，不能不創造道曲來相對。在先唐高祖既把二十八宮調裏的林鐘宮易名爲「道宮」。方以智通雅說：「唐高帝製道調，自以李氏老子之後也，曾安林鐘宮世號道調道曲。」（道調宮也如黃鐘宮之爲玉宸宮，段師的楓香調都是紀念性質。）玄宗又正式在梨園裏面製造關於神仙行樂的樂曲，這些樂曲就名爲法曲，法曲就是道法之曲，和佛曲相對立。因此法曲又名爲道法曲。通考說：「又詔道法曲與胡部新聲合作。」此其證。所以法曲裏的樂曲最精美的「望瀛」，卽是由「道宮」裏製造出來的。（伶人花日新云「法曲雖精莫近望瀛。」見碧鷄漫志所引）

而法曲中各曲的名義都有點飄飄的欲仙的氣象，如霓裳羽衣，望瀛，獻花天，獻仙音，萬歲長生等類都有仙道的意味。

總合起來說：

法曲是基礎於隋以來的中國音樂，而參用着一二種胡樂器而成功的一種新音樂。因爲唐玄宗好神仙道法，就以這種音樂爲紀念而名爲「法曲」。後來溶合於胡樂裏面，仍爲燕樂之一部，而爲燕樂中的精華。

我們用一個圖式來表明，並且將以上各節的意義概括起來：

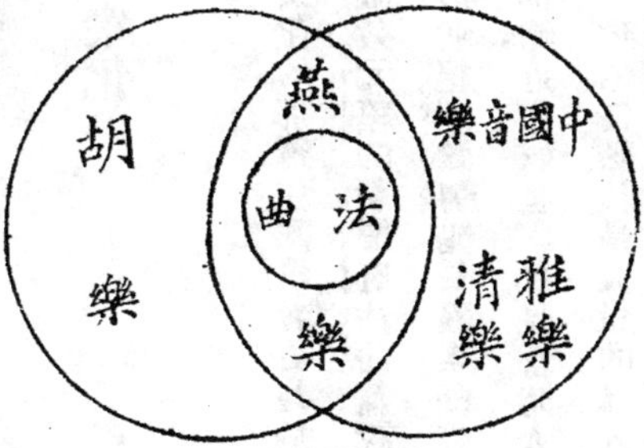

第五章　新音樂的大衆化

在中唐時候，中國民族接受異域文化的那種狂熱，或者更甚於現在我們對於西洋的文化。上自思想哲學，文藝，音樂以至於服妝，飲食無不盡量的倣效。元稹的新樂府法曲篇說：「自從胡騎起烟塵，毛毳腥羶滿咸洛。女爲胡婦學胡妝，伎進胡音務胡樂。火鳳聲沉多咽絕，春鶯囀罷長蕭索。胡音胡騎與胡妝，五十年來競紛泊。」新唐書五行志說：「天寶初貴族及士民好爲胡服胡帽，近服妖也。」可見當時人民好奇一斑的。

尤爲以音樂的胡夷化，成爲上下一致的狂熱。既是大量的輸入，其間就應當有人出來總其成，整理編制，作一種倡導的工作。負這種責任的就是唐玄宗。他以帝王的地位，又兼以絕高的音樂天才，又有楊貴妃這位尤物來做一切文藝音樂的酵素，所以玄宗對音樂文化的貢獻，實在是曠古絕今的偉大。

唐玄宗好音樂，所以他設備了好多製作音樂的機關，「太常樂署」這是照例的國家的正常的機關。內有坐部伎與立部伎兩部音樂。以外有「左右敎坊」專門敎以抒情的音樂——燕樂。崔令欽敎坊記說：「西京右敎坊在光宅坊，左敎坊在延政坊，右多善歌，左多工舞，蓋相因習。東京兩敎坊俱在明義坊，而右在南，左在北也。」東西兩京都有敎坊，眞極一時之盛。鄭樵通志藝文略云：「開元中雜伎始隸太常，以不應與禮，乃置敎坊以處俳優。」

敎坊以外，有「梨園」，專門敎練法曲，文獻通考說：「元宗既知音律，又酷愛法曲，選坐部伎子弟三百敎於梨園，聲有誤者，帝必覺而正之，號皇帝梨園弟子，宮女數百，亦爲梨園弟子，居宜春北院。」（又有雲韶院，宜春院伎女謂之內人，雲韶院謂之宮人，見通考。）

梨園裏面又特別挑出一小部來，精心教以精美的音樂，隨時在皇帝身邊跟着出入。通考說：「梨園法部，更置小部音聲三十餘人。」已見前節法曲所說的了。

其次當注意的是唐玄宗對於音樂的態度是兼收幷容，凡於中外雅俗貴族平民的作品無所不採納，所以能成其創作的偉大。舊唐書音樂志說：「自開元以來，歌者雜用胡夷里巷之曲。」關於胡曲，如欽定續通志唐樂著供奉二百二十六曲，有十分之九原來都是胡曲，後來另目改用中國化的名，這卽是唐會要說的「天寶十三載改樂曲名，自太簇宮至金風調，刊石太常。」的成績。其次看敎坊記中所載的雜曲和大曲的名，雖然內容不知道，但由名義上都可以大致分別出有些是胡曲，有些是里巷的俗曲，有些是中國舊有的樂曲。如曲名中有「子」字一類的樂曲，大半是里巷之曲，如麻婆子，引角子，女冠子，水沽子，風流子等類。是胡曲如望月婆羅門，龜茲樂，穆護子，伊州，涼州等類，他的名字都還是譯音。又如玉樹後庭花（陳樂），安公子（隋樂），這些是前代的遺製，都完全包括在玄宗的音樂的府庫中，可見其偉大。玄宗一面能收容民間的音樂以供自已的娛樂，而宮中的音樂又能流傳到民間以供羣衆的鑒賞，這與周代的採國風，漢代的採詩夜誦的性質不同，那是另有政治上的作用，而玄宗則頗有「與燕樂樂」的精神。宋史樂志說「唐貞觀增隋九部爲十部，以張文收所製名燕歌而被之管絃。厥後至坐部伎琵琶曲盛流於時，匪直漢氏上林樂府縵樂不應經法而已。」這可見宮廷和民間音樂流通的情形。我們再舉兩件故事來證明當時的興趣。元微之連昌宮詞自注云：

念奴天寶中名倡，善歌。每歲樓下酺宴，萬衆喧隘，嚴安之韋黃裳輩闢易不能禁，衆樂爲之罷奏。明皇遣高力士大呼樓下曰：欲遣念奴唱歌，邠二十五郎吹小管逐，看人能聽否？皆悄然奉詔。」

樂府雜錄云：

「又一日，賜大酺於勤政樓，觀者數千萬衆，諠譁聚語，莫得魚龍百戲之音。上怒，欲罷宴。中官高力士奏請，命永新出樓歌一曲，必可止諠。上從之。永新乃撩鬢舉袂，直奏曼聲，至是廣場寂寂，若無一人。喜者聞之氣勇，愁者聞之愁絕。」

當時的音樂眞有點大衆化的精神，所以造成唐代音樂的文化。拿宋時的情形來比較，宋時就不同了。宋史樂志說：

「太宗（宋）洞曉音律，前後親製大小曲及因舊曲創新聲者總三百九十……又民間作新聲者甚衆，而教坊不知也。」

可見宋代的教坊和民間是隔絕的，他的音樂完全是貴族化的。宋太宗所製的大小曲子雖多，只是在宋史上記其名而已，並不有流傳出來。不像唐代教坊的音樂是和民間的音樂交流着。杜佑通典說：「自周隋以來，管絃雜曲將數百曲多用西涼樂，鼓舞曲多用龜茲樂，其曲度皆時俗所知也。」這是說宮庭中所用的管絃曲，鼓舞曲，他的曲度都為一般大衆所共欣賞，不像宋代的教坊和民間是隔閡着的。

第六章　燕樂的律調與詞

第一節　燕樂的律調

上面幾節我們已經把燕樂的來歷和發展大致說明了，但上面所述的，只是說明了音樂的自身，還沒有說到這種音樂所及於詩歌的影響，究竟如何。燕樂既是中古以來，劃時代的新的偉大的音樂，他的勢力所及，直至近代，還在汲其餘波。在這樣偉大的新音樂的震盪薰陶之中，必然要有一種新的詩歌產出。在燕樂發達的期間，歌壇上流行着的近體詩，只是强勉用來應付新音樂的詩歌。而歌唱的時候，不免飣餖鑿枘，不能和音樂吻合無間，已如前編所說的了。所以終於蛻變成為長短句的詞，這確是為燕樂正式孕育出來的新詩歌，他的誕生，也確實不負了燕樂這一新音樂的運動。現在我們所要問的，即是燕樂所給與詞的影響，究竟如何？

在第一，第二編裏，我們已經說明詞的成功，完全是受音樂的影響，所謂「句度長短之數，聲韻平上之差，」莫不以音樂為「準度，」才成功了這種長短句。然而，這只是就普通的情形上說明音樂所及於詩歌的影響。現在我們所要問的是，詞除了「句度長短之數，聲韻平上之差」以外，還受到燕樂一些什麽特殊的影響？我想這也是為研究詞的最重要的問題，而爲從來研究詞的人所疎忽了，現在，我們特別提出幾點來說明，以見詞和燕樂的關係，是非常的密切。大概有如下的幾項：

一，燕樂的律調與詞的關係

二，燕樂的情調與詞的關係

三，燕樂的形式與詞的關係

四，燕樂的樂器與詞的關係

在本節裏，我們先說第一項。藉此一面可以補足說明燕樂的內容，一面可以知道燕樂與詞的關係。

燕樂之所以爲燕樂，根本關係，在於他的特異的律調，而最難理解的，也就是他的律調。一千多年來，研究音樂的，對於燕樂的律調，捕風捉影，終無頭序。直至凌廷堪著燕樂考原，殫精竭慮，才把所謂的「四旦二十八調」的眞像，推尋出來，以後研究音樂的才有頭序可尋。

關於燕樂律調來源的記載，見於隋書音樂志：

「開皇二年，沛公鄭譯云：考尋樂府鐘石律呂，皆有宮商角徵羽變宮變徵之名，七聲之內，三聲乖應，每恆求訪，終莫能通。先是周武帝時，有龜茲人曰蘇祇婆，從突厥皇后入國，善胡琵琶。聽其所奏，一均之中，間有七聲。因而問之，答云：父在西域，稱爲知音，代相傳習，調有七種。以其七調，勘校七聲，實若合符。一曰娑陀力，華言平聲，卽宮聲也。二曰雞識，華言長聲，卽南呂聲也。三曰沙識，華言質直聲，卽角聲也。四曰沙侯加濫，華言應聲，即變徵聲也。五曰沙臘，華言應和聲，即徵聲也。六曰般贍，華言五聲，即羽聲也。七曰俟利箑，華言斛牛聲，即變宮聲也。」譯因習而彈之，始得七聲之正。然其就此七調，又有五旦之名，旦作七調，以華言譯之，旦者則謂均也。其聲亦應黃鐘、太簇、林鐘、南呂、姑洗五均，已外七律，更無調聲。」譯遂因其所捻琵琶，絃柱相飲爲均，推演其聲，更立七均，合成十二，以應十二律。律有七音，音立一調，故成七調十二律，合八十四調，旋轉相交，盡皆和合。」

這一段文字，王光祈認爲「爲吾國音樂「胡樂化」之重要記載，直到今日，吾國音樂，猶在此種胡樂勢力之下。故讀者對於此段文字，不可不特別加以注意。」（中國音樂史）這實在是中國文化史上最重要的一段記載。這是表示中國的音律已到訛誤紛亂，不可究詰之地步，大音樂家鄭譯整理音樂，弄得「七聲之內，三聲乖應，每恆求訪，終莫能通。」適逢其會的，遇着龜茲人蘇祇婆把龜茲的樂律傳入，用來整理中國的音律，才算豁然理解，條理分明，便建築了一千多年來音樂的基礎。

從具體方面說來，音樂上最重要的一回事，便是「旋相爲宮」，假如不能「旋宮」，那麼樂律必定有差誤，音調不能準確，音樂便不能感人。中國在漢以前，史跡渺茫，不知古代音樂究竟做到了「旋宮」沒有？只有禮運上「五聲六律十二管旋相爲宮」的一句話存在罷了。從漢代起，一直到蘇祇婆、鄭譯，這一個長時間，音樂界無時不鬧着考正樂律的問題，而爲問題的中心，最糾紛最難解決的，便是「旋相爲宮」這回事，但卒竟沒有那一次做成功。而居然每朝都有音樂的存在，可知這一個長時期的音樂，都是模模糊糊，苟且補苴的音樂，沒有科學基礎的音樂。

我們且不必從各朝的音樂史裏去詳細繙檢，只看舊五代史樂志兵部尚書張昭的談話：

「漢初制氏所調，惟存鼓舞。旋宮十二均更用之法，世莫得聞。漢元帝時京房善易別音，探求古義，以周官均法每月更用五音，乃立準調，旋相爲宮成六十調。（王光祈謂京房六十調係以六十律爲基礎，並非五音十二律旋相爲宮）……遭漢中微，雅音淪缺，……六十律法，寂寥不傳。梁武帝素精音律，自造四通十二笛，以鼓八音，又引古五正二變之音，旋相爲宮，得八十四調，與律準所調音同數異。侯景之亂，其音又絕。隋朝初定雅樂，羣黨沮議，歷載不成。而沛公鄭譯因龜茲琵琶七音以應月律，五正二變，七調克諧，旋相爲宮，復爲八十四調。」

這一段文字很扼要的敘述歷代音樂家得不到「旋宮」之法，所以音樂的製作都失敗，一直到鄭譯因龜茲琵琶才推演而成功。所以隋書萬寶常傳說：「開皇初沛國公鄭譯等定樂，……具論八音旋相爲宮，改絃移柱之變，爲八十四調，時人以周禮有旋宮之義，自漢魏以來，知音者皆不能通，見寶常特創其事，皆哂之。」可見旋宮之義從漢魏以來都沒有人闡通過。至於梁武帝的旋宮，也不過是文字上的存在而已，實際如何，不可得知。陳澧的聲律通考謂鄭譯萬寶常的八十四調，是淵源於梁武，那是沒有確實的證據。假如鄭譯不遇到蘇祇婆，試問他的八十四調能否成立？可見鄭譯等的來源，是切實從龜茲琵琶來的，對於梁武不過影響而已。

鄭譯自然是音樂界的功臣，但他最遺憾的是把龜茲的音律附會上中國古代音律的名義。因爲蘇祇婆的七調另是一回事，和中國的「五音二變」完全不同，根本他的音律的度數和五音二變相差太遠，而鄭譯却把中國樂律的名加在龜茲樂上面，用意是使中國人的耳目習慣，結果却欺騙了中國人，使研究音樂的人用中國固有的樂律度數與方法來研究燕樂，使墮入五里霧中，千餘年來沒有人把燕樂鬧得淸楚，便是這個原故。這是到凌廷堪來根據遼史樂志的「二十八調不用黍律，以琵琶絃叶之」一句話，才揭發了千古的疑竇，而發見「鄭譯推演龜茲琵琶以定律，無論雅俗樂皆原於此，不過緣飾以律呂之名而已。」（燕樂考原）從此以後，研究燕樂的才有頭序可尋了。

這裏要知道鄭譯的八十四調是由理論上推演而得的音調，他以五音二變乘十二律而得八十四調，便是一次旋相爲宮的調數。而在實際應用上只是二十八調就夠了，其餘的五十六調都是虛懸着的襯數而已。所以凌廷堪說「爲此欺人之學，其實繁複而不可用。」（燕聲考原序）但說他是「欺人之學」倒也不是。一次旋宮的調數是有八十四調，而在應用上却不必各調都用過。陳聲律通考引焦循的一段話，評批得却公道：

「焦里堂二十八調辨云：或疑八十四之數非其實，然不必疑也。如以喉舌齒牙脣各依等韻，則必有若干音，然制之爲字，不及其音之半。不得以所用者少，亦不得以字不及音之數，遂疑並無此音聲調之有八十四，其理如是也。後世取其便於肄習，故日減日少，無可疑也。」（梁隋八十四調考）

以制字來譬喻，最爲確切。八十四調中見諸實用的二十八調，便是有名的燕樂二十八調。他的來源，卽是「燕樂不用黍律，以琵琶絃叶之。琵琶四絃，故燕樂四均，一均七調，故二十八調。」（燕樂考原）四均者便是宮商角羽四均。「蓋琵琶四絃，故燕樂但有宮商角羽四均卽四日無徵聲一均也。」徵聲是「有其聲無其調」（段安節樂府

雜錄）關於二十八調的變化的情形。這裏無詳述之必要，這裏只把二十八調的名兒錄了出來：

燕樂二十八調

平聲羽七調	中呂調	正平調	高平調	仙呂調	黃鐘調	般涉調	高般涉調
上聲角七調	越角調	大石角調	高大角調	雙角調	小石角調	歇指角調	林鐘角調
去聲宮七調	正宮調	高宮調	中呂宮	道調宮	南呂宮	仙呂宮	黃鐘宮
入聲商七調	越調	大石調	高大石調	雙調	小石調	歇指調	林鐘商調

這是根據段安節的樂府雜錄列表如右，他以平上去入四聲分配羽角宮商。這是不可靠的，凌廷堪說他是「任意分配，不可為典要」。我們已經在第二編裏說過了。這二十八調便統攝了一切適用的音調，唐宋以來所有的樂曲都包括在這二十八調裏面，所謂的詞牌即是由這二十八調裏製造出來。

第二節　燕樂的律調對於詞的影響

以上已經把燕樂的律調敘述過了，下面再說燕樂的律調對於詞的影響。

我嘗說詞（曲也同樣）在文學史上是一種特異的詩歌，因為他一方面有着極細密的理智，一方面却又有着極深微的情感，他的細密的知的分子，既為前此的任何詩歌所不及，同時能表達出一切詩歌所不能表現的情感。郭麐靈芬館詞話引朱彝尊的話說：「詞之為體，蓋有詩所難言者，委曲倚之於聲，竹垞之論如此，眞能道詞人之能事者矣。」這可為詞的情感為任何詩歌所不及的說明。江順詒詞學集成引仇山村的話說：「世謂詞為詩之餘，然詞尤難於詩，詞失腔猶詩落韻，詩不過四五七言而止，詞乃有四聲五音，均拍輕濁重清之別。」這可為詞的理智的成分為任何詩歌所不及的說明。

由此我們可以斷言：「詞是極端理智極端情感的一種詩歌。」王灼碧鷄漫志說的「本之性情，稽之度數。」二語，眞能把這意義很扼要的道出來。因為詞的一方面是情感，一方面是數理，我們把詞分解開來，其最後所得的是數理，把他綜合起來，最後所得的是情感，而在二者之間為之樞紐者，便是「調。」

一支詞調，分解開來有五音，四聲，清濁，平仄，有長句，短句，大頓，小頓，七敲八措，大遍小遍，一犯二犯，韻脚等等，這些東西裏面，無往而沒有細密的井然不紊的數理觀念。然而一個調子綜合起來，由「調」而生「曲」，由「曲」而生「詞」，便生出「豪放」的感情，或「婉約」的感情。

「調」雖然剖析出來看出他的知情兩方面，然而「性情」與「度數」是不能分離的，二者互為因果而生存，互為因果而見出效率的，詞的「度數」精密清晰，有條理，所以才會產生出為他種詩歌所不能表達出來的「

性情，」也因爲要表現「一種眞純的性情才要求一種度數精密適當的調子是卽是楊守齋的作詞五要第一要「擇腔」第二要「擇律」的意義。（見張炎詞源）但是這些情形，都是在燕樂的特異的律調之下，才有這種作用。

以上一段文字，是說明燕樂的律調對於詞能夠給與他高度的知的要素與情的要素，詞便成爲特異的一種詩歌。以下我們單由知的方面再來研究燕樂的律調和詞的關係。

先由量的方面來看。

詩歌的內容和形式是不能分開的，形式一有變化，而內容也隨之而變化。所以詩歌要求多方面的表現，必須有豐富的形式，必須隨時創造新形式。中國詩歌，在古詩時代，形式太單調而糢糊，所以讀古詩頗有千篇一律之感。到律詩來形式得到了固定化明朗化，而仍然感到單調。計算起來五七六言的絕句和律詩，其形式至多有七八種而已。到長短句」產生，然後詩歌的形式才驟然豐富起來。他的形式一面固然得到了固定化明朗化，一面却又具備得有多樣性與變化性，這不能不說是詩歌上長足之進步。

原因是律詩的創造無所依傍，只是按着呆板的平仄來排列，至多只有這幾個形式。而詞却依據於音樂，音樂是富於變化性的東西，所以詞也隨之而變化無窮，這在第三篇裏已經說過了。

在這裏我們要進一步加以說明的是，詞是生於曲，曲是生於調。詞是反映曲的聲音，曲是被支配於調——宮調。詞的形式繁多，因爲曲子之形式富於變化，而爲其基礎的宮調也多樣，所以才能夠恣其使用。受了胡樂化的燕樂，他的聲調推演至於八十四調，這是極盡聲音之可能，而就中適於實用的只是二十八調。

雖然在整個音程中只佔有三分之一的數目，但在這二十八調的範圍內創造曲調，也就綽有餘裕，取之不盡，用之不竭了。超出這範圍外的曲調是很少見的。近人夏敬觀着詞調溯源說：

「總上列各詞牌名所屬的律調，皆不出於蘇祗婆琵琶法的二十八調以外。自隋至宋，凡在記載中可尋考的，無一不是這樣。鄭譯雖然演爲八十四調，除二十八調外，却都沒人用過。「中管調」宋人詞內只得姜夔吳文英的喜遷鶯一調，是用太簇宮，俗呼中管高宮，可見中管調並未適用。七正角，七變徵，七正徵，又皆不用。宋人詞中所謂徵調者，亦不得晁端禮的壽星明，黃河淸及姜夔的徵招三調，即丁仙現所識爲落韻的………這段話便是徵調在琵琶法中不能成立的確切批評。

這可見二十八調已經統括了一切曲調，到了作曲的時代，又減爲六宮十一調。曲調的創造，不出乎二十八調的範圍外，而在這二十八調中的曲調，有詞的又太少太少。我們且看崔令欽的教坊記裏所載的教坊樂曲，計有雜曲二百七十八種，大曲四十六種，拿來勘校有詞的曲調，如樂府詩集，雲謠集雜曲子，全唐詞上所有的詞，不及教坊記裏所記曲名之半，這是初期的情形，就是到後來也是同樣。周密齊東野語說：

修內司所編樂府混成集大曲一項，凡數百解，有譜無詞者居半。

以上的情形是說明了實用的調子少於可能的調子，曲又少於調，詞又少於曲。

詞
曲
二十八調
八十四調

反之，曲多於詞，調又多於曲。所以在這廣大範圍的聲調中創造曲子是綽有餘裕的，又在這廣大範圍的曲子中塡詞也是綽有餘裕的。我們的結論是：因爲燕樂的聲調繁多，所以詞的新形式便源源不絕的創造出來。

以上所說的只是用正常的法則，供給詞的形式也就取之不盡了。何況樂律中還有「犯調」的辦法，「犯」便是「轉調」，「犯曲」，——萬樹詞律說：

詞中題名犯字者有二義，一則犯調，如以宮犯商角之類。——夢窗云：十二宮住字不同，惟道調與雙調俱上字住可犯是也，一則犯詞句法若玲瓏四犯、八犯玉交枝等所犯竟不止一詞，但未將所犯何調，着於題名，故無可考，如四犯剪梅花下着小字，則易明。此題明用兩調串合，更爲易曉耳。」（謂江月晃重山爲西江月與小重山二調串合也。）

「犯詞」即是「犯曲」，因爲有犯調犯曲的變化，又可以産生若干新形式。還有同是一支曲子，因爲用幾個宮調，宮調不同而他的形式也隨之而異。如碧鷄漫志所載涼州用七宮曲，伊州用七商曲等類，因爲用七個調子，而詞的音韻平仄字句之長短也便不同了。此可以參看柳永的樂章集，便可證明此例。

樂調的樣式既多而變化又極複雜，所以詞的形式的變化也就複雜，這是由量的方面看出燕樂的律調與詞的關係。

現在我們再由聲調的質的方面來看他與詞之關係。

燕樂的聲調已經如上面所説的，有這樣的繁多，能夠供作詞者的使用，源源無窮了。但使用這些聲調，並不是盲目的亂拉些調來使用，這其中便要有斟酌，有選擇。説到選擇，便觸到「質」的問題，我們這一段的研究便由此而起點。

詞是用理智來領導情感的一種詩歌。他設下這麽多調，創製下這麽多曲，便是安排好這多的形式來準備安放情感。要什麽形式才適合這種情感，這就由你自由去選擇，選擇好了，由調而生曲，由曲而生詞，調適合於曲，曲適合於詞，這一個過程便是合理的過程。所以詞源所載楊守齋的作詞五要：第一要擇腔，第二要擇律，擇腔，便是曲的選擇；擇律，便是調的選擇。

選擇當然要有一種標準，又以什麽爲標準來選擇呢？

我們先由調說起，因爲調是最後的一個形式，他是曲與詞的基礎，所以俞仲茅爰園詞話說：「詞全以調爲主。」可知他的重要。

燕樂有二十八調，這二十八調的分別，當然是順着宮商角徵羽的音階來組織，由最低音以至於最高音。然而聲調的差異，不單是高低的差異而已。除高低的差異而外各調還具備得有各調的特殊的形象，和特殊的情感。元稹五絃彈詩云：

「趙璧五絃彈徵調，徵聲巉絕何清峭！」

這是單描寫徵調的形象與情感，可見每一個調子，不單純是高低而已，他的內容是很複雜的。推此而言各調也當然有各具的特殊的內容。管子說：

凡聽徵如負豬豕覺而駭，聽羽如鳴馬在野，聽宮如牛鳴窌中，聽商如離羣羊，聽角如雉登木以鳴。」

這便是以各種動物來摹寫五個音調的特殊形象。五個音調不過是總合的音調，而屬於五個總合的音調下的分音調——二十八調也都各具備得有各異的內容。雍熙樂府說：

「黃鐘宮宜富貴纏綿，正宮宜惆悵雄壯，大石調宜風流蘊藉，小石調宜旖旎嫵媚，倦呂宮宜清新綿遠，中呂宮宜高下閃賺，南呂宮宜感歎傷惋，雙調宜健捷激裊，越調宜陶寫冷笑，商調宜悽愴怨慕，林鍾商調宜悲傷宛轉，般涉羽調宜拾綴坑塹，歇指調宜急併虛揭，高平調宜滌蕩滉漾，道宮宜飄逸清幽，角調宜典雅沈重。」（此係據古今詞話所引，四部叢刊本之雍熙樂府則無此條。）

雍熙樂府說的是曲，其實詞曲的音調是相同的，這是分析出各調的特具的情調，排列出來，以備作曲家之選擇。作曲當然是要「本之性情」，這裏便有各式各樣的感情樣式，五光十色的任憑你來取用。重要的便是「曲」的情調要和「調」的情調一致，才覺完美。換言之，特殊的感情要適合於抽象的感情基調，這是作曲家應具的原則，和現在的西洋音樂的作曲，初無二致，也就可見我們中國在燕樂時代的音樂，已經走上科學之路了。

以曲來擇調在燕樂時代的作曲家，好像特別注意於時序，他的選擇的標準，是以時序爲標準。楊守齋作詞五要第二條說道：

「第二要擇律。律不應月則不美。如十一月調須用正宮，元宵詞必用仙呂宮爲宜也。」

節序，月令究竟和音樂有什麼密切關係？某一節一定要用某一調，才「流美」，現在燕樂已亡，我們實在無法領略。這不單是楊守齋一人的主張，陸文圭詞源跋云：

「西秦玉田張君着詞源上下卷，推五音之數，演六律之譜，按月紀節，賦情詠物，自稱得聲律之學於守齋楊公。」

張炎是楊守齋的學生，當然他的「按月紀節」也是楊守齋擇律的一貫宗旨。以外的詞家也同樣的注重節序與音律的關係，詞源說：

「……命周美成諸人，討論古音，審定古調，……又復增演慢曲引近，或移宮換羽，爲三犯四犯之曲，按月律爲之，其曲遂繁。」

周美成（邦彥）是深曉音律的，他們的製曲是按照月律來製，可知一般人認爲月令節序和音律有關係。這裏有一段故事，頗近於神話，羯鼓錄云：

「上（唐玄宗）洞曉音律，……尤愛羯鼓玉笛，常云八音之領袖，不可無也。嘗遇二月初詰旦，巾櫛方畢，時當宿雨初晴，景物明麗，小殿內庭，柳杏將吐，覩而嘆曰：對此景物，豈得不與他判斷之乎？左右相目，將命備酒，獨高力士遣取羯鼓，上旋命之臨軒，縱擊一曲，曲名春光好，神思自得，及顧柳杏皆已發坼，上指而笑謂嬪御曰：此一事不喚我作天公可乎？嬪御侍宮皆呼萬歲。……」

照這事說來，音樂眞有奪造化之奇了。王灼碧鷄漫志爲之解釋道：

「今夾鐘宮春光好，唐以來多有此曲。或曰夾鐘宮屬二月之律，明皇依月用律，故能判斷如神。予曰：二月柳杏坼久矣，此必正月用二月律催之也。」

音律和月令節序，眞能互相感召嗎？這些情形，當然是承襲着從前把十二律分屬於十二月的辦法，什麼「葭管吹灰」等類的迷信，把音律視爲神祕的東西，古代早已有之了。但是我們要把他一筆抹殺，殊覺不對，因爲人類感情的變化也的確是由時間節令的支配，「春女哀」「秋士悲」這是明白的事實，節季變遷，無形的感動心靈，表現於律呂，於是時間情感聲律自然的冥合無間而起微妙的感應。於不可捉摸之際因果倒置，遂驚以爲奇跡，生出種種的迷信行爲。所以『依月用律』固然近於機械，但我們當體會他的原則，使時間聲音情感諧調統一，不要矛盾出入，即是上文說的使曲的情調適合於律調的基調，這樣也就盡了作曲之能事。

總之，音樂上最大的要求，不外是統一諧調，上面已經說明了製曲的原則，曲要諧合於調。而由曲塡成的詞當然也要取得諧調。因爲由調而生曲，由曲而生詞，由音樂而變成文學，由抽象的情感而變爲具體的情感，只是一個過程，一個情調所以中間決不能發生矛盾。

具體說來，詞的聲韻平仄和曲調是點點相合，息息相通。在第二編裏，我們已經把「起調畢曲」和詞的音韻的關係，詳析過了。爲什麽古人對於詞之押韻要這樣的愼重，在這裏可更明白了。就因爲詞之韻等於調子之「基音」，基音是一調的靈魂，韻是一詞之精髓，求韻與基音的諧調，便是求詞的情調和曲調的情調相諧調。韻一押走，便與基音不相諧調，情調便不能一致了。戈載詞林正韻說：

「詞之爲道，最忌落腔，即所謂落韻也。姜白石云：十二宮住字不同，不容相犯。」

「住字」便是基音，十二宮各有各的住字，即是各有各的精神。一落韻，岔入別宮，精神便雜亂了。

現在詞的聲調亡佚久了，我們無從而去按合詞與聲律統一不統一，諧調不諧調。在從前「按律製譜，以詞定聲」的時代，製一個曲譜先要按合律調，到塡詞的時候，詞不必依據平仄，而完全依據於曲調的聲音，聲音一諧調，而平仄也自然諧調。他完全是以詩歌從屬於聲調，在製詞的立場來說，詞可以借助於聲調之功，來調整他的文字音韻平仄，使他全闋詞的情調統一，音韻諧調而臻於純化之境。所以詞可稱爲「音樂的文學」者，他完全是音樂產生出來的東西，這種詩歌是從音樂裏淨化出來的。

我們看唐末五代詞人的作品，便是「按律製譜以詞定聲」的時代，所以會有如詞律上所載的「又一體」者，便是完全依據聲音的證據，在這個時代的作品是如何的精純？又在後來如姜夔吳文英幾個通曉音律的詞人，他們的作品也特別的優秀，這可見確實從音樂裏產生出來的詞自然不同別的。

在第二編裏我們所舉的白石道人歌曲平韻滿江紅的序，爲換一個韻脚，而至「久不能成」，便可想見他對於更換韻脚之間，要如何調整全調的音律，使詞與曲調不失其諧合，可想而知。

閒話少說，這裏我們可以結束本段的意義，由質的方面來看律調與詞的關係，可知律調爲曲與詞的基礎，由與詞的情調要完全與律調相諧調，而在塡詞的立場來看，則律調的聲音可以使詞的聲韻文字統一在一個情調之下，而獲取文章的效率。

第七章 燕樂的情調與詞

第一節 抒情詩與音樂

前一節是從知的方面研究燕樂與詞的關係。現在我們再由情的方面來看燕樂和詞的關係。

詞是繼「詩」而作的一種詩歌，詩所以變成詞，我們已經由音樂上研究出種種的因果關係，總是由音樂上各種條件蘊釀成熟，然後由「詩」才逐漸蛻變成詞，現在我們外開音樂來說，從詩歌的「抒情」的評價上來看，便發現了在唐時用五七言的形式寫成的詩歌，他的抒情的價值逐漸打失了，才產生這種用長短句的形式寫成的詩歌。所以詞卽是繼過去的抒情的「詩」而產生的一種抒情詩。

然而我們要問詞的抒情的價值從何而來呢？仍還是要歸到我們的音樂基本條件上來，可以說詞的抒情的價值是音樂給與他的。

在未說明詞與音樂的抒情關係上，我們且先從唐詩說起。

詩到了唐之中葉，各種體裁都已經到了成熟時期，再無發揮的餘地了，同時便向着衰落的方向走。王靜庵人間詞話說：

「蓋文體通行既久，染指遂多，自成習套，豪傑之士亦難於其中自出新意，故遁而作他體以自解脫，一切文體所以始盛中衰者皆由於此……」

這是說唐詩已到了「習套」的階段，不能不產生他體以自解脫，所謂他體者卽詞是也。然而又有些「豪傑之士」既不屑作他體，而又不安於「習套」，想出奇制勝，便把詩歌弄入魔道，不可救藥，韓愈便是這樣脚色，造成了一代的作風。唐語林說：「元和之際，文章學奇於韓愈，學澀於樊宗師，以奇澀爲主，」還有什麼抒情的價值？雖然在中唐時候有一位「情聖」杜甫，但這位「情聖」的詩，却不是抒情詩，他作詩有方法要從書上去找，從「理」上去作，所謂「熟精文選理，」「讀書破萬卷下筆如有神」這可算是抒情詩嗎？從中唐以後，詩歌界完全是杜韓兩家的勢力，所以詩一面成爲「習套」一面走入書本走入奇澀，完全失了抒情的風味了。

在這個時候的詩，夠得上稱爲抒情詩的只有少數幾家詩人的絕句和短詩，便是我們在第一編裏所提出來的絕句入樂的那些詩人，所謂「旗亭畫壁」「玲瓏唱詩」的幾位詩人的作品，都是情調優美音韻流麗算得是抒情詩。

這些詩所以有抒情的價値者便是可以入樂的。我們從古代溯下來，可以稱爲抒情詩的，如詩經的國風，楚辭的九歌，漢代的鐃歌鼓吹曲，詩相和歌，魏晉以來的三調歌詩，吳聲子夜歌，西曲歌詞，橫吹曲詞，梁隋的淸商曲辭以至於唐人的絕句，這一系統的詩歌，眞是詩中之詩，富於抒情的價値，而無不是和音樂有關係的。所以我們要判斷抒情詩的眞僞，換言之，抒情詩的標準，便是音樂與音樂發生關係的詩歌，才有抒情的價値，暫且不要去細論他的原理。

回頭來看那位「情聖杜甫」的詩，樂府詩集上只有一首花將軍歌（絕句列入水調入破第二）眞是入樂的，別的長篇巨製的得意作品，都和音樂絕緣，因爲杜甫的詩根本他的自身上便沒有音樂性，朱子語類卷六十五說：

「杜子美晚年詩，都不可曉，呂居仁嘗言，詩字字要響，其晚年都啞了，不知是如何以爲好否？」

因此，我們判斷杜甫的詩，不是抒情詩。

抒情詩與音樂的關係是自然的，不單是中國的抒情詩不能和音樂相離，在西洋也是如此，且看英文字與中的 Lyrie 是「七絃琴」又是「抒情詩」，Lyrist 是「彈七絃琴者」又即是「抒情詩人」，這是由淺處證明兩樣的密切關係。

還有一層重要意義，要補說明白，抒情詩固然是入樂的詩歌，但也要能入「抒情音樂」的詩，才算得抒情詩。不然，所謂「廊廟音樂」，郊天祭地的音樂，宗廟的音樂，宴饗的音樂，一切「儀式的音樂」，未嘗沒有歌詞，即如樂府詩集上的「郊射歌辭」，「宴射詩辭」等類的詩歌，都是有音樂伴奏的，而那些詩歌，可算得抒情詩嗎？（一部樂府詩集，真正入樂的詩沒有幾篇，入樂而有抒情價值的更沒有多少。）

因為詩歌與音樂的關係是最密切的，不能假借的，什麼詩產生什麼音樂，什麼音樂產生什麼詩歌。「儀式的音樂」（古曰雅樂）不會生出「抒情詩」（古曰淫詞）「抒情的音樂」（古曰淫樂）不會生出「儀式的詩歌」（古曰雅歌）這是說，詩與樂的結合，一定要性質相同，才能結合，不過結合的方式不同罷了。譬如前面舉出的詩經的國風，漢魏以來的樂府詩，以至於唐人的絕句，以至於詞，這一系抒情詩，他們所入的音樂，固然都是當時的抒情音樂，只是有先詩後樂，先樂後詩的不同，而詩樂都同源於情。據前編第三章所說的詩與音樂結合的三個階段來說，他們結合的方式應當是這樣：

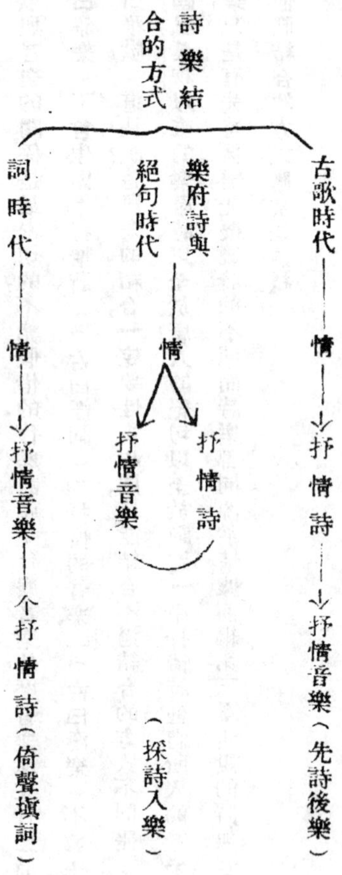

詩樂結合的方式：

古歌時代——情——→抒情詩——→抒情音樂（先詩後樂）

樂府詩與絕句時代——情→抒情詩／抒情音樂（採詩入樂）

詞時代——情——→抒情音樂——→抒情詩（倚聲塡詞）

由此看來，詞因爲是「倚聲塡詞」由音樂裏面陶融出來的詩歌，和音樂的關係既特別密切，又因爲燕樂的抒情的價值，爲從來的音樂所不及，所以詞在歷來的詩歌裏，他的抒情的價值也特別高，到這裏我們應當更進一步來說明燕樂的抒情的價值，看他對於詞的影響。

第二節　燕樂的抒情價值與詞

燕樂既是劃時代的一種抒情樂，須知情感之爲物，是隨着時代而進化，所以各時代有各時代的抒情音樂。從上古的國風的音樂數起，漢魏六朝的樂府，以至于燕樂，這些音樂都是有進化性的，有進化便有新陳代謝。其不隨時代進化，千古萬年的「雅樂」，却是沒有抒情價值的音樂。

即如「清商樂」，他是魏晉以來的抒情樂。當他的黃金時代，一般人對於清商三調，是如何的狂熱？見諸歌詠的，如「彈琴援瑟鳴清商」（魏文帝燕歌行）「清商隨風發，中曲正徘徊」（古詩）「欲展清商曲，念子不能歸」（蘇武別李陵詩）可是到了隋唐之際，清商樂逐漸衰息了。唐書音樂志說到唐時祗有李郎子一人能歌清樂，郎子逃去，清樂之歌便闕了。隋文帝批評清樂的聲音：「此華夏正聲也。」宋書樂志的批評說：「從容雅緩，猶有古士君子之遺風。」所謂「正聲」，所謂「從容雅緩」，已見清樂的沒落，不能刺激人的感情，勉強來一個贊美的名詞而已。

清樂之沒落，就是因為胡樂化的燕樂以排山倒海的勢力催迫入來，把他擠出樂壇去了。我們且看當時的燕樂是如何刺激人的感情？如何使人興奮？文獻通考樂二說道：

「自宣武（北齊）已後，始愛胡聲，洎于遷都，屈茨琵琶，五絃，箜篌，胡簧，胡鼓，銅鈸，打沙羅，胡舞，鏗鏘鏜鎝，洪心駭耳。撫箏新靡絕麗，歌聲全似吟哭，聽之者無不悽愴，琵琶及當路琴瑟殆絕音，皆初聲頗復閑緩，度曲轉急躁。按此音所出，源出西域諸天諸佛韻調，婁羅胡語，直置難解，況復被之土木。是以感其聲者，莫不奢淫躁競，舉止輕飈，或踊或躍，乍動乍息，蹻腳彈指，撼頭弄目，情發于中，不能自止。」

又說：

「後主（北齊）唯賞胡戎樂，耽愛無已，於是繁習淫聲，爭新哀怨。故曹妙達，安未弱，安馬駒之徒，至有封王開府者，遂服簪纓而為伶人之事。後主亦能自度曲，親執樂器，悅翫無倦，倚絃而歌。別採新聲為無愁

曲音韻窈窕，極於哀思。使胡兒閹官之輩，齊唱和之，曲終樂闋，莫不隕涕。」（此係隋書音樂志文）

這兩段文字描寫燕樂的動人，可謂淋漓盡致。其他見於別種書籍中關於燕樂刺激情感的記載還很多，這裏僅舉這兩段也可見一斑了。原來一種音樂的動人，係有各種因素，他的律調，他的音曲，他的樂器，他的歌詞，綜合起來，才能動人。但在根本上，則律調為最重要的因素。燕樂二十八調，比較舊有的清商三調，變化既多，而音域也擴大。極高極低，極清極濁的調子都具備，得有所以感情可以自由活動。哀樂可以極端發洩。唐書禮樂志說：

「凡所謂俗樂者，二十有八調。正宮，高宮，……皆從濁至清，迭更其聲，下則益濁，上則益清，慢者過節，急者流蕩……」

若與清商三調相比較，則清商三調便和平中正得多。所謂（華夏正聲），是也。續通典清樂類有一段比較的話：

「今以頭管考之，夾鐘清收四聲為緊五，居九孔之首為宮，次六字為羽，次凡字為商，次工字為閏，閏為角。其正角聲，變聲，徵聲，皆不收。黃鐘居子，蕤賓為變，而居午，變亦為宮，與雅樂七音全不同矣。正聲三調，黃鐘為調，以統四聲，則其聲優游平中，今如高至緊五，夾清低至上一，姑洗卑則過節，高則流蕩，甚至佚出均外，此所以為靡靡之樂也。」

這是把燕樂和「中正和平」的音樂比較，可見燕樂音域的擴大，「高至緊五」「低至上一」，「卑則過節」「高則流蕩甚至佚出均外」，也即是唐志說的「下則益濁，上則益清，慢者過節，急者流蕩」的意思。因為所謂的「雅樂」便是要維持中正和平之音，不高不低，不清不濁，使人的哀樂不至於過節，使合乎「中庸」之道，至於燕樂便走極端，高則過高，低則過低，哀樂極情，沒有節制，所以便成為「靡靡淫樂」了。王灼碧鷄漫志說：

「或問雅鄭所分？曰，中正則雅，多哇則淫，至論也。」

宋史樂志

「大學士蔡攸言古之神瞽考中聲以定律，中聲謂黃鐘也」

可見一般研究雅樂的，總是以中正之音為本，其實這種中庸之音，不痛不癢，使人聽着沒有哀樂的感覺，有什麼抒情的價值？所以唐時習樂的，把「立部伎無性識者退入雅樂部」，雅樂也只好給這般低能兒去欣賞罷！由此可見燕樂價值之高，他能使人的感情得盡量發洩，個痛快，不愧是進步的抒情樂。燕樂的這種精神，便反映在詞裏面，所以詞的特色，也便是哀樂極情，和詩來比較，覺得詞是痛快得多了。沈雄的古今詞話引王岱的一段話說詞最好：

「王岱曰：詩至於餘而詩亡，餘至於極妙而詩復存，是，薄詩之氣者餘也，救詩之腐者亦餘也。詩以溫厚含蓄，怨不怒，哀不傷，樂不淫為旨。詞則欲其極怒極傷極淫而後已，元氣於此盡矣！」觀唐以後詩之蕪澀，反不如詞之清新，使人怡然適性。不惟不欲少留元氣，若以不留元氣為妙者，是時代升降，學力短長各殊。氣運至此，不容不變動人心之巧，不容不剖露，卽作者當亦不自知其何故，是詩之不至於盡亡，則實餘有以存之也。

他已見到「詞則欲其極怒極傷極淫而後已」，這是詞之特色，然而他以此為詞是「功之首罪之魁」，因為極盡哀樂便失了詩之「樂而不淫，哀而不傷」之旨，「元氣於此盡矣。」這是詞之罪。但以「唐以後詩之蕪澀，反不如詞之清新，使人怡然適性。」即是說唐以後的詩不能抒情，得詞來抒情，這又是詞之功。這種議論固然不免為陳見所囿，但他已經看出詞的抒情的價值，這是為別人所不及的。

古今詞話又引陳大樽的一段話，也說得是：

「宋人不知詩而强作詩，其為詩也言理而不言情，終宋之世無詩。然宋人懽愉愁怨之致，動於中而不能抑者，類發於詩餘，故其所造獨工。」

他也見到詞之抒情的價值，見到了詩不能抒情，而詞便來擔負了責任。然要進一步問他們，詞何以會有這種抒情的功能？便瞠目不知所對了。

前人已經有把詩和詞來比較的，同是一個意思，同是一種情感，對照下來，詩與詞的表現自有程度的差異。如吳曾能改齋漫錄云：

「王逐客送鮑浩然遊浙東，作長短句云：『水似眼波橫，山是眉峯聚。欲問行人去那邊？眉眼盈盈處。才始送春歸，又送人歸去。若到江南趕上春，千萬和春住！』韓子蒼在海陵送葛亞卿云：『今日一盃愁送春，明日一盃愁送君。君應萬里隨春去，若到桃源問歸路，詩詞意同。』」

雖然意思是一樣，但我們覺得王逐客的詞，比韓子蒼的詩委婉曲折得多了。如果再拿王碧山的摸魚兒詞來比較：

「洗芳林，夜來風雨，匆匆還送春去。方纔送得春歸了，那又送君南浦？君聽取！怕此際春歸，也過吳中路。君行到處便快折湖邊千條翠柳，爲我繫春住！春還住，休索吟春伴侶，殘花今已塵土。姑蘇臺下烟波遠，西子近來何許？能喚否？又恐怕殘春到了無憑據。煩君妙語！更爲我將春連花帶柳，寫入翠箋句。」

更把同樣的意思，推演成好些字句，看他軟語丁寧，細膩熨貼，這種情調在詩裏面絕對做不出來。又看劉體仁七頌堂詞繹所舉的一段：

「夜闌更秉燭，相對如夢寐。」叔原則云：「今宵剩把銀釭照，猶恐相逢是夢中。」此詩與詞之分疆也。」

馮全伯詞花萃編旨趣類所舉的一段：

「休文夢中不識路，何以慰相思？」宋人反其指而用之曰：『重門不鎖相思夢，隨意繞天涯。』各自佳。」

後一條宋人詞係用齊巳的風騷旨格詩句『重城不鎖夢，每夜自歸山。』這條的詩詞相比，倒不見什麼高下，但我們又用晏叔原的鷓鴣天「夢魂慣得無拘檢，又踏楊花過謝橋」來比較，則又高得多了。這等類的例子太多了，舉不勝舉的。結果我們是承認詞的抒情的功能，實在非詩所及，用宋人道學語錄中的話頭「便辟近裏」四字來形容詞是最恰當不過的。

詞所以有這種抒情的功能，從形跡方面來說，當然因爲他用長短句來表現，可以宛轉自如，比整齊呆板的五言七言句子適合於抒情多了。即是王昶國朝詞綜序說的：

「非句有長短，無以宣其氣而達其音。」

詞的長短句子的工具，自然是音樂給與他的。但要說是詞的「便辟近裏」的婉約柔和的純粹抒情詩的調子，完全歸功於長短句，那便說不通。因為在詞以前古詩古樂府中用長短句的詩不知有多少？何以那些長短句的詩中又找不出和詞同樣的情調？不知詞的「婉約」的抒情調子，這一點靈感，卻是燕樂的染色，燕樂的靈魂，所以詞受燕樂的影響不止一端，形跡方面，燕樂給與他的言情的工具，即長短句的工具，在精神方面燕樂給與他特殊的靈感，為過去一切詩歌中找不出來的靈感。

現在我們再從具體方面舉出抒情詩的幾個條件來以見詞之創作，都具備這幾個條件，而這些條件也還是由音樂而來的，

第三節 抒情詩的三個特點

第一、抒情詩之「情」是以兩性的感情為中心

統觀古今中外的詩，夠得上稱為抒情詩的，都是以歌詠兩性間的感情為極致。中國的詩，如前面所舉的國風、九歌、子夜、西曲以至於唐代入樂的絕句，十分之九九都是屬於戀歌。而詞之初期，唐末、五代、北宋的詞也大半是抒寫兒女的柔情。所以這一系的詩歌，真正是抒情詩。

在大人先生們便指摘這一類的詩，說是「淫詩」，其或有脫除迂酸之見的，便以為情有多方面的情，君臣之情，父子之情，兄弟之情，豈特兩性之情？除了兩性之情不寫，未免太把詩歌的範圍，看得太狹窄了。如清沈祥龍的論詞隨筆的議論便可代表此說：

詞之言情，貴得其眞，勞人思婦孝子忠臣，各有其情，古無無情之詞，亦無假託其情之詞。柳秦之妍婉，蘇辛之豪放，皆自言其情者也。必專言懊儂子夜之情，情之爲用，亦隘矣哉！」

是的，「五倫」之情，何嘗不是情？君臣父子之情，祇要出於眞情，見諸詩歌，何嘗不可稱爲抒情詩？定要歌詠兩性之情的，才算抒情詩嗎？這裏謝章鋌賭棋山莊詞話的一段話，說得好：

「五倫非情不親，情之用大矣！世徒以兒女之私當之，誤矣。然君父之情，語有體裁，觀情者，要必自兒女之私始。故余於諸家着作，凡寄內及豔體，每喜觀之。」

這個問題，若要解釋妥當，便要牽涉到倫理學玄學裏邊去，未免頭痛。要知道此中消息，請你去讀史記的滑稽列傳淳于髡先生飲酒「一石亦醉，一斗亦醉。」何以在君父的面前飲酒一斗就醉？等到「州閭之會，男女雜坐：……前有墮珥，後有遺簪。」更到了「主人留髡而送客：……羅襦襟解，微聞香澤」之際，他何以飲一石都不醉？所以別種情感講眞，那眞的程度，能及到兩性情感之眞嗎？抒情詩之情，專以歌詠兩性之情的意義，由此可以明白了。

至於說到「狹隘」，是的，我們讀着唐五代的詞，所謂「篇篇言情」「句句寫恨」，是感到詞之單純。然而既說到情，祇能講他的「深度」，不能講他的「闊」度。因爲深，所以動人。而至於下淚。唐五代的詞，他的好處便在眞純婉約，不有其他的粗糙異樣的情感夾雜在裏面，透明得如水晶一般，使你不勝其愛護。吳聲歌的子夜懊儂是這樣，楚辭的九歌是這樣，這才是眞正抒情詩的正體！

如果把情感延展出去，什麼都要歌詠，那就失其抒情的價值了。試問唐詩何以會衰落？就是因爲詩裏面什麼東西都有了。詠史，詠物，議論，應酬，教訓，一部詩集把這些撈什子剝去，眞正抒情的東西在那裏？所以唐詩就因爲這些渣滓太多了，失去抒情的價值，而不得不產生詞來言情。同樣，詞之衰落，也就因爲這種原因。北宋以後的詞，漸漸加入詠物詠史議論應酬等類的東西，失去了抒情的價值，不得不讓元人的小令散套出來抒情了。

詞之抒情既以發抒兩性之感情爲中心，所以他的形態，必然是趨於溫柔婉約之一途。各種感情既以兩性之情最爲眞摯，所以超出此範圍外，取廣泛之題材，則情的量閾必逐漸淡薄，以至於無。此所以唐五代北宋之詞之眞純，爲以後之詞所不及。而蘇辛「豪放」派之詞，與夫取廣泛題材之詞，所以爲詞之別調，而詞之衰落，這是重要的原因。徐釚詞苑叢談說：

「大約詞體以婉約爲正，故東坡稱少游爲今之詞手，後山評東坡如教坊雷大使舞，雖極天下之工，要非本色。」

四庫提要東坡詞下云：

「詞自晚唐五代以來，以清切婉麗爲宗，至柳永一變，如詩家之有白居易，至軾而一變，如詩家之有韓愈，遂開南宋辛棄疾等一派，尋流溯源，不能不謂之別格，然謂之不工則不可。故至今日尚與花間一派並行，而不能偏廢。」

兩說的主張都不錯，劉熙載詞概說：

「東波詞頗似老杜，以其無意不可入，無事不可言也。若其豪放之致，則時與太白相近。」

不知詞之墮落就在其「無意不可入，無事不可言也」。詩之壞也是同樣的理由。所以老杜出而啓宋派，詩便衰了，蘇軾出而開豪放一派，詞也就衰了。

爲抒情詩之詞，專以抒寫兩性之情爲能事，這當然是爲抒情樂的燕樂之反映，前面引文獻通考說，聞胡樂之聲者「莫不奢淫躁競，舉止輕飇……」這就是「淫樂」「靡靡之音」的特色，詞便是把這種情調形象化出來。

第二、抒情詩的形式是短小的

抒情詩的形式是短小的，這也是爲世界文學的定律，西洋的小詩 Minor Peom 日本的「和歌」「俳句」，中國的絕句，都是短小的詩。美國詩人愛倫頗 Allen Poe 在「詩之原理」一篇論文裏說「長詩不過是語意的矛盾。」見得長詩簡直不是詩，這種主張未免極端。但眞情之燃燒時間不會延長，所以表現爲詩，他的形式也不會是長的。

詞之小令，形式短小，所以最適合於抒情的形式，最短的如十六字令更比五言絕句還要少四個字，比日本的十七個音的「俳句」少三個音，恐怕是世界文學裏最小的詩了。劉熙載的詞概說「齊梁小賦，唐末小詩，五代小詞，雖小却好，雖好却小，蓋所謂兒女情多，風雲氣少也。」他也見到小詩之適宜於抒情了。

小詞當然是因爲樂曲的短小，初期的小令，不過是四五拍子，照着樂曲的節拍來塡詞，自然就成功爲這種小詩。同時雖有大曲，但大曲的每一徧也不過是幾拍，和小令的形式相同，所以有由大曲裏邊製小令的辦法，由其中摘出一徧來塡詞，便成爲小令，這叫做「摘徧」。例如「伊州摘徧」「薄媚摘徧」是也。關於這點我們還要在下節詳細來說明，這裏不過因小令和抒情有關，略爲提及而已。

第三、抒情詩是平民化的詩歌

抒情詩是有大衆性的，是供平民欣賞平民創作的詩，這也是爲世界文學的定律。國風九歌相和歌與聲歌都是平民的詩歌。詞之最初的創作，也是起源於平民，流傳在一般妓女樂工的口耳，然後文人才來摹倣。可惜當初這種平民創作的詞不可得而見了，幸而好到最近代來由敦煌石室裏面才發現這一部雲謠集雜曲子，我們才得見最初平民創作詞的眞面目。朱彊村先生稱「其爲詞樸拙可喜，洵倚聲中椎輪大輅。」（雲謠集雜曲子跋）他的情調和花間尊前的面目又自不同。因爲花間尊前的詞是文人摹倣平民詞的作品，雖然已經粉飾上了不少的詞彩，眞摯渾樸的地方不及雲謠曲子，但還不失其大衆性，還流傳於大家的口耳，所謂「有井水處皆歌柳詞」。到南宋時，詞的大衆性完全打失了，變成純粹文人的詩歌，而詞也便衰落了。

大凡文學的進化，其經過有三個階段：

一、平民創作的文學

二、平民化的文人摹作

三、純粹的文人文學

這三個階段便分得有「初」「盛」「晚」三個時代，這種進化的規律不但詞是這樣，一切文學都是這樣，一到了第三個階段，抒情的價值便打失了，裏面便充滿了「詠史」「詠物」「教訓」等類的東西了。最初的詞所以是平民文學者，也就是因爲燕樂在當初是平民的音樂，大衆的音樂，（其詳已見第五章）舊唐書音樂志所說的「自周隋以來，管絃雜曲將數百曲，多用西涼樂，鼓舞曲多用龜茲樂，其曲度皆時俗所知也。」又說：「自開元以來，歌者雜用胡夷里巷之曲。」就是教坊記裏面所載的那些曲子，當然平民音樂才產生得出平民的詩歌，到北宋末以至南宋時，慢詞一流行，唐以來琵琶小令逐漸消滅，平民的精神既喪失，而短小抒情的調子也隨而消滅了。

以上所舉的抒情詩的三個特色，都是反映燕樂的精神，我們以這三個特點爲標準來批判究竟誰的詩是抒情詩，誰的詩不是這抒情詩？杜甫韓愈的詩是不是抒情詩，便可以明白了。

第八章　燕樂的形式與詞

第一節　小令之形式

在本節裏我們要研究的是燕樂曲調的形式，對於詞有什麽影響？這些形式對於詩歌供給了些什麽？

提起『詞』，來我們便聯想起什麽『小令』『長調』『中調』等類的名詞。這因為從來編詞集的，選詞的，作詞譜的人，多半是以『小令』『長調』『中調』來分類，這麽一來使人不知道『詞』究竟是什麽東西？從何而來的？只有樓儼的羣雅集『以四聲二十八調為經而以詞之有宮調者為緯。並以詞之無宮調者依世代為先後，附於其下』見王昶（蒲褐山房詩話）江順詒詞學集成主張『後之撰詞譜者當列五音而不應列四聲，當分宮商之正變，而不當列字句之平仄，當列散聲增字之多寡而不當列一調數體之參差』這兩種理想的分類算是有卓見的，不論其在宋元以後音調失傳之時代，能不能如他們所理想的做得到？但他們還認識詞是音樂的產物應當以音調來分類。但是要嚴格做起來，這兩種主張還不徹底。

詞固然是從音調裏來的，要知道詞是樂曲之詞，樂曲的種類不止一種，所以詞便有小令之詞，慢曲之詞，大曲之詞，法曲之詞，傳踏曲之詞，琴曲之詞等等。說到小令，慢詞是最普通的，凡讀詞的人都知道。然而一部詞譜裏邊所包含的樂曲種類豈止小令和慢曲兩樣。譬如「薄媚」「六么令」「降黃龍袞」等類是大曲，「法曲獻仙音」「法曲第二」是法曲，「九張機」「調笑令」「柘枝令」是隊舞曲（即傳踏）如東坡詞裏的「瑤池燕」「醉翁操」介庵詞竹坡詞裏的「琴調相思引」等類是琴曲。如果編一種詞集或詞譜，便應當分析出這些曲的種類來，然後把詞繫於每一種的下面，其中再以宮調來經緯，可以使人知道某調詞是屬某種曲，知道他的音樂的背景，這才是推本溯源的辦法。

我之爲此說者，是想使學者不要忘記詞是屬於曲的，詞之所以千態萬狀，五花八門，就是因爲曲之種類太多，才表現爲種種不同形式之詞。

然而曲的種類雖多，就其顯着的形式上，可以分爲兩種，一種是包含有若干「徧數」的大曲，一種是沒有「徧數」的單獨的小令。崔令欽教坊記所記載的曲名，卽是分爲這兩類，一是普通的小令雜曲二百七十八種，一是大曲四十六種。今分述如下：

小令　小令的名義起源於酒令，唐人飲酒必行令，唱曲以侑酒，這些曲子卽名爲令曲。當時的酒令很繁多，唐語林卷八說：

『唐人酒令，白樂天詩：「鞍馬呼教住，骰盤喝遣輸，長驅波卷白，連擲采盛盧。」（原註：骰盤卷白波莫走鞍馬，皆當時酒令。）予按皇甫松所着醉鄉日月三卷，載骰子令云：……………骰子令中改易不過三章，次改鞍馬令，不過一章，又有旗旛令，閃壓令，拋打令，今人不復曉其法矣。唯優伶家猶用手打令以爲戲云。」

（此文係引洪邁容齋隋筆）

大約一切酒令中，以「拋打令」爲最流行，所以當時侑酒的小令，名爲「拋打曲」。白居易代書詩一百韻寄微之云：打嫌調笑易，飲訝卷波遲。」自註云「拋打曲有調笑令，飲酒曲有卷白波。」元稹痁臥聞幕中諸公徵樂會飲因有戲呈三十韻詩云「紅娘留醉打，觥使及醒差。」註云「舞引紅娘拋打曲名，酒中觥使席上右職。」可知「拋打曲」很繁，所以當時飲酒行令，多說「拋」，或說「打」。如劉禹錫同樂天和微之深春二十首詩云「杏園拋曲處，揮袖向風斜。」雲溪友議引李宣古詩云：「厭饜夜深抛耍令，舞來挼去使人勞。」又李宣古嘲崔雲娘詩云：「瘦拳抛令急，長嘴出歌遲。」又張泌浣溪沙云：「人不見時還暫語，令纔抛後愛微噸。」雲溪友議說：『飲筵競唱打令』，同時唱曲，又伴得有跳舞，這種舞也叫做「打令」。朱子語彙樂類云：「唐人俗舞謂之打令，其狀有四，曰招，曰搖，曰送，其一記不得：……」推源「抛」、「打」的意義，大約起於「抛球」、「打球」，當飲酒之時，必抛球行令，所以敎坊記曲名中有「抛球樂」，羯鼓錄曲名中有「打球樂」，唐音癸籤說：「抛球樂酒筵中抛球爲令」，抛打的意義或者卽由此起。但抛打的實情，與夫跳舞抛球行令的實際狀況，唐以後早已失傳了。只有這一部份小曲還留得有「抛打曲」的名義而已。留到現在的曲名如調笑令轉應曲三臺令抛球樂紅娘子等類，凡是酒筵前唱的小令都屬於抛打曲。關於抛打曲余另有說明，此從略。

這等類的小曲的形式，都是很短小。初期的小令多半是單調，如三臺轉應曲望江南江城子等曲是。其後才有上下兩闋，成爲雙調。

第二節 大曲之形式

大曲 大曲的名義，按王靜庵的大曲考，其名始見於蔡邕女訓，宋書樂志有十六大曲，隋書吐谷渾傳「若洛廆追思吐谷渾作阿干歌，徒河以兄爲阿干也，子孫僭號，以此歌爲輦後大曲。」可知南北朝時已流行着大曲的名義。所以稱爲大曲的意義，大約因爲這種曲有若干段落，集合若干段成爲一曲，便名爲大曲。段落的名稱，在樂府時代稱為「解」，宋書樂志上所載的大曲便是有解的。古今樂錄說：「古曰章，今曰解。」到唐以後又名為「徧」或名為「片」，也還有稱為「解」的，如夢溪筆談說：「元稹連昌宮詞有逡巡大遍涼州徹所謂大遍者凡數十解，每解有數疊者……」此種有徧數有解的大曲形式，可以說還是由胡樂傳來的，隋書音樂志敍述西域的音樂有「歌曲」「解曲」「舞曲」。

西涼「其歌曲有永世樂解曲有萬世豐舞曲有于闐佛曲。」

龜茲「其歌曲有善善摩尼解曲有婆伽兒舞曲有小天又有疎勒鹽。」

燕樂既是由胡樂來的，所以這些大曲的形式也一定是由西域的「解曲」導源而來，雖然這些解曲不可見，如霓裳曲即是西涼傳來，他有若干片段，都是原來的形式傳入中國稍加改造而已。

唐時大曲的偏段還簡單，沒有宋時的複雜，而名目也沒有宋時的繁多。據夢溪筆談「所謂大遍者有序，引，歌，歙，嗺，攧，衮，破，行，中腔，踏歌之類。」據碧雞漫志則「凡大曲有數散序，靸，排遍，攧，正攧，入破，虛催，實催，滾拍，遍，歇，殺，衮，始成一曲，此為大遍。」兩說雖有出入，但可見宋代大曲的編數，名目繁多，而唐代大曲編數的名目只有散序，中序，排偏，入破，徹幾項，唐代的大曲的遍數也比較宋大曲的少。如霓裳曲只有十二遍（同偏）白居易霓裳羽衣舞歌自註云「霓裳十二遍而曲終。」宋代的霓裳據周密的齊東野語說修內司所刊的樂府混成集中「霓裳一曲共三十六段。」可知樂曲之進化，後代比前代為複雜。

唐代大曲傳於今者只有郭茂倩樂府詩集載有水調歌一曲，伊州一曲，大和一曲，涼州一曲，睦州一曲。今錄薛逢的大和一調以示例：

大和第一

國門卿相舊山莊，聖主移來宴綠房，簾外輾爲車馬路，花間踏出舞人場。

第二

國爲尙含天樂轉，寒風猶帶御衣香，爲報碧潭明月夜，會須留賞待君王。

第三

庭前鵲繞相思樹，井上鶯歌爭刺桐，含情少婦悲春草，多是良人學轉蓬。

第四

塞北江南共一家，何須淚落怨黃沙。春風半䣰千日醉，庭前還有落梅花。

第五徹

我皇膺運太平年，四海朝宗會百川，自古幾多明聖主，不如今帝勝堯天。

這一調曲的詞是出於一人之手作的，如水調歌等曲則是雜湊各家詩人的五七言絕句而成，所以文義不相貫串，只是取其音調相合而已。

又唐代的大曲只要有偏數的都收歸大曲，到宋時則所謂大曲是專指燕樂大曲，以外還有鈞容直大曲，隊舞大曲，鼓吹大曲，雲韶大曲，法曲等都是有遍數的。而唐代則不分，如敎坊記裏的大曲。涼州伊州甘州薄媚等固然是大曲，和宋代大曲合至，如霓裳則是法曲柘枝，則是隊舞曲，這也可見樂曲的分化。

我們已經把小曲和大曲的形式大概說明了，這兩種樂曲的形式，便天然的奠定了抒情詩和敘事詩及劇詩的基礎。因為小曲是單獨的短小的形式，所以適合於抒情，在前節已經說明了，至於大曲為集合若干段落而成的套數，所以適合於敘事或劇詩。這兩種形式逐漸發展演化，至於宋末元初便成為近代歌劇的樂曲。所以推溯近代歌劇的來源，不能不能說到唐代的大曲和小曲，這種歷史的關係是不容忽視的，

但在唐代雖然有了這兩種樂曲的形式，而填成詞的還是抒情的居多。到宋代來才逐漸有利用轉踏曲（隊舞曲）和大曲作敘事詩或劇詩的。如曾慥樂府雅詞所載的鄭彥能晁無咎的調笑轉踏和黃庭堅秦觀毛滂的詞裏都有調笑令詠古代美人之作。洪适的盤洲樂章有番禺調笑詠番禺之景物。以大曲作敘事詩的則如樂府雅詞的董穎薄媚的歌詠西施王明清玉照新志的曾布的水調歌頭的歌詠馮燕宋代大曲之流傳於今者，只有這兩種和史浩鄮峯眞隱大曲中的採蓮三種而已。（鄮峯眞隱大曲中只有採蓮一調是大曲，劍舞是曲破，別的採蓮舞太淸舞柘枝舞花舞漁父舞都是隊舞曲。因為採蓮一調他的徧數的名目既適合於大曲而宋史樂志所載教坊四十大曲中有採蓮一調，屬雙調。）又有以六么大曲作王子高事跡的（見趙彥衞雲麓漫鈔「王迥字子高，舊有周瓊姬事，胡微之為作傳，或用其傳作六么」）而其詞不傳，只有蘇詩合註中芙蓉城詩註中見其斷斤。以外周密武林舊事中所載官本雜劇段數多至二百八十本，內中用大曲的百有三本，都是以大曲來歌詠故事傳說，如六么類中有「崔護六么」「鶯鶯六么」「鞭帽六么」但歌詞沒有一調流傳下來。以後的大曲漸漸同化於元曲，名目雖

然存在而音調却變了。

至於以法曲塡詞的除普通詞調法曲獻仙音一調外，只有曹勛的松隱樂府取法曲歌詠道情，有「散序」「歌頭」「偏」「攧」「入破」「煞」若干段落，和大曲的徧數相類。在周密的武林舊事官本雜劇中有法曲四本，也是以法曲歌詠故事，和大曲一樣。由唐時起這些有徧數的大曲，到宋末元初都成了戲劇化，而基礎還是由唐代燕樂中建築起來。

至於抒情類的小曲發達到宋時，慢曲甚爲流行，在宋末都名爲「小唱。」詞源說：「惟慢曲引近則不同，名曰小唱。」其後演化爲元人的小令，一部份入於戲劇，一部分爲單行的抒情小詩。

由上述看來，燕樂的樂曲的兩種形式，一種抒情，一種敍事，很顯然的對於近代文學的影響甚大。雖然由大體上可以這樣劃分，小曲抒情，大曲敍事，但有時小曲也可利用來描寫客觀的事物，大曲也可以利用來抒情。

小曲敍事的辦法有兩種！一種是單獨的用一曲來作客觀描寫的，譬如小曲中有一調三臺，自來便帶得有點客觀性的曲調，和普通抒情的小令用法微異。萬樹詞律說三臺道：

「平仄不拘，所賦不論何事。詠宮闈者卽曰宮中三臺，亦名翠華引，亦名開元樂；詠江南者卽曰江南三臺，又有突厥三臺……」

按尊前集中有王建的宮中三臺兩首，江南三臺四首，確如詞律所說，宮中卽詠宮闈，江南卽詠江南的景物。敍坊記曲名中有「怨陵三臺」「突厥三臺」怨陵三臺雖不見其詞，但以此例推之，都一定是有對象的。後來又有「伊州三臺」「三臺夜半樂」今錄王建的宮中三臺為例：（樂府詩集有上皇突厥宮中江南四種三臺詞）

宮中三臺

魚藻池邊射鴨，芙蓉院裏看花。日色赭袍相似，不著紅鸞扇遮。

池北池南草綠，殿前殿後花紅。天子千秋萬歲，未央明月清風。

和三臺同類的曲子有轉應曲調笑令（又名三臺令）大約這等類的曲子都帶得有點客觀性，所以調笑令後來成為調笑轉踏，宋人取以歌詠故事，有由來矣。（轉應即轉踏的形式）

以單獨的一調小令來歌詠客觀的事物，其形式未免短小，不濟於事，所以便有第三種辦法，集合若干小令成為一套來作敘事詩。這其間又有兩種用法，一種用同一調曲反覆歌詠一件故事，此例即如有名的趙德麟的商調蝶戀花，用一調蝶戀花歌詠鶯鶯故事，一種用不同的幾調小令成為一套，以歌詠一件故事，如楊萬里誠齋樂府集合若干小令成一套歸去來引，以歌詠陶淵明的故事。

大曲敘事是到了宋時才有的，在唐時的大曲都是些抒情的片段。本來大曲是集合若干徧數而成的一套曲子，所以折散下來每一徧即可用作一支抒情詩的形式。但是用大曲來抒情，又有兩種辦法。一種辦法是「摘徧」的辦法，即如「伊州摘徧」「薄媚摘徧」「霓裳中序第一」「水調歌頭」等類，隨摘其中的一徧以作獨立的一支曲。

另一種是就各大曲的本宮調裏來製抒情小令，碧鷄漫志說：「凡大曲就本宮調中製引近慢令，此度曲家常態也。」即如「伊州令」「石州慢」「石州引」等類是也。

綜合上面所述的列成一表，以便觀覽：

燕樂形式
- 小曲
  - 抒情——小令——慢曲——元人小令
  - 敘事
    - 單曲敘事……………（三臺）
    - 集曲敘事
      - 集合同調（趙德麟蝶戀花）
      - 集合異調（楊萬里歸去來引）
- 大曲
  - 抒情
    - 摘片
      - 摘片（薄媚摘徧）
      - 第一（霓裳中房第一）
      - 第二（法曲第二）
      - 曲破（薄媚曲破）
      - 歌頭（水調歌頭）
    - 就本宮調製曲
      - 慢（石州慢）
      - 近（撲蝴蝶近）
      - 引（石州引）
      - 令（梁州令）

敘事——唐代大曲——宋官本雜劇——元曲

第九章　燕樂的樂器與詞

詞是由燕樂裏孵伏出來的詩歌，凡燕樂所有的特點，都由詞裏反映出來，他的音調。他的樂曲，至於音韻平仄，句逗長短，無一不是受燕樂之賜。這裏還剩下一點來留在本章裏說，卽是看燕樂的樂器對於詞有沒有影響？

燕樂以琵琶為主要的樂器，我們看詞的形式之特異，為以前詩歌裏所找不出來的，這確實是受着琵琶的影響。新唐書禮樂志說燕樂的樂器：

「絲有琵琶五絃（已見前法曲節）箜篌，箏。竹有觱篥，簫，笛。匏有笙。革有杖鼓，第二鼓，腰鼓，大鼓。土則附革而為鞚。木有拍板，方響。以體金應石而備八音。」

雖然八音的樂器都有，但是以琵琶為主要的樂器，因為他的律調的來源，便是出於琵琶。所謂「四旦二十八調，不用黍律，以琵琶絃叶之。」（遼史樂志）

宋史樂志云：

「唐貞觀增隋九部為十部。以張文收所製歌名燕樂，而被之管絃。厥後至坐部伎，琵琶盛行於時。」

樂府雜錄說:

「胡部樂有琵琶，五絃箏，箜篌，觱篥，笛，方響，拍板合曲時亦擊小鼓，鈸子。」

這些說法都承認燕樂以琵琶爲主要的樂器當時琵琶這種樂器極爲流行，差不多家絃戶誦，比現在京戲的胡琴還要盛行當時江陵一帶有一句諺語道:

「琵琶多於飯甑，措大多於鯽魚。」(見全唐詩語類)

琵琶比飯甑還多可見太平景象，一般人無事可做，都沈迷在音樂裏面，所以當時的琵琶國手也特別多，如樂府雜錄上所記載的康崐崙，賀懷智，段師，鄭中丞等，都是極有名的。據王光祈中國音樂史說在唐時日本還派人來中國學琵琶，「當延喜時代，已有二十餘件著名琵琶傳聞於世」由此可見琵琶在當時盛行之事實。

至於琵琶的聲音，在唐代詩人中有好多描寫的，最妙的莫如白居易的琵琶行:

「大絃嘈嘈如急語，
小絃切切如私語。
嘈嘈切切雜錯彈，
大珠小珠落玉盤。
間關鶯語花底滑，
幽咽流泉水下灘。

水泉冷澀絃凝絕，
凝絕不通聲暫歇。
別有幽情暗恨生，
此時無聲勝有聲。」

別的如劉景復夢爲吳泰伯作勝兒歌，（見全唐詩）韓愈聽穎上人琴詩蘇軾說他不像琴像琵琶文多不錄了。

唐末五代時有多少離奇變化的小令，即是在這嘈嘈切切的琵琶聲裏蘊釀出來的，我們不妨舉出幾首來看，

荷葉盃　皇甫松

記得那年花下，深夜，初識謝娘時。水堂西面畫簾垂，攜手暗相期。　惆悵曉鶯殘月，相別，從此隔音塵。如今俱是異鄉人，相見更無因。

調笑令　馮延巳

明月，明月，照得離人愁絕。更深影入空牀，不道幃屏夜長。長夜，長夜，夢到庭花陰下。

訴衷情　韋莊

碧沼紅芳煙雨靜，倚蘭橈，垂玉佩，交帶，裊纖腰。鴛夢隔星橋，迢迢，越羅香暗銷，墜花翹。

酒泉子　張泌

紫陌青門，三十六宮秋色。御溝輦路暗相通，杏園風。　咸陽沽酒寶釵空，笑指未央歸去，插花走馬落殘紅，月明中。

這些小令的轉折變化，我們可以想像琵琶聲音的繁雜錯綜之美，他的節拍情調的異樣，不能不說是受了琵琶聲調的影響。這不是我個人的私言，有好幾位學者都有這種主張，宋翔鳳樂府餘論說：

北宋所作，多付箏琵，故嘽緩繁促而易流之，南渡以後，半歸琴笛，故滌蕩沈渺而不雜。

沈曾植菌閣瑣談說：

五代之詞促數，北宋盛時嘽緩，皆由燕樂音節蛻變而然。即其詞可懸想其纏拍，花間之促碎，羯鼓之白雨點也。樂章之嘽緩，玉笛之遲其聲以媚之也。

姚華與邵伯絅論詞書云：

五代北宋歌者皆用絃索，以琵琶色為主器，南宋則多用新腔，以管色為主器。絃索以指出聲，流利為美；管色以口出聲，的皪為優。此段變遷，遂為南北宋詞不同之一關鍵，譬如詞變為曲，南北曲迥然不同，亦是絃索管笛之主器異爾。南北曲弋陽海鹽可勿論，已以崐曲言，則聲情文情，一目瞭然，不必細較口齒也。故南曲之隔格，嚴於北曲，亦猶南宋詞之嚴於北宋也……至流利的皪二語，鄙意以為頗見南北兩宋詞家之祕，蓋流利非庸濫，的皪非生澀也，故所為詞，亦於此慎之而已。」（見詞學季刊二卷一號）

三人之說，都承認樂器和詞的變遷有關係，宋姚兩說都見到五代南北宋詞之不同，為的是絃樂器與管樂器之不同，尤以姚說最爲明晰詳盡。我們看五代北宋的詞是小令爲主，這時所用的樂器是琵琶。到南宋時則慢曲流行，而樂器不用琵琶而以管樂器爲主了。因爲樂器一變。詞的形式隨之而變，而詞的情調也隨之而變。南宋北詞是這樣，南北曲也是這樣。北宋以前之詞「促碎」，是絃樂器使之然；南宋的詞「嘽緩」，是管樂器使之然。我們看南宋人歌詞，完全都用管樂器的了（觱篥頭管）。張炎詞源說：

「若曰法曲，則以信四頭管品之，其聲淸越，……大曲則以倍六頭管品之，其聲流美……惟慢曲，以啞觱篥合之，其音甚正……」

唐以來的琵琶曲，逐漸消滅了。姜夔白石道人歌曲醉吟商小品序說：

「石湖老人謂予云：琵琶有四曲，今不傳矣！曰護索梁州，轉關綠腰，醉吟商湖渭州，歷絃薄媚也。予每念之辛亥之夏，予謁揚廷秀丈於金陵邸中，遇琵琶工，能作醉吟商湖渭州，因求得品絃法，譯成此譜，實雙聲耳。」

可見到南宋時琵琶曲之散亡，磨滅，彈琵琶的人也稀少了，連品絃法都幾乎失傳。在北宋時琵琶還是盛行時代，但看北宋人詞中所表現的：

晏殊的玉樓春

「琵琶旁畔且尋思，鸚鵡前頭休借問。」

「重頭歌韻響錚錝，入破舞腰紅亂旋。」

「春葱指甲輕攏撚，五彩條垂雙袖捲。」

「雪香濃透紫檀槽，胡語急隨紅玉腕，

「記得當時初見兩重心字羅衣，

琵琶絃上說相思。

晏幾道的臨江仙

當時明月在曾照彩雲歸」

當時紅袖攏撚四絃低語的情調，却變為：

「自製新詞韻最嬌，

小紅低唱我吹簫。

曲終過盡松林路，

回首煙波十四橋。」（姜夔詩）

我認為南北宋的絃樂器與管樂器之新陳代變是一件值得注意的事件可以說絃樂器之衰落也就是燕樂的衰落，因為燕樂的精神完全是寄託於琵琶之上，到南宋時琵琶曲逐漸消滅，這就是代表從唐以來的燕樂到此逐漸消滅了。雖然南宋時的管樂器也有燕樂之名，然而不是燕樂的真精神而是燕樂的變形了。

這種絃樂器與管樂器的交替對於合樂的詞上究竟有什麼影響呢？前面已經說過在絃樂器時代的詞是以小令為主，到管樂器時代的詞是以慢詞為主。因着樂器之不同，詞受到了影響，使表現成兩種不同的情調，一則「

彈緩繁促」一則「滌蕩沈滯」一則「流利」一則「的皪」但是從「流利」的北宋詞變而為「的皪」的南宋詞，其間僅只有性質的變異，抑或除了性質的不同之外在抒情的價值上還有高下的批判，可以研究嗎？

據我看來，在絃樂器下產生的詞其形式是富於變化性，所以流利活潑最適宜於抒情，而在管樂器下產生的詞，則形式曼長不及小令之變化多端而不免流於呆鈍沈思，對於抒情的價值上未免遜色。我們且舉出幾調小令，和由本調延展而成的慢詞，拿來比較，便可以證明這種意見：

江城子　張泌

浣花溪上見卿卿。臉波秋水明，黛眉輕。綠雲高綰，金簇小蜻蜓。好是問他來得麼？和笑道：莫多情。

江城子慢　呂渭老

新枝媚斜日，花徑暖晚，碧泛紅滴。近寒食，蜂蝶亂，點檢一城春色。倦游客，門外昏鴉啼夢破，春心似，遊絲飛。遠碧燕子又語斜簷，行雲自沒消息。當時烏絲夜語，約桃花時候，同醉瑤瑟，甚端的，看看是，榆夾揚花飛擲！怎忘得斜倚紅樓，回淚眼天如水，沈沈搖翠壁。想伊不整啼妝影儼側

醜奴兒　和凝

蝤蠐領上訶梨子，繡帶雙垂，椒戶閑時，競學樗蒲賭荔枝。叢頭鞋子紅編細，裙窣金絲，無事顰眉，春思翻教阿母疑。

醜奴兒慢　潘元質

愁春未醒，還是清和天氣。對濃綠陰中庭院，燕語鶯啼。數點新荷翠鈿輕泛水平池。一簾風絮，才晴又雨，梅子黃時。忍記那回玉人嬌困，初試單衣。共攜手紅窗描繡，畫扇題詩。怎有而今半牀明月兩天涯。章臺何處？多應爲我，蹙損雙眉。

西江月　毛滂

烟雨半藏揚柳，風光初着桃花。玉人細細酌流霞，醉裏將春留下。柳外鴛鴦作伴，花邊蝴蝶爲家。醉翁醉也且由他，月在柳橋花榭。

西江月慢　趙以仁

春風淡淡，清晝永，落英千尺。桃李散平郊，晴蜂來往，妙香飄擲。傍畫橋煑酒清帘，綠揚風外，數聲長笛。記去年紫陌朱門，花下舊相識。向寶帕裁書憑燕翼。望翠閣煙林似織。聞道春衣猶未整，過禁烟寒食。但記取角枕情題，東窗休誤，這些端的。更莫待青子綠陰春事寂。

比較下來，我們當然見得小令之清新流利，富於變化，而慢詞便覺得呆板拖踏，以詩來譬喻，就好像絕句之與排律似的。而且小令的調子各調有各調的特異的面目，各具各的個性，而慢詞便有千篇一律之感，此所以慢詞不及小令之富於變化性了。這些情形，充分的可以看出是絃樂器與管樂器的差異來。姚華又在菉猗室曲話中說道：

「北曲宜絃索，南曲宜簫管。絲之調弄隨手操縱，均可自如。竹則以口運氣，轉換之間，不能如手敏活。故其音節北曲渾脫瀏亮，南曲婉轉清揚，皆緣所操不同，而其詞亦隨之而變，有不能强者。」

這段話較前引答邵伯絅書尤爲精采，此處雖單說曲，其實在詞的情形上也是一樣的。絃樂器因他沒有一定的品格，如三絃胡琴，雖有品格如琵琶，而品格很多，音聲繁富，不像管樂器只是有限的六七孔，所以他的變化就遠不及絃樂器了。而且手彈之與口吹，勞逸之間不同，而工作的繁簡舒促也就因之而異。日本服部龍太郎著音樂研究十四講中說明絃樂器的特點道：

「絃樂器爲管絃樂之主要體，不加以絃樂之演奏，不能長時間繼續。而絃樂有最廣之音域，演奏之速度自在，富於感情之表現能力，與吹奏樂器相反，易於作長時間之演奏，且聲音不致使聽覺疲勞。」

他的特點就是在「有最廣之音域，演奏之速度自在，富於感情之表現能力」，即是音聲多變化，富於抒情之價值，這也是從唐以來以至北宋詞之特點。到南宋時不用絃樂器而用與絃樂相反的管樂器爲主，所以南宋人的詞便很少變化，而儘量的由量上去延長，如鶯啼序六醜等類的驚人的慢詞，動輒至幾百字，聲調既呆板拖沓，而抒情的價值也逐漸減弱，而詞之命運也就完了。

所以南宋人之背叛了以琵琶爲主的燕樂的精神，而取管樂器的立場，不管是自己走到了絕境而把詞葬送掉。姚華諸人雖然具有卓識，以樂器來批判詞曲，爲自來讀詞曲的人所不及，但還沒有進一步來判批絃樂與管樂的價值，再來批判詞曲之價値，還以「流利」之與「的皪」，「嘽緩繁促」之與「滌蕩沉澀」爲並駕齊驅，不分軒輊之美，未免功虧一簣。

詞在南宋人的管樂器的聲音裏僵化了，現在要把他起死回生，推陳出新，要求他以一種新的形式復活起來，又怎樣辦呢？這就要恢復過去燕樂的精神，仍然以絃樂器爲主，在富於變化的絃樂器裏，才能創造出新的詞的承繼者，於是元人的北曲便負担了這種使命而創造出另自翻新的一頁。因爲北曲就是以絃樂器創造出來的歌曲，但他的絃樂已經不是燕樂時代的琵琶，而是二絃三絃的絃樂器了。姚華菉猗室曲話有一段考證，證明北曲的絃樂：

「絃索門類，雅樂以琴瑟爲主，燕樂以琵琶爲主，自元以降，則用三絃，近百年來，二絃（胡琴）獨張，此絃索之變遷也。二絃三絃未詳起於何時，然元曲中已見吟詠。詞綜收陳眉公柳枝詞末句：『三條絃上合新詞』，挂眞兒注引張小山題贈玉娥兒『三絃玉指雙鉤草字』爲證，是元已有其製。李開先中麓所刊小山小令中不收此語，疑佚句也。小山又有胡琴閱金經小令云：『雨漱窗前竹，澗流水上泉，一線清風動二絃聯。小山秋水篇，昭君怨塞雲黃暮天。』又酸齋席上聽胡琴朝天子云：『玉鞭翠鈿，記馬上昭君怨，一梭銀線解冰泉，碎折驪珠串，鷹舞秋炯，鶯啼春院，傷心塞草邊。醉仙，綠牋，寫萬關山怨。』據此則二絃三絃，殆同時並作者耶？」

可知元曲已用二絃三絃，雖和琵琶不同，但同具有絃樂器的特色，能繼詞而有變化抒情的精神。

但是我們要說元人北曲之產生，完全是因爲南宋人用了管樂器把詞僵化了，才掉轉來仍用絃樂器而創造曲以繼承詞嗎？這却沒有這樣簡單。固然元曲裏面是有若干詞的分子在着，但他的產生，對於管樂器的南宋詞，却是消極的一方面，而用絃樂的元曲的來原，却另有他積極的因果關係。假如明白這層意思，我們對於絃樂器，便有更深一層的認識，不單明白他富於變化有抒情的價値而已，還可以知道他另外的一種很重要的價値。本來我們是研究詞，而爲着要說明樂器與歌詞之關係，和他的源流正變，却不能不牽連涉及於曲的話。

首先要知道元曲是北方平民大衆使用絃樂器的一種歌曲，他是綜合南北宋金以來的各種歌曲，演化而成的東西。就中和他最密切直接的歌曲，是北方平民大衆流傳下來的諸宮調。吳梅中國戲曲概論金元總論說：

「故金源一代始有劇詞可徵，第參軍代面以言語動作爲主，官劇大曲雖兼歌舞，而全體亦復簡略。若合諸曲以成全書，備紀一人之始末，則諸宮調詞實爲元明以來雜劇傳奇之鼻祖。」

諸宮調也卽是使用絃樂器的歌詞，所以太古傳宗裏有琵琶諸宮調譜二卷，可證。有名的董解元西厢又名爲「絃索西厢」，卽是用諸宮調的一種歌詞。

和諸宮調類似的還有一種「賺詞」，王國維的宋元戲曲史曾經引着，這種歌詞也是用絃樂的，卓珂月詞統載揚立齋鷓鴣天詞云：「啼玉靨咽冰絃，五牛身後更無傳。」五牛是創作賺詞的張五牛大夫。夢粱錄說：「紹興年間有張五牛大夫因聽動鼓板中有太平令或賺鼓板，卽今拍板大節抑揚處是也，遂撰爲賺。」所謂「咽冰絃」可知賺詞是用絃樂無疑。（楊立齋詞亦見太平樂府）

又金源以來的院本，其中有歌詞各種記載，雖沒有說明他是用何種樂器，但他是北方大衆的歌劇，又是與諸宮調等類同時同地產生的東西，必然也是用絃樂的歌詞。所以陶宗儀輟耕錄所載金人院本拴搐豔段類中有諸宮調，可謂他是和諸宮調同類的樂曲。

以上所說的諸宮調賺詞院本都是平民大衆使用絃樂的歌詞而爲元曲直接的淵源。尤當注意的是，諸宮調產生的時代。吳自牧夢粱錄說：「說唱諸宮調昨汴京有孔三傳編成傳奇靈怪入曲說唱。」王灼碧鷄漫志也說：「澤州孔三傳者首唱諸宮詞古傳士大夫皆能誦之。」王灼碧鷄漫志所記，多半是北宋末年的事。夢粱錄又說「昨汴京」，可知孔三傳作諸宮調是北宋末年而大盛行於金時，到金章宗時才有董解元的西廂。

北宋末年是從唐五代以來爲絃樂器的燕樂所產生的各種詞調完全成熟的時期，如小令慢曲大曲法曲轉踏曲等類的詞調已經發達完備了，正待演變進化而要求新形式的誕生。這卽是一貫的循着絃樂的路向而演變成的諸宮調。諸宮調之產生卽是感到大曲轉踏曲之單調，加以改進而成功的。吳梅戲曲概論說：

「其所以名諸宮調者，則由宋人所用大曲轉踏不過用一牌回環作之，其在同一宮調中甚明。惟此編每宮調中多或十餘曲，少或一二曲，卽易他宮調，合若干宮調以詠一事，故謂之諸宮調。」

由此可知諸宮調是上承詞而下啓曲的一種歌曲，他是一貫的循着平民大衆使用的絃樂器而創造成的一種歌曲。他的作者也是出於平民階級，如孔三傳張五牛大夫董解元等，也如像元曲作者關漢卿王實甫等。王國維說他們的地位是在文人與倡優之間的玩耍人物。所謂「大夫」者，也如像稱醫生的大夫，所謂「解元」者，吳梅說是金人的通稱，如西廂的「張解元」，不一定是鄉舉首列的解元。總之這些人都是大衆化的人物，所以富於創造性。

於是我們要修正前面說的爲絃樂的燕樂到南宋時逐漸消滅的那句話，可知絃樂器的消滅，是在文人階級中消滅而在平民大衆間並沒有消滅。他仍然照常流行，而且繼續進化，繼續着北宋以來的琵琶詞調而演化爲諸宮調，以至於元曲。

南宋時的文人離開大衆逐漸遠了，對於大衆所使用的絃樂器不愛好，而愛好那幽閒單靜的管樂，所以他們的詞便很少變化性，盡量由量上去擴充，愈拖愈長，終於成爲一種笨重煩冗的工具，作繭自縛的把詞葬送了。拿他們的詞和那富於變化的流動尖新的絃樂曲調比較，簡直是兩種不同的情調。

由此我們還要修正歷來詞曲進化的源流正變的觀念。我們不當把南宋人的詞認爲是承繼北宋詞的正宗。要把在絃樂器系統以內的歌曲，從北宋詞以至於諸宮調、北曲這一系的大衆歌曲看爲音樂文學的主流，南宋人的管樂歌曲只是一系枝流。現在列成一式在下面，便容易明瞭：

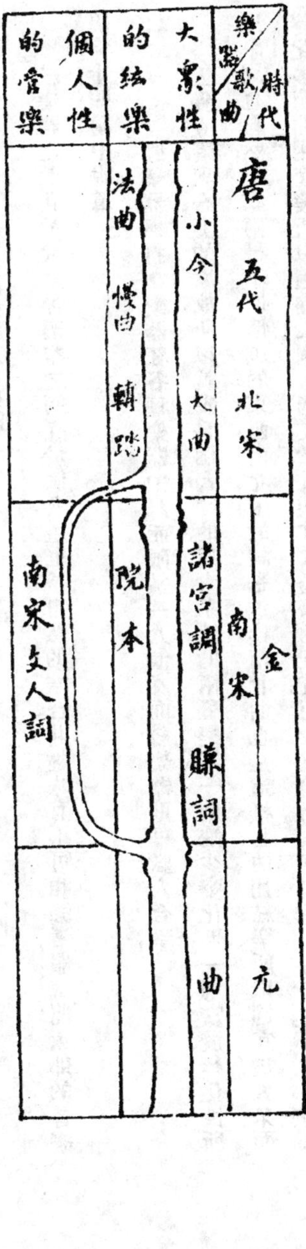

樂器歌曲 / 時代	唐　五代　北宋	南宋　金	元
大衆性	小令　大曲	諸宮調　賺詞	曲
的絃樂	法曲　慢曲　轉踏	院本	
個人性的管樂		南宋文人詞	

絃樂器之適宜於大衆，管樂器之適宜於個人，這也是自然的結合，其趣味有不可相强者，服部龍太郎的音樂研究十四講中說道：

「管樂器與打擊樂器在各種樂器中只能限於一人演奏，而絃樂器則可數人合奏，」因獨立奏與合奏的原故，所以就成爲個人性的與大衆性的兩種樂器。一則缺少變化性，一則富於變化性，所以歌詞也自然形成兩種不同情調的東西，南北宋的詞是這樣，南北曲也是這樣，北曲用絃樂所以適宜於大衆而變化多；南曲用管樂，所以適宜於個人適宜於貴族文人階級的玩賞，而表現爲「滌蕩綿邈」的情調，吳騷合編卷首之曲律有一段話：

「一，北曲與南曲大相懸絕，有磨調絃索調之分。北曲字多而調促促處見筋故詞情多而聲情少，南曲字少而調緩緩處見眼，故詞情少而聲情多。北力在絃索，宜和歌，故氣易粗；南力在磨調，宜獨奏，故氣易弱。近有絃索唱作磨調，又有南曲配入絃索，誠爲方底圓蓋，亦座中無周郎耳！」

着眼於「合歌」之與「獨奏」，看出「氣粗」之與「氣弱」的南北不同的曲調，似乎見地更在姚華之上，移來看南北宋的詞也是一樣的。

詞與音樂終